Birgitta Bergin

Ein Geschenk kommt selten allein

Der etwas andere Weihnachtsroman aus Schweden

Aus dem Schwedischen von Gabriele Haefs

btb

Die Originalausgabe erschien 2020 unter dem Titel
»Älskade jävla jul« bei Bokfabriken, Malmö, 2020.

MIX
Papier | Fördert gute Waldnutzung
FSC® C014496

Penguin Random House Verlagsgruppe FSC® N001967

2. Auflage
Deutsche Erstveröffentlichung September 2022,
btb Verlag in der Penguin Random House Verlagsgruppe GmbH,
Neumarkter Straße 28, 81673 München

Published by Agreement with Enberg Agency
Covergestaltung: semper smile, München
Umschlagmotiv: © Shutterstock/ janniwet; dwph; DifferR; HappyPictures;
holaillustrations; Dariia Baranova; GoodStudio
Satz: GGP Media GmbH, Pößneck
Druck und Einband: GGP Media GmbH, Pößneck
SL · Herstellung: sc
Printed in Germany
ISBN 978-3-442-77286-5

www.btb-verlag.de
www.facebook.com/btbverlag

btb

Amy, 51, verheiratet und Mutter zweier erwachsener Töchter und Schriftstellerin, liebt Weihnachten – dachte sie zumindest. Aber dieses Jahr ist alles anders, die Aussicht auf ein großes Familienfest stresst sie, und beruflich läuft es auch nicht gerade rund: Amys erster Kriminalroman scheint überhaupt niemanden zu interessieren. Doch dann klopft aus heiterem Himmel plötzlich Schwedens erfolgreichster Verleger bei ihr an, um ihr einen Vertrag über fünf Bücher anzubieten! Die Sache hat nur einen kleinen Haken: Amy soll jetzt erotische Krimis schreiben. Die große Ankündigung ist bereits raus und Amy nach einem sehr missverständlichen Interview über Nacht gefragte Gesprächspartnerin in Sachen Sex & Liebe. Amy wächst die Sache zusehends über den Kopf. Ist sie doch auf dem Gebiet keinesfalls die Expertin, für die sie alle halten. Und dann steht ja auch noch Weihnachten mit der lieben Familie vor der Tür …

BIRGITTA BERGIN zog von der kleinen südschwedischen Stadt Kungälv nach Göteborg und später nach Brüssel. Heute lebt sie in der spanischen Küstenstadt Marbella. Sie arbeitete viele Jahre in einer Werbeagentur, bis sie beschloss, sich voll und ganz ihren Romanen zu widmen, die in Schweden regelmäßig auf den oberen Plätzen der Bestsellerliste zu finden sind.

Liebe Leserinnen und Leser,
Weihnachten! Ein Fest, das allerlei unterschiedliche Gefühle hervorrufen kann. Ich liebe Weihnachten und freue mich darauf, aber wenn es vorbei ist, denke ich, *Gott sei Dank, dass es bis zum nächsten Mal noch ein ganzes Jahr dauert.*

Sie halten jetzt *Ein Geschenk kommt selten allein* in der Hand. Vierundzwanzig Tage mit Amy im totalen Weihnachtsstress. Vielleicht werden Sie sich in bestimmten Situationen wiedererkennen. Vielleicht haben Sie auch das eine oder andere Aha-Erlebnis, wenn Sie Amy auf ihrer gelinde gesagt ereignisreichen Reise begleiten. Ich hoffe jedenfalls, dass Sie lachen und auch ein bisschen weinen werden, dass Sie ab und zu entsetzt sind und an manchen Stellen zustimmend nicken.

Das hier ist ein Roman. Ich schreibe über die Welt der Schriftstellerinnen und Schriftsteller und über die Verlagsbranche, und obwohl es Ihnen vielleicht manchmal so vorkommen mag, gibt es keine Verbindungen zu lebenden Personen. Auch ich kann Ihnen garantieren, dass ich nicht so bin wie Amy.

Wie immer möchte ich mich bei einigen Menschen bedanken. Natürlich bei meinem ganzen wunderbaren Team im Verlag Bokfabriken: Ihr seid die Besten, damit ihr's nur wisst. Bei Maria und Edith Enberg von der Enberg Agency! Ich kann mir keine besseren und kompetenteren literarischen

Agentinnen wünschen als euch. Bei Lena Sanfridsson! Du strenge, ehrliche und mitreißende Lektorin! Was sollte ich ohne dich anfangen? Bei Kjell, meinem Mann und allerbesten Freund. Weiß der Geier, wie ich ohne dich meine Romane schreiben sollte. Deine Liebe hilft mir, niemals aufzugeben. Bei Carl, David und Helena! Ihr vergoldet jeden Tag meines Lebens. Und bei Mama. Meiner begeistertsten Anhängerin. Und dann bei der kleinen Pepsi, dem bellfreudigsten Hund auf der ganzen Welt. Wie jemand einmal gesagt hat: *A small size dog with a big dog attitude.*

Zu guter Letzt möchte ich mich ganz herzlich bei allen bedanken, die meine Bücher lesen und die einfach immer mehr werden. Ab und zu muss ich mich in den Arm kneifen, weil so viele Leserbriefe hereinströmen. Und wie ich schon früher gesagt habe: ohne euch – keine Bücher.

Ich danke euch allen aus ganzem Herzen.

Liebe Grüße,
Birgitta Bergin

PROLOG

Hellwach setzt sich das Mädchen im Bett auf. Die kühle Morgenluft stiehlt sich unter die Decke, aber die Kleine merkt es nicht. Sie weiß genau, welcher Tag heute ist! Ein Lächeln breitet sich über ihr Gesicht, als sie die Puppe an sich drückt, die nachts immer neben ihr liegt. Ihr ganzer Körper ist erfüllt von freudiger Erregung.

»Heute ist Heiligabend«, jubelt sie.

Auf leichten Füßen springt sie die vielen Treppenstufen hinunter, so schnell, dass sie fast aus dem Gleichgewicht gerät, aber dann fängt sie sich sofort wieder. Sie läuft weiter durch die Diele und dann ins Wohnzimmer … wo sie stehen bleibt. Unbewusst schlägt sie die Hand vor den Mund, wie um einen Ausruf zu unterdrücken. Aber das gelingt ihr nicht. Ihre Augen funkeln, als es aus ihr herausbricht:

»Ohhhh!«

Da steht er. Der Weihnachtsbaum, den Papa an einem verschneiten Tag bei starkem Frost im Wald des Onkels gefällt hat. Sie durfte mitkommen und die schönste und feinste Fichte aussuchen, und jetzt … jetzt steht sie hier. Vor ihr. Der Baum glitzert und leuchtet, und all die schönen Dinge, bei deren Herstellung sie helfen durfte, hängen noch ebenso prachtvoll dort wie am Vorabend, als sie zusammen mit Mama und Papa den Baum geschmückt hat. Papa hat alle Kerzen aufgesteckt und den Stern an der Spitze befestigt, und Mama und sie haben den Schmuck an den Zweigen befestigt. Engel. Weihnachtswichtel. Rote Kugeln. Knisternde Watte. Kleine herzförmige Tüten mit Schokoladenstückchen.

Ihr Herz schlägt höher bei diesem Anblick, und sie lässt ihren Blick weiterwandern zu dem langen Strumpf, der vor dem offenen Kamin hängt. Ein roter Strumpf, den ihre Oma gestrickt hat, ausgebeult von dem Inhalt darin. Langsam und feierlich geht sie darauf zu, stellt sich auf Zehenspitzen und schaut hinein. Hält den Atem an. Und ja, da liegt ein in Geschenkpapier gewickeltes Paket. Rot und mit einer riesigen Schleife. Mit der einen Hand greift sie danach, und wenige Sekunden darauf hat sie das Geschenk vor sich.

Heiligabend ist der absolut beste Tag im Jahr! Das Mädchen lacht übers ganze Gesicht. Bald wird Mama kommen und rufen, dass das Frühstück auf dem Tisch steht. Reis mit Zucker und Zimt und Milch. Das Mädchen schüttelt sich vor Wohlbehagen. Darauf wird ein Tag voller Gemütlichkeit und Gesang folgen, mit Geschenken und jeder Menge Leckerbissen, und die Erwachsenen werden eine Menge komische Gerichte essen, und alle werden lachen und wunderbar nett zueinander sein.

In diesem Moment hat das Mädchen nur einen Gedanken: Wie schön das Leben ist.

Glück und Freude. Das ist Weihnachten.

Sie hat lange blonde Haare und große blaue Augen. Und dieses Mädchen … bin ich.

1. DEZEMBER,
SONNTAG

In diesem Jahr gibt es kein Weihnachtsbuffet«, sage ich beim Frühstück zu Melker.

Alle lieben das Weihnachtsbuffet. Alle, nur ich nicht. In meiner Familie ist das Weihnachtsbuffet fast heilig, es macht sozusagen das ganze Weihnachtsfest aus – das Finale des Abends, nach der Bescherung. Ein Gelage, bei dem sich alle um den Tisch versammeln. Man langt zu bei den vielen Gerichten, die absolut nicht zueinander passen, wieder und wieder, bis man fast platzt. »Ach, wie lecker!« – »Mehr Heringsauflauf!« – »Ich liebe Weihnachtsschinken!«

Aber ich sehe das nicht so. Ich kann die meisten Gerichte, die zu einem Weihnachtsbuffet gehören, nicht einmal leiden. Ich habe mir das selbst schon vor langer Zeit eingestanden, aber um des lieben Friedens willen habe ich den Mund gehalten. Jetzt aber ist Veränderung angesagt.

Nachdem ich mich erklärt habe, trinke ich nervös den ersten Schluck meines noch fast kochend heißen Tees – und verbrenne mir die Zunge. Ich beiße die Zähne zusammen. Ich kann ja wohl schlecht wegen des zu heißen Tees eine Szene machen, nicht jetzt, wo ich endlich das Thema *Weihnachtsbuffet* zur Sprache gebracht habe.

Ich habe in den Morgenstunden, als Melker neben mir schlief, die Argumente im Kopf durchgespielt. Er schnarchte laut und unsexy, und ich konnte unmöglich wieder einschlafen, als ich so neben ihm lag. Am liebsten wäre ich in süßen Träumen versunken, aber das war unmöglich. Zuerst stieß ich ihn an, um dem Elend ein Ende zu machen, was aber nur dazu führte, dass er grunzte und sich umdrehte. Und es dauerte nicht lange, da war das laute Schnaufen abermals von ihm zu hören. Am Ende stopfte ich mir das Kissen unter den Kopf und fand mich damit ab, dass an Schlaf nicht mehr zu denken war. Es war ohnehin schon acht, aber da Sonntag war, hatte ich keinen Wecker gestellt. Ich blieb liegen und sah alle neuen Facebook- und Instagram-Beiträge durch, statt mich aus dem Bett in das stumme Haus hinauszubegeben. Meine Gedanken bewegten sich im Takt von Melkers Atemzügen. Es war fast rhythmisch: Einatmen, Pause, Auspusten, Pause und wieder Einatmen. So ging es weiter. Bis er ab und zu gar nicht mehr einatmete, sondern die Luft in der Lunge behielt, einige Male so lange, dass ich mich schon fragte, ob er jemals wieder atmen würde, aber dann, PUFF, kam endlich dieses aufgestaute Ausatmen. Ich muss zugeben, dass ich mich darüber ärgerte, dass er nicht mit diesen primitiven Geräuschen aufhören konnte, obwohl ich ja weiß, dass er nicht aus Bosheit schnarcht. Am Abend zuvor war es zudem bei Kajsa und Håkan sehr spät geworden, und wir hatten auch viel zu tief ins Glas geschaut. Noch gegen drei Uhr morgens, als das Taxi schon vor dem Haus stand und hupte, um unsere Aufmerksamkeit zu erregen, hatte ich Melker mit einem Kognak gesehen.

Kein Wunder, dass der Kerl schnarchte.

Aber egal. Als ich dort lag und durch all die Posts von glücklichen Menschen scrollte, die ihre perfekten Leben lebten und die in den Startlöchern standen, um ein perfektes Weihnachten zu feiern, genau da fiel mir das Weihnachtsbuffet ein. Beim bloßen Gedanken an eingelegte Heringe, Sülze,

Würste, Lachs und grässliche Mischungen in unendlicher Variation drehte sich mir der Magen um, und instinktiv fasste ich einen Plan, um Melker ein für alle Mal zu zeigen, dass ich es ernst meinte. In diesem Jahr sollte das passieren, worauf ich stumm und schicksalsergeben seit Jahren gehofft hatte, ohne Gehör zu finden. Ich stellte eine Reihe von Argumenten auf. Übte und übte, um ja nicht ignoriert zu werden. Denn ich konnte schon im Voraus Melkers Seufzer und Kommentare hören. Wenn dieses Thema zur Sprache kam, hatte sein entsetztes Gesicht mich bisher immer zum Schweigen gebracht. Aber diesmal sollte nichts mich aufhalten.

Und hier sitze ich nun. Schlucke einen Bissen Toast mit Himbeermarmelade hinunter und baue ein Bollwerk auf, als ob eine ganze Armee geradewegs auf mich zumarschiert.

»Wieso denn kein Weihnachtsbuffet?« Melker beugt sich über den Tisch, findet aber nicht das Gewünschte. »Kannst du mir mal die Milch geben?«

Eifrig tue ich ihm den Gefallen, das heilige Weihnachtsbuffet steht auf dem Spiel. Und jetzt soll Schluss damit sein.

Melker kaut, schluckt hinunter, greift dabei nach der Zeitung *Göteborgs-Posten* und schlägt umständlich den Sportteil auf. Zerstreut lässt er den Blick über die Seiten wandern und grunzt zufrieden, bis er endlich den Mund aufmacht.

»Amy! Sieh dir mal die Anzeige hier an! Bei El-Giganten gibt es Supersonderangebote, nur heute. Nennt sich *Erste-Advent-Schnäppchen.* Wir sollten hinfahren und uns eine neue Spülmaschine aussuchen. Hier gibt es zum Beispiel eine auf den halben Preis heruntergesetzte Electrolux. So was von billig, stell dir vor!«

Mir klappt das Kinn herunter. Spülmaschine? Am ersten Advent? Hat er meine Frage denn einfach überhört? Aber er redet weiter, als wäre mein Ansinnen so uninteressant gewesen, dass er sich nicht einmal zu einer Antwort herablassen mag.

»Hier ist noch eine, die richtig gut aussieht. Ebenfalls auf den halben Preis reduziert. Ich bin für eine weiße, auch wenn wir schon mal an Edelstahl gedacht haben. Was meinst du?«

Er schaut auf und sucht endlich meinen Blick, aber nur, weil er eine Antwort zu einer Spülmaschine will, während ich an nichts anderes als das Weihnachtsbuffet denken kann.

»Aber Melker! Hast du nicht gehört, was ich gesagt habe?« Ich strecke eine Hand aus und stoße fast das Saftglas um. In letzter Sekunde kann ich es festhalten und das Unglück verhindern. Er schüttelt den Kopf.

»Das wäre beinah ins Auge gegangen.«

»Was?«

Er prustet los, während ich auf so etwas überhaupt nicht vorbereitet bin. Ich bin in Angriffslaune, in der Offensive, ich habe den ganzen Morgen trainiert. Aber er lacht nur immer weiter, seine Augen leuchten und er streichelt liebevoll meine Hand, als er sich erhebt, um sich Kaffee nachzuschenken.

»Geliebte Amy. Du bist wirklich witzig.«

Genau das. Mehr nicht. Verdutzt bleibe ich sitzen. Was stimmt nicht an unserer Kommunikation? Warum merkt er nicht, dass es mir ernst ist? Ich stehe auf, um aus meiner unterlegenen Stellung herauszukommen. Melker ist so groß, dass ich mir vorkommen würde wie eine Mücke, wenn ich sitzen bliebe, deshalb recke ich mich, und sicherheitshalber stelle ich mich auch ein bisschen auf die Zehenspitzen. Nicht so, dass es nach einem Ballettschritt aussieht, nein, diskreter, nur ein bisschen, aber ich wachse dabei doch um einen oder zwei Zentimeter.

»Melker.« Ich spreche langsam und mit so tiefer und ernster Stimme, wie ich nur kann. »Mein Vorschlag war nicht als Witz gemeint. Ich will, dass wir unsere weihnachtlichen Essenstraditionen verändern. Etwas Neues machen. Keine wilde Mischung aus allem, was zum üblichen Weihnachtsbuffet gehört, sondern ein gutes … Essen. Weihnachtlich inspiriert, natürlich. Was sagst du? Die Kinder werden begeistert sein!«

Das mit den Kindern ist glatt gelogen, aber ich hoffe, dass Melker mir einfach glaubt. Sein Lachen verebbt, während ich rede, und stattdessen taucht ein besorgtes Stirnrunzeln auf, er legt den Kopf schräg, während er mir antwortet und zugleich seine Kaffeetasse füllt. Energische Stimme, ein bisschen tröstend, als ob er mit einem Kind reden würde.

»*Verändern!* Wie meinst du das? Du liebst doch Traditionen! Du klammerst dich daran, als wäre es eine Frage von Leben und Tod. Alles muss genau gleich sein, Jahr für Jahr, exakt so, wie es war, als du klein warst oder als unsere Kinder klein waren. Jahr für Jahr! Wir haben uns damit abgefunden und es dann auch wunderbar gefunden. Und jetzt willst du das Weihnachtsbuffet aufgeben? Ehrlich gesagt, ich weiß, dass du nicht gerade dafür schwärmst, aber es ist die *Tradition,* mein Liebling. Kannst du dir überhaupt vorstellen, wie Mama und Papa reagieren würden? Oder deine Eltern? Himmel, das geht nicht. Also nein … das Weihnachtsbuffet ist heilig, so heilig wie alle deine Adventskerzen und der Weihnachtsbaum und die Dekorationen und Karamellbonbons und Toffees und alles, was mit Weihnachten zu tun hat und was du so genau nimmst. Was du *immer* so genau genommen hast.«

Er verstummt. Als ob er mir einen Vortrag gehalten hätte und jetzt keine weiteren Fragen hören möchte. Unsere Blicke bohren sich ineinander, und das Schweigen spricht eine deutliche Sprache: Jetzt heißt es Kampf. Ein Kampf darum, wer recht behält. Worte sind plötzlich überflüssig, zu dem Thema kann nichts mehr gesagt werden. Jetzt muss nur noch das Urteil gefällt werden.

Weihnachtsbuffet oder kein Weihnachtsbuffet.

Melkers oder mein Triumph.

Die Sekunden ticken unablässig und ich recke mich noch ein bisschen mehr und suche fieberhaft nach etwas, das ich sagen kann. Aber ahne ich nicht schon, dass sein Blick gleich in die Ferne irren wird?

Als das Handy klingelt, kommt es uns vor wie ein Pistolenschuss, und wir zucken beide zusammen. Verwirrt sehe ich mein Mobiltelefon auf der Kücheninsel vibrieren, und mir ist klar: Das war der Gong am Ende der Runde. Niemand hat gewonnen, aber der Streit ist nicht beendet, und ich werde mich vor der nächsten Runde ausgiebig mit Argumenten wappnen, das schwöre ich mir, während ich antworte:

»Hallo, Mama.«

»Liebling! Heute ist der erste Advent, ist das nicht wunderbar? Papa sucht schon nach den Kabeln für die Weihnachtssterne und Adventsleuchter, ich verstehe wirklich nicht, wieso die von einem Jahr auf das andere immer wieder verschwinden können. Ganz zu schweigen von den vielen Glühbirnen, die nicht funktionieren. Die ganz einfach kaputt sind. Nur, weil sie auf dem Dachboden gelegen haben. Das ist doch verrückt! Jetzt müssen wir neue Sterne kaufen, und ich gehe jede Wette ein, dass alle schönen schon weg sind, nur die, die niemand haben will, sind noch übrig, und ich *weiß*, ich hätte das längst machen sollen. Åhléns verkauft die bereits seit … ja, ich weiß es gar nicht mehr. Aber sicher schon seit einem Monat.«

»Ach. Ja, da hast du sicher recht …«

»Hast du alles im Griff, Liebling?«

»Na ja, nicht so ganz. Melker und ich wollten gestern alles aufstellen, ich habe die Kartons herausgeholt, aber er muss ja noch die Küche fertig machen, deshalb sind wir ein bisschen spät dran, und ich habe das Manuskript, das ich …«

»Das Manuskript!«, schnaubt sie. »Kannst du das nicht beiseitelegen, jetzt, wo bald Weihnachten ist? Wie willst du denn alles schaffen? Denk doch daran, wie viel für das Weihnachtsbuffet noch gekocht und gebacken werden muss.«

Da ist das Stichwort. Weihnachtsbuffet!

»Also, ich überlege, ob wir dieses Jahr nicht mal etwas ganz Neues probieren sollten …«

»Etwas Neues? Wie meinst du das?«, faucht Mama, die sofort Gefahr wittert. »Zu Weihnachten wird in unserer Familie nichts *Neues* probiert!«

»Ein Essen mit drei Gängen, und nicht dieses ganze Gemisch auf dem Buffet, das den Magen durcheinanderbringt. Weihnachtlich inspiriert, natürlich«, spule ich eilig herunter.

»Aber Amy! So einen Unfug habe ich ja schon lange nicht mehr gehört!« Sie lacht auf, grell und laut. Dann verstummt sie sofort wieder. »Wie läuft es eigentlich mit Melker und der Küche? Er ist doch sicher bald fertig. Es sind ja nur noch vierundzwanzig Tage bis Weihnachten.«

Die Wendung im Gespräch macht mir klar, dass zum zweiten Mal an diesem Tag – und es ist erst zehn Uhr vormittags – mein kühner Vorschlag sozusagen mit Füßen getreten worden ist.

»Tja, es geht so. Du weißt … er hat große Pläne, aber dann läuft es nicht immer so, wie er sich das gedacht hat. Jetzt will er, dass wir uns eine Spülmaschine ansehen. Bei El-Giganten gibt es zum ersten Advent offenbar Supersonderangebote.«

»Das ist wirklich die dümmste Idee, die mir heute zu Ohren kommt, abgesehen von deinem Vorschlag mit dem Weihnachtsbuffet natürlich.« Sie schnaubt, dann fügt sie hinzu: »Sich an einem solchen Tag nach Spülmaschinen umzuschauen ist doch wirklich seltsam. Schließlich ist der erste Advent!« Sie holt Luft und plappert sofort weiter. »Aber nein, jetzt muss ich schnell unter die Dusche, ehe wir losfahren. Heutzutage brauche ich für alles Zeit, nichts geht mehr schnell; mein Körper funktioniert nicht mehr so wie früher, das wissen die Götter. Und Amy! Vergiss jetzt dein Manuskript. Bald ist *Weihnachten*, um Himmels willen. Und du und ich, wir wissen, was das bedeutet. Hundert Prozent Konzentration!«

Doch, ja, denke ich, das weiß ich. Aber mein neues Manuskript ist wichtig. Wenn ich etwas werden will – eine *anerkannte* Schriftstellerin –, dann muss ich mich zu hundert Prozent auf mein Schreiben konzentrieren, nicht auf Weihnachten.

Ich seufze, als ich Mama genau die Antwort gebe, die sie hören will. Ich bin fünfzig. Und ein Feigling.

»Sicher, Weihnachten geht vor, so war es immer schon, und so wird es bleiben. Selbstverständlich. Viel Glück heute beim Einkaufen. Mal sehen, was Melker und ich aus dem Kabelsalat vom vorigen Jahr machen können. Vielleicht sehen wir uns bei den Weihnachtsleuchtern!«

Wir legen auf, und ich mustere meinen Mann, der seinen dritten Toast verzehrt und tief in die Morgenzeitung versunken ist.

»Melker!«

Er schaut auf. Lacht. Mein Herz wird warm. Er ist ja doch wunderbar, mein Mann.

»Sollen wir versuchen, das Projekt *erster Advent* anzugehen? Und alle Leuchter und Sterne aufstellen und so?« Ich merke, dass ich das Wort Weihnachtsbuffet heute nicht mehr ertragen kann.

»Sicher doch, Amy. Ganz bald. Und danach fahren wir los und sehen uns diese Spülmaschine an.«

Ich denke an Mamas Anruf, als ich Kerzenhalter und Weihnachtssterne aus den Kartons mit dem Weihnachtsschmuck nehme. Sie hat recht, im Laufe des Jahres geht ganz schön viel zu Bruch. Ein Leuchter, der im vorigen Jahr wunderbar funktioniert hat, will absolut nicht angehen, und die Leuchtgirlanden, die Melker jedes Jahr um den Gartenzaun gewickelt hat, flackern besorgniserregend, als ich den Stecker in die Dose drücke, ein klares Warnsignal, dass hier etwas nicht stimmt. Ich ziehe den Stecker heraus, warte einige Sekunden und stecke ihn wieder hinein.

Finsternis. Überhaupt kein Licht. Also kaputt.

Ich bereue ja so sehr, dass ich nicht schon unter der Woche losgelegt habe, dann wäre ich heute fertig mit dem Schmücken. Aber ich hatte zwei Buchsignierstunden, und an einem Abend war ich zum Kundenabend in einer Buchhandlung eingeladen, und an einem weiteren Abend war ich bei einem Frauennetzwerk, um über meinen Debütroman zu sprechen, der vor einigen Monaten erschienen ist. Das hat eine Menge Zeit in Anspruch genommen, aber alles, was mit meiner Buchveröffentlichung zu tun hat, ist wichtig, und ich bereite mich immer sorgfältig vor. Einen Krimi geschrieben zu haben, der dann veröffentlicht wurde, ist so ziemlich das Beste, was mir je passiert ist, deshalb überlasse ich nichts dem Zufall, wenn ich zu unterschiedlichen Anlässen über mein Buch sprechen soll. Leider habe ich erkennen müssen, dass mein Verlag zwar für die Veröffentlichung zuständig war, aber danach war Schluss. Für PR und Marketing gibt es offenbar kein Budget.

Aber was soll's, denke ich gleich darauf. Ich gefalle mir unglaublich gut in der Rolle der Autorin. Aller Wahrscheinlichkeit und allen Unkenrufen zum Trotz bin ich veröffentlicht worden. *Die Krimiautorin Amy Strandberg.* Inzwischen denke ich fast die ganze Zeit an Mord und kann kaum jemanden treffen, ohne ihn als potentiellen Mörder oder Mordopfer in einem zukünftigen Buch vor mir zu sehen. Dass ich – ganz real – mit meinen Romanfiguren spreche, ist etwas, das Melker nicht so ganz verstehen kann. Als ob sie meine Freunde wären. Aber eben das sind sie ja.

Meine Kommissarin ist eine starke Frau – kein trauriger, versoffener und missverstandener Mann –, und ich empfinde Bewunderung und Stolz für sie. Denn sie ist so, wie ich mir Frauen in einem Krimi oft wünsche: energisch und taff, aber doch mit Empathie und Gefühlen. Amanda Frisk ist eine perfekte Frau, denke ich mit einem Lächeln.

»Himmel, was für ein Chaos.« Melker ist ins Wohnzimmer gekommen und mustert jetzt die vielen Leitungen, Leuchter, Lampen und Wichtel. »Brauchst du Hilfe?«

»Ja, bitte. Aber offenbar müssen wir den gleichen Ausflug machen wie Mama und Papa. Hier funktioniert so gut wie gar nichts.«

»Dann können wir das mit der Spülmaschine in einem erledigen.«

»Aber Melker … du bist in der Küche noch nicht mal halb fertig, und jetzt willst du eine Spülmaschine kaufen? Ich begreife nicht, wie du alles schaffen willst. Solltest du dir nicht vielleicht Hilfe dazuholen?«

Melkers Küchenprojekt treibt mich so langsam in den Wahnsinn. Er hat vor über einem Monat angefangen, alles herauszureißen, neu zu fliesen und neu zu installieren, und er hat mir *versprochen,* dass er so ungefähr bis zum ersten Advent fertig sein werde. Aber die Küche ist nicht mal halb fertig. Im Moment kochen wir auf zwei Kochplatten, und der alte Herd steht an einer langen Verlängerungsschnur mitten im Raum. Nicht gerade optimal, hat mir ein Elektriker erklärt, aber Not kennt kein Gebot. Die Fliesen haben eine lange Lieferzeit, sie werden erst nächste Woche kommen, und die alte Spülmaschine hat Melker bereits übers Internet verkauft, denn wir werden uns eine neue anschaffen, wenn die Küche fertig ist, das hat er beschlossen. Die restliche Einrichtung soll ebenfalls in der kommenden Woche geliefert werden.

Mich treibt die Sorge um, dass nichts fertig werden wird, und dass Melker nicht einsehen mag, dass wir in diesem Chaos nicht Weihnachten feiern können. Aber mein Mann lässt sich nur schwer aus der Ruhe bringen. Oder stressen. Er ist die personifizierte Gelassenheit, während ich das definitiv nicht bin.

Ich hatte für ihn eine Liste geschrieben – noch eine Liste, zu allen meinen anderen Listen –, mit Hilfe derer er seinem Küchenprojekt eine *Struktur* geben sollte, aber die legte er nur lächelnd zur Seite: »Amy, wir müssen den Dingen die Zeit lassen, die sie brauchen.« Als Antwort nagelte ich die Liste an die ungestrichene Wand. Ich wusste, dass er sie keines Blickes würdigen würde, aber es schenkte mir doch eine gewisse Ruhe. Ich brauche meine Listen. Ohne sie weiß ich nicht, wie ich meine Tage strukturieren soll. Mein Leben besteht aus Listen. Unterlisten und Oberlisten. Listen, die ich aufstelle, um den Überblick über meine Listen zu behalten. Listen über die Arbeit am Manuskript, Listen über die kommenden Wochen, mit

Unterlisten für jeden Tag, eine Liste der Dinge, die fürs Haus eingekauft werden müssen, eine Liste für Weihnachten ... und ebendiese Liste ist gerade dabei, ihr Ziel zu verfehlen, das begreife ich mit einem müden Blick ins Wohnzimmer. Ein Meer aus Weihnachtssachen. Nicht einmal den Weihnachtsbaum haben wir gekauft. Den, der nach draußen kommt. Der Weihnachtsbaum für *im Haus* wird nach alter Tradition in der Nacht vor Heiligabend geschmückt und deshalb erst zwei Tage vorher gekauft. Denn so war es immer schon.

Plötzlich steht Melker in der Tür, jetzt in Trainingsshorts und Trainingsjacke. Verwirrt sehe ich ihn an.

»Wo willst du denn hin?«

»Ich will eine Runde auf den Rollskiern drehen.«

»Jetzt? Aber wolltest du mir hier nicht helfen? Und wir wollten doch Einkaufen fahren? Und das Küchenprojekt? Müsstest du nicht ...«

»Ich brauche etwas Bewegung«, fällt er mir ins Wort. »Reg dich ab, Amy. Es ist Sonntag, man muss sich auch mal freinehmen.«

»Frei?« Meine Stimme schlägt ins Falsett um, und ich lasse mich wie einen Sack voller Kartoffeln auf das Sofa fallen. »Du rollst doch jeden Tag auf deinen Skiern durch die Gegend. Kein Wunder, dass hier im Haus nichts fertig wird.«

»Ich muss für den Wasalauf trainieren, das weißt du. Für mich ist das wie eine Therapie. Es sorgt dafür, dass ich mich einfach wohlfühle! Du weißt doch, wie stressig es gerade bei der Arbeit ist, mit der Umstrukturierung und den vielen Einsparungen. Ich brauche diese Trainingsrunden wirklich.«

»Und was ist mit mir? Ich rackere mich halb zu Tode mit allem, was ich schaffen muss, und mein Manuskript frisst wahnsinnig viel Energie. Wie wäre es mit ein bisschen Hilfe deinerseits?«

Aber er lacht nur – Melker lacht oft – und gibt mir einen Kuss auf die Stirn. »Schmeiß einfach ein paar von deinen Listen weg, Amy, dann geht es dir gleich besser.«

»Ohne meine Listen würde ich völlig durchdrehen«, murmele ich, als ich sehe, wie er sorglos die Tür hinter sich zuschlägt.

Dieser verdammte Wasalauf. Melker ist einundfünfzig. Hat er eine Krise? Früher hat er nie Interesse am Skilaufen gezeigt. Und wenn man in Göteborg wohnt, wo Nebel, Dunst und Regengüsse auf der Tagesordnung stehen, sind Skier nicht gerade die natürlichste Trainingsform. Aber Melker löst das Problem dadurch, dass er auf Skiern mit Rädern läuft.

Mit Rädern! Wie albern.

Im Chaos in der Küche finde ich hinter einem Werkzeugkasten eine Flasche Glögg und denke trotzig, dass ich nicht vorhabe, mich einsam mit Weihnachtssternen herumzuplagen, wenn Melker am ersten Advent auf Pseudoskiern durch die Gegend gurkt. Mein Traum, schon vormittags umgeben von funkelnden Lichtern dazusitzen und später dann am ersten Weihnachtsglögg des Jahres zu nippen (den ich eigentlich gar nicht mag, aber Advent ist schließlich Advent), ist dahin. Stattdessen drehe ich am Schalter von einer der beiden Kochplatten und gieße ein wenig, ein ganz klein wenig Glögg in einen Kochtopf. Es ist halb zwölf und nach allen Benimmregeln trinkt man keinen Alkohol vor zwölf. Das habe ich jedenfalls so gelernt, aber diese Regel ist lächerlich. Was kann es denn schaden, wenn ich eine halbe Stunde vor der festgesetzten Zeit kurz am Glögg nippe? Ich muss ihn in eine Kaffeetasse gießen, die Glöggbecher habe ich noch nicht herausgesucht. Sie liegen in den Weihnachtskartons, die noch immer im Keller stehen. So ungeplant war mein sonst so geplantes Leben noch nie.

In derselben Sekunde, in der ich die Tasse zum Mund hebe, klingelt das Handy, und ich gehe die wenigen Schritte zur Kücheninsel, während ich den ersten Schluck trinke. Natürlich verschütte ich unterwegs ein paar Tropfen, kleine klebrige Punkte vergolden den geölten alten Holzboden, aber was spielt das in dieser elenden Küchenwüste schon für eine Rolle?

»Hallo, meine Liebe«, ich freue mich so über Kajsas Stimme, sie ist meine beste Freundin seit … ich weiß nicht einmal mehr, seit wann, mir kommt es so vor, als sei das schon unser ganzes Leben lang so.

»Das war nett gestern«, sage ich. »Weißt du übrigens, dass ich todmüde bin? Das liegt daran, dass ihr, du und Håkan, immer viel zu gutes Essen und phantastische Weine auftischt.«

»Mmm, ich weiß«, sagt sie mit einem heiseren Lachen. »Ist vielleicht ein bisschen spät geworden. Aber wir haben immer so viel zu bereden!«

»Ja, und wie! Das macht mich heute allerdings auch nicht munterer. Und der ganze Weihnachtsschmuck, der aufgebaut werden muss. Heute. Eigentlich ja schon gestern.«

»Ach, ein Tag früher oder später, was spielt das denn für eine Rolle?«

»Du weißt doch, Kajsa, wie ich bin.«

»Gerade deshalb sag ich das ja. Mach mal langsamer!«

Ich seufze unfreiwillig. Wenn ich nur ihren Rat befolgen könnte. Aber etwas langsamer zu machen, war noch nie meine starke Seite. Eher im Gegenteil.

»Und in der kommenden Woche habe ich zu allem Überfluss drei Signierstunden.«

»Ach, wie spannend. Du bist wirklich tüchtig!«

Kajsa ist total überzeugt von meinem Talent und kann all ihren Bekannten gar nicht oft genug erzählen, dass ihre beste

Freundin Schriftstellerin ist. Eine echte, lebende Schriftstellerin. Sie begreift absolut nicht, dass ich, auch wenn ich ein Buch veröffentlicht habe, nicht sofort die Bestsellerlisten stürme.

Doch das ist ja meine große Sorge. Wann kommt endlich mein Durchbruch? Wie soll ich das schaffen? Wie kann ich den Leuten da draußen zeigen, was in mir steckt? Ich habe die Buchmesse, wo eine Debütantin absolut unbemerkt bleibt, noch in frischer Erinnerung. Da ist man ein Fliegenschiss verglichen mit allen, die es weitergebracht und die schon viele Bücher veröffentlicht haben, die einander kennen, die kleine Cliquen und Netzwerke gebildet haben, die Wangenküsschen tauschen und nach Messeschluss am Abend von Umtrunk zu Umtrunk rennen, um dann in geschlossener Formation die Parkbar an Avenyn zu besetzen. Die es einfach *lieben,* rumzustehen, Smalltalk zu halten und über ihren Erfolg zu reden. Darüber zu reden, wie sie ihren Büchern die größte Aufmerksamkeit verschafft haben. Und Verkaufszahlen zu vergleichen. Alles, wovon ich träume und wovon ich meilenweit entfernt bin.

Im Moment bin ich niemand. Aber ich werde jemand werden, dazu bin ich fest entschlossen.

»Du!«, erwidere ich barsch. »Du hast doch keine Ahnung, wie es ist, in einem fast leeren Buchladen zu stehen, wo die Leute nach Papier und Kugelschreibern und Atlanten suchen. Sich wichtig und entspannt zu geben, während die Nerven Achterbahn fahren. Sich nicht entscheiden zu können, ob man stehen oder sitzen will, ob man der Kundschaft in die Augen schauen und versuchen soll, sie ins Gespräch zu ziehen, oder ob man sie lieber in Ruhe lässt. Zwei Stunden – zwei geschlagene Stunden! – da herumzustehen und so zu tun, als ob man sich wohlfühlt, als ob es eben noch vor dem Signiertisch eine Schlange gegeben hätte und als ob nur zufällig gerade gähnende Leere herrscht. Kurz gesagt: zu *lügen.*«

Ich schütte Glögg in mich hinein.

»So schlimm ist das also?«

»Schlimmer«, sage ich genervt.

»Aber warum machst du es dann?«

»Weil ich keine Wahl habe.« Ich schenke mir Glögg nach. »Ich habe gerade mein erstes Buch veröffentlicht. Kein Mensch auf der ganzen Welt kennt mich oder weiß, was für eine geniale Autorin ich bin. Man bekommt nichts geschenkt, das kannst du mir glauben! Aber bei jedem Buch, das ich verkaufe, bin ich glücklich. Noch eine Leserin oder ein Leser, denke ich. Und noch eine und noch einer …«

Tatsache ist, dass ich jede Person liebe, die mein Buch kauft, dass ich aber an mir selbst zweifele. Werde ich je die große Autorin sein, die zu werden mein Traum ist? Ich schütte die zweite Runde Glögg in mich hinein.

»Mensch, Amy! Ich weiß, dass es nicht leicht ist und die Konkurrenz heftig ist, aber Himmel, du bist veröffentlicht worden, allein das ist schon eine Leistung! Wer kriegt denn einfach so einen Verlagsvertrag? Kannst du dich nicht erst mal darüber freuen?«

Ich kichere, während ich gleichzeitig mehr von dem heißen Getränk in die Tasse gieße. Es ist doch nur eine kleine Kaffeetasse, rede ich mir ein.

»Warum muss ich mir das immer anhören? Von allen?«

»Was denn?«

»Dass ich so verdammt froh darüber sein kann, veröffentlicht worden zu sein.«

»Aber bist du das denn nicht?«

Eine Tür knallt ins Schloss, und von meinem Platz in der Küche aus sehe ich Melker in der Diele.

»Hallo! Ich bin wieder da!«

Schon?, denke ich und sehe auf die Uhr. Es ist bereits eine Stunde vergangen.

»Doch, ich freue mich darüber, dass ich veröffentlicht worden bin«, antworte ich Kajsa. »Natürlich. Aber das bringt so viele *Verpflichtungen* mit sich.«

»Hallo, Liebling!« Melker küsst mich auf die Wange. Der Schweiß glänzt auf seiner Stirn, als er sich die Mütze vom Kopf reißt. »Mit wem redest du?«

»Kajsa.«

»Ach, grüß sie von mir und danke für die Einladung gestern.« Er schlendert zum Spülbecken – das in der mehr oder weniger demontierten Küche noch immer vorhanden ist – und gießt sich ein großes Glas Wasser ein.

»Hallo? Bist du noch da?« Kajsas Stimme scheint sehr weit weg zu sein.

»Ja. Aber du, wir müssen ein andermal über meine schriftstellerische Zukunft reden. Jetzt gerade ist der Advent wichtiger.« Beschämt verstecke ich meine Tasse vor Melker. Es kommt mir falsch vor, dass ich den Glögg heimlich angebrochen habe.

»Was wolltest du übrigens?« Plötzlich fällt mir ein, dass Kajsa angerufen hat und dass wir nur über mich gesprochen haben.

»Äh … ich muss eigentlich zum Training, aber ich kann mich nicht dazu aufraffen. Und dann ist mir eingefallen, dass du von einer Buchvorstellung einer Kollegin gesprochen hast, zu der du gehen willst, und du hattest gefragt, ob ich mitkommen möchte, und da …«

»Genau, ja. Sabinas Buchvorstellung! Sie ist verdammt tüchtig, das ist wirklich eine Erfolgsgeschichte. Sie ist sofort ganz oben auf den Bestsellerlisten gelandet. Ich begreife nicht, wie sie das geschafft hat. Außerdem wurde ihr Buch in fünf Länder verkauft! Fünf! Der glatte Wahnsinn. Ich bin ehrlich gesagt neidisch. Aber das gebe ich natürlich nur dir gegenüber zu.«

»Kann ich denn mitkommen?«

»Natürlich.«

»Ich geh duschen«, schaltet Melker sich ein und schält dabei eine Banane. »Fahren wir danach?«

Verwirrt starre ich ihn an, ehe ich antworte und mir nervös mit der Hand durch meine langen und an diesem Tag noch ungekämmten Haare fahre. »Wohin denn?«

»Zu El-Giganten, Liebling«, antwortet er, ehe er zum Badezimmer geht. Ich sehe gerade noch, wie er sein verschwitztes T-Shirt auszieht und wie es auf dem Fußboden landet. Warum kann er es nicht ein einziges Mal in den Korb für schmutzige Wäsche legen?

»Hallo? Redest du mit mir oder mit Melker?« Das ist wieder Kajsa, jetzt schon ungeduldiger.

»Mit dir. Vorher mit Melker.«

»Welcher Tag ist das?«

»Was? Sonntag …«

»Die Buchvorstellung deiner Bekannten, Amy. Aber hallo, was treibst du da eigentlich?«

Ich sehe Kajsa vor mir. Kajsa, die Perfekte, elegant sogar an einem verkaterten Sonntagmorgen. Immer unterwegs zu einem Fitness-Studio oder zu einer Joggingrunde. Immer aktiv, ungeduldig, während sie zugleich alles gründlich und durchdacht erledigt. Vor ihr liegt eine glänzende Karriere. Ich sehe sie vor mir. Die langen dunklen Haare, und dazu stets die hochgeschobene Sonnenbrille. Selbst vormittags im Haus. Funkelnde Augen, immer zum Lachen bereit. Seit jeher schafft sie es, mich in fröhliche Stimmung zu versetzen. Mit ihr kann ich über alles reden. Meine Rettungsleine, ganz einfach. Bei Wind und Wetter.

»Am Dienstag.«

»Da kann ich.«

»Gut. Aber Kajsa, ich muss jetzt auflegen. Ich muss wirklich den Adventsschmuck in Angriff nehmen.«

»Tu das. Ich schau wohl doch mal im Fitness-Studio vorbei. Kann ja ein bisschen softer trainieren. Viel Spaß bei El-Giganten.«

Wir beenden das Gespräch, und ich bleibe in meiner Küche stehen. Oder in dem, was meine Küche darstellen soll. Ich muss wirklich ein ernstes Wort mit Melker sprechen, so geht das nicht weiter. Entschlossen ziehe ich ein weißes Stück Papier aus einem Stapel von tausend anderen Blättern und Briefen. Fische einen Kugelschreiber aus dem Chaos und schreibe eilig einige Punkte auf, die heute erledigt werden müssen, eine Art Akutliste. Ich notiere punktweise, damit ich streichen kann, was erledigt ist.

Mit Melker über einen Schreiner für die Küche reden.
Allen Schmuck durchgehen und aufschreiben, was nicht funktioniert.
Einkaufen, was laut der Liste beim Schmuck fehlt.
Schmücken und Hyazinthen pflanzen.
Katinka und Hugo anrufen und abmachen, wann wir uns zum Sonntagsessen treffen wollen.
Kochen (was?)
Mit Katinka und Hugo über das Weihnachtsbuffet reden.

Ich halte inne und überlege. Es ist vielleicht dumm, große und kleine Dinge so durcheinander aufzuschreiben, aber es sorgt in mir für Ruhe. Habe ich alles? Hugo kommt heute nach

Hause, aber das ist nichts Besonderes, er kommt fast jeden Sonntag, um mal richtig zu essen und die Wäsche der Woche abzuliefern. Darüber müsste ich mit ihm reden, er sollte anfangen, seine Wäsche endlich selbst zu waschen. Da, wo er wohnt, gibt es eine große, schöne Waschküche. Ich setze das mit auf die Liste.

Mit Hugo über seine Wäsche reden.

Katinka hat gestern Abend spät in einer kurzen SMS mitgeteilt, dass sie nicht zu Hause übernachtet. Keine Erklärung, aber sie ist zweiundzwanzig und erwachsen genug, auch wenn sie noch immer zu Hause wohnt. Wo sie heute Nacht wohl gewesen ist? Bei einer Freundin? Oder bei diesem Adam, der ab und zu erwähnt wird und laut Katinka nur ein *guter Bekannter* ist? Ich schnaube. Ich habe ihn vorige Woche in der Stadt gesehen, zusammen mit Katinka. Sein ganzes Gesicht ist voller Bartwuchs, und er bewegt sich langsam. Ich habe mich abseits gehalten, um nicht gesehen zu werden, denn ich wollte die beiden in aller Ruhe beobachten. Mir war sofort klar, dass er für Katinka mehr ist als nur ein guter Bekannter, so, wie die beiden miteinander gekichert haben, eng umschlungen noch dazu. Später habe ich Katinka gefragt, ob Adam einen Bart habe, und das hat er, wie sie bestätigte. Ich habe so getan, als hätte ich das geraten, ich wollte nicht preisgeben, dass ich meiner eigenen Tochter hinterherspioniere.

»Willst du dich nicht fertig machen?«

Melkers Stimme holt mich zurück in die Gegenwart.

»Ja, natürlich. Aber wir sollten doch zuerst durchgehen, was wir einkaufen müssen. Kannst du …?«

»Ja, sicher. Zieh dich an und … du, vergiss deine Liste nicht.« Er lacht, als er die erste Zeile auf meinem Zettel liest.

»Amy … kein Schreiner. Das ist wirklich nicht nötig. Ich erledige das, versprochen.«

Und wie üblich glaube ich ihm. Meinem wunderbaren, zuverlässigen Melker. Dem unverbesserlichen Optimisten. Ich schüttele den Kopf, um einen schwachen Protest anzudeuten, danach verlasse ich das Chaos in der Küche, um zu duschen und mich auf den Beutezug bei El-Giganten vorzubereiten. Vielleicht kann man dort Weihnachtssterne kaufen, dann müssen wir nicht noch weiterfahren.

Auf dem Weg aus der Küche sehe ich den Glögg und hoffe, dass Melker die offene Flasche nicht mit der leeren Kaffeetasse in Verbindung bringt, die ich in eine Ecke gestellt habe.

Waren das wirklich drei Tassen?

»Wenn ich dein Handy aus dem Fenster werfe, was passiert dann wohl?«

Ich reiße den Blick vom Display los und starre stattdessen Melker an, der die eine Hand lässig auf dem Lenkrad liegen hat, während er über die Schnellstraße fährt. Er fährt immer lässig. Niemals zu schnell und nie mit zu plötzlichem Bremsen. Hat alles voll im Griff und parkt ein wie ein Gott. Er lächelt, als er mit mir redet, aber seine Augen bleiben auf die Fahrbahn geheftet. Vollständige Konzentration. Er würde niemals beim Autofahren auf sein Handy schauen. Ich tue das dauernd.

»Was war das denn für eine komische Frage?«, will ich wissen.

»Eine Frage, ganz einfach. Du starrst von morgens bis abends auf dein Handy. Du bist schlimmer als Katinka und Hugo. Wonach suchst du eigentlich?«

Ich finde das ziemlich *provozierend!* Begreift er nicht, dass ich mich über die Aufnahme meines Buches auf dem Laufenden halten muss? Dass ich wissen muss, wie die Verkaufslisten der Buchläden aussehen. Dass ich meine Posts auf Facebook und Instagram im Auge behalten muss. Und auf Kommentare zu meinem Buch antworten. Unter anderem. Ich kann nicht einfach ausschalten. Das alles erkläre ich ihm in einem einzigen Atemzug. Ich fühle mich … gekränkt. Das sage ich auch. Aber er lacht nur.

»Gekränkt? Wieso denn? Liebe Amy, ich habe doch nur eine Frage gestellt! Du bist eine Sklavin deiner Listen und deiner Kontrollsucht. Du treibst dich in den sozialen Medien mehr herum als ein Teenager. Das artet langsam wirklich aus. So sehe ich das jedenfalls. Das ist nicht gesund. Deshalb frage ich: Was würdest du machen, wenn ich dir dein Handy wegnähme?«

»Eben hast du noch gesagt, du willst es aus dem Fenster werfen.«

»Jetzt verbeiß dich nicht in ein Wort.«

Ich seufze und stecke das Telefon in meine Handtasche.

»Okay, ich schau nicht mehr hin, wenn ich dir damit eine Freude mache«, antworte ich verstimmt.

»Und jetzt bist du sauer. Ich wollte dich doch bloß zum Nachdenken bringen, Amy. Das Leben besteht aus mehr als nur deinem Buch.«

»Mmmm … aber du begreifst nicht, wie wichtig das hier für mich ist. Und wenn *ich* nicht darüber im Netz schreibe, wer zum Henker soll das denn dann machen?«

»Dein Verlag?«

Ich schnaube.

»Mein Verlag! Hör doch auf, Melker. Du weißt so gut wie ich, dass die offenbar PR und Marketing nicht mal buchstabieren können. Sie haben meinen Krimi veröffentlicht, und dafür bin ich ihnen ewig dankbar, aber ansonsten … kann *ich* mir darüber den Kopf zerbrechen.«

»Ist das immer so?«

»Das weiß ich nicht. Aber es ist ein ziemlich kleiner Verlag, und vielleicht haben sie einfach nicht die Kapazitäten. Und ich bin eine unbekannte Autorin. Vermutlich ist ihr Budget für die etablierteren Namen reserviert. Ich habe noch nicht einmal ein Hörbuch, was inzwischen wirklich ein Muss ist.

Das komme dann im Frühling, sagen sie. Ich weiß nicht so recht, weshalb sie so lange warten.«

»Aber wie sollst du eine bekannte Autorin werden, wenn niemand PR für dich macht und auf dich setzt?«

»Genau darum geht es mir doch gerade! Deshalb bin ich die ganze Zeit selbst damit beschäftigt. Schreibe eine Menge Posts, halte Signierstunden, dränge mich überall auf, um über mein Buch reden zu können.«

»Und das noch dazu gratis.«

»Aber ich verkaufe Bücher!«

»Amy! Ab und zu kommst du nach Hause und hast fünf Bücher verkauft, und manchmal nicht einmal das. Davon wirst du doch nie im Leben reich.«

»Aber ich mach das doch nicht, um reich zu werden! Schreiben ist mein Traum und meine Berufung, mein Lebensinhalt. Mensch, Melker, was ist los mit dir? Du machst dich ja gern über mich lustig, aber jetzt bist du echt gemein!«

»Ich soll gemein sein? Ich denke nur logisch, damit musst du leben. Du investierst wahnsinnig viel Zeit in dein frisch entdecktes schriftstellerisches Schaffen! Zeit, die du allem anderen nimmst. Ab und zu wird das einfach zu viel! Ich höre nie mehr etwas von einem Werbeauftrag. Arbeitest du derzeit überhaupt an irgendeinem Projekt? Hast du etwas in Aussicht? Ich weiß, wir haben im Herbst beschlossen, dass du eine Auszeit nehmen kannst, um aufs Schreiben zu setzen, aber das bringt nichts ein, und wir schwimmen doch nicht im Geld. Vielleicht solltest du deine Kontakte aktivieren und wieder richtig mit der Arbeit anfangen? Nach Weihnachten, zum Beispiel, so hatten wir das doch abgemacht? Oder willst du dich nur noch bei Signierstunden herumtreiben und an deinem neuen Manuskript schreiben, das der Verlag vielleicht nicht einmal annehmen wird?«

Ich fasse nicht, was ich da höre. Mir fehlen die Worte. *Willst du dich nur noch bei Signierstunden herumtreiben?* Als ob ich nichts anderes täte!

Seit wir die Kinder haben, habe ich mich als freie Werbetexterin abgemüht. Ich habe jeden Auftrag angenommen, oft bis spätnachts gearbeitet und immer alle Deadlines eingehalten. Ich habe die Rollen von Mutter und selbstständiger Unternehmerin miteinander verbunden, habe mit dem Stress durch unsichere Einkünfte gelebt, um mir die Zeit selbst einteilen zu können und für die Kinder, die heranwuchsen, erreichbar zu sein. Jetzt schaffen sie es allein, und zum ersten Mal in meinem Leben kann ich auf meinen *Traum* setzen und an mich selbst denken. Die Wut über Melkers ungerechte Vorwürfe wächst in mir, während wir reden, und ich bin kurz davor, in Tränen auszubrechen, aber ich will meine Verletzlichkeit nicht zeigen. Ich bin fest entschlossen, als Autorin weiterzukommen, und das werde ich auch tun, egal, was Melker oder sonst wer sagt.

Also antworte ich nicht. Starre stattdessen die nasse Fahrbahn an. Es regnet nicht mehr, aber das Wasser spritzt noch immer hoch, und die Scheibenwischer jagen hin und her. Melker überholt einen Lastwagen. Wir kommen diesem riesigen Fahrzeug schrecklich nahe, und all das Wasser, das sich auf der Straße gesammelt hat, sorgt bei Melker für hundertprozentige Konzentration, ich sehe, wie er die Zähne zusammenbeißt und wie sich seine Kiefermuskeln anspannen. Dann sind wir endlich vorbei, und ich hole Atem. Aber die Verstimmung nach unserem Gespräch liegt zwischen uns, säuerlich und zäh. Weshalb hat Melker mich so angeranzt? Heute, wo noch dazu erster Advent ist und er weiß, wie sehr ich diese Zeit liebe.

Ich schlucke und schlucke. Vor meinen Augen ist alles verschwommen.

Melker fährt auf den Parkplatz und entscheidet sich für eine etwas vom Einkaufszentrum entfernt liegende Parklücke. Ich starre ihn an.

»Warum parkst du so weit weg?«

»Es regnet nicht mehr. Das kleine Stück können wir ja wohl zu Fuß gehen«, erwidert er gelassen.

»Warum? Hier ist es nicht gerade supergemütlich, oder?«, erwidere ich gereizt.

Aber er öffnet die Autotür und steigt aus, als ob mein Kommentar rein gar nicht von Bedeutung wäre.

»Sei nicht so sauer, Amy. Du übertreibst.«

Und da sehe ich Mama. Sie entdeckt uns im selben Moment und winkt mit der freien Hand, in der anderen hält sie eine riesige Tüte. Papa kommt ein Stück hinterher, er trägt zwei große Pappkartons. Ich kann mir schon denken, was die enthalten.

»Hallo! Seid ihr auch hier?«, ruft Mama, und ich reiße mich zusammen, habe keine Lust, sie mit meinem Streit mit Melker zu behelligen.

»Sieht so aus.«

Mama ist bei uns angekommen und umarmt mich herzlich, danach macht sie sich über Melker her.

»Amy hat gesagt, dass ihr eine Spülmaschine kaufen wollt. Heute? Was macht die Küche? Solltest du dir nicht doch Hilfe holen? Wir haben einen Nachbarn ein paar Häuser weiter, der war früher Schreiner, der könnte vielleicht …«

»Nein, danke, Majken«, fällt Melker ihr lächelnd ins Wort. »Ich mache gern alles selbst, und ich werde dafür sorgen, dass bis Weihnachten alles fertig ist.«

»Ja, denn mit zwei Kochplatten kommt man nicht weit«, wirft Mama dazwischen, und Melker hebt fast unmerklich die Augenbrauen. »Übrigens, was sagst du zu Amys Idee, auf das Weihnachtsbuffet zu verzichten? Du wirst sie bei diesem durch und durch irrsinnigen Vorschlag doch wohl nicht unterstützen?«

»Natürlich nicht.«

»Aber …«, versuche ich einzuwenden, werde von Mama jedoch unterbrochen.

»Da hörst du's, Amy. Und sieh doch nur, was ich für schöne Kerzenleuchter gekauft habe!« Sie zwinkert mir zu und senkt die Stimme: »Papa glaubt, ich hätte die vom Ausverkauf, aber alle Sonderangebote waren so hässlich, und da habe ich diese hier genommen. Sind die nicht phantastisch? Aber teuer … das muss unter uns bleiben.« Sie zwinkert noch einmal verschwörerisch, und während ich mich nervös davon überzeuge, dass weder Papa noch Melker uns gehört haben, öffnet sie die Tüte und lässt mich hineinschauen. Vorsichtig wickelt sie den obersten Kerzenleuchter aus. Zum Vorschein kommt ein wirklich wunderschönes Stück: ein Lucia-Umzug aus fröhlichen, drallen Holzfiguren in Weiß und Rot mit Lucia-Kerzen in den Händen. Eine Lucia in der Mitte, flankiert von Lucia-Mädchen und Wichteln. Ich bin sofort hin und weg.

»Wo hast du den gekauft?«

»In einem kleineren Laden im Einkaufszentrum. Nordic Nest heißt die Marke. Sind die nicht reizend? Aber natürlich nicht gerade umsonst.«

Ich lache. Sie ist so überschäumend, meine Mama. Immer aktiv. Und sie weiß, was sie will. Eine starke Frau, das war sie immer schon. Mein Vorbild, aber es ist nicht ganz leicht, mit ihr zu leben. Sie hat den Hang, andere zu überfahren, auch ihre Familie, um ihren Willen durchzusetzen. Inzwischen ist sie fünfundsiebzig, aber irgendwie scheint sie nicht zu altern. Sie ist so agil wie immer, auch wenn sie hier und dort über

Schmerzen klagt. Das nimmt niemand ernst. Was nicht zu sehen ist, existiert nicht.

»So einen will ich auch. Ich schau mir die an, während Melker die Spülmaschine kauft.«

»Richtig! Melker soll eine gute Maschine ausfindig machen, und du brauchst dann nur noch deine Zustimmung zu geben, ehe er kauft.«

»Zustimmung? Das ist nicht dein Ernst! Ich glaube doch, dass er eine Spülmaschine kaufen kann, ohne dass ich das gutheißen muss. Schließlich bitte ich ihn ja auch nicht um Zustimmung, wenn es um Adventsleuchter geht!«

»Amy!«, ruft Melker. »Komm schon!«

Ich umarme Mama und gehe mit schnellen Schritten auf meinen Mann zu. Mir fällt ein, dass ich vorhin sauer auf ihn war. Jetzt kommt mir das albern vor. Ich habe übertrieben, weil er mir auf die Zehen getreten ist. Ich weiß, dass ich zu viel vor dem Rechner und vor allem an meinem Handy hänge, dass ich eine Sklavin der Listen bin, dass mein Kontrollbedürfnis seinesgleichen sucht … das weiß ich. Vielleicht sollte ich das alles ein bisschen zügeln, ich weiß nur nicht, wie.

Da steht er und wartet auf mich, und als ich ihn erreiche, streckt er die Hand nach meiner aus, und Hand in Hand gehen wir zum Einkaufszentrum, um diese Spülmaschine zu kaufen, und irgendwo in mir verspüre ich eine tiefe Dankbarkeit für mein Leben.

Es ist der erste Advent, und es sind noch vierundzwanzig Tage bis Weihnachten. Geliebtes Weihnachten! Wie ich mich danach gesehnt habe! Wie ich dafür geplant habe. Wie ich mir wünsche, dass alles ebenso schön wird wie in früheren Jahren, wie in allen Jahren, seit ich klein war. So friedlich und schön und … ja, ich weiß … ebenso stressig wie immer.

Katinka kommt in einem knallbunten Kleid und mit klimpernden Armbändern hereingefegt. Man könnte denken, sie habe in der vergangenen Woche vergessen, ihre langen Locken zu bürsten. Sie trägt einen Strohhut auf dem Kopf, trotz der Dezemberdunkelheit, und hat sich einen breiten Gürtel um die schmale Taille geschnallt. Sie ist eine natürliche Schönheit, denke ich, während ich in einem nach Glögg duftenden Fleischtopf rühre. Ich bin schweißnass unter den Armen, in der demontierten Küche ist es so heiß durch die vielen Kerzen, aber es ist der erste Advent, und wenn schon, denn schon.

»Hallo, Mama! Gott, wie herrlich das riecht!« Sie umarmt mich eilig. Dann schaut sie misstrauisch in den Topf. »Fleisch?«

»Ja, Liebling, aber ich habe einen Teil des Gerichts ohne Fleisch beiseitegestellt, da kannst du dann deine Tofus druntermischen, oder was du sonst isst. Die herrliche Fleischbrühe wird dich jedenfalls daran erinnern, wie ein echter Adventseintopf zu schmecken hat!«

»Fleischbrühe stammt von Tieren, Mama.«

Ich verdrehe die Augen, kann es nicht lassen. Ihre Entscheidung, Vegetarierin zu werden, stört in unserer essensfrohen Familie. Ich weiß nichts über vegetarische Küche, und es interessiert mich auch nicht besonders. Ich würde nie auf die Idee kommen, auf ein schönes Stück Fleisch zu verzichten, und damit meine ich, ein *schönes* Stück. Ich gebe mir alle Mühe, nur Fleisch von Tieren zu kaufen, die ein gutes Leben hatten, deshalb finde ich, ich leiste meinen Beitrag, aber Katinka sieht das nicht so. Ihr Umweltengagement bringt mich noch um. Sie redet von »Fleischschämen«. Aber da stößt sie bei mir auf taube Ohren.

»Und übrigens heißt es nicht Tofus«, sagt sie jetzt lachend. »Sondern Tofu. Es gibt nur Tophus mit ph, aber das ist eine Bezeichnung für Gichtknoten.«

»Ist doch dasselbe«, murmele ich.

»Übrigens, Adam«, Katinka wechselt das Thema. »Mein Bekannter. Den habe ich gefragt und der kommt heute auch zum Essen.«

»Was?« Ich höre sofort auf zu rühren. »Wirklich? Der war doch noch nie hier!«

»Nein, aber was spielt das für eine Rolle?« Katinka öffnet den Kühlschrank und schaut hinein. Nimmt einen Saftkarton heraus und trinkt, ohne ein Glas zu nehmen. Ich höre sie schlucken.

»Bitte, nicht aus dem Karton trinken. Es gibt noch andere, die Saft wollen. Adam zum Beispiel.«

»Ja und? So what? Der ist mir schon viel näher gekommen, Mama, schließlich habe ich schon bei ihm übernachtet«, lacht sie mit funkelnden Augen.

Ich spüre, wie sich die Röte in meinem Gesicht ausbreitet. Was meine Tochter mir da erzählt, bedeutet, dass Adam und sie ein Paar sind, begreift sie das nicht? Und dass er nicht nur ein Bekannter ist.

»Er ist also dein Freund?«, frage ich vorsichtig. »Wie schön, Herzchen. Ich freue mich darauf, ihn kennenzulernen, auch wenn du dir vielleicht besser einen anderen Tag ausgesucht und mich außerdem rechtzeitig vorgewarnt hättest. Hier herrscht völliges Chaos und …«

»Das spielt keine Rolle! Er wird das gar nicht merken. Und außerdem ist er gar nicht mein Freund. Noch nicht, jedenfalls.«

Sie küsst mich auf die Wange, dann fegt sie aus der Küche, so schnell, wie sie hereingekommen ist. Nach einigen Stufen auf der Treppe in den ersten Stock ruft sie mir zu: »Ich mache was zu essen für mich und Adam, Mama. Dann brauchst du dich nicht drum zu kümmern!«

Ich komme hier nicht mehr mit. Werde ich jetzt alt? Oder bin ich nur altmodisch? Es fällt mir schwer, zu akzeptieren, dass Katinka bei einem Mann übernachtet, der nur ihr … Bekannter ist.

»Hier riecht es aber gut!« Melker kommt in die Küche, er trägt seinen Schreineroverall.

»Es duftet.«

»Was?«

»Hier *duftet* es! Riechen ist eher unangenehm!«

»Ja, ja. Du bist hier die Schriftstellerin.« Er grinst. »Ich habe Katinkas Stimme gehört. Ist sie also nach Hause gekommen?«

»Ja, und sie hat mitgeteilt, dass Adam heute zum Sonntagsessen kommt. Ihr Bekannter, nicht ihr Freund. Aber Melker … sie schläft mit ihm!« Ich ziehe den Topf von der Kochplatte und fange an, Kartoffeln zu schälen.

»Ach, komm schon, die Kleine ist zweiundzwanzig. Reg dich nicht auf. Wenn sie nicht noch zu Hause wohnte würdest du das gar nicht mitbekommen. Du warst immer schon eine Glucke, aber unsere Tochter ist jetzt erwachsen, vergiss das nicht.« Er steckt den Finger in den Kochtopf und leckt genüsslich daran. »Mmh, wie lecker! Was ist da drin?«

»Glögg.«

»Natürlich.« Er lacht. »Es ist ja Advent, da lässt man nichts aus, du jedenfalls nicht. Schmeckt echt gut. Wann essen wir?«

»Hugo kommt um sechs. Ich dachte, wenn er da ist, zünden wir die erste Adventskerze an und trinken einen Schluck Glögg, dann essen wir. Ich habe Pfefferkuchen und Blauschimmelkäse gekauft, die können wir als Appetithäppchen zum Glögg schnabulieren. Hast du draußen alle Girlanden aufgehängt?«

»Yes. Jetzt steht nur noch der Baum aus. Ich kaufe den morgen nach der Arbeit.«

»Ich begreife nicht, wie du vergessen konntest, vor dem ersten Advent den Baum zu kaufen, Melker«, sage ich vorwurfsvoll. »Wir haben an dem Tag *immer* eine Fichte im Garten!«

»Aber dieses Jahr nicht. Weil wir das nicht mehr geschafft haben. Sogar du bist im Rückstand. Wann ist es zuletzt passiert, dass nicht alles rechtzeitig geschmückt war? Ganz zu schweigen von den Hyazinthen in der Garage, die darauf warten, in deine schönen Weihnachtstöpfe gepflanzt zu werden.«

Ich beiße mir auf die Zunge. Er hat recht. Alles verspätet sich in diesem Jahr, und teilweise ist das meine Schuld. Aber es liegt auch an dieser verdammten Küche, die einfach nicht fertig wird. Ich schiele zu Melker in seiner Schreinerkluft hinüber.

»Warum hast du den Overall angezogen? Du willst doch jetzt wohl nicht mehr arbeiten, oder?«

»Doch, das hatte ich vor. Ist dir das nicht recht? Du nervst doch die ganze Zeit damit, dass die Küche fertig werden soll.« Seine Sachen stapeln sich in einer Ecke der Küche, und jetzt sucht er nach irgendetwas. Im Werkzeugkasten. Als ich ihn überreden wollte, den ganzen Kram in die Garage zu bringen, ist er total sauer geworden. Also habe ich es aufgegeben.

»Aber wir essen doch bald!«

Melker schaut auf die Uhr.

»Ach was, es ist doch erst vier. Hugo kommt um sechs, wenn er pünktlich ist. Glögg gibt es dann vielleicht um halb sieben. Da kann ich noch zwei Stunden arbeiten. Der Elektriker kommt am Mittwoch, hab ich das schon erzählt?«

»Nein. Und was bedeutet das? Wann ist alles fertig?«

»Das weiß ich nicht. Wir haben ja noch keinen festen Liefertermin für die neue Küche.«

»Aber der ist uns doch vor ein paar Tagen mitgeteilt worden?« Ich wische mir die Hände an einem Küchenhandtuch ab und lege die geschälten Kartoffeln auf ein Brett, um sie später in Spalten zu zerschneiden und in den Backofen zu schieben.

»Du wolltest doch noch etwas Bedenkzeit, hast du gesagt. Weil du vielleicht noch ein paar Dinge ändern wolltest. Also habe ich die Lieferung erst mal abgesagt.« Er mustert den Werkzeugkasten, während er redet.

»Nein! Ich habe mir alles überlegt! Herrgott, Melker, ich dachte, das hätte ich dir gesagt. Was, wenn die Küche bis Weihnachten doch nicht fertig ist?« Ich höre, dass meine Stimme ins Falsett umkippt.

»Immer mit der Ruhe. Ich bring das morgen in Ordnung, okay? Lass mich jetzt einfach arbeiten, alles wird gut.«

Für einen Moment beobachte ich meinen Mann, er scheint mich jedoch nicht mehr zu sehen. Typisch für ihn. Wenn er sich auf etwas konzentriert, dann gibt es nur noch das. Dann ist er total vertieft. Unser Gespräch ist beendet und das Essen so weit vorbereitet. Schweigend verlasse ich das Chaos und gehe ins Wohnzimmer, um die Adventslampen und Kerzen anzuzünden, die ich immerhin schon aufstellen konnte. In diesem Jahr ist vieles noch nicht fertig, aber damit muss ich leben.

Ich zünde die Kerzen in dem Leuchter an, den ich heute gekauft habe – so einen wie Mamas. Und ja, er war teuer. Beim Bezahlen habe ich die Augen zusammengekniffen und mir eingeredet, dass ich das an anderer Stelle wieder einsparen werde. Melker würde durchdrehen. Aber andererseits hat er die edelste Spülmaschine gekauft, die es gab, warum kann ich mir also nicht auch ein bisschen Luxus gönnen?

Nach einem kurzen Tastendruck auf dem Handy tönt plötzlich Weihnachtsmusik aus den Lautsprechern. Ich lasse mich behaglich auf die Sofakissen zurücksinken und gestatte mir, mich zu entspannen. Carola singt aus voller Kehle *O helga natt,* und ich lächele, wenn ich an Katinkas und Hugos laute Proteste gegen meine Musikauswahl denke.

Unbewusst hole ich das Handy hervor. Ich gehe auf Facebook, und sofort begegnen mir Bilder von Menschen in ihren schönen Häusern, mit phantastischen Weihnachtsdekorationen und Kerzen überall. Ich schlucke. Bin ich die Einzige auf der ganzen Welt, die es nicht geschafft hat, alles zu schmücken? Übellaunig scrolle ich weiter, aber nichts ändert sich. Alle leben im Weihnachtstraum. Kann das wirklich stimmen? Die Hyazinthen stehen zwar in der Garage, Amaryllis und Christsterne kann ich morgen kaufen, Pfefferkuchen und alles andere werden gebacken sowie ich Zeit habe, aber trotzdem. Entschlossen mache ich ein Selfie vor meinem neuen Adventsleuchter. Sehe mir das Bild an, ehe ich es mit folgendem Text poste:

Endlich erster Advent. Endlich bald Weihnachten. Beste Zeit im Jahr.

Ich setze ein Herz und ein Wichtel-Emoji darunter. Sehe mir den Post an und bin zufrieden, als ich sehe, wie die Likes aufleuchten. Gut! Jetzt treibe auch ich im Strom derer, die es ja so gut haben. Niemand soll glauben, der Familie Strandberg gehe es schlechter als irgendeiner anderen.

Hugo bringt wie immer eine große Ikeatasche voller Wäsche mit. Er umarmt mich und zwinkert mir unschuldig zu.

»Ich habe alle Hemden zum Waschen und Bügeln gegeben, das hier ist also nur der Rest.«

»Nur der Rest«, wiederhole ich und runzele die Stirn, als ich in die Tasche schaue. »Aber Hugo, warum wäschst du nicht selbst? Du hast doch eine Waschküche im Haus.«

»Weil die immer besetzt ist, und weil ich so viel arbeite, und weil ich es abends nie schaffe. Bitte, Mama, du brauchst doch bloß alles in die Maschine zu stopfen, und du kannst das machen, wenn du gerade Zeit hast. Du sitzt doch eh den ganzen Tag am Schreibtisch, da ist ein bisschen Abwechslung doch ganz schön, oder?«

Er ist schon unterwegs in die Küche, und ich stehe da mit der Tasche vor meinen Füßen und frage mich, warum ich mir das gefallen lasse. Einer der Punkte auf der Liste für heute war, mit Hugo über diese Unsitte zu sprechen, mir seine Wäsche aufzudrücken. Das ist leider gar nicht gut gelaufen.

»Mensch, das riecht ja verdammt gut!«, höre ich ihn sagen.

»Duftet«, murmele ich und werfe die Tasche in die Waschküche, ehe ich zum Kochtopf zurückkehre. Hugo hat schon den Kühlschrank geöffnet, und wie ein hungriger Wolf auf

Raubzug hat er Käse, Margarine und eine Packung Schinken herausgenommen und schmiert sich zwei große Butterbrote.

»Aber Hugo«, rufe ich. »Wir essen doch gleich! Da kannst du jetzt doch keine Stullen essen?«

»Wenn du wüsstest, was ich alles kann«, sagt er lachend. »Ich bin total ausgehungert, und das ist nur der Aperitif!«

»Hast du denn zu Hause nichts zu essen, oder was? Weil du jedes Mal, wenn du kommst, den Kühlschrank ausplünderst?«

»Ich verdiene einfach zu schlecht, Mama. Ein armer Banker wie ich kriegt keinen hohen Lohn.«

»Tja, es ist allerdings die Frage, was man unter hohem Lohn versteht. So, wie du dein Geld für Klamotten und Vergnügen ausgibst, bleibt sicher kaum etwas übrig für lebenswichtige Dinge wie Essen. Vielleicht sollte ich dankbar dafür sein, dass du die Miete selbst bezahlst?«

Hugo genießt sein Leben und ist immer fröhlich und sorglos. Es wird sich schon alles finden. Das ist sein Motto. Seine Augen lachen fast die ganze Zeit, und es fällt mir schwer, ihm böse zu sein, auch wenn ich das oftmals sein müsste. Er wickelt mich ganz einfach um den kleinen Finger, und seine körperliche Art, mir seine Liebe zu zeigen, indem er mich dauernd umarmt, lässt mich schmelzen. Er strahlt Lebensfreude aus, und ich weiß, dass er bei seinen Freunden auch so ist. Und er hat viele Freunde.

»Wie geht es bei der Arbeit, Hugo? Fühlst du dich da wohl?«

»Ist schon okay. Abgesehen davon, dass die anderen alle alt und öde sind, natürlich. Aber damit muss man wohl leben, wenn man in einer Bank arbeitet.«

»Ach, und wo würdest du lieber arbeiten?«

»In Stockholm«, antwortet er mit vollem Mund. Ich unterdrücke meinen Drang, ihm einen Vortrag darüber zu halten, dass man mit vollem Mund nicht spricht.

»Aber das war eher keine Antwort auf meine Frage«, sage ich stattdessen. »Stockholm ist eine Stadt. Ich wollte wissen, welchen Arbeitsplatz du lieber hättest als den in der Bank.«

»Bank ist okay. Aber in Stockholm sind die Leute interessanter, es gibt mehr junge Menschen, und eigentlich möchte ich in einem Finanzunternehmen arbeiten. Einem kleineren, mit jungen Leuten.«

»Manchmal frage ich mich, ob du Arbeitsplätze für eine Art Nachtclub oder Freizeitunternehmung hältst. Es muss doch ein paar Kollegen geben, mit denen du dich verstehst?«

»Klar doch, alle sind nett, aber verdammt öde. So ist das einfach. Wo steckt übrigens Papa? Die Küche sieht aus wie … tja, wie am vorigen Sonntag. Nur ein bisschen chaotischer.«

Ich seufze.

»Erinnere mich nicht daran. Er ist unter der Dusche, glaube ich. Hat fast eine Stunde an der Küche gearbeitet. Vorher war er auf seinen Rollskiern unterwegs, und wir waren eine Spülmaschine kaufen. Und wir haben das Haus dekoriert und neue Leuchtgirlanden besorgt und …«

»Himmel, das reicht, Mama! Wieso macht ihr das alles? Wieso überhaupt?«

»Wieso wir das machen? Es geht um den Advent, Hugo. Und um Weihnachten. Darum, es für die Familie *schön* zu haben.« Ich starre ihn an, will ihm klarmachen, dass es nichts gratis gibt. Man muss darum kämpfen, wenn man es um sich herum gemütlich haben will. Aber er zuckt mit den Schultern.

»Ja, ja. Das höre ich nicht zum ersten Mal. Aber ich habe keine Fichte im Garten gesehen? Sag nicht, dass du mit dieser Tradition gebrochen hast!« Wieder dieses Lachen. Es ist befreiend. Und ich beschließe, nicht zu antworten. Greife stattdessen zu den Tellern.

»Würdest du bitte den Tisch decken?«

»Fünf Teller? Wer ist der Gast?«

»Adam.«

»Und wer ist Adam?«

»Katinkas Bekannter.« Ich betone das Wort *Bekannter* und verdrehe dabei die Augen.

»Fickbekanntschaft, meinst du.« Er grinst.

»Hugo!« Fast hätte ich die Teller fallen lassen.

»War nur ein Witz!« Er nimmt mir die Teller ab und schlendert ins Wohnzimmer, um den Tisch zu denken.

»Servietten und Gläser nicht vergessen«, rufe ich hinter ihm her. Verdammter Bengel, denke ich. Es hat ja wohl keine Ahnung davon, was Katinka …

Ich reiße mich zusammen und versuche, mich auf etwas anderes zu konzentrieren, und wie auf ein Stichwort erscheint mein Manuskript vor meinem inneren Auge.

Schaudernd läuft sie noch einige Schritte und hat dann die Lichtung erreicht. Der Regen rauscht herab. Die Juninacht ist hell, aber die hohen Baumkronen bilden ein Dach über ihr, sodass sie in der Dunkelheit kaum etwas erkennen kann. Sie kneift die Augen zusammen und rechnet mit dem Schlimmsten. Ihr Herz hämmert, und sie kann nicht schlucken, denn ihre Kehle ist wie ausgedörrt. Mit zitternden Händen packt sie die schmutzige, nasse Decke und zieht. Ist das das Ende?

Ich weiß ganze Abschnitte auswendig und feile dauernd an den Formulierungen. Alles kann besser werden, die Frage ist nur, wann ich den Schlusspunkt setzen und wie ich wissen soll, dass ich zufrieden sein kann? Ich bin ein Stück weitergekommen, an die fünfzehntausend Wörter, das ist immerhin ein Anfang. Aber was, wenn es Torsten nicht gefällt? Ich habe ihm die Handlung geschildert, ehe ich angefangen habe zu schreiben, und er hat zwar beifällig genickt, war aber nicht bereit, mir einen Vertrag zu geben.

»Schreib ungefähr ein Viertel, vielleicht fünfundzwanzigtausend Wörter, und lass mich dann lesen. So kann ich mir ein besseres Bild machen.«

Torsten ist mein Verleger bei Ord i Bok. Er ist zudem der Inhaber des Verlags, der zwar nicht besonders groß ist, aber einen guten Ruf hat. Es gibt dort nur vier Angestellte, aber sie sind innovativ und haben sich einige Autorinnen und Autoren sichern können, die kurz vor dem Durchbruch stehen.

Mein erstes Manuskript wurde von mehreren Verlagen abgelehnt, und als Ord i Bok zusagte, glaubte ich, vor Glück vergehen zu müssen. Ich war Torsten unendlich dankbar, weil er es wagte, an mich zu glauben, und damals glaubte ich, alle Türen stünden mir offen. Ich dachte: großartig! Welch ein Erfolg! Aber dann wurde ich eines Besseren belehrt. Seit dem Erscheinen des Buches ist nämlich nicht viel passiert, und ungeduldig, wie ich bin, habe ich Torsten mit Mails und Anrufen terrorisiert, bis er meinte, ich solle mal halblang machen.

»Mal halblang? Wie meinst du das?«, schrie ich ihn beinahe an. »Mein Buch ist seit fast drei Monaten im Handel, und nichts passiert. Ich habe es nicht einmal im Akademibokhandel in Trollhättan gefunden, als ich letztens dort war.« Man kann ja einwenden, dass Trollhättan nicht gerade Schwedens bedeutendstes Städtchen ist, doch ist es groß genug, um meinen Krimi im Programm zu haben, argumentierte ich.

Ich hatte wohl ein wenig übertrieben, denn Torsten schwieg zuerst, dann antwortete er um einiges ruhiger als ich.

»Liebe Amy. Dein Buch ist nicht von der Buchhandelszentrale eingekauft worden, und deshalb liegt es nicht in allen Buchläden aus.«

Bei diesen Worten erstarrte ich zu Eis. Das mit *nicht von der Buchhandelszentrale eingekauft worden* kam mir vor wie eine Ohrfeige.

»Ich verstehe ich …«, war alles, was ich herausbrachte.

»Der Akademibokhandel, der übrigens Schwedens größte Buchladenkette ist, ist überaus restriktiv, wenn es darum geht, Debütromane einzukaufen. Aus diesem Grund liegt dein Buch in Göteborg aus, wo du wohnst, und darüber solltest du dich freuen.«

»Mich freuen? Warum sollte ich mich darüber freuen, wenn das restliche Land mein Buch nicht kaufen kann? Und warum erfahre ich das erst jetzt?«

»Vielleicht, weil du nicht immer zuhörst?«

Seit diesem Gespräch verspüre ich eine gewisse Ohnmacht. Wie soll ich dieses Problem angehen? Wie zum Henker soll man den Buchhandel dazu bringen, ein Buch einzukaufen, das nicht von einem Star mit riesigen Auflagen verfasst worden ist? Wie soll man zu diesem Star werden, wenn niemand wagt, an dieses erste Buch zu glauben? Ich kann diese Gleichung ganz einfach nicht lösen.

Ab und zu frage ich mich, worauf ich mich eingelassen habe. Ich bin nur eine von unzähligen Leuten in Schweden, die Bücher schreiben und gelesen werden wollen. Und wenn meine Gedanken in diese Richtung wandern, liegt mir alles schwer im Magen. Wie Bauchschmerzen, nur dass es nicht richtig wehtut. Als ob es da drinnen Ungeheuer gäbe, die herumkriechen und für Unwohlsein sorgen und von denen ich mich einfach nicht befreien kann.

Ab und zu glaube ich, es ist Angst, aber dann schüttele ich

solche Gedanken sofort wieder ab. Ich habe keine Angst. Es geht mir viel zu gut, um mich von Angst überwältigen zu lassen. Ich habe die Möglichkeit, Vollzeit zu schreiben, wie ich es mir mein Leben lang gewünscht habe. Melker hat mir diese Chance gegeben – wenn auch nur für eine begrenzte Probezeit, wie er das nennt –, und ich finde es wunderbar.

Nach diesen düsteren Gedanken erwacht fast immer mein Tatendrang, und dann krempele ich meine Ärmel hoch – im wahrsten Sinne des Wortes – und schreibe eine Liste der Dinge, die ich in Angriff nehmen sollte, statt mich in Selbstmitleid zu verlieren. Das führt meistens dazu, dass ich schreibe, bis die Tasten fast Funken sprühen. Ich brenne für meine mutige Amanda Frisk und ihre polizeiliche Arbeit, ich belausche Menschen in der Straßenbahn oder im Supermarkt, ich sehe Bilder vor mir, wenn ich spazieren gehe, ich interpretiere Zeitungsartikel, und ich beobachte alle und alles, was ich in Szenen in meinem Manuskript verwandeln kann.

Ich verlasse die für den Augenblick menschenleere Küche, und wie ein Dieb in der Nacht schleiche ich mich in mein kleines Arbeitszimmer und klappe den Rechner auf. Der Bildschirm flackert los, und atemlos öffne ich mein Dokument. Da ist es. Mein neues Buchbaby in seinen Windeln. Ich seufze andächtig. Mein Manuskript. Meine Idee. Ich werde schon allen zeigen, was ich kann!

Ich lege die Finger auf die Tasten, und das dumpfe Klicken hallt in der Stille wider. Ich vergesse Zeit und Raum und lasse mich von der Handlung mitreißen. Ich habe das Gefühl, in meine erfundene Welt einzutauchen, und ich will dort sein und an keinem anderen Ort, obwohl es in meinem Roman Mittsommer ist und noch dazu in Strömen regnet. Meine Heldin Amanda hat soeben auf der Lichtung im Wald die Decke weggezogen, und schlagartig wird ihr klar, dass sie es nicht mit irgendeinem Feld-, Wald- und Wiesenmord zu tun hat, denn der Ermordete ist ihr Liebhaber. Und das in der Mittsommernacht!

Ich schreibe weiter. Die Adventsfeier ist vergessen. Bis ich jemanden meinen Namen rufen höre.

»Amy! Wo steckst du?«

Melker. Ich weiß, was er sagen wird, wenn er sieht, dass ich mich schon wieder zum Schreiben davongeschlichen habe. Ich breche mitten in einem Satz ab und kneife die Augen zusammen. Advent. Familie. Und dieser Adam, der uns zum ersten Mal besucht. Katinkas ... wie hat Hugo ihn noch genannt?

Ein Klick, und ich habe gespeichert, dann knipse ich die Lampe aus und verlasse das Zimmer. Wäre fast mit Melker zusammengestoßen, der unterwegs zu meinem geheimsten Schlupfwinkel ist.

»Dachte ich mir, dass du hier bist.«

»Ich wollte nur schnell etwas nachsehen«, lüge ich.

»Adam ist da, und ich habe Feuer im Kamin gemacht, und alle warten auf dich.«

Adam. Der mit dem Bart im ganzen Gesicht. Katinkas Fickbekanntschaft, so hat Hugo ihn genannt. Ich frage mich in Gedanken, was Katinka in letzter Minute für sich und ihn zu essen gemacht hat, wie sie angekündigt hatte. Ein vegetarisches Gericht. Aber das ist ja wohl kaum mein Problem.

»Schon unterwegs.«

Das Manuskript muss warten. Die Eroberung der Welt muss warten. Denn es ist der erste Advent, und nichts darf mein geliebtes Weihnachten stören.

Als ich abends schlafen gehe, wirbeln mir die vielen Eindrücke des Tages durch den Kopf. Ich bin so müde, fühle mich so gestresst, wenn ich an die kommende Woche denke, und vielleicht habe ich ein Glas Wein zu viel getrunken. Nicht, dass ich *zu viel* trinke, aber ab und zu vielleicht doch ein Glas zu viel. Ich sehe da einen Unterschied, die Frage ist allerdings, ob andere das auch tun. Aber es war so ein angenehmes Essen, auch wenn es bei den Diskussionen heiß herging.

Adam erwies sich als leidenschaftlicher Umweltaktivist, und das ist ein Bereich, in dem weder Melker noch ich sonderlich bewandert sind. Nicht, dass uns die Umwelt egal wäre – ich trenne den Müll und habe schon mit zwanzig regelmäßig für Greenpeace gespendet –, aber Adam ist *unglaublich* bewusst und belesen. Er hatte Antworten auf alles, und Katinka stimmte ihm jedes Mal zu. Seit wann engagiert sie sich dermaßen für die Umwelt? Hugo ging zum Angriff über, als Adam erklärte, dass man *überhaupt* nicht fliegen sollte. Hugo will über Neujahr nach London und Freunde besuchen, und natürlich hat er einen Flug gebucht.

»Was denn? Meinst du vielleicht, ist soll mit dem Schiff nach England fahren? Dann muss ich doch verdammt noch mal schon eine Woche vorher aufbrechen.«

»Oder du feierst in Schweden Neujahr«, gab Adam zurück

und trank einen großen Schluck Wein. Als er sich zu Tisch setzte und Melker eine richtig gute und teure Flasche holte, erzählte Adam, dass er Rotwein liebe. Und das hat man gemerkt, denn der rote Trunk wanderte ungeheuer rasch aus Adams Glas in seine Kehle.

»Du hältst es also für falsch zu reisen? Meinst du nicht, dass es uns einschränkt, nie die Landesgrenzen zu überqueren?« Hugo richtete drohend die Gabel auf Adam.

»Natürlich kannst du reisen. Aber es gibt Alternativen zum Fliegen.«

»Und welche Alternativen schlägst du vor, Adam? Heißluftballon?« Hugos Wangen waren gerötet, das Wort Flugscham hat er wahrscheinlich noch nie gehört, dachte ich und schenkte mir nervös ein weiteres Glas Wein ein. Melker warf mir einen Blick zu, und schuldbewusst stellte ich die Flasche weg.

»Die Eisenbahn ist hervorragend, und wenn sich die Politiker sich nur endlich zum Wohle der Umwelt zusammenraufen würden, könnte das Eisenbahnnetz gewaltig ausgebaut werden.«

»Du lebst in einer Scheinwelt, zum Teufel«, rief Hugo. »Wir sind nicht mehr im achtzehnten Jahrhundert, die Entwicklung ist etwas weitergegangen, und das gesamte Wirtschaftsleben kommt zum Stillstand, wenn dein Umweltunsinn in die Tat umgesetzt wird.«

»Sagt wer?« Adams Augen funkelten, als ob er dieses ganze Gespräch lustig fände. Hugo dagegen war wütend. Er saß auf der Stuhlkante und rührte das Essen auf seinem Teller nicht an, und dabei isst er sonst immer am schnellsten.

»*Ich* sage das. Und ich bin Wirtschaftswissenschaftler. Ich arbeite in einer Bank, und ich kenne mich mit Volkswirtschaft offenbar besser aus als du. Und offenbar auch besser als Greta.«

»Nein, jetzt hört gefälligst auf mit dieser Diskussion, und Hugo, *reiß dich zusammen!*« Plötzlich war Katinka aufgesprungen, und sie fuchtelte mit den Armen, sodass ihre Armbänder wie wild klimperten. Katinka redet oft mit den Händen, als wolle sie nicht nur gehört, sondern auch gesehen werden. Und verstanden. »Adam ist mein Gast, und Greta mein großes Idol, und jetzt musst du dich verdammt noch mal zusammenreißen!«

»Ich?« Hugo hob die Arme. »Ich stelle doch nur fest, dass … dass …« Er verstummte. »Ach, scheißegal«, sagte er dann. »Ich fliege, und du, Adam, fährst mit dem Zug. Okay?«

Adam grinste. »Na gut, wie du meinst. Wir sehen uns ja heute zum ersten Mal, Hugo, und sicher nicht zum letzten«, sagte er und zwinkerte Katinka zu. »Wir finden sicher noch Gelegenheiten, auf dieses Thema zurückzukommen. Und ich gehe jede Wette ein, dass ich dich überzeugen werde.«

In diesem Augenblick meldete sich Melker zu Wort. Er war ungewöhnlich schweigsam gewesen, aber plötzlich schien er es für angebracht zu halten, der Erwachsene in der Runde zu sein.

»Adam! Interessant, deine Ansichten zu hören, und du hast sicher in vielen Punkten nicht unrecht. Und das gilt auch für dich, Hugo. Ich werde in Zukunft ganz Ohr sein, aber heute ist nicht nur Adams erster Besuch bei uns, sondern auch der *erste Advent.* Also nicht der richtige Zeitpunkt für hitzige Diskussionen irgendeiner Art, das würde Mama das Herz zerreißen. Adam, du kannst das nicht wissen, aber in unserer Familie sind Weihnachten und die gesamte Adventszeit heilig, vor allem für Amy, und wenn ich heilig sage, dann meine ich das nicht religiös, sondern ich spreche von der Tradition an sich. Die ist heilig. Gnade dem, der an den Traditionen der Familie Strandberg rüttelt, oder vielleicht sollte ich sagen …

an Amys Traditionen.« Er lachte, und der Rest der Familie stimmte ein, auch ich, denn er hatte ja recht. »Also, Prost allesamt! Wunderbar, so ein Familienessen. Und apropos Essen, kann ich euch mitteilen, dass Mama kundgetan hat, sie spiele zum ersten Mal in unserer gemeinsamen Geschichte mit dem Gedanken … haltet euch fest …« Er ließ den Blick über die drei jungen Leute schweifen, die wie gierige Vogeljunge dasaßen und gespannt darauf warteten, welch kühne Idee ich wohl aushecken mochte.

»Na los, Väterchen!«, rief Hugo schließlich.

»Das Weihnachtsbuffet zu canceln«, rief Melker, als wäre das die Sensation des Jahres. Als würde gerade verkündet, wer die Nobelpreise des Jahres erhalten wird. Oder wer bei *Schweden sucht den Superstar* gewonnen hat. Oder wer bei *Paradise Hotel* rausfliegt.

Schweigen senkte sich wie eine schwere Last über die Anwesenden. Ich nahm noch einen – großen – Schluck Wein und bereitete mich auf eine Verteidigungsrede vor. Aber dazu bekam ich dann keine Gelegenheit. Zu meiner Überraschung brachen Hugo und Katinka in schallendes Gelächter aus. Adam sagte nichts. Was hätte er auch sagen sollen. Weihnachtsbuffets sind sicher nicht besonders umweltfreundlich, vielleicht stand er also auf meiner Seite.

»Verdammt, Mama, du bist wirklich cool!«, brachte Hugo dann mühsam heraus. »Normalerweise kannst du doch keine einzige Tradition ankratzen. Das Weihnachtsbuffet? Nein wirklich, jetzt muss ich aber noch was essen. Das schmeckt verdammt gut. Was zum Henker hast du da in dem Eintopf?«

»Glögg«, antwortete ich müde.

»Klar, ist ja Advent.«

Mit einem Schlag war alles Umweltgerede wie weggeblasen, und das Essen ging ohne größere Auseinandersetzungen weiter. Bei uns gibt es allerdings keine Mahlzeit ohne laute Diskussionen, deshalb sah Adam ab und zu ein bisschen schockiert aus. Aber wir lachten immer wieder, und das Essen war gut, und als wir dann irgendwann aufs Sofa sanken, um uns zusammen einen Film anzusehen, konnte ich feststellen, dass Adam ja doch ein netter Junge zu sein schien, und mein Mutterherz hämmerte, als ich sah, wie er Katinka einen Arm um die Schultern legte und wie sie sich mit einem Lächeln an ihn schmiegte.

Ein schönes Paar.

»Adam wirkt schon sympathisch, oder?«, sage ich jetzt zu Melker, als ich unter die Decke krieche. Melker liest und scheint nichts gehört zu haben. »Oder nicht?«, beharre ich, worauf er überrascht aufblickt, als wäre es seltsam, dass ich meinen Mann anspreche, wenn der sich auf ein Buch konzentriert.

»Was hast du gesagt?«

»Dass Adam einen netten Eindruck macht. Und er ist so lieb zu Katinka. Findest du nicht?«

»Das schon, aber er ist doch nur ein Bekannter?«

»Ach, Melker, hör auf! Du weißt so gut wie ich, dass das eine Definitionsfrage ist.«

»Kann schon sein. Aber die Definition stammt von Katinka, und solange sie ihn so definiert, bleibt es dabei. So sehe ich das wenigstens.«

Ich knipse die Lampe aus und lege mich bequem hin. Überlege mir, was er da gesagt hat. Und komme zu dem Schluss, dass es mir egal ist, wie Adam definiert wird. Von jetzt an ist er der Freund meiner Tochter. Und ich glaube, dass er mir gefällt. Ein bisschen Umweltdenken ist im Haushalt der Familie Strandberg sicher nötig, das ist nämlich nicht gerade unsere starke Seite.

»Gute Nacht …« Ich lege Melker eine Hand auf den Arm und merke, wie mich die Müdigkeit überwältigt.

»Gute Nacht, Liebling. Hast du deine Listen schreiben können?« Melker streichelt meine Wange.

»Ja … alles unter Kontrolle. Glaube ich.«

Morgen beginnt eine neue Woche. Und jede Minute ist verplant.

2. DEZEMBER,
MONTAG

1500 Wörter im Manuskript schreiben. Wichtig! Amandas Beziehung zum Opfer entwickeln!
Agenturen wg. neuer Werbeprojekte mailen.
Ida von Werner & Co anrufen, wg. Angebot, das ich ihr geschickt habe
Was fehlt beim Adventsschmuck?
Bügelwäsche!
Liste über Lebensmitteleinkauf machen – einkaufen
Torsten mailen und um aktuelle Verkaufszahlen bitten
Geschenk für Sabinas Buchvorstellung besorgen
Neues über das Buch in sozialen Medien posten – signierte Exemplare zum Verkauf anbieten, oder vielleicht ein Preisausschreiben?
Hyazinthen pflanzen und Weihnachtsblumen kaufen

Das hier ist meine Liste für diesen Tag. Ich runzele die Stirn und trinke einen Schluck Tee. Pfui! Der ist kalt geworden. Ich habe beim Frühstück zu lange herumgetrödelt. Aber es dauert einfach, sich in den sozialen Medien auf dem Laufenden zu halten, und ich habe nicht gemerkt, wie die Zeit verflogen ist. Lese die Liste noch einmal. Überlege. Vielleicht sollte ich die Punkte in die Reihenfolge setzen, in der ich sie abarbeiten werde? Aber … nein. Ein bisschen Platz für Improvisation kann nicht schaden. Und was habe ich übersehen?

Zehn Punkte an einem Tag, das sieht nicht sehr viel aus. Andererseits brauchen gewisse Punkte ihre Zeit.

Mein Kopf droht zu bersten, ich muss etwas Wichtiges vergessen haben, ich überlege ... Dann weiß ich es.

Mama wegen des Weihnachtsbuffets überzeugen – mit List vorgehen.
Liste über Weihnachtsgeschenke
Einen Schreiner suchen, der sich um die Küche kümmern kann

So. Jetzt kommt es mir schon vollständiger vor. Der letzte Punkt ist allerdings ein bisschen heikel. Melker gehört nicht zu denen, die gern Hilfe annehmen, aber vielleicht gibt er nach, wenn ich eine fertige Lösung präsentiere, den Namen eines zuverlässigen Schreiners. Sicher werden mir im Laufe des Tages noch weitere Punkte einfallen, aber die kann ich dann nach und nach hinzufügen. Für den Augenblick bin ich zufrieden. Struktur ist das A und O. Ohne Struktur funktioniere ich nicht. Aber ehe ich einen von diesen vielen Punkten in Angriff nehme, muss ich die Betten machen, das Frühstück *in dieser verdammten Küche* wegräumen, im Erdgeschoss staubsaugen, Hugos Wäsche in die Maschine stecken, duschen und alle Blumen gießen. Danach geht es zu Punkt eins: Arbeit am Manuskript.

Routinen. Wie ich sie liebe!

»Guten Morgen!«

Katinka bahnt sich einen Weg in die Küche. Ihr Morgenrock hängt locker über ihren Schultern, und ihre Haare sind verwuschelter und noch ungekämmter als sonst.

»Guten Morgen, Liebling. Gehst du heute später zur Arbeit?«

»Ja. Ich fange erst um zwölf an, und ich hab vorher eine Menge zu erledigen.«

Ich lungere in der Küche herum, neugierig darauf, was Katinka vorhat. Sie hat immer große Pläne. Bei neunundneunzig Prozent kommt nie etwas heraus, aber das ist ihr offenbar egal. Ihr fliegen die Ideen zu, und mit immer gleicher Begeisterung stürzt sie sich auf jedes neue Projekt. Jetzt hat sie wieder etwas Neues, das kann ich ihrer Stimme anhören, in der eine Art Erwartung, eine Spannung mitschwingt. Ihr Job bei Gina Tricot ist für sie nur ein Broterwerb, auch wenn sie Kleider liebt und sich mit dem Tempo dort und den Arbeitskolleginnen wohl zu fühlen scheint. Aber Katinka will so viel mehr, sie ist stets auf der Suche, hält Ausschau nach einem Sinn.

»Magst du erzählen?« Ich gieße mir eine Tasse kalten Tee ein. Besser als gar keiner. Die Liste verdränge ich, jetzt konzentriere ich mich auf meine Tochter.

»Wohngemeinschaft. Darum geht es.«

In meinem Kopf dreht sich alles. Wohngemeinschaft? Welche Wohngemeinschaft? Aber ich warte ab, gleich wird sie mit mehr herausrücken. Katinka ist gern dramatisch und präsentiert ihre Ideen oft häppchenweise. In ihren großen Pantoffeln und ihrem halb offenen Morgenrock schlurft sie durch die demontierte Küche, sucht herum, als könne sie sich nicht entscheiden, was sie zum Frühstück essen will. Öffnet den Kühlschrank und macht ihn wieder zu. Steht da, beißt sich in die Lippe und öffnet ihn ein weiteres Mal.

»Was suchst du eigentlich?«, frage ich lächelnd. Ich kann mich kaum noch beherrschen.

»Etwas, das *ich* essen kann. Dieses Haus hat noch nicht begriffen, dass es ein Familienmitglied gibt, das tote Tiere einfach nicht leiden kann.«

Ich seufze, und mein Lächeln verschwindet. Mit ihrer vegetarischen Lebensweise wird sie von Tag zu Tag extremer.

»Joghurt, was sagst du dazu?«

»Von Tieren, Mama.« Sie breitet die Arme aus und setzt sich mit einem Glas Wasser hin. Ich bin verdutzt. Aber die Erklärung kommt, und sie schaut mir in die Augen, als sie weiterspricht, damit ich auch wirklich begreife.

»Ich bin keine Vegetarierin mehr. Von heute an mache ich es richtig. Jetzt lebe ich vegan.«

Ich sage nichts. In meinem Kopf dreht sich noch immer alles. Was bedeutet eigentlich *vegan?* Was zum Henker isst man da? Kann das denn gesund sein? Führt das nicht zu Mangelerscheinungen? Und warum muss ausgerechnet meine Tochter die Familie damit durcheinanderbringen? Es ist ihre Entscheidung, noch zu Hause zu wohnen – und ja, sie bezahlt auch etwas –, aber ich bin zuständig für Planung und Einkauf, und was zum Henker soll ich denn von jetzt an kochen? Sofort fällt mein Blick auf die Liste, die ich vorhin beiseitegeschoben habe. Ich muss einen Punkt hinzufügen.

Vegane Ernährung googeln

»Mama, mach kein so verzweifeltes Gesicht. Ich habe schließlich keine tödliche Krankheit. Ich habe nur eine aktive Entscheidung getroffen, um meinen Beitrag zur Rettung unserer Welt und zu einer besseren Tierhaltung zu leisten. Vegan bedeutet aktive Distanzierung von tierischen Produkten und jeglicher Ausbeutung von Tieren, soweit das überhaupt möglich ist. Und alles, was aus dem Tierreich kommt, sind tierische Produkte. Kommst du noch mit? Adam hat sich für vegane Ernährung entschieden, und ich verspüre das starke

Bedürfnis, ihn dabei zu begleiten. Zusammen mit ihm will ich lernen, nachhaltiger zu leben.«

»Adam? Dein Bekannter?« Ich höre, wie gehässig ich klinge. Und ich weiß, dass meine positive Einstellung Adam gegenüber, die ich Melker gestern Abend so deutlich kundgetan habe, abrupt eine neue Wendung genommen hat.

»Mama … vielleicht nicht mehr mein Bekannter. Wir haben gestern eigentlich beschlossen, dass wir von jetzt an ein Paar sind. Nicht mehr mit anderen ins Bett gehen, jetzt sind er und ich angesagt. Und wir haben eine Menge Pläne. Zum Beispiel wollen wir versuchen, Menschen mit derselben Einstellung zu finden wie wir, und eine Wohngemeinschaft gründen. Gern auf dem Land, und natürlich mit Selbstversorgung. Es wird Zeit für mich, mein Leben im Elternhaus abzuschließen und auf eigenen Füßen zu stehen.«

Das geht bald vorbei! Dieser Satz hallt in meinem Kopf wider. Das hier ist nur einer von Katinkas Einfällen, und bald wird sie andere Ziele haben. Bye-bye, veganes Leben.

Aber dann reiße ich mich zusammen. Warum reagiere ich überhaupt so? Wer bin ich, dass ich die Lebensentscheidungen meiner Tochter nicht gutheiße? Liegt es an meiner Angst vor dem Unbekannten? Davor, dass sich ein Kind, oder genauer gesagt, eine junge Frau, für einen anderen Lebensstil entscheidet als den, in dem sie aufgewachsen ist? Unbewusst recke ich mich, wie um zu zeigen, dass ich zuhöre und mehr wissen will. Eine interessierte Mutter.

»Das klingt ja wirklich spannend. Und … herausfordernd. Wollt ihr denn ein Haus *mieten?* Das wird sicher teuer.«

»Nein, das muss nicht unbedingt so teuer sein. Und übrigens reden wir nicht von mieten, sondern von kaufen. Wenn wir viele sind, kostet ein Anteil nicht viel. Und es soll natürlich kein schickes Haus in einem Villenviertel wie unseres hier in Långedrag sein ...« Während sie spricht, verdreht sie theatralisch die Augen, als wäre es plötzlich *falsch,* hier zu wohnen, wo sie geboren und aufgewachsen ist. »Wir wollen uns etwas weiter draußen auf dem Land suchen«, fährt sie fort. »Mit einem Grundstück. Gern groß, damit viele zusammenwohnen können. Und es soll Platz für ein paar Hühner sein und vielleicht eine Kuh oder einige Ziegen ... Und nicht alle müssen Besitzanteile haben, manche haben eben kein Geld oder große Einkünfte, aber sie können doch beim Renovieren mitmachen, zum Beispiel. Und auf dem Feld. Ihr Wissen einbringen! Es gibt jede Menge zu tun. Holz hacken. Schon das Haus wird sicher ein Projekt für sich sein, ein Renovierungsobjekt wäre doch ein Traum, da könnten wir unseren Lebensraum so gestalten, wie wir wollen.«

Ja, ich höre zu. Ich versuche ernsthaft, Katinkas Begeisterung für einen vollkommen neuen Lebensstil nachzuvollziehen. Aber das ist eine Herausforderung, denn noch vor einem Jahr hing sie in den angesagtesten Clubs herum und hätte niemals etwas anderes als teure Markenkleidung getragen. Es gibt also gewaltige Veränderungen. Und offenbar ist Adam der Grund für ihr neues Leben. Hat sie denn keine eigene Identität? Ich suche fieberhaft nach etwas, das ich sagen kann – *egal, was* –, wenn es nur irgendeine Antwort ist. Katinkas Augen sind erwartungsvoll auf mich gerichtet. Ihr Gesicht kommt dem meinen sehr nahe, sie scheint etwas von mir zu erwarten, irgendeine Reaktion, ich nehme Anlauf, atme tief durch, bereite mich auf eine lange Erörterung vor, lache gekünstelt und sage:

»Aber, wie ... spannend. Und ... originell.«

Mehr nicht. Weiter komme ich nicht. Denn was soll ich sagen? Ich habe nicht die geringste Ahnung von veganer Ernährung, Selbstversorgung oder Wohngemeinschaften. Oder von

Kühen und Hühnern. Und wenn so viele sich keinen Anteil leisten können … ist dann Katinka für diese Investition zuständig? Von welchem Geld? Damit irgendwer für sie Holz hackt? Ich muss heute Abend unbedingt mit Melker reden. Er muss sie zur Vernunft bringen. *Wir* müssen sie zur Vernunft bringen. Vielleicht sollte auch Hugo dabei sein, wie bei einer Art Familienrat. Meine eigentlich tolerante Haltung, dass meine Tochter ihre eigenen Lebensentscheidungen treffen soll, ist wie weggeblasen. Aber sie soll auch nicht die Stacheln ausfahren, deshalb stehe ich auf und fange an, das bereits saubere Spülbecken auszuwischen, um anschließend sorgsam einen an der falschen Stelle gelandeten Werkzeugkasten wegzuräumen.

»Lass uns weiterreden, wenn du mehr weißt, Katinka. Ich muss mich jetzt wirklich beeilen, ich habe tausend Dinge zu erledigen, bald ist Weihnachten, und du weißt ja, was das für Arbeit macht, zusätzlich zu meinem normalen Job. Ich habe noch nicht einmal angefangen, Geschenke zu kaufen, und habe keine Ahnung, was ihr, du und Hugo, euch wünscht.«

»Mama, ich will keine Weihnachtsgeschenke, und außerdem bin ich dafür, dass wir uns in diesem Jahr diese ganze Geschenkehysterie sparen. Wir sollten das Geld lieber verschenken, es gibt jede Menge Organisationen, die Kapital benötigen.«

Und damit geriet sie in ein Minenfeld. Mein Feld. Mein Weihnachten. Hier werden keine Weihnachtsgeschenke gestrichen, vegan und wohngemeinschaftlich oder nicht. Hier bestimme ich und keine andere.

»Unsinn«, kann ich nur noch sagen, und stocksteif lasse ich sie sitzen, will nicht hören, was noch kommen könnte. An diesem Morgen hat es Neuigkeiten geradezu gehagelt, und ich habe eine Menge zu erledigen. Die Liste habe ich mitgenommen, das Handy ebenfalls, und wenn ich mich in meinem Arbeitszimmer verkrieche, kann Katinka sich nach Herzenslust mit ihrem veganen Frühstück amüsieren.

Ich lasse mich auf das winzige Sofa vor dem großen Fenster sinken, das auf den Garten schaut, und sehe, wie die ersten Schneeflocken dieses Jahres herabrieseln. Eine seltsame Wärme breitet sich in meiner Brust aus. Schnee … ich liebe Schnee! Meine Kindheit zieht an mir vorüber. Damals hat es in der Weihnachtszeit immer geschneit. Wir haben jeden Tag gerodelt und Schneemänner gebaut, in meiner Erinnerung jedenfalls. In den Morgennachrichten habe ich gehört, dass für heute und für die kommenden Tage mit massivem Schneefall gerechnet wird, mehr als gewöhnlich, und dazu noch mit wunderbaren Minusgraden. Eine prächtige Winterlandschaft, gibt es etwas Schöneres? Heute wird Melker mit einer großen Fichte nach Hause kommen, das hat er versprochen, und egal, wie sehr es schneit, ich werde dafür sorgen, dass er sie im Garten aufstellt und alle Lichter anbringt. Wie schön wird das sein, wenn der Schnee auf die Lichter fällt und sich schwer auf die Fichtenzweige legt.

Dann kommt mir eine Inspiration, und plötzlich sehe ich eine Szene vor mir: einen halb im Schneegestöber versteckt liegenden Körper. Die bläuliche Hand, die auf groteske Weise aus dem Schnee ragt, und der Zipfel einer Mütze, der ein Stück weiter zu sehen ist. Jemand hat erfolglos versucht, eine Leiche zu verbuddeln. Eine ältere Dame geht vorbei, und ihr kleiner Hund fängt eifrig an zu wittern …

Lächelnd schüttele ich meine Krimiphantasie ab und greife zum Handy. Mit geübten Fingerbewegungen öffne ich die App von Adlibris und suche meinen Namen. Nur, um mich zu vergewissern, dass ich dort vorhanden bin, mein Herz macht dabei jedes Mal einen Freudensprung. Dann scrolle ich durch die Liste der beliebtesten Titel der Sparte *Kriminalromane.* Ich weiß, ich könnte den halben Morgen scrollen, ohne auf mein Buch zu stoßen, so hoffnungslos weit unten liegt es, und ich weiß nicht, wie ich daran etwas ändern soll. Sabina ist noch immer unter den Top Ten, und ihr neuer Roman, der morgen ausgeliefert wird, ist schon auf Platz zwei der *Vorbestellungen.* Wie macht sie das bloß?

Seufzend schalte ich das Handy aus, schaue aus dem Fenster und stelle fest, dass es heftig schneit und dass die Steinplatten, die zum Gartentor führen, fast schon unterm Schnee verschwunden sind. Wenn das so weitergeht, werden wir in zwei Stunden das Tor nicht mehr öffnen können.

»Katinka!«, rufe ich mit so lauter Stimme, dass es bis nach unten in die Küche zu hören ist. »Raus mit dir und mach dich nützlich! Kannst dich auch gleich daran gewöhnen, ehe du in deine Wohngemeinschaft auf dem Land ziehst!«

Es kommt keine Antwort, und ich schreibe auf Instagram:

> *Der Schnee fällt, und mein Krimi* Mord am helllichten Tag *arbeitet sich zielstrebig in den Listen nach oben. Greift zu, ehe der Schnee zu hoch liegt. Perfekte Gänsehautliteratur zur Adventsgemütlichkeit. @ordibok mordamhelllichtentag #nybok #lebenundschreiben*

Ich füge ein Selfie hinzu, auf dem das Buch halbwegs mein Gesicht verdeckt – um meine Morgenmüdigkeit zu verbergen – und schicke dann alles los. *Fake it until you make it,* wie irgendein kluger Mensch gesagt hat. Sicherheitshalber teile ich den Beitrag auch noch auf Facebook. Eine vage Unruhe überkommt mich, vielleicht poste ich zu viel, vielleicht ist das ermüdend für meine Bekannten, aber dann rufe ich mir in Erinnerung, dass es hier um das *Verkaufen* geht und dass alle, die Bücher schreiben, es genauso machen wie ich. Ich darf da nicht hinterherhinken.

Ich logge mich im Computer ein und öffne mein neues Manuskript. Starre den Titel *Mord bei finsterer Nacht* an und versuche, mir ein Titelbild dafür auszudenken. Das Titelbild soll signalisieren, dass es sich um einen unabhängigen Nachfolger zu *Mord am helllichten Tag* handelt, ohne dass die beiden Bücher dabei verwechselt werden können. Ich habe inzwischen gelernt, dass es ein ganz eigener Beruf ist, Titelbilder für Bücher zu entwerfen, der spezielle Fachkenntnisse erfordert. Ich hätte gern einen namhaften Vertreter dieser Branche, aber das Titelbild des ersten Buches wurde von irgendwem bei Ord i Bok gemacht, und so wird es auch beim nächsten Krimi gehen. Wenn der überhaupt angenommen wird … Ich hoffe von ganzem Herzen, dass Torsten das Potential meiner Geschichte erkennen wird und dass ich zu Weihnachten den ersehnten Vertrag in Händen halten kann. Aber bis dahin muss ich noch ein gutes Stück schreiben – wann soll ich das alles schaffen? Dieser Druck macht mich ganz krank, und statt loszulegen, scrolle ich einfach planlos in der Gegend herum. Mir geht es kein bisschen besser, wenn ich diese ganzen glücklichen Posts und fröhlichen Selfies über phantastische Erfolge sehe, aber ich scrolle trotzdem weiter.

Meine Blicke bleiben an Sabinas Buch hängen, und ich halte im Scrollen inne. Sie ist offenbar in allen sozialen Medien präsent. Sie und ihr Buch. Sie schreibt Feel-Good-Romane und wird von Bonniers veröffentlicht. Was für ein Traum, ich würde meine Seele verkaufen, um in diesen Verlag zu kommen. Sabina und ich haben uns im September auf der Buchmesse kennengelernt. Wir waren beide Debütantinnen. Nur, dass sie bei einem großen und bekannten Verlag ist, ich hingegen bei einem kleinen gelandet bin. Sie hat eine kometenhafte Karriere hingelegt und ihre Rechte in Rekordzeit in fünf Länder verkaufen können, und außerdem war sie mit ihrem zweiten Buch schon weit, ja fast fertig. Ich habe sie damals beneidet, und ich beneide sie noch immer. Aber ich mag sie gern, wir können über alles reden, was mit dem Leben als Schriftstellerin und dem Schreiben zu tun hat, und ich freue mich für sie.

Und bin neidisch.

Jetzt ist sie für einen Preis nominiert worden, lese ich. *Feel-Good des Jahres.* Ich werde grün vor Neid, und gleichzeitig freue ich mich. Nicht auszudenken, wenn mir so etwas passieren würde! Ich schreibe:

Gratuliere, phantastische Sabina! Du hast den Preis wirklich verdient, ich halte zu dir!

Ich füge eine Menge Herzen hinzu und poste. Schon wenige Sekunden später kommt ein Umarmungssymbol von Sabina. Und ein Kommentar:

Danke. Wir sehen uns morgen.

Ich lächele und scrolle weiter, auf der Jagd nach etwas, das mir und meinem Schreiben guttun könnte. Aber nach einer halben Stunde gebe ich auf. Wenn mein nächstes Buch erscheint, muss ich mir etwas Radikales ausdenken, um es zu vermarkten – und sei es, dass ich bei der nächsten Buchmesse einen Nackttanz aufführe. Ich lache auf und sehe den Skandal schon vor mir. Na ja, vielleicht doch keine gute Idee, denke ich und hole wieder mein Manuskript auf den Bildschirm.

Zum dritten Mal an diesem Morgen.

Ich starre es fünf Minuten an, danach fangen meine Finger endlich an, sich über die Tastatur zu bewegen. Die Wirklichkeit verschwindet, und plötzlich strömt meine Phantasie ungehemmt los. Genau das liebe ich, in meine von mir erdachte Welt einzutreten, in der nur ich entscheide, was passiert, und in der Zeit und Raum verschwinden.

Am Ende tauche ich auf. Lese alles durch – und eins, zwei, drei, schon schlägt die Unsicherheit zu. Ist das hier gut? Kann ich mich damit sehen lassen? Wird irgendwer das hier lesen wollen? Der Zweifel lähmt mich, und ich kann nicht weitermachen. Ich knalle den Laptop zu.

»Verdammte Manuskripthölle!«, schreie ich in den Raum.

Der Weg vom Gedankenstrom zur Gehirnlähmung ist kurz, und frustriert springe ich so eilig auf, dass der Stuhl gegen die Wand hinter mir fliegt und ein hoher gläserner Kerzenhalter gewaltig schwankt, ehe er umkippt und auf dem Boden in tausend Stücke zerspringt. Glasscherben breiten sich um meine nackten Füße herum aus, und ich bleibe stehen wie in Trance.

»Was machst du denn da?« Katinka steht in der Türöffnung und starrt mich an.

»Hol den Staubsauger, bitte …« Meine Stimme klingt wie ein Flehen, und sie gibt keine Antwort, sondern verschwindet ohne ein Wort. Ich bleibe stehen, habe Angst, in Scherben zu treten und mir die Füße zu zerschneiden. Von hier aus kann ich sehen, wie auf dem Handydisplay für einen Moment eine Nachricht aufleuchtet und dann wieder erlischt. Mein Herz beginnt zu hämmern angesichts der wenigen Worte, die ich auf die Schnelle erkennen konnte, und ich beuge mich vor, um die Nachricht anzuklicken und den ganzen Text zu lesen.

Hallo, Amy! Wir sind uns vor ein paar Wochen bei einer Buchvorstellung begegnet, und du hast mir danach eine Synopsis deines nächsten Buches geschickt. Ich habe es gelesen, und auch deinen Debütroman Mord am helllichten Tag. *Ich bin sehr interessiert und würde dich gern treffen, um über alles zu reden. Melde dich doch bitte, damit wir uns vielleicht verabreden können?*
Ola Arnell

Kann das stimmen? Kein Geringerer als Ola Arnell will mich treffen? Ein phantastischer Verleger, den außer mir noch viele andere bewundern. Und der einen phantastischen Verlag leitet, ein echtes Glanzlicht in der Branche. Ein Verlag, der einen großen Namen nach dem anderen anlockt und dessen Autorinnen und Autoren die Medien dominieren. Mit anderen Worten, der Verlag, zu dem man will! Und jetzt hat der »schöne Ola«, wie wir ihn heimlich nennen, sich bei *mir* gemeldet!

Ich springe über die Scherben, voll neuer Energie und frischgeborener Lust, *die ganze Zeit* zu schreiben. Katinka kommt mit dem Staubsauger, und zu ihrer großen Überraschung falle ich ihr um den Hals.

»Geliebtes Kind! Der Arnell-Verlag will mit mir über mein nächstes Buch reden! Kannst du dir das vorstellen? Der schöne Ola bittet um ein Date!«

Mitten im Spätnachmittagsgewühl bei Åhléns schaue ich immer wieder auf mein Handy. Also nicht ab und zu, sondern ungefähr fünfmal pro Minute. Noch dazu halte ich es mir die ganze Zeit vors Gesicht, und mehr als einmal stoße ich fast mit anderen Menschen oder einem Pfeiler zusammen. Ich stecke das Handy nur in die Tasche, während ich konzentriert Adventskerzen oder etwas anderes von meiner Liste an *fehlendem Adventsschmuck* aussuche. Ich finde einen prachtvollen siebenarmigen Leuchter aus Messing, den man auf den Boden stellen kann – er ist riesengroß – und der auf den halben Preis herabgesetzt ist. Schon jetzt male ich mir aus, wie umwerfend er in der Ecke hinter dem Weihnachtsbaum aussehen wird. Ich bin mehr als zufrieden mit meinem eilig erledigten Einkauf, doch als ich zum Auto in der Tiefgarage laufe, bringt ein rascher Blick aufs Telefon – noch einer – meine gute Laune ins Wanken. Noch immer keine Antwort, und der Tag ist bald vorbei.

Warum antwortet Ola nicht? Ich habe seine SMS sofort beantwortet, also müsste er das ja wohl auch so machen?

Als das Handy plötzlich klingelt, fahre ich zusammen, obwohl ich doch so dringend darauf gewartet habe. Endlich! Ola schickt keine SMS, sondern ruft an. Könnte doch sein, denke ich hoffnungsvoll. Die Tüten mit den vielen Einkäufen und dem riesigen Leuchter, der in keine Tüte passte, sondern sorgfältig in tonnenweise Wellpappe eingewickelt ist, werden rasch neben dem Auto auf den Boden gestellt.

Die Telefonnummer ist unbekannt, und mit wachsender Nervosität melde ich mich.

»Amy hier!« Ich gebe mir alle Mühe, sympathisch, gelassen und entgegenkommend zu klingen.

»Spreche ich mit Amy Strandberg?«

Verdammter Mist, denke ich, als ich diese einschmeichelnde Stimme höre. Ein Telefonverkäufer.

»Ja, aber ich kann jetzt leider nicht reden.«

»Ich verstehe. Ich heiße Stig und ich rufe von Viasa an, vielleicht haben Sie später am Tag mehr Zeit?«

»Nein, ich bin mit meinem derzeitigen Abonnement zufrieden, also ist das keine gute Idee, fürchte ich.«

»Ich verstehe. Aber vielleicht möchten Sie trotzdem etwas über unser phantastisches Angebot hören, das wir nur unseren treuesten Kunden machen. Also Ihnen, Amy?«

»Äh … nein, danke.«

»Ich verstehe. Aber vielleicht darf ich an einem anderen Tag wieder anrufen?«

Die Vorstellung, dass er *versteht,* bringt mich plötzlich zum Lachen. Wieso versteht er dann mein Desinteresse nicht? Ich weiß nicht, was ich antworten soll.

»Unser Angebot ist einzigartig«, sagt er nun. »Wie ich sehe, haben Sie das einfachste Abonnement. Wir könnten Sie jetzt im Advent zu einem phantastischen Kampagnenpreis hochstufen.«

Ich winde mich. Was, wenn Ola gerade in dieser Minute anruft? Da dürfen doch nicht einmal einzigartige Kampagnen meine Zeit in Anspruch nehmen.

»Danke, nein danke«, bringe ich endlich heraus.

»Dann darf ich Ihnen noch einen schönen Abend wünschen«, schleimt der Verkäufer weiter. »Und fröhliche Weihnachten.«

Ich schüttele den Kopf, als ich das Gespräch mit einem Klick beende. Arme Trottel, die sich durch die Gegend telefonieren müssen und bei den meisten ein Nein ernten. Wie bringen die das über sich? Ein rascher Blick auf meine Mitteilungen zeigt, dass Ola noch immer nicht geantwortet hat.

Als ich die Tiefgarage verlasse, sehe ich, dass es jetzt noch heftiger schneit. Die Flocken sind fast so groß wie Untertassen und der Schnee vor mir bildet einen weißen Vorhang. Ich bin vollauf damit beschäftigt, den Wagen auf der Straße zu halten, als ich zusammen mit allen anderen Autos durch die Dunkelheit krieche. Durch den Schneefall und die wachsenden Autoschlangen wird die Verkehrssituation immer schlechter. Ich verfluche mich, weil ich das Auto genommen habe und nicht den Bus, aber im Bus könnte ich meine ganzen Einkäufe doch gar nicht transportieren. Ich beiße die Zähne zusammen und versuche mir einzureden, dass ich auch das Letzte auf meiner Tagesliste noch schaffen werde, obwohl es eine Ewigkeit dauern wird, bis ich zu Hause bin, und es schon Abend ist.

Trotz allem habe ich allerlei geschafft heute. Ehe ich in die Stadt gefahren bin, habe ich eine ziemlich positive Antwort auf eine Jobanfrage bekommen. Ida von Werner & Co hat angerufen, nachdem ich zwei Mitteilungen auf ihrem Anrufbeantworter hinterlassen hatte. Das Angebot für einen Werbeauftrag, das ich vor einigen Tagen geschickt habe, wirke okay, sagte sie, und jetzt müsse sie nur noch mit dem Chef sprechen, ehe sie mir einen endgültigen Bescheid geben könne.

»Alle machen zu Weihnachten Pause, Amy. Es gibt eine Zeit davor und eine danach. Und dann alle diese verdammten Erkältungen. Die halbe Agentur liegt gerade flach.«

Mir war klar, dass ich jetzt gerade keine Priorität genoss. Aber ich war doch zufrieden mit einer vagen Zusage.

»Dann warte ich, bis du es sicher weißt.«

»Ja, ich melde mich. Und das mit deinem Buch ist ja spannend! Ich habe es natürlich gelesen und warte sehnsüchtig auf einen Nachfolger. Hast du schon was in der Mache?«

»Ja, es ist bald fertig«, log ich, überglücklich, weil sie es wirklich gelesen hatte. »Es erscheint in ungefähr einem Jahr!«

»Wie toll. Du bist so ungeheuer tüchtig!«

Danach habe ich, angespornt durch mein Gespräch mit Ida, zehn weitere potentielle Auftraggeber angemailt.

Die Anzahl an Wörtern, die ich mir für heute vorgenommen habe noch zu schreiben, erscheint mir allerdings utopisch, während ich hier in der Autoschlange sitze. Aber vielleicht kann ich mir nach dem Essen ein bisschen Zeit nehmen? Schon jetzt spüre ich Melkers missbilligenden Blick, weil ich nie abschalten kann, weil ich Tag und Nacht schreibe. Dabei will er selbst ständig auf seinen Rollskiern losziehen. Ein Blick durch das Fenster macht mir klar, dass er garantiert Skilaufen gehen wird – aber nicht auf Rollskiern. Dieses Wetter muss doch traumhaft für ihn und seinen Wasalauf sein.

Bei einer roten Ampel drücke ich mit dem Finger auf mein Handy, und das Display leuchtet auf. Auch jetzt keine Nachricht, und ich frage mich, ob meine Antwort an Ola vielleicht gar nicht gesendet worden ist. Sollte ich sie noch einmal schicken? Ich kann gerade noch auf Facebook drücken, ehe die Ampel auf Grün umspringt. Ich sehe, dass viele bei dem Preisausschreiben mitmachen wollen, das ich vorhin gepostet habe und bei dem man drei signierte Exemplare meines Krimis gewinnen kann. Um mitzumachen, muss man eine Frage beantworten und den Post teilen.

Ich hoffe, ich gewinne ein Buch, ich finde es wunderbar,

schreibt eine gewisse Monika, und ich werde von Wärme erfüllt. Dass es wirklich Menschen gibt, die es gelesen haben, Menschen, die mich nicht kennen, die aber auf mein Buch gestoßen sind.

Ein Pling aus dem Handy reißt mich aus meinen Gedanken. Erwartungsvoll drücke ich auf die Mitteilung.

Bingo! Ola hat geantwortet, und ich überfliege die SMS.

Hallo, Amy. Schnelle Antwort, das find ich gut. Wie wäre es morgen zum Mittagessen? Um eins, geht das bei dir?
Ola

Morgen um eins! *So* bald? Und zur selben Zeit wie meine Verabredung mit Torsten! Ich habe ihn heute Morgen angerufen und mir mehr oder weniger eine Verabredung erquengelt, um für *Mord am helllichten Tag* auf den neuesten Stand gebracht zu werden und die Verkaufszahlen zu erfahren. Er war zuerst nicht sonderlich interessiert, gab sich dann aber doch geschlagen, und wir haben uns zum Mittagessen verabredet. Ich will wissen, wo ich stehe, schon allein deshalb, weil ich doch nun Kontakt zu Arnells habe. Und jetzt kollidieren Ola und Torsten!

Verdammt!

Der Wagen hinter mir hupt, und ich schaue vom Handy auf. Kein einziges Auto vor mir, die Schlange hinter mir wird ungeduldig, und mehrere Hupen schließen sich zu einem misstönenden Chor zusammen. Ich lege den Ersten ein und schaffe das, was jetzt keinesfalls passieren darf: typischer Frau-am-Steuer-Stopp.

»Warum?«, schreie ich verzweifelt.

Weitere Hupen schließen sich an, als ob ich von der Situation nicht schon gestresst genug wäre. Ich fluche laut, winke dem Typen hinter mir, dass ich schon begriffen habe, lasse noch einmal den Motor an und kann endlich losfahren.

Nach einer Ewigkeit und weiteren Stresssituationen, bei denen ich *fast* von der Straße rutsche, biege ich in unsere Auffahrt ab und kann aufatmen. Müde bleibe ich im Auto sitzen, betrachte die zugeschneite Auffahrt und sende Katinka einen bösen Gedanken, sie hat den Weg nicht freigeschaufelt, obwohl ich sie darum gebeten hatte. Vielleicht ist es gut, wenn sie in diese Wohngemeinschaft zieht, dann lernt sie, Verantwortung zu übernehmen. Im Moment glaubt sie ja offenbar, im Hotel Strandberg auf Vollpension zu logieren.

Als ich mir vor der Haustür den Schnee von den Stiefeln trampele, fällt mir ein, dass ich vergessen habe, Sabina für die Buchvorstellung morgen ein Geschenk zu kaufen. Ich will keine Flasche Wein oder Blumen mitnehmen, sondern etwas, das mit dem Schreiben zu tun hat, etwas, das unsere Gemeinsamkeiten zeigt. Ich muss mir das noch genauer überlegen, vielleicht kann ich morgen etwas besorgen, wo ich ja ohnehin zum Mittagessen verabredet bin.

Mit Torsten oder mit Ola?

Dann kommt mir die Erleuchtung. Ola wohnt in Stockholm. Glaubt er, dass ich auch dort wohne? Oder will er vielleicht zu Sabinas Buchvorstellung hier in Göteborg? Die Neugier trägt den Sieg davon, und wild entschlossen ziehe ich mein Handy hervor und gebe die Nummer ein, von der aus Ola mir geschrieben hat. Er meldet sich nach zwei Klingeltönen.

»Ola hier.«

»Hallo, hier ist Amy, Amy Strandberg, meine ich. Entschuldige, dass ich so spät anrufe.« Ein Räuspern verrät meine Nervosität. Ich kann sozusagen meine Stimme nicht finden. Was, wenn er nicht einordnen kann, wer ich bin?

»Amy! Wunderbar, dass du anrufst!«

Seine nasale Stimme lässt mich zurückschrecken. Warum ist das wunderbar? Wir sind ja nicht einmal alte Bekannte, wir kennen uns eigentlich überhaupt nicht.

»Du hast also meine Nachricht erhalten?«, fährt er fort, ebenso fröhlich.

»Ja.« Ich wäre fast von meiner eigenen Schwerkraft rückwärts in die Diele geworfen worden, als ich versuche, mir mit einer Hand die Stiefel auszuziehen. Die sitzen wie festgeklebt. »Bist du morgen in Göteborg?«

»Ja, genau. Ich will zu Sabinas Buchvorstellung. Da kommst du doch sicher auch hin?«

»Ja.«

»Sabina finde ich gut. Die wird es weit bringen.«

»Ja, sie hat es echt drauf«, antworte ich. Endlich bin ich die Stiefel los, die Jacke rutscht mir von den Schultern und landet als Haufen auf dem Boden. Ich kann Unordnung nicht leiden, aber im Moment muss ich mich auf etwas anderes konzentrieren.

»Ich weiß nicht, ob ich morgen kann.« Ich beiße mir in die Wange und will schreien, dass ich natürlich komme, dass alles andere unwichtig ist.

»Wie schade. Ich habe zufällig morgen Mittag Zeit, und nach der Buchvorstellung, gleich übermorgen früh, meine ich, muss ich zurück nach Stockholm, und dann bin ich für den restlichen Dezember ausgebucht. Aber wir können ja im Januar noch einen Versuch machen, wenn dir das besser passt.«

»Ich kann meinen Termin morgen bestimmt verlegen«, falle ich ihm eilig ins Wort.

»Wie schön! Um zwölf im Heaven 23? Gothia Towers. Das kennst du ja sicher, du warst doch bestimmt während der

Buchmesse da oben«, lacht er. »Wir sehen uns dort, Amy, ich freue mich schon.«

Gleich darauf ist alles still. Er setzt seinen Montagabend fort, und ich stehe in der Diele, umgeben von geschmolzenem Schnee. Die Tüten wollen ausgepackt werden, und mein schlechtes Gewissen Torsten gegenüber überfährt mich wie eine Dampfwalze.

»Hallo!« Plötzlich steht Katinka neben mir und schaut in eine meiner Tüten. »Hast du noch mehr Kram gekauft?«

»Einiges hat nicht funktioniert, lässt sich einfach nicht einschalten. So ist es immer, ich begreife nicht …«

»Ganz ehrlich, Mama, wo willst du das denn alles aufstellen?«

»Musst du nicht arbeiten?« Ich habe keine Lust, mit meiner Tochter über meine Einkäufe zu diskutieren, ich weiß ohnehin schon, dass wir uns nicht einigen werden.

»Nee, ich hatte heute nur eine kurze Schicht. Aber ich bin gleich mit Adam verabredet, wir wollen uns ein Haus ansehen.«

»Hör mal, Katinka …« Ich spüre, wie mein Puls loshämmert. »Wieso denn ein Haus? Willst du dir die Sache nicht erst noch mal überlegen?«

»Adam konnte ein Auto ausleihen, und er hat ein richtig geiles Krähenschloss entdeckt, eine heruntergekommene Holzvilla mit *Potential* ein Stück außerhalb von Mölnlycke. Dazu gehört offenbar ein phantastisches Grundstück, und es gibt eine alte Scheune, und …«

»Bitte!«, falle ich ihr ins Wort. »Es schneit, hast du das noch nicht gesehen? Richtiges Schneegestöber. Die Vorstellung, dass du mit Adam in der Dunkelheit durch den Wald fährst und im Straßengraben endest, finde ich gar nicht gut.«

»Wer hat etwas von Straßengraben gesagt? Adam kann wirklich Auto fahren, Mama.«

»Aber du kannst das nicht! Du hast nicht mal den Führerschein. Und jetzt willst du dir in einem Wald ein Krähenschloss ansehen!«

»Es geht ein Bus dahin. Man braucht nur einen Kilometer zu laufen.«

Ich greife mir an die Stirn. Auf was für einen Wahnsinn hat sie sich da eingelassen?

»Dann solltet ihr hinfahren und euch das Haus ansehen. Allerdings mit dem Bus!«

»Aber es schneit doch! Schneegestöber! Das hast du selbst gesagt.«

»Und deshalb könnt ihr nicht den Bus nehmen?«

»Genau.«

Ich bringe es nicht über mich, weiter zu argumentieren, deshalb verstumme ich. Soll sie eben in den Wald fahren und sich dieses Krähenschloss ansehen, sage ich mir. Daraus wird doch nie im Leben etwas. Soll sie also träumen, und wenn der Traum dann zerplatzt, bin ich da und kann sie auffangen.

Denn so wird es kommen. Das weiß ich.

Sie gibt mir einen Kuss und umarmt mich, dann knallt sie die Tür hinter sich zu. Ich bleibe stehen und denke darüber nach, wie sich das Leben entwickelt. Eine Tochter, die ihre eigenen Wege geht, ein Sohn, der in einer Art Blase lebt, in einer Welt, in der es nur um Geld geht und in der man mit beiden Füßen auf dem Erdboden stehen muss und niemals schwanken darf. Melker ist ein Fels. Und dann gibt es noch mich. Wer bin ich in dieser buntgewürfelten Familie? Eine Listenfanatikerin, eine Person, die vom Schreiben träumt und Geschichten ersinnt, aus denen vielleicht einmal Bücher werden, eine unruhige Seele, die Bestätigung verlangt, eine Mutter, die ihre Familie liebt und einfach nur zurückgeliebt werden möchte. Warum mache ich mir Stress? Was will ich eigentlich?

Da stehen meine Leuchter, frisch gekauft und funkelnd, ich habe für dieses Jahr, was ich haben wollte, und jetzt brauche ich sie nur in meinem perfekten Heim zu verteilen. Aber wie Katinka ganz richtig bemerkt hat: *Wo will ich das eigentlich alles aufstellen?* Ehrlich gesagt habe ich keine Ahnung. Ich brauche diese neuen und schönen Gegenstände nicht. Und doch kaufe ich sie. Vielleicht wäre es klug, Katinka ihren Willen zu lassen, auf Weihnachtsgeschenke zu verzichten und das Geld lieber einem wohltätigen Zweck zu spenden. Der Boden unter meinen Füßen schwankt, und ich habe keine Ahnung, wohin ich unterwegs bin. Es ist ein unangenehmes, ein ungewohntes Gefühl, und ich weiß nicht so ganz, wie ich damit umgehen soll.

Langsam verlasse ich die Diele und den geschmolzenen Schnee, der Spuren auf das Parkett malt. Gehe langsam durch mein – unser – großes Haus und stelle mich ins Wohnzimmer. Betrachte unsere großzügige Sitzgruppe, wo wir alle problemlos Platz finden, selbst wenn wir uns der Länge nach hinlegen und einen Film ansehen. Den Tisch, auf dem massenhaft Zeitschriften liegen, die ich irgendwann zu ordentlichen Stapeln zusammenschiebe, woraufhin jemand anderes sie durcheinanderwirft, als ob Ordnung etwas wäre, das es nicht geben darf. Ich lege den Kopf schräg und sehe mir die Kunst an, die an unseren Wänden hängt; all die Stücke, die ich auf irgendwelchen Versteigerungen oder Flohmärkten erstanden habe – eine wilde Mischung – und die Melker aufgehängt hat, ohne eigentlich irgendetwas davon schön zu finden. Er bevorzuge kahle Wände, sagt er. Ich lasse meinen Blick zu dem großen offenen Kamin weiterwandern und stelle fest, dass ich staubsaugen muss, da wir gestern Abend dort ein Feuer machten –

wie habe ich das heute Morgen übersehen können? Dann konzentriere ich mich auf die riesigen Fenster, und durch sie betrachte ich den Schnee, das viele Weiß, das sich zu immer dickeren Schneewehen auftürmt, ohne Rücksicht auf nicht freigeschaufelte Auffahrten oder eine Tochter, die mit dem Auto losfahren will, um sich ein wohngemeinschaftstaugliches Krähenschloss anzusehen.

Zögernd fische ich das Handy aus der Tasche. Suche mir die Nummer in der Adressenliste, ich muss das erledigen, ehe es noch viel später wird. Er meldet sich fast sofort.

»Hallo, Amy! Das schneit ja wie besessen!« Er klingt genauso munter und zuverlässig wie immer.

»Ja, der reine Wahnsinn. Es tut mir leid, dass ich so spät anrufe, Torsten, aber ich muss unser Treffen morgen absagen. Ich muss gerade um diese Zeit mit meiner Tochter ein Haus ansehen. Das kam ganz überraschend.«

Ich hasse Lügen. Ich hasse sie wirklich. Ich setze mich immer vehement dafür ein, die Wahrheit zu sagen, so weh sie auch tun mag. Aber jetzt belüge ich meinen Verleger. Den lieben, klugen Torsten.

»Das macht doch nichts, Amy. Im Moment ist ja so viel los. Wie geht es übrigens mit dem Schreiben? Ich hatte neulich ganz vergessen, danach zu fragen.«

Ich kneife die Augen zusammen, ehe ich ihm antworte.

»Ich komme sehr gut voran, danke. Bald habe ich ein Viertel fertig«, lüge ich.

»Herrlich. Du lieferst, da mache ich mir überhaupt keine Sorgen. Schick mir das Manuskript, wenn du so weit bist, dann lese ich. Wir verabreden uns dann nach Weihnachten, okay?«

Wir legen auf, und ich starre das Handy an. Seine Worte hallen in meinem Kopf wider. Wie soll ich ihm sagen, dass ich vielleicht den Verlag wechseln werde? Der bloße Gedanke tut schon weh. Aber dann reiße ich mich zusammen. Ich gehe morgen mit Ola Mittagessen, mehr nicht. Danach werden wir weitersehen. Und ich muss doch an meine Bücher denken. Ich habe mir geschworen, *alles* zu tun, um erfolgreich zu sein. Einfach alles.

Der Schrei presst sich aus Amanda heraus, laut und schrill. Die Vernunft sagt, dass sie Verstärkung anfordern muss, dass sie sich davon überzeugen muss, dass niemand anderes da ist, aber sie kann nicht klar denken. Stattdessen stürzt sie voller Panik davon. Tränen steigen in ihr auf, und sie streckt die Arme aus, um zwischen Felskuppen voller Moos und Geröll nicht das Gleichgewicht zu verlieren. Plötzlich peitscht ein Zweig ihr unbarmherzig ins Gesicht. Sie stürzt zu Boden. Ein harter Sturz.

Mit leerem Blick starre ich den Bildschirm und das an, was ich zuletzt geschrieben habe. Die wenigen Zeilen, die mir gelungen sind, haben mich gewaltige Mühe gekostet. Wie kommt es, dass ich diese Blockade habe? Dass Lust und Kreativität sich gerade jetzt nicht einstellen wollen? Dass in meinem Gehirn plötzlich totaler Stillstand herrscht? Ich habe einen Teil meiner Tagesliste abarbeiten können, und was nicht erledigt ist, habe ich verschoben, weshalb jetzt nur noch das Unabdingbare übrig ist; die Wörter, die noch fehlen, um mein Tagespensum zu erfüllen. Bisweilen ist das Schreiben leicht und wunderbar, ab und zu aber ist es so hart, als ob ich einen dicken Findling versetzen müsste.

Es ist acht Uhr abends. Melker ist noch immer nicht nach Hause gekommen, und eigentlich sollte ich den Rechner ausschalten und Feierabend machen. Ich schließe das Manuskript und scrolle planlos auf meinem Handy hin und her, wie stets gilt mein Interesse vor allem den sozialen Medien. Danach scrolle ich weiter zu Adlibris und Bokus. Ich gebe bei Google meinen Namen ein. Aber ich stoße immer nur auf alle anderen. Auf die, die verkaufen. Die Erfolg haben. Die gesehen werden. Und während ich lese, quält mich mein Gewissen, weil ich mein Tagesziel für mein Manuskript nicht erreicht habe.

Draußen schneit es, und die Stadt kann den Schnee nicht so schnell räumen, wie er fällt. Alles wird seltsam still, wenn der Schnee liegen bleibt. Ich mache mir Sorgen um Katinka, die mit Adam mit dem Auto unterwegs ist. In einem Wald! Warum habe ich nicht nein gesagt? Ich habe sie mehrmals angerufen, aber ich lande nur bei ihrem Anrufbeantworter. Ich habe Hugo angerufen, um ihm zu erzählen, dass seine Schwester ein Krähenschloss kaufen will, um eine Wohngemeinschaft zu gründen. Aber es kam nur die automatische Mitteilung, dass er zu tun hat. Ich habe Melker angerufen, aber auch er meldet sich nicht, und das beunruhigt mich.

Warum will niemand mit mir reden?

Ein Gefühl von Resignation und Verwirrung stellt sich ein, und zu meinem Entsetzen ertappe ich mich dabei, dass ich eine Träne vergieße. Der Beweis liegt auf der Tastatur des Rechners, und eilig springe ich auf, verlasse den Schreibtisch und wische mir dabei die Augen.

Warum reagiere ich so? Ich müsste froh und voller Erwartungen sein, stattdessen kommt mir alles nur leer vor. Ich habe im Laufe der Jahre mehrere Manuskripte angefangen, sie sind im Computer gespeichert, und keins davon ist fertig. Jetzt habe ich die Chance, einen Nachfolger zu dem Manuskript zu schreiben, das endlich veröffentlicht worden ist, und ein neuer, heißer Verlag hat sogar sein Interesse bekundet und Kontakt mit mir aufgenommen. Ich müsste glücklich und voller Hoffnung sein. Stattdessen lässt die Dunkelheit im Zimmer mein Leben … bedrohlich wirken. Eilig knipse ich alle Lampen im Zimmer an. Das beruhigt mich für den Moment, und ich bleibe vor dem Fenster stehen und schaue hinaus auf die schöne Winterlandschaft.

Es ist ein magischer Abend, die Straßenbeleuchtung wirft einen warmen Schimmer über den Schnee und die ganze unglaubliche Winterlandschaft. Ich sehe zwei Kinder, die einen Schlitten durch die Straße ziehen, auf dem Weg zum Rodelhang, und sofort sind Kindheitserinnerungen da. Mit einer gewissen Wehmut denke ich zurück. Als Kind habe ich in demselben Wohnviertel gelebt wie heute. Das Leben damals war einfach. Wichtig war das Hier und Jetzt, und der Mittelpunkt der Welt war genau hier, von der Geschäftigkeit der Stadt wusste ich damals nichts. In meinen Erinnerungen spiele ich im Winter im Schnee und bade im Sommer im Meer. War es wirklich so? Hat es nie geregnet? Hat es nie gestürmt? War es niemals kalt, wenn es eigentlich hätte warm sein müssen? War nichts schwer, beängstigend und unheimlich? Nein, nicht in meiner Erinnerung.

Seufzend wende ich mich vom Fenster ab. Was soll ich morgen zu Ola sagen? Bin ich bereit, Torsten und meinen sicheren Verlag zu verlassen? Aber ich kenne die Antwort bereits. Ich will mit dem Schreiben weiterkommen, und Arnells kann ein möglicher Weg sein.

Die Haustür fällt ins Schloss, und ich werde aus meinen Träumen gerissen.

»Hallo! Da bin ich!«

Melkers Stimme. Ich habe kein Auto gesehen, ich habe auch nichts gehört. Wie ist er nach Hause gekommen?

»Amy?«

Ich renne die Treppe hinunter, unglaublich froh darüber, eine freundliche Stimme zu hören, und zugleich reiße ich mich zusammen, versuche, meine traurige Stimmung abzuschütteln.

»Hallo!« Ein flüchtiger Kuss. »Wo hast du denn das Auto gelassen?«

»Bei dem Wetter kann doch niemand fahren! Hast du nicht aus dem Fenster geschaut? Nur Idioten nehmen an einem solchen Tag das Auto.«

»Und Katinka …«

»Was? Katinka hat keinen Führerschein.« Er hängt seinen schneebedeckten Mantel weg, und ich denke, dass der Schnee beim Schmelzen auf dem Boden kleine Pfützen bilden wird, die ich dann wegwischen muss, damit sie keine Flecken hinterlassen, und …

»Amy, hast du gehört, was ich gesagt habe?«

Nein, ich habe nicht gehört, was er gesagt hat. Ich war in Gedanken dabei, dass ich den Boden aufwischen muss.

»Natürlich habe ich gehört, was du gesagt hast«, behaupte ich.

»Was sollte das also heißen?«

»Was denn?«

»Katinka?«

Melkers Blick reißt mich zurück in die Gegenwart.

»Adam hat ein Auto geliehen, und er und Katinka wollen sich irgendwo bei Mölnlycke im Wald ein Haus ansehen, ein Haus, das sie kaufen möchten. Um eine Wohngemeinschaft zu gründen.«

Melkers verwirrtes Gesicht bringt mich zum Kichern. Er kommt nicht mit, aber da kann man ihm auch keinen Vorwurf machen. Ich erkläre eilig.

»Du machst doch wohl Witze!«, ruft er.

»Und der Arnells Bokförlag hat angerufen und will morgen ein Date mit mir zum Mittagessen. Ich kann es kaum fassen. Stell dir vor, die interessieren sich für *mich!*« Ich halte den Atem an, um Melkers Reaktion zu sehen. Das alles habe ich nicht ohne einen gewissen Stolz erzählt.

»Der Arnells Bokförlag? Und wer ist das?«

Ich seufze resigniert. Melker begreift wirklich gar nichts. Ich gehe dicht hinter ihm her in die Küche und plappere immer weiter.

»Die sind groß. Nicht wie Bonniers, aber sie werden die alten und etablierten Verlage sicher eines Tages überholen. Arnells ist … der Traumverlag, ganz einfach. Der Verlag, über den alle reden. Über den geschrieben wird. Der sich die ganz großen Namen holt. Der Gewinne einfährt. Dem die Entwicklung in der Branche keine Angst macht. Der …«

Ich verstumme. Mehr fällt mir nicht ein. Und Melker lacht und schaut dabei hungrig in den Kühlschrank.

»Klingt, als ob du dich schon entschieden hättest.«

Das habe ich vielleicht. Ich staune über meinen begeisterten Wortschwall. Mein Herz macht vor Erwartung einen Extrasprung. Ist es jetzt so weit? Ist das jetzt der Schritt, nach dem ich mich so sehne? Mich zu *etablieren*? Ich zittere innerlich.

»Aber es ist nur ein Mittagessen, mehr nicht. Ola will vielleicht nur reden und das Terrain sondieren.«

»Ola, wer ist das?« Melker trinkt gierig aus demselben Saftkarton wie gestern Katinka.

»Bitte, Melker, es gibt doch Gläser …«

Mit einem lauten Rülpser knüllt er den Karton zusammen. »Das war der Rest, Amy. So schlimm ist das jetzt nicht.«

Ich verdrehe die Augen. Dasselbe Spiel wie mit der Zahnpastatube. Und wie mit der Fischpaste. Die werden immer in der Mitte eingedrückt. Und vom Käse bleibt immer der harte Rand übrig, wenn morgens jemand etwas davon abhobelt. Warum ist es so schwer, etwas richtig zu machen, denke ich.

»Ich habe einen Weihnachtsbaum gekauft.«

»Ach so, ja. Wie schön!« Dann überlege ich. »Wie hast du den denn nach Hause geschafft?«

»Der ist auf dem Autodach festgebunden, und das Auto steht auf dem Parkplatz beim Backaplan. Von da aus habe ich die Straßenbahn genommen. Hoffentlich schneit es nicht mehr so weiter, und ich kann morgen das Auto holen.«

»Das bedeutet, dass wir den Baum auch heute nicht aufstellen werden?«

»Nein, und selbst, wenn ich ihn hergebracht hätte, hätte ich ihn nicht aufgestellt oder die Lichter angebracht.«

»Aber gestern war der erste Advent. Jetzt verschiebt sich alles um noch einen Tag!« Ich lasse mich auf einem der Barhocker der Kücheninsel nieder. Begreift Melker denn nicht, dass unser Baum eigentlich immer zum ersten Advent fertig ist? Aber er sieht mich nur an, legt den Kopf schräg, und dann kommt er zu mir, nah, sehr nah, und legt mir die Hand auf die Schulter, und schaut mir dabei in die Augen.

»Wie geht es dir eigentlich?«

»Wie meinst du das?« Ich zittere, bebe innerlich, ein scheußliches Gefühl, als müsste ich gleich wieder losheulen. Wie ein wachsender und wütender Klumpen im Bauch, der unbedingt herauswill. »Was für eine komische Frage«, sage ich dann und schlucke zweimal.

»Du stehst unter Strom, Amy. Mehr als sonst. Als würdest

du alles aus dem Griff verlieren, und ich weiß ja, was Kontrolle für dich bedeutet. Du musst alles immer perfekt planen. Aber weißt du … es ist nicht immer alles perfekt planbar. Und das Leben geht trotzdem weiter. Wenn wir den Baum *nächste Woche erst* aufstellen, wird trotzdem demnächst Weihnachten sein. Du baust Gebirge aus Kieselsteinen, Amy. Mach ein bisschen langsamer. Du musst versuchen, Prioritäten zu setzen, aber auch loszulassen, nein zu sagen … anzuhalten, ganz einfach.«

Nichts von allem, was er sagt, dringt zu mir durch. Ich höre nicht zu, denn er begreift ja doch nichts. Es ist gut für mich, überall am Ball zu bleiben, auch wenn es in diesem Jahr vielleicht doch ein bisschen zu viel war, oder … eigentlich schon ziemlich lange. Seit mehreren Jahren. Die viele Doppelarbeit, die hohen Erwartungen der Auftraggeber, die Veröffentlichung des Buches und der Aufbau meiner schriftstellerischen Karriere. Aber bald ist Weihnachten, und bis dahin werde alles wieder unter Kontrolle haben. Wenn da nicht das neue Manuskript wäre und die vielen Signierstunden und die Lesungen, die ich organisieren konnte und die vor Weihnachten stattfinden müssen, und die Aufträge von den Werbeagenturen, die ich einholen muss, um zum Familienbudget beizusteuern, und …

»Amy?«

Seine Hand streichelt meine Wange. Ich sehe, dass die Hand von meinen Tränen glänzt. Eilig springe ich auf und verlasse die Küche. Melker lässt mich gehen. Ich beantworte seine Frage, während ich die Treppe ins Obergeschoss hinauflaufe.

»Mir geht es gut, Melker. Wirklich. Im Moment ist es ein bisschen viel, aber das geht im Dezember ja wohl nicht nur mir so. Jetzt muss ich schreiben, ich muss noch einiges schaffen, ehe ich für heute fertig bin.« Ich werde lauter, als ich die letzte Treppenstufe erreiche. »Machst du in der Küche weiter?«

Ich komme an einer Kommode vorbei und sehe unsere Familienfotos. Bleibe stehen und rufe noch einmal nach unten:

»Bitte, versuch du auch, Katinka zu erreichen. Ich mache mir Sorgen!«

Ohne auf Antwort zu warten, setze ich mich an den Computer. Es ist bald neun Uhr abends. Ich bin todmüde, aber ich will das schaffen, was ich mir vorgenommen habe. Ehe ich mein Manuskript öffne, gehe ich auf Facebook. Zu einer der größeren Gruppen, bei denen es um Bücher geht und wo sich Leseratten und Buchliebhaber tummeln. Und allerlei Autorinnen und Autoren, auch wenn die meisten stumm bleiben. Ich bin noch nicht besonders weit gekommen, als ich erstarre. Es ist ein langer Post, und die Botschaft ist glasklar:

> *Das schlechteste Buch des Jahres ist zweifelsfrei Amy Strandbergs sogenannter Krimi* Mord am helllichten Tag. *Nach einem schlechteren Buch kann man lange suchen. Eine banale Geschichte in dürftiger Sprache, die auch von einem Grundschüler stammen könnte. Eine wenig überzeugende Handlung und eine verwirrte Tussi von Kommissarin. Wie konnte diese Möchtegernautorin nur veröffentlicht werden? Und noch dazu von diesem Verlag? Kann mir vorstellen, wie sie für jeden Verleger die Beine breitmacht, aber wer will schon mit einer fünfzigjährigen Pseudoautorin vögeln? Nein, verdammt!*

Instinktiv knalle ich den Laptop zu, ohne die Kommentare zu lesen. Ich registriere nur noch, dass es viele sind.

Übelkeit steigt in mir auf wie eine Welle. Ich habe das Profil nicht gesehen, aber ich will den Rechner nicht wieder aufklappen. Ich unterdrücke den Brechreiz. Wie schrecklich. Wer schreibt so etwas? Was habe ich diesem Menschen getan? Wie kann man mich auf diese widerwärtige Weise diffamieren? Was, wenn jemand das glaubt? Bei dieser Vorstellung muss ich hyperventilieren. Soll ich Melker rufen? Es ihm zeigen? Er würde ausrasten, und das mit gutem Grund.

Aber ich kann heute Abend keine weiteren Szenen ertragen. Der Post wird natürlich gelöscht werden, rede ich mir ein. Es gibt Moderatoren für solche Gruppen. Jemand wird den Post melden, und dann existiert er nur noch in der Erinnerung.

Doch wie viele werden ihn vorher lesen können?

Der Drang, das zu erfahren, gemischt mit Ekel und der Angst davor, wer es sein könnte, bringen mich am Ende dazu, den Laptop wieder aufzuklappen. Ich logge mich ein und sehe, wie der Bildschirm flackernd zum Leben erwacht. Mit zitternden Händen suche ich nach dem Post und dem zugehörigen Profil.

Aber ich komme nicht mehr dazu, etwas zu lesen. Plötzlich steht Melker neben mir. Er legt mir die Hand auf die Schulter, und ich spüre sofort, dass er etwas auf dem Herzen hat. Sein Gesicht ist weiß, und er beißt die Zähne zusammen. Hart.

»Was ist passiert?«, frage ich.

»Katinka. Sie ist unterwegs ins Krankenhaus. Sie sind mit dem Auto ins Schleudern gekommen und mit einem Lastwagen kollidiert.«

Der Schrei kommt ganz tief aus meinem Bauch. Ich brenne innerlich, eine riesige gewaltige Feuersbrunst, die nicht gelöscht werden kann. Unsere Katinka. Das darf nicht wahr sein.

»Wir müssen nach Östra«, sagt Melker. »Sie und Adam sind unterwegs dorthin. Der Krankenwagen hat angerufen. Ich habe schon ein Taxi bestellt.«

»Aber Melker«, schreie ich. »Lebt sie noch?«

»Ja, sie lebt noch. Aber mehr weiß ich nicht«, antwortet er harsch.

Es dauert eine Ewigkeit, bis das Taxi auftaucht, und eine ebenso lange Ewigkeit, bis wir bei der elenden Straßenlage beim Krankenhaus ankommen. Dort steigert sich der Stress dann noch. Weder Melker noch ich haben Kreditkarte oder Geld eingesteckt, und der Taxifahrer muss uns beruhigen, als wir das entdecken.

»Hier ist meine Nummer«, sagt er und kritzelte sie auf einen Zettel. »Kümmern Sie sich um Ihr Kind, und dann melden Sie sich morgen bei mir und erledigen das mit dem Bezahlen. So. Und jetzt beeilen Sie sich!« Ab und zu gibt es Heilige unter uns, und heute ist uns einer begegnet. Ahmed.

Mein Kopf dröhnt, als wir völlig am Ende zur Notaufnahme stürzen, verwirrt, geschockt und verzweifelt.

»Katinka Strandberg? Wo finden wir sie? Wir sind ihre Eltern. Sie ist vor kurzer Zeit mit einem Rettungswagen hergebracht worden. Verkehrsunfall. Zusammen mit Adam …« Melker verstummt, sieht mich an. »Wie heißt Adam mit Nachnamen?«

»Darf ich Ihren Ausweis sehen? Und wie lautet die Personenkennziffer Ihrer Tochter?«

Ich leiere die Zahlen herunter. Kann sich die Frau nicht beeilen? »Wir haben vergessen, die Brieftasche einzustecken.«

»Sie sind hier«, erfahren wir. Die Frau lächelt verkniffen.

»So, und jetzt vergessen Sie nicht das Atmen. Sie können hineingehen, ich sage Bescheid, dass Sie hier sind.«

»Oh mein Gott, lebt sie noch?«, heule ich. Warum sagt denn niemand, was Sache ist?

»Sie können gleich mit dem Arzt sprechen. Aber beruhigen Sie sich doch.«

Wie kann sie sagen, dass ich mich beruhigen soll, wenn niemand uns sagen will, wie es um meine Tochter steht? Sie ist mit einem Lastwagen kollidiert. Lebt sie, oder ist sie tot? Ich lasse mich gegen Melker sinken, brauche ihn als Stütze, er nimmt meine Hand, und dann laufen wir durch die jetzt offenen Türen. Ich lasse mich mitschleifen wie eine Stoffpuppe.

Ich sehe sie direkt. Sie liegt in einem Bett auf dem Gang. *Auf dem Gang!* Ich kann sehen, dass sie Schrammen im Gesicht hat, ein großes Pflaster klebt auf ihrer Stirn. Ihre Haare liegen verfilzt um ihr zartes Gesicht. Irgendwer hat eine Decke über sie gebreitet. Aber sie lebt.

»Katinka«, keuche ich. Melker steht dicht hinter mir, als ich sie umarme.

»Mama …«

»Alles in Ordnung bei dir? Bist du verletzt? Geht es dir gut? Nichts gebrochen? Ein Lastwagen, hat Papa gesagt. Wo ist Adam?« Die Fragen strömen nur so aus mir heraus, und ich weine hemmungslos. Sie lebt, das ist das einzig Wichtige. Und sie ist offenbar nicht schwer verletzt.

»Mir geht es gut«, antwortet sie kaum hörbar. Aber meine Kleine weint. Das sehe ich, und ich streiche mit einer Hand ihre Tränen weg. »Bei Adam ist es schlimmer, der Lastwagen war auf seiner Seite …«

»Wo ist er jetzt?« Melkers beruhigende Stimme, ernst und nachdenklich. Er wird alles in Erfahrung bringen, ich weiß es.

»Der wird operiert, glaube ich. Seine Mutter ist aus Varberg hierher unterwegs. Ich glaube, es ist nicht so wahnsinnig schlimm, aber es war schrecklich. Dieser verdammte riesige Lastwagen wollte uns überholen, und man konnte fast nichts sehen, es war so ein wildes Schneegestöber, und Adam hielt das Lenkrad ganz fest, und der Lastwagen war plötzlich viel zu dicht neben uns, und ich schrie und Adam schrie, und unser Auto fuhr sozusagen zusammen mit dem Lastwagen, und Adam hupte die ganze Zeit, aber der Fahrer schien nichts zu bemerken, und dann … dann …« Jetzt weint sie nur noch, und ich drücke sie an mich.

»Pst … du darfst jetzt nicht reden. Bleib einfach ganz ruhig, Liebling.«

Aus dem Augenwinkel sehe ich, dass Melker mit einem Arzt spricht. Er nickt und hört zu, der Arzt macht ein ernstes Gesicht, und ich wüsste so gern, worüber sie reden, aber ich kann Katinka nicht loslassen, sie weint immer weiter, lauter und lauter. Ich bleibe bei ihr, halte sie im Arm wie ein kleines Kind, *mein* Kind.

Am Ende steht Melker wieder neben uns. Er nimmt Katinkas Hand. Er sieht sie an, warm und liebevoll.

»Adam ist nicht wirklich in Gefahr. Er hat eine leichte Gehirnerschütterung und hat sich den linken Arm gebrochen, als der Wagen von der Straße geschleudert wurde. Ansonsten ist er unversehrt. Seine Mutter ist offenbar schon auf dem Weg hierher, wenn ich das richtig verstanden habe, gibt es keinen Vater, der informiert werden müsste. Und du, mein Liebling …« Melkers Stimme bebt ein wenig, ich kann sehen, wie er mit den Tränen kämpft. »Du – ihr – hattet einen Schutzengel. Mein Gott, das war doch Wahnsinn, dass ihr bei diesem Wetter losgefahren seid. Warum habt ihr das bloß getan?«

Er ist wütend, aber seine Wut ist eine Mischung aus Erleichterung und Schock. Ich lege einen Arm um ihn, die vielen Gefühle lassen Melker zittern, aber zusammen sind wir stark.

3. DEZEMBER, DIENSTAG

Stumm stapfe ich umher und mache mir im Chaos in der Küche mein Frühstück. Melker ist heute früh zur Arbeit gefahren. Verschlafen hörte ich das dumpfe Geräusch des Taximotors, als er losfuhr, ich warf einen Blick auf die Uhr und sah, dass sie sechs zeigte. Es schneite noch immer, aber nicht mehr so heftig, und ich weiß, dass Melker das Auto holen wollte, um damit in sein Büro bei Volvo zu fahren. Man will ein Auto nicht zu lange allein auf dem Backaplan stehen lassen, schon gar nicht mit einer riesigen Fichte auf dem Dach. Ich hoffe, dass der Baum nach dieser Nacht noch da ist, denn heute Abend soll Melker damit nach Hause kommen. Heute Abend soll der Baum in unserem Garten leuchten.

Die Erinnerung an gestern quält mich noch immer. Wir durften Katinka mit nach Hause nehmen, es stand also nicht so schlimm um sie, aber der Schock war umso größer, und sie weinte bis spät in die Nacht, ehe sie endlich in einen unruhigen Schlaf versank. Hugo rief mehrmals an und schrie, sie sei eine Idiotin, dass sie bei diesem Wetter mit dem Auto gefahren sei. Geschwisterliebe zeigt sich wahrlich auf unterschiedliche Weise, und ich weiß, dass sein Zorn dem Wissen, was hätte passieren können, geschuldet war. Das Leben ist zerbrechlich, und es ist uns nur geliehen.

Jetzt aber schleiche ich wie die Katze um den heißen Brei und schiele zum Rechner hinüber, der in der Küche steht.

Soll ich den Beitrag bei Facebook suchen, der, seit ich ihn gelesen habe, in meinem Kopf widerhallt? Ist es besser, herauszufinden, von wem er stammt, und vielleicht zum Gegenangriff überzugehen, oder soll ich ihn ignorieren? Niemand soll mich mit aus der Luft gegriffenen Vorwürfen terrorisieren. Kein Troll soll das Kommando über mein Leben an sich reißen. Entschlossen öffne ich den Rechner und klicke mich zur Lesegruppe durch. Schreibe meinen Namen ins Suchfeld und warte einige Sekunden. Nicht besonders viele Treffer. Die meisten sind Beiträge, die ich selbst geschrieben habe. Ich enge die Suche auf »neueste« Kommentare ein und warte.

Nichts.

Keine Gemeinheiten über mich. Die sind gelöscht worden.

Ich atme auf. Gott sei Dank. Aber wer hat diesen Post gesehen? Und wer war der Verfasser? Denn ich gehe davon aus, dass es ein Mann war.

Ich scrolle weiter, um zu sehen, ob es ähnliche Posts gibt und ob irgendwer reagiert hat, aber ich finde nichts. Nur allgemeines Gerede darüber, welche Bücher jemand mag und empfiehlt oder nicht. Mein Buch ist unsichtbar. Ich bin unsichtbar. Wie üblich, also. Ich schlucke. Ich will, dass andere mich finden und liken, was ich schreibe, aber das hasserfüllte Gekeife dieses Netztrolls hat mir wirklich Angst gemacht. Wer hat es auf so gemeine Weise auf mich abgesehen?

Sabinas Buch taucht wie üblich so ungefähr überall auf. Viele loben sie, aber es gibt auch kritische Stimmen. Manche Leser mögen keine Feel-Good-Romane und scheinen das Bedürfnis zu haben, das gesamte Genre kleinzureden, als wäre es nicht hochwertig genug. Ich kann die Floskeln auswendig: *Banale Sprache. Uninteressant. Alles über einen Leisten geschlagen. Das gibt mir absolut nichts.*

Ich seufze. Ich liebe Krimis, aber ich bin eine Allesfresserin. Und ich verstehe Menschen nicht, die unbedingt ein ganzes Genre heruntermachen müssen. Es gibt doch wohl in jeder Sparte gute und schlechte Bücher! Und außerdem ist es so, dass ein Buch, das den einen anspricht, von der nächsten abgelehnt wird. Zerstreut scrolle ich weiter.

Ein plötzliches Pling im Handy beansprucht meine Aufmerksamkeit, und ich konzentriere mich auf Melker.

Auto, Baum und ich bei Volvo in Sicherheit. Werde versuchen, am zeitigen Nachmittag mit dem ganzen Kram zu Hause zu sein. Muss unbedingt mit den Skiern los, so eine phantastische Schneelandschaft. Geht's Katinka gut? Kuss.

Mit den Skiern? Und was ist mit der Küche?

Vergiss die Küche nicht. Und du musst den Baum aufstellen. Die Lichter liegen in der Diele. Katinka schläft. Ich habe eben nach ihr gesehen. Ich rufe nachher bei ihrer Arbeit an und sage, dass sie heute Ruhe braucht und zu Hause bleiben muss.
PS: Gehe heute Abend zu Sabinas Buchvorstellung. Das hast du doch wohl nicht vergessen?

In dem Moment, in dem ich die Mitteilung losschicke, klingelt das Telefon. Es ist Kajsa.

»Guten Morgen! Schon am Werk?«, fragt sie munter.

»Wie meinst du das? Es ist neun Uhr!«

»Sicher, aber du hast doch wohl keinen festen Zeitplan einzuhalten? Und da weiß man doch gar nicht so genau, ob man so früh anrufen darf.«

»Keinen Zeitplan?« Ich stöhne in Gedanken. Warum gelte ich weniger, nur weil ich mich dagegen entschieden habe, in einem überfüllten Büro zu sitzen? Weil mein Büro bei mir zu Hause ist und weil ich mich derzeit darauf konzentriere, Bücher zu schreiben? »Bitte, Kajsa, ich stehe jeden Morgen um sieben auf und setze mich an die Arbeit. Genau wie du.«

»Ja, ja, so war das nicht gemeint. Was hast du heute vor?«

»Arbeiten«, antworte ich genervt.

»Was denn?«

»Also echt! Ich muss *arbeiten!* Denk doch mal nach, was mache ich denn meistens?«

Es wird still in der Leitung. Sehen Kajsa und andere mich denn so? Eine, die ein bisschen herumpusselt? Die ein bisschen planlos vor sich hin schreibt, wenn sich das gerade so ergibt? Begreifen sie nicht, dass ein Buch nicht von selbst entsteht? Ist ihnen nicht klar, welch harte Arbeit dahintersteckt? Disziplin bei Recherchen, Zeiteinteilung, Abgabefristen, und die Tatsache, dass man mit dem Text ringen muss, auch wenn im Kopf gerade Stillstand herrscht? Oder liegt diese geringschätzige Haltung einfach daran, dass ich mit meinen Büchern nichts verdiene? Noch nicht. Auch mein Broterwerb, die Jobs für die Werbeagenturen, sind ein Kampf: Aufträge einholen, liefern, in der Entwicklung auf dem Laufenden bleiben und verhindern, dass ich in Vergessenheit gerate. Bis vor einigen Monaten war ich eigentlich ausgebucht, dann haben Melker und ich gemeinsam beschlossen, dass ich mich in diesem Herbst aufs Schreiben konzentrieren dürfe. Aber nach Dreikönig ist diese Frist zu Ende, dann muss ich wieder zupacken. Und das bereitet mir Sorgen. Ich hoffe wirklich, dass Ida mir eine endgültige Zusage geben wird. Es wäre ein guter Start, und ich arbeite gern mit ihr zusammen.

»Entschuldige, ich weiß, wie sehr du dich abmühst. Ich bin blöd, dass ich nicht daran denke, dass du arbeitest, auch wenn du keine festen Zeiten einhalten musst«, sagt Kajsa schließlich.

Ich akzeptiere ihre Entschuldigung ein wenig vergrätzt und wechsele lieber das Thema.

»Katinka hatte gestern einen Autounfall.«

»Nein! Was ist passiert?«

Ich erzähle, und zu meinem eigenen Entsetzen breche ich in Tränen aus. Und in solchen Situationen ist Kajsa wunderbar. Sie kennt mich in- und auswendig, und auch, wenn sie bisweilen nicht begreift, was es mit meinem Schreiben auf sich hat, ist sie da. Immer.

»Soll ich rüberkommen?«

»Nein«, schniefe ich. »Du musst doch arbeiten.«

Kajsa lacht, kurz und vielsagend. »Sorry, ich wollte dich eben nicht kleinreden. Aber ehrlich, ich kann mich hier loseisen, wenn du …«

»Nein, nicht nötig«, falle ich ihr ins Wort. »Ist schon in Ordnung. Mich verfolgen nur der Schock und die Vorstellung, was hätte passieren können. Und ich muss unbedingt versuchen, heute Vormittag zu schreiben, gestern lief das nicht ganz so wie geplant, und außerdem ist Katinka zu Hause, und ich will für sie da sein.« Ich erwähne nicht, was mir sonst noch zu schaffen macht. Ich will verdrängen, was bei Facebook gestanden hat. *Wie konnte diese Möchtegernautorin nur veröffentlicht werden?* Weg, weg, weg!

»Aber was ist mit heute Abend?« Klingt da etwa eine gewisse Unruhe aus Kajsas unschuldiger Frage?

»Wenn nichts Schlimmes passiert, dann gehen wir beide heute zusammen zu dieser Buchvorstellung. Außerdem bin ich heute zum Mittagessen verabredet mit …« Ich verstumme abrupt. Das ist etwas, worüber ich nicht reden will. Noch nicht.

»Verabredet mit wem?«

Ich blinzele und suche nach einer guten Antwort.

»Mach schon, Amy! Mit wem bist du verabredet? Einem tollen Typen? Streckst du deine Fühler aus?«

Bei ihrer Andeutung fällt mir fast das Telefon aus der Hand.

»Meine Fühler ausstrecken? Wie meinst du das?«

»Ach, das weißt du ja wohl genau! Wir alle können doch bisweilen mal ein bisschen Glanz im Leben vertragen.«

»Glanz im Leben? Kajsa, hast du den Verstand verloren? Was denn für Glanz? Ich habe genug Glanz im Leben, auch ohne fremdzugehen. Falls du das gemeint haben solltest. Was ist los mit dir?«

Mein Gesicht glüht. Ich habe es ihr schon länger angemerkt, etwas hat sich verändert. Ihr Blick, der zu oft etwas sucht, wenn wir unter Freundinnen unterwegs sind. Ein unschuldiges Glas nach Feierabend, und Kajsa ist nicht richtig dabei. Sie lacht ein bisschen zu aufgesetzt, wenn Männer dazukommen, ob wir die nun kennen oder nicht. Das hat mich überrascht, mehr als einmal habe ich bemerkt, dass sie Håkan in letzter Zeit abtut, als habe er keine Bedeutung mehr für sie, und sie läuft über vor schlecht verborgener Irritation, wenn er nur den Mund aufmacht.

»Ach, das sollte bloß ein Witz sein. Du und Melker, ihr seid doch wie aus einer Form gegossen. Und natürlich kannst du dich zum Mittagessen verabreden, mit wem du willst.«

Ahne ich da einen gewissen Sarkasmus?

»Aber es wird lustig, mich heute Abend unter die Promis zu mischen, Amy! Was soll ich anziehen? Und was soll ich mitbringen?«

»Nichts. Ich besorge etwas, ich bin doch mit Sabina befreundet. Du bist meine Begleitung, du brauchst nichts mitzubringen. Aber du solltest dann das Buch kaufen. Und zieh dich ganz normal an, wie nach einem Arbeitstag, nur ein ganz klein bisschen eleganter«, schlage ich vor.

»Natürlich kaufe ich das Buch. Auch wenn ich Feel-Good-Romane nicht so gerne lese. Wird leicht banal und vorhersagbar.«

Da hört man es wieder. Aber ehe ich widersprechen kann, beendet sie das Gespräch mit einem *bis dann.*

Ich scrolle wieder durch die Mobilflut und kann noch immer keinen einzigen Post zu meinem Buch finden. Ich brauche wirklich jemanden wie Ola von Arnells – dieser Verlag gibt offenbar nicht auf, bis seine Autorinnen und Autoren ins Gespräch kommen. Mein Mittagessen mit Ola könnte für mich ein neuer Anfang werden. Aber ich wage nicht, mich zu früh zu freuen.

Ich hole mir ein Exemplar von *Mord am helllichten Tag* und lege es auf den Küchenboden. Da der zum Teil mit Bauplane bedeckt ist und überall Werkzeug herumliegt, lässt sich leicht erkennen, dass es keine Traumküche ist. Jedenfalls noch nicht.

Ich mache ein Foto und lege einen Filter darüber. Dann zu Instagram und Facebook mit dem Text:

> Mord am helllichten Tag. *In diesem Renovierungschaos würde man die Spuren des Mörders nicht einmal bemerken. Habt ihr das Buch schon gelesen? Beeilt euch, ehe die erste Auflage vergriffen ist. Möchtet ihr ein signiertes Exemplar kaufen? Schreibt mir eine PN, dann erledige ich das. #mordamhelllichtentag @ordibok #baldweihnachten #weihnachtsgeschenke #beeilteuch*

Rasch drücke ich auf Senden. Gehe danach – wieder – die Online-Buchläden durch und sehe mir die Bestsellerlisten an. Stelle die Suche ein, als ich mein Buch nicht einmal finden kann, wenn ich die ersten fünfhundert durchsehe. Sabinas Buch ist noch immer auf Platz zehn, und außerdem sehe ich mehrere Posts, in denen jemand ungeduldig auf ihr nächstes wartet. Diese Feel-Good-Leserinnen ... die wirken so *hingebungsvoll.* Als ob sie nichts anderes zu tun hätten, als andere zum Schreiben reizender Bücher zu ermutigen. Ich kann eine Mischung aus Neid und Verärgerung nicht unterdrücken. Denn Kriminalromane haben doch eigentlich eine Spur mehr zu sagen.

Ein Blick auf die Uhr, und schon schlägt der Stress zu. Auweia, in weniger als drei Stunden treffe ich mich mit Ola, und ich muss ein Geschenk für Sabina kaufen, und ich muss mein Tagespensum schreiben, und dann noch den Rest, den ich gestern nicht geschafft habe. Ich darf nicht ins Hintertreffen geraten.

»Guten Morgen!«

Katinka steht vor mir. Ihr ungeschminktes Gesicht sieht so verletzlich aus, ihre Haare sind noch immer ein Wirrwarr, und an diesem Morgen sind ihre Augen groß und voller Verzweiflung. Ich ziehe sie an mich, auf einmal sind alle sozialen Medien weit weg, alle Likes sind so sinnlos, und die Listen haben keinerlei Bedeutung mehr.

»Geliebte Katinka.« Meine Stimme bricht, aber ich reiße mich ganz schnell zusammen. »Wie fühlst du dich?«

»Ich weiß nicht ... aber ich habe mit Adam gesprochen, ihm geht es gut trotz der Gehirnerschütterung und des Gipsarms. Aber Mama, denk doch nur, was hätte passieren können! Ich will nie wieder Auto fahren.«

Ich lächele traurig über diesen Kommentar.

»Doch, Herzchen, das wirst du bestimmt. Aber vielleicht nicht mitten im Schneegestöber. Ich begreife nicht, wie ich dich fahren lassen konnte.«

»Ich wäre gefahren, egal, was du gesagt hättest.«

Meine trotzige Tochter. Ich weiß, dass sie recht hat. Es spielt keine Rolle, was ich gesagt hätte. Wenn sie sich zu etwas entschließt, dann tut sie es auch.

»Kommst du allein zu Hause zurecht? Ich bin zum Mittagessen verabredet.«

»Ja. Ich muss erst um zwei zur Arbeit.«

»Nein, Katinka. Heute musst du dich krankmelden. Ich hätte ja für dich angerufen, aber da du jetzt auf bist, kannst du das selber erledigen. Heute musst du dich ausruhen.«

»Ich will mich nicht ausruhen. Ich will ganz normal arbeiten. Sonst zerbreche ich mir doch nur den Kopf. Stelle mir vor, was hätte passieren können.«

Ich höre zu, was sie sagt. Mein Körper zittert, als versuche er, die düsteren Bilder zu vertreiben, die meine Phantasie herbeiruft, und ich umarme Katinka noch einmal. Eilig. Die Zeit schwindet, ich muss arbeiten, und ich möchte zu meiner wichtigen Verabredung nur ungern zu spät kommen. Und Katinka will doch auch zur Arbeit, sagt sie.

»Bist du sicher, dass es dir gutgeht?«

»Nein. Aber so gut, dass du dir keine Sorgen zu machen brauchst«, sie lächelt tapfer. »Du, übrigens … das Haus, das Adam und ich uns gestern angesehen haben, war super. Nur vier Millionen. Heute Abend wollen wir uns hinsetzen und überlegen, wer vielleicht mitmachen könnte.«

Unfreiwillig verdrehe ich die Augen und erlaube mir, die Antwort zu verweigern. Sie kann jetzt nichts vertragen, mit meinen Einwänden muss ich bis zu einer besseren Gelegenheit warten.

»Ich gehe heute Abend zu einer Buchvorstellung, aber melde dich, wenn es dir nicht gutgeht. Du stehst ja vielleicht noch unter Schock.«

Sie nickt, und ich laufe nach oben ins Schlafzimmer. *Nur vier Millionen.* Und garantiert eine Bruchbude. Ich schüttele den Kopf angesichts dieses Wahnsinns.

Ich glaube an dich, Amy.«

Er durchbohrt mich mit seinem Blick, dieser Blick ist so intensiv, dass ich ihn nur mit Mühe erwidern kann. Stattdessen versuche ich erfolglos, mit der Gabel die absolut letzten Reste von meinem Teller aufzupicken, obwohl der schon so gut wie leergekratzt ist. Wir sitzen im Heaven 23, und ich habe eine wunderbare Aussicht vor mir. Es schneit noch immer ununterbrochen, der Schnee liegt schwer über Göteborg, und die vielen Adventslichter funkeln mit dem Weiß um die Wette. Die Stadt ist verstummt, alles wird seltsam ruhig, wenn sich die dicke Schneedecke so kompakt ausbreitet. Die Menschen werden freundlicher, die Autos fahren weniger aggressiv, und ich erspähe sogar einige Fanatiker, die sich auf Skiern durch die sonst so stark befahrenen Straßen bewegen. Könnte Melker sein, denke ich.

Ich bin satt. Ola hat mich zu einem Mittagessen mit drei Gängen eingeladen, dazu ein Glas Wein. Zuerst habe ich widersprochen, ich wollte nicht mitten am Tag bei einer so wichtigen Begegnung Wein trinken, aber er ließ sich nicht beirren.

»Wir müssen feiern!«, erklärte er.

Kaum war ich angekommen, wurde mir klar, dass für Ola und den Verlag alles schon entschieden war. Der Vertragsentwurf des Verlages lag auf dem Tisch, er ging ihn Punkt für Punkt durch, und alles, was noch fehlte, war meine Unterschrift. Aber ich sah nur die Ziffern des Vorschusses. Eine Summe, die ich niemals vorzuschlagen gewagt hätte. Doch Ola meint, ich sei Arnells neue große *Investition* und dass er an meine Bücher glaube, national und international. Er will, dass ich einen Vertrag über fünf Bücher unterschreibe! Einer von Schwedens erfolgreichsten Verlagen will mich für *fünf Krimis* verpflichten, ohne auch nur eine Synopsis der kommenden Bücher gesehen zu haben. Die ganze Situation ist irreal, und ich warte nur darauf, dass jemand an den Tisch kommt und mir ins Gesicht schreit: *April, April, du doofe Nuss, du glaubst auch wirklich jeden Stuss!*

Nun wiederholt er also zum zehnten Mal, dass er an mich glaubt. Die Angst, versagen zu können, trifft mich zielsicher wie eine Kanonenkugel. Oder hat er gar die falsche Autorin erwischt? Vielleicht sollte eine andere hier in meinem Sessel sitzen? Eine, die mir ähnlichsieht und durch einen seltsamen Zufall genauso heißt wie ich?

»Wir werden alle unsere Mittel für dich einsetzen. Die Medien werden dich lieben, du bist wie geschaffen für Zeitschriften und Fernsehen, und deine Bücher werden sich besser verkaufen als alle anderen.«

Inzwischen ist es nur noch peinlich. Was redet er da überhaupt?

»Oh, wie soll das denn gehen?«, erwidere ich, noch immer den Blick auf den Teller gerichtet. Aber am Ende muss ich aufblicken, Ola in die Augen schauen. »Was bringt dich beziehungsweise euch dazu, dermaßen an mich zu glauben? Wie kommt ihr darauf, dass ich für Zeitschriften wie geschaffen sei? Ich bin eine ganz normale …«

Aber er lacht nur kurz und abgehackt, trinkt einen Schluck von dem Kognak, den er zum Kaffee bestellt hat, und fährt sich mit der Hand über den fülligen, sorgfältig gekämmten

Schopf. Ein bisschen grau an den Schläfen, ansonsten dunkel und glänzend, als habe er sich etwas hineingeschmiert, damit auch ja kein einziges Haar falsch liegt. Die Frisur passt zu dem tadellosen Anzug. Die Zähne sind unnatürlich weiß und ganz gerade, in diesem Mund ist nicht eine einzige Lücke zu sehen. Sein Gesicht ist so glatt rasiert, dass er das noch unmittelbar vor diesem Treffen erledigt haben muss. Er sieht aus wie ein richtiger Überflieger, denke ich.

»Zum einen kannst du schreiben – und das ist natürlich wichtig.«

Wieder lacht er. Ich versuche, einzustimmen, aber das Lachen bleibt mir im Hals stecken.

»Zum anderen besitzt du eine natürliche Ausstrahlung, von der ich glaube, dass sie sich in den Medien gut machen wird. Du bist hübsch und geradeheraus und stehst mitten im Leben, und darüber hinaus bist du redegewandt. Durch einen Zufall habe ich dich bei der Buchmesse auf der Lesebühne des Literaturzentrums gehört, und obwohl du total unbekannt warst, hast du das Publikum mitgerissen, du hattest überhaupt keine Angst davor, etwas zu sagen, und das ist gut. Dein Profil ist ganz einfach interessant … Und darüber hinaus schreibst du deine Kriminalromane mit einem wahnsinnigen Einfühlungsvermögen für deine Personen, da verlocken nicht nur die Morde, um das mal so zu sagen. Und wir werden dir helfen, das noch weiter auszubauen, darüber reden wir später. Ich würde sagen, du wirst auf ganzer Linie punkten.«

»Mensch, wenn man dich so hört, könnte man meinen, ich sei ein Genie. Ich hoffe nur, ich kann diese vielen Erwartungen erfüllen.« Nervös spiele ich an der Serviette herum und schiele zu dem Vertrag hinüber. Ich kann nicht sofort unterschreiben, so verlockend das auch wirken mag. Ich muss mit Melker darüber sprechen, und vielleicht sollte ich auch den

Schriftstellerverband hinzuziehen, damit ich nichts unterschreibe, was ich dann später bereue. Aber der Vorschuss … ich sterbe bei diesem Anblick. Haben die vielleicht eine Null zu viel geschrieben?

»Das kannst du, Amy, davon bin ich überzeugt! Auf die Zukunft!« Er hebt sein Glas, stößt damit gegen meines, und wir prosten einander zu. »Ich hoffe, schon heute Abend bei Sabina einen unterschriebenen Vertrag zu sehen. Morgen möchte ich dann mit der Nachricht breit in die Medien gehen. Ich habe sie schon vorgewarnt.«

»Aber …? Welche Nachricht? Ich bin doch total unbekannt.«

»Jetzt, ja. Aber wohl kaum, wenn ich fertig bin. Ich werde dich bekannt machen. Superbekannt. Arnells sucht schon lange nach einer Debütantin, an die wir *glauben.* … und jetzt haben wir sie gefunden. Das soll bald die ganze Branche erfahren, und natürlich auch ganz Schweden. Wir werden dich promoten, mach dir da keine Sorgen.«

Mich promoten? Ich muss unbedingt mit Melker sprechen, denke ich verängstigt. Und mit Torsten!

»Ich muss natürlich Ord i Bok informieren. Die sind echt unglaublich fair zu mir …«

»Aber die haben dir keinen Vertrag für dein nächstes Buch gegeben, oder? Und was sagt mir das? Dass die dein *Potential* nicht erkennen. Torsten wird seinen Leckerbissen jetzt verlieren. Und das wird er bitter bereuen, das kannst du mir glauben.«

Leckerbissen. Ich lasse mir dieses Wort auf der Zunge zergehen, und es schmeckt mir nicht. Es klingt, als wäre ich ein Stück Fleisch. Aber ich versuche, mich nicht an Wörtern aufzuhängen. Mein Gott, hier sitze ich und sollte mich eigentlich geschmeichelt fühlen. Aber etwas stimmt eben nicht.

»Fünf Bücher, Amy! Scheiße, das wird verdammt gut! Eine ganz neue Serie.«

»Neue Serie?« Ich zucke zusammen. »Aber ich schreibe doch gerade an einer! Ich dachte, du wolltest dieses Buch und dazu vier weitere von dieser Serie.«

»Leg die zur Seite, Darling. Vielleicht fischen wir sie später noch einmal heraus, aber jetzt sollst du etwas Neues schreiben, neu und frisch. Natürlich werden wir unterschiedliche Szenarien diskutieren. Ich habe allerlei Ideen, die gut zu dir passen und dir wie auf den Leib geschneidert sind. Und ich mache mir nicht die geringsten Sorgen, dass du das nicht schaffen könntest. Was du bisher geschrieben hast, zeigt, dass du genau die bist, die wir suchen. Also konzentrieren wir uns auf Crime mit einem verkaufsfördernden Touch. Was sagst du dazu?«

Ich versuche zu verdauen, was ich da höre, und in aller Eile zu analysieren, was er eigentlich von mir will.

»Etwas Neues also?«, frage ich besorgt. Ich wische mir den Mund mit der Serviette ab, obwohl ich schon längst mit Essen fertig bin, als hätte ich das Bedürfnis, etwas zu tun, egal, was, und nicht nur hier zu sitzen und ihn anzustarren. »Sollten wir nicht über den Inhalt reden, wenn du kein Interesse an *Mord bei finsterer Nacht* hast?«

»Dazu kommen wir später. Wir haben Zeit. Ich gehe davon aus, dass wir den ersten Band der Serie im übernächsten Frühjahr veröffentlichen können – das steht im Vertrag –, also brauchen wir das Rohmanuskript zu Beginn des Herbstes, damit wir genug Zeit für Lektorat und Marketing haben. Und es ist durchaus nicht unmöglich, dass wir zu einem späteren Zeitpunkt den Krimi herausbringen, den du gerade schreibst. Lass uns eins nach dem anderen angehen, schlage ich vor. Jetzt will ich zuerst den Vertrag unter Dach und Fach bringen. Baby, das wird ein super Ding!«

Irgendetwas an seiner Redeweise stößt mich ab, aber verdammt, es ist doch Ola vom Arnells Bokförlag, der mir da gegenübersitzt. Ich muss mich zusammenreißen!

Verschwinde hier, Amy!, schreit es in meinem Gehirn.

»Ich danke dir sehr für diese Einladung«, bringe ich mühsam heraus. »Aber jetzt muss ich wirklich gehen, wir sitzen schon so lange hier … meine Tochter hatte gestern einen Autounfall, und ich muss zu ihr nach Hause«, lüge ich. Ola braucht nicht zu wissen, dass sie zur Arbeit gegangen ist. »Ich werde versuchen, bis heute Abend den Vertrag zu unterschreiben«, ende ich und stehe auf.

»Tu das, Amy. Und ich hoffe, du findest die Zeit. Eine Unterschrift dauert ungefähr eine Sekunde«, er lacht, und ich muss zugeben, dass er wirklich gut aussieht und seinem Beinamen ›der schöne Ola‹ alle Ehre macht.

Er umarmt mich und küsst mich auf die Wange, und ich nehme den Duft eines Parfüms wahr, das ich kenne, dessen Name mir aber nicht einfällt. Würzig, feurig, sexy. Was zum Teufel … Er ist ein Charmeur, und dafür ist er bekannt. Aber das hier ist Geschäft, und wenn ich finde, dass seine Umarmung zwei Sekunden zu lange dauert, so ist das natürlich pure Einbildung.

Ich atme tief durch, als ich hinaus an die frische Luft trete. Als ob ich mich von etwas befreien müsste. Der Vertrag kommt mir vor wie eine Belastung, als er nun in meiner Handtasche liegt. Der Vertrag, der unterschrieben und heute Abend überreicht werden soll. Schaffe ich das? Ich müsste ihn wirklich vorher von jemandem durchlesen lassen, nicht nur von Melker.

Ich beschließe, den Vertrag für den Moment aus meinen Gedanken zu verdrängen. Erst einmal will ich ganz schnell ein Geschenk für Sabina kaufen und dann nach Hause fahren und an dem Manuskript schreiben, das offenbar niemand mehr haben will – oder vielleicht sollte ich mich lieber hinsetzen und überlegen, wovon zum Beispiel meine nächsten fünf Bücher handeln könnten. *Crime mit einem verkaufsfördernden Touch?* Was Ola darunter wohl verstehen mag? Aber bis das alles geklärt ist, habe ich vor, an meinem aktuellen Manuskript weiterzuschreiben, alles ganz nach Plan. Ich fühle mich nur wohl, wenn ich Punkte von meiner Liste abhaken kann. Und *Mord bei finsterer Nacht* wird ein guter Krimi, das spüre ich. Vielleicht kann ich Ola dazu überreden, ihn vor den fünf anderen zu veröffentlichen?

Außerdem muss ich noch Lussekatter backen. Die habe ich auf meine Liste gesetzt, ehe ich wusste, wie lang dieses Mittagessen dauern würde. Aber die Zeit ist rasch vergangen, es ist fast schon zwei, und das bedeutet, dass ich die Stunden, die mir bis zu Sabinas Fest heute Abend bleiben, noch effektiver nutzen muss.

Während ich auf die Straßenbahn warte, ziehe ich mein Handy hervor. Fange bei Instagram an. Inzwischen sind Hunderte Bilder vom Schnee gepostet worden, und es scheint mir wenig sinnvoll, mich da auch noch einzuklinken. Stattdessen mache ich ein Selfie mit den Gothia Towers im Hintergrund. Lege einen schönen Filter darüber, ehe ich schreibe:

Langer Lunch mit Zukunftsplanung. Was kann passieren? Vielleicht schon morgen?
#schriftstellerinnenleben #zukunft #erwartungsvoll #manweissjanie

Als ich den Post abschicke, muss ich daran denken, wie ernst das ist, was ich gerade geschrieben habe. Habe ich mich hier und jetzt entschieden? Denn ich deute doch an, dass etwas Großes passieren wird.

Ich reiße mich zusammen. Die Vorstellung, Torsten anrufen zu müssen, kommt mir überhaupt nicht verlockend vor.

Ich klettere in die Straßenbahn und setze mich auf einen freien Platz neben einer Frau, die wie ich auf ihr Handydisplay schaut. Ich sage leise hallo, aber sie sieht und hört nichts. Alle im Wagen starren ihre Telefone an. Wie langweilig, kann ich noch denken, ehe ich ebenfalls in der Welt der sozialen Medien versinke. Ich klicke die Facebook-Gruppe an, bei der ich gestern den scheußlichen Post gefunden habe. Suche nach meinem Namen, für den Fall, dass doch irgendwer über mein Buch geschrieben hat. Bald wird sich das hier vielleicht ändern, denke ich. Bald wird vielleicht so viel über meine Bücher geschrieben, dass ich nicht einmal alles lesen kann. Bei diesem Gedanken durchströmt Wohlbehagen meinen Körper.

Aber dann erstarre ich. Der Glücksrausch und alle positiven Erwartungen lösen sich in Luft auf. Ich lese den kurzen Post zweimal. Eilig schalte ich dann aus und lasse das Handy in meine Handtasche gleiten, aus Angst, die Frau neben mir könnte diesen gemeinen Facebook-Post über mich mitlesen. Ich kneife die Augen zusammen und versuche, an etwas anderes zu denken. Aber das geht nicht. Die Worte haften mir noch im Gedächtnis.

Amy Strandbergs Buch ist eine Beleidigung der Literatur. Es gibt nur eine Erklärung, warum dieser Dreck überhaupt veröffentlicht worden ist. Nämlich, Ficken. Und Amy fickt gut, wie ich gehört habe. Ein Glück, dass sie wenigstens irgendwas gut macht.

Wollte er den Vertrag schon heute unterschreiben?« Melker ist früher als sonst nach Hause gekommen, wie er versprochen hat, und jetzt streicht er eine Leiste für die Küche. Ich habe es geschafft, an meinem Manuskript zu schreiben und auch noch über mögliche Handlungen für die kommenden Bücher nachzudenken, und nun stehe ich fertig umgezogen bereit, um bald zu Sabinas Buchvorstellung aufzubrechen. Ich sehe das Chaos, das meinen Mann umgibt, und versuche die Tatsache zu ignorieren, dass es mit dem Küchenprojekt viel zu langsam vorwärtsgeht. Ich habe Melker gerade von meinem Essen mit Ola erzählt, und als mir bewusst wird, wie ich das alles beschreibe, kommt es mir noch seltsamer vor.

Von den gemeinen Kommentaren bei Facebook sage ich dagegen nichts. Ich bringe es nicht über mich, das zu erzählen, ich schäme mich irgendwie, obwohl ich doch gar keinen Grund dazu habe. Wie kann jemand so etwas schreiben? Der neue Post war bei derselben Gruppe wie der vom Tag zuvor, und ich hoffe fieberhaft, dass er gelöscht und dass der Netztroll blockiert wird. Solche Gemeinheiten kann doch keine Gruppe zulassen? Natürlich muss irgendwer reagieren, wie es ja offenbar auch beim ersten Post der Fall war. Ich habe nicht noch einmal reingeschaut, ich kann das einfach nicht – denn was, wenn der neue Post noch vorhanden ist? Was soll ich dann machen? Antworten?

»Ja, er hat wirklich darauf bestanden. Vertrag heute unterschreiben, dann volle Kanne in die Medien, genau das hat er gesagt.«

Melker erhebt sich von den Knien und lässt sich im Schneidersitz auf dem staubigen Boden nieder. »Was genau meint er mit *volle Kanne in die Medien*?« Melker ist nicht immer begeistert davon, wie die Medien Menschen behandeln.

»Weiß ich nicht. Er behauptet, ich sei ihre große Hoffnung und dass er mich bekannt machen will. Ein Name, der überall auftaucht.« Ich beiße mir in die Lippe. Will ich das wirklich?

»Aber das kann er doch nicht versprechen? Ich meine, nur, weil er an dich glaubt, oder weil der Verlag an dich glaubt, kann er doch wohl *kaum* versprechen, dass du bekannt wirst? Und wieso überhaupt bekannt? Willst du das denn wirklich? Ich dachte, für dich wäre es das Wichtigste, Bücher zu schreiben.«

»Ist es ja auch«, fauche ich.

»Oh, war das ein wunder Punkt, oder was?« Melker hebt die Augenbrauen.

»Nein, warum sollte es einer sein?« Unbewusst weiche ich einige Schritte zurück, als ob ich bedroht worden wäre.

»Weil du wütend geworden bist.«

»Mensch ... du stellst echt blöde Fragen. Wenn ich bekannt werde, bedeutet das, dass ich Bücher verkaufe.«

»Aber das ist es doch gerade, Amy. Bekannt werden. Man kann als Autorin bekannt werden und Bücher verkaufen, aber als Person ... ich meine ... dass du als Amy Strandberg ein Name an sich wirst. Bist du zum Beispiel bereit, solche Homestorys über dich machen zu lassen und dein Leben breitzutreten – *unser* Leben?«

»Keine Ahnung. Darüber habe ich noch nicht nachgedacht, wenn ich ehrlich sein soll.«

Die Entwicklung, die dieses Gespräch nimmt, gefällt mir nicht, und ich mache mich zum Aufbruch bereit. Ich muss an die Buchvorstellung denken. Aber ich will Melkers Segen, ehe ich meine Krähenfüße unter diesen verdammten Vertrag setze, der mich im Moment im Geiste Achterbahn fahren lässt.

»Soll ich unterschreiben oder nicht? Du hast ihn doch gelesen, oder?«

»Ja, und ich habe nichts gesehen, was mir bedenklich erscheint. Das Einzige, was vielleicht ein bisschen unklar bleibt, ist, dass es um einen Vertrag über fünf Bücher geht, und dass nicht im Vertrag steht, was das für Bücher sein sollen.«

»Krimis. Oder *Crime* mit einem bestimmten Touch. Aber so schreibe ich doch heute schon.«

»Crime mit einem Touch? Und was ist das für ein Touch? Und über den Inhalt wird erst mal noch gar nicht gesprochen?«

»Nein …«, antworte ich unsicher und beiße mir auf die Lippe. Bei der Frage ist Ola mir ausgewichen, als ob er diese Diskussion nur ungern führen würde. Aber er hat Crime mit einem Touch gesagt, und ich finde, das klingt gut. Der Touch wird mir schon einfallen, ich habe schon ein paar Ideen. Und vielleicht kann ich ihn doch dazu bringen, zunächst die Fortsetzung meines ersten Krimis herauszubringen.

»Über den Inhalt der neuen Serie reden wir in Ruhe, wenn der Vertrag unterschrieben ist, hat er gesagt. Das erste Buch ist erst fürs übernächste Frühjahr geplant, und das bedeutet, dass wir Zeit genug haben.«

»Okay. Ja, du weißt das sicher besser als ich. Aber ich habe diesen Vertrag mit dem vorigen verglichen, und das hier ist etwas ganz anderes. Das hier sieht phantastisch aus, Amy, versteh mich bitte nicht falsch. Ich weise nur darauf hin, dass es bestimmte Konsequenzen haben kann, wenn du in den Medien herumgereicht wirst, und darüber musst du dir im Klaren sein.«

Ich will Melker jetzt nicht zuhören, denn ich weiß, dass er nicht unrecht hat. Es ist richtig von ihm, mich zu warnen. Die Ironie an der Sache ist, dass ich bereits schikaniert werde, obwohl ich noch gar nicht bekannt bin.

Und Amy fickt gut, wie ich gehört habe. Dieser Satz wirbelt mir durch den Kopf.

»Und ehrlich gesagt, Amy. Du bist ein Mensch, der es sich sehr leicht zu Herzen nimmt, was andere sagen und denken. Du musst bereit sein, mit eventuellen negativen Kritiken zu leben.«

Melker scheint meine Gedanken gelesen zu haben, deshalb verlasse ich die Küche rückwärts und schnappe mir den Vertrag, der auf dem Couchtisch liegt. Starre ihn an. Denke eine Sekunde an mein Gespräch von vorhin mit Torsten. Er hat die Nachricht gelassen hingenommen, war so großzügig und freundlich wie immer, als er mir viel Glück bei Arnells gewünscht hat. Trotzdem war ich danach seltsam traurig. Aber jetzt ist es geschehen, worauf warte ich also? Entschlossen greife ich zum Kugelschreiber und kritzele meinen Namen auf die letzte Seite des Verlagsvertrags.

Ehe ich zu Sabinas Buchvorstellung aufbreche, bewundere ich die frischen Lussekatter, die ich mitten im Küchenchaos backen konnte, ehe Melker nach Hause kam. Mein Gehirn lief nach dem Essen mit Ola auf Hochtouren, und dann hilft es mir am besten, wenn ich etwas Praktisches erledigen kann. Das Kuchenbacken war meine Rettung, ließ meine Ideen strömen und halbwegs eine Ordnung annehmen. Der Backofen funktioniert noch – so, wie er mitten im Raum steht –, und der Tisch im Esszimmer wurde zum Backtisch umfunktioniert. Nicht optimal, aber ich backe meine Lussekatter immer zehn Tage vor Lucia, und dieses Jahr soll keine Ausnahme bilden.

Ich nehme mir ein Stück Gebäck, dessen Form ein bisschen fragwürdig ausgefallen ist, und stecke es in den Mund. Ach, es schmeckt köstlich, und für eine Sekunde werde ich in meine Kindheit zurückgeworfen. Die Weihnachtsbäckerei war für meine Mutter heilig, und das ist sie auch für mich. Wie haben wir uns damals abgemüht! Mama hat mir geduldig gezeigt, wie der Teig zu einem Kringel geformt wird, danach aber durfte ich meine eigenen Kreationen entwerfen. Mama lachte oft und lobte mich für meinen Einfallsreichtum, sogar beim Backen von Rosinenbrötchen folgte ich meinem eigenen Kopf.

Ich mache ein Foto und poste es auf Instagram.

Lussebäckerei. Ein Muss in dieser Zeit. Love it!
#lussekringel #liebeweihnachten #traditionen

Dann ziehe ich die Tür hinter mir zu, mit einem Abschiedsgruß an Melker und der Ermahnung, die Fichte im Garten aufzustellen.

Die Buchvorstellung findet im Restaurant Mr. P ganz oben in Avenyn statt. Sabina – oder genauer gesagt, ihr Verlag – hat das Lokal von sechs bis zehn Uhr abends gemietet. Allein die Tatsache, dass Bonniers Sabinas Wunsch erfüllt und die Buchvorstellung nach Göteborg verlegt hat, überrascht mich. Und die Überraschung wurde nicht geringer, als ich von Sabina hörte, wer alles kommen will. Darunter etliche große Namen, was durchaus nicht üblich ist. Normalerweise reisen Verlage und Autoren nach Göteborg, wenn im September Buchmesse ist, ansonsten scheint sich alles in Stockholm abzuspielen. Sabina war selbst überrascht, als ihr aufging, wie viele die Einladung angenommen hatten.

»Also, Amy, manchmal begreife ich nicht, was hier abläuft. Das geht alles fast zu schnell«, hat sie mir vorige Woche anvertraut, als ich sie anrief, um mich für die Lesung anzumelden. »Und was, wenn es mein zweites Buch nicht mit Nummer eins aufnehmen kann? Ich kriege Angst bei dieser Vorstellung.«

»Hör doch auf, Sabina! Du bist ein Star!« Aber ich wusste genau, was sie meint. Ich würde genau dieselbe Angst, denselben Leistungsdruck verspüren, aber das habe ich ihr nicht gesagt, und das Ergebnis war vermutlich, dass sie glaubte, ich hätte rein gar nichts kapiert.

Es sind schon viele Gäste versammelt, als Kajsa und ich

eintreffen, und vor dem Restaurant bildet sich eine kleine Schlange, da nicht alle gleichzeitig hineingehen und ihre Wintermäntel aufhängen können. Ein Türsteher hakt die Gästeliste ab, und ich versuche mich zu erinnern, ob ich Sabina erzählt habe, dass ich Kajsa mitbringen würde. An solch *exklusive* Anlässe bin ich nicht gewöhnt. Ich halte meine goldene Tüte mit einer Flasche Champagner in einer Hand – der Plan, ein besonderes Geschenk zu besorgen, hatte sich nach dem gemeinen Facebook-Post heute Nachmittag in Luft aufgelöst. Stattdessen bin ich in den Getränkehandel gestürzt und habe mir die teuerste Flasche geschnappt, die sie hatten, ich weiß nicht, was in mich gefahren war. Es gibt keinen Grund für ein so protziges Mitbringsel, aber in dem Augenblick konnte ich nicht klar denken. Plötzlich kommt es mir blödsinnig vor, dass ich vermutlich das teuerste Geschenk von allen habe.

Während wir darauf warten, ins Warme gelassen zu werden, ziehe ich das Handy hervor und mache ein Selfie von Kajsa und mir, dann poste ich es mit einem Text über die phantastische Sabina und die phantastische Vorstellung ihres phantastischen Romans. Alles ist phantastisch. Instagram läuft über vor phantastischen Beiträgen darüber, wie alle phantastischen Menschen ihr phantastisches Leben leben. Dann muss ich ja wohl ebenso phantastisch sein. Danach stelle ich fest, dass es schon jede Menge Hashtags zu Sabinas Event gibt. Natürlich. Das hier ist groß. Alle, die in der Kulturszene etwas zu vermelden haben, sind nach Göteborg gekommen, und da muss man natürlich so viel Bestätigung einsacken wie überhaupt nur möglich.

»Ich habe den Verlag gewechselt«, vertraue ich Kajsa an, und sie macht große Augen.

»Was? Davon hast du ja kein Wort gesagt.«

»Tu ich ja jetzt.« Ich sage das ganz dicht an ihrem Ohr, niemand soll etwas hören, man weiß ja nicht, wer in der Nähe steht. Aber dann fällt mir ein, dass das hier kein Geheimnis ist, sehr bald wird die ganze Welt davon wissen. Jedenfalls will Ola das so. Ich recke mich und versuche, auszusehen wie die stolze Autorin, die ich sein sollte.

»Ich war heute mit dem Verleger beim Essen, dabei haben wir alles vereinbart. Wir sind schon seit einiger Zeit im Dialog, und jetzt habe ich einen Vertrag.«

»Mensch, Amy! Wie cool! Jetzt kapier ich, was das für ein Mittagessen war, von dem du so geheimnisvoll geredet hast.« Kajsa umarmt mich warm und herzlich. »Ich freu mich ja so für dich! Herzlichen Glückwunsch! Welcher Verlag ist das? Nicht, dass ich besonders viel über diese Branche wüsste, aber ich nehme an, er ist einen Tick besser als Ord i Bok?«

»Ja. Es ist der Arnells Bokförlag. Der, bei dem im Moment die meisten landen wollen. Ich habe es noch gar nicht richtig verdaut. Aber der Verleger wird heute Abend hier sein, und ich habe den Vertrag unterschrieben, er steckt in meiner Handtasche, und ich bin total nervös … ein Vertrag für fünf Bücher, Kajsa, das kommt mir vor wie der glatte Wahnsinn.«

»Fünf? Du spinnst!«

»Es ist auch die Rede von Auslandskontakten. Ich bin ihr neuer großer Star, massive Medienarbeit, bla, bla, bla …« Ich merke selbst, wie unwahrscheinlich das klingt, und Kajsas Augen werden groß wie Untertassen, und ihr Mund steht sperrangelweit offen. Ich kann sie verstehen.

»Mensch, das klingt doch total phantastisch! Davon hast du bestimmt geträumt. Aber was ist mit deinem anderen Verleger? Was hat der gesagt?«

»Torsten? Eigentlich nicht viel. Ich hab ihn wirklich gern, aber wir wissen beide, dass er mir nicht dieselben Möglichkeiten bieten kann wie Arnells.«

Wir sind jetzt am Eingang angekommen, und es tut gut, in die Wärme hineinzugehen, nachdem wir auf der Liste abgehakt worden sind. Dort steht »Amy plus Begleitung«, deshalb wird Kajsa problemlos eingelassen. Ich trete mir den Schnee von den Stiefeln und hoffe, dass die keine Streusalzflecken aufweisen. Ich habe ein Paar aus Veloursleder angezogen, vielleicht keine kluge Entscheidung, aber was tut man nicht alles, um elegant zu sein?

»Hallo, Hübsche!«

Eine Hand legt sich auf meine Schulter, und ich fahre herum. Ola. Er umarmt mich und küsst mich auf die Wange, und ich lächele verkrampft. Es gefällt mir nicht, wie er mich anredet, doch ich schüttele mein Missfallen ab. Jetzt sind wir auf einem Event, im Verlag an einem normalen Tag wäre das etwas anderes.

»Hallo!« Rasch stelle ich Kajsa und Ola einander vor, und ich bemerke natürlich, wie Olas Blick über Kajsas durchtrainierten und schlanken Körper gleitet. Er mustert sie, und sie lächelt strahlend.

»Von dir habe ich schon gehört«, sagt sie und hält seinem Blick stand. Ich schaue zu meiner Freundin hinüber. Ich habe kein Wort über Ola gesagt. Was macht sie hier eigentlich?

»Aber ich habe nichts von dir gehört … noch nicht«, erwidert er.

Jemand anderes tippt Ola auf die Schulter, und sofort ist er mit einer dunklen Schönheit beschäftigt, die viel zu dicht an ihn herantritt. Ich nehme mir vor, ihn zu googeln, wenn ich nach Hause komme. Nachzusehen, ob es irgendwelchen Klatsch gibt. Er wirkt nicht gerade solide … der schöne Ola.

Das Lokal ist nicht groß, und die Menschenmenge drängt sich dicht an dicht. Wir sind nicht die Ersten, und etliche Gäste haben bereits ziemlich rosige Wangen. Mir wird ein Glas Prickelwasser in die Hand gedrückt, und ich suche mir einen Weg zur Hauptperson, um zu grüßen und zu gratulieren. Kajsa hält sich dicht hinter mir, und auch sie balanciert ein Glas. Sabina steht hinter einem Tisch bei der Bar, vor dem Tisch hat sich eine Warteschlange gebildet. Sabina signiert, als hinge ihr Leben davon ab, während sie gleichzeitig mit allen, die an diesem Abend die Aufmerksamkeit der Hauptperson verlangen, ein paar kurze Worte wechselt. Ihre Wangen glühen von der Hitze und vielleicht auch vom Champagner, oder deshalb, weil sie an diesem Abend der Star ist, auch wenn sie das nicht richtig fassen kann. Ich winke, obwohl mir klar ist, dass sie keine Zeit für uns haben wird und dass wir zuerst das Buch kaufen müssen, aber sie lächelt, als sie mich entdeckt, und ruft durch den hohen Geräuschpegel:

»Hallo, Darling. Crazy hier, was?«

Ich signalisiere mit meiner goldenen Tüte, dass ich etwas für sie habe, und sie zeigt nach links, zu einem weiteren Raum, dann konzentriert sie sich wieder auf die Warteschlange. Im Nebenzimmer entdecke ich ein Meer aus Blumen und Geschenken. Ein Mann, der aussieht wie eine jüngere Version von Richard Gere, nimmt die Geschenke in Empfang und platziert sie hübsch und ordentlich auf einem Tisch. Ich erkenne ihn sofort. Es ist Robin, Sabinas Mann, und ich erinnere mich nur zu gut an unsere erste Begegnung, an einem späten Freitagabend in einer Bar. Er war mit Sabina und einigen gemeinsamen Freunden dort, und ich hatte auf dem Heimweg nach einem Essen mit Freundinnen auf einen raschen Drink vorbeigeschaut. Sabina stellte mir ihren Mann vor, dann verschwand sie. Wie sich später herausstellte, war sie nach Hause gegangen, da sie sich nicht wohlfühlte. Ich brauchte nicht besonders lange, um zu begreifen, dass Robin mit mir flirtete. Und als mir das klar war, beschloss ich ganz einfach, das Lokal zu verlassen. Er holte mich in der Garderobe ein, als ich gerade meinen Mantel anzog.

»Du willst doch nicht schon gehen?«

»Ich bin müde, und ich merke, für heute reicht es.«

»Was kann ich tun, um dich umzustimmen?« Seine Hand glitt liebkosend über meinen Arm, und ich erstarrte vor Unbehagen. Aber er schien das nicht zu merken. »Ich fände es schön, wenn du noch ein bisschen bleiben könntest, dann würden wir uns etwas besser kennenlernen. Ich glaube, wir würden uns richtig gut verstehen.« Sein Mund war dabei dicht an meinem Ohr, sein Körper streifte meinen.

»Mich kann gar nichts umstimmen. Du bist nämlich tatsächlich ziemlich widerstehlich.«

Ich drehte mich auf dem Absatz um und hörte ihn wütend meinen Namen rufen, als die Tür hinter mir ins Schloss glitt. Seither versuche ich, nicht mehr daran zu denken, aber jetzt steht er hier, und ich beschließe, so zu tun, als wäre zwischen uns nichts vorgefallen. Sabina zuliebe.

»Hallo. Kann ich mein Geschenk hier ablegen?«

»Sicher.« Er streckt die Hand aus. »Robin, Sabinas Mann. Wir kennen uns bereits …«

»Genau, ja«, antworte ich und lege meine Tüte ab. Will er sein Verhalten von damals unter den Teppich kehren? Ich beschließe, ihm noch eine Chance zu geben. »Das ist meine Freundin Kajsa.«

Er begrüßt sie und wendet sich dann wieder mir zu.

»Sabina hat viel über dich erzählt. Du bist tüchtig, sagt sie.« Er lächelt, ohne mich aus den Augen zu lassen.

»Danke, aber ich habe bei Weitem nicht so großen Erfolg wie Sabina. Ich meine … niemand weiß, wer ich bin, das lässt sich doch gar nicht vergleichen.«

»Aber das wird sich jetzt ändern«, schaltet Kajsa sich ein. »Amy hat gerade einen Supervertrag unterschrieben, fünf Bücher, Verkauf ins Ausland ist auch garantiert …«

»Nun übertreib mal nicht so!« Jetzt schalte ich mich meinerseits ein. Ich habe Ola doch noch nicht einmal den unterschriebenen Vertrag überreicht, und ich will das erledigt wissen, ehe darüber geredet wird. Denn solche Gerüchte verbreiten sich wie ein Lauffeuer, man kann sie nicht aufhalten, und schon ist es zu spät.

»Ein neuer Verlag?« Robin nickt beifällig. »Derselbe wie Sabinas?« Er ist wirklich ein Doppelgänger von Richard Gere. Das gleiche Lächeln, die gleichen lebhaften Augen, die gleiche Frisur.

»Nein. Arnells Bokförlag.«

»Aha! Glückwunsch! Von denen habe sogar ich gehört, dabei weiß ich so gut wie nichts über diese Branche.« Er wendet sich Kajsa zu. »Und du? Schreibst du auch?«

»Nein, ich bin nur der Anhang«, lacht sie.

»Ach, da bist du ja!« Wieder Olas Stimme. Er packt meine Hand und zieht mich mit sich, bahnt sich einen Weg durch die Menschenmenge, und gehorsam lasse ich mich mitschleifen. Ich weiß, dass Kajsa allein zurechtkommt, und ich bin froh, mich Robins Blicken entziehen zu können.

»Du warst einfach verschwunden!«, ruft Ola mir unterwegs zu. »Hast du seit unserem Treffen Zeit zum Nachdenken gefunden?« Er bleibt in einer Ecke weit hinten im Lokal stehen, und ich trinke einen Schluck von meinem Prickelwasser, um Zeit zu schinden.

»Ja. Ich habe mit meinem Mann gesprochen, und ich habe

den Vertrag unterschrieben. Und ich habe Torsten Bescheid gesagt.«

»Wunderbar! Das muss gefeiert werden!« Dann verstummt er abrupt und schaut mich an. »Und was hat Torsten gesagt?«

»Nicht viel. Was hätte er auch groß sagen sollen? Er kann mir nichts Vergleichbares anbieten, das weiß er selbst. Er freut sich für mich, so kann man das wohl sagen.«

»Großartig. Prost, Amy!« Er stößt mit seinem Glas gegen meins. »Jetzt werden wir die Welt im Sturm erobern.«

»Du, ich frag mich ... wieso kannst du da so sicher sein? Ich meine, wer sagt, dass meine zukünftigen Bücher solchen Erfolg haben werden, wo doch mein erstes fast unbemerkt bleibt? Wir haben nicht einmal darüber gesprochen, wovon die Serie handeln soll, nur, dass es Krimis sein werden. Du tust so, als könntest du in die Zukunft blicken?«

Ola kneift die Augen zusammen und lacht mit dem ganzen Gesicht, als er antwortet:

»Ich behalte fast immer Recht. Und Arnells hat die Medienkontakte, die Ord i Bok fehlen. Und vielen anderen Verlagen übrigens auch. Wir haben die finanzielle und die mediale Power, könnte man sagen. Und wir geben keine Massen an Büchern heraus. Wir konzentrieren uns auf einige wenige, ausgewählte Autorinnen und Autoren. Dein erster Krimi ist ganz einfach brillant, und wenn du bei deiner kommenden Buchserie dieses Niveau hältst und dazu noch dieser extra Dreh kommt, dann wird das eine Sensation. Und ich sage dir, man wächst mit jedem Buch. Du wirst einfach immer besser werden. Du bist die Autorin, auf die die Welt gewartet hat – wenn du erst dein volles Potential erreichst. Verlass dich auf mich. Ich weiß, was ich tue.«

Seine Worte verschlagen mir die Sprache. Ich wachse bei dieser Lobrede um zehn Meter. Ich kann nicht begreifen, dass er über mich redet, und während ich sonst immer mit meinem fehlenden Selbstbewusstsein ringen muss, fühle ich mich plötzlich unbesiegbar.

»Okay«, mehr bringe ich nicht heraus. Wieder lacht Ola.

»Und der Vertrag? Kann ich den haben?«

»Sicher. Ord i Bok hat digitalisierte Verträge, ich habe hier zum ersten Mal auf Papier unterschrieben. Das kommt mir irgendwie authentischer vor.«

»Genauso sehe ich das auch. Verträge sind wichtig, da muss man das Papier unter den Händen spüren, die Feder in der Hand halten, das Kratzen hören, wenn man den Namen hinschreibt …«

»Aber ist es nicht ein bisschen seltsam, dass wir das alles während einer Buchpräsentation regeln?«

»Alles wurde bei einem streng geschäftlichen Lunch besprochen, oder?«, er lacht. »Dass ich den unterschriebenen Vertrag unter außergewöhnlichen Umständen erhalte, ist nebensächlich.«

Aus dem Augenwinkel sehe ich Kajsa noch immer bei Robin stehen. Sie halten die Köpfe dicht nebeneinander, was vielleicht kein Wunder ist, bei dem Geräuschpegel hier im Lokal, aber dennoch … Die Erfahrung bei meiner ersten Begegnung mit Robin steht mir noch warnend vor Augen.

»Ich fahre morgen früh. Aber ich habe mir die Freiheit genommen, die Abendzeitungen und die großen Tageszeitungen schon heute zu informieren. Jetzt kann ich grünes Licht geben, dass alles unter Dach und Fach ist.«

»Was?« Ich reiße meinen Blick von Kajsa los. »Was hast du da gesagt?«

»Das, was du gehört hast.« Er trinkt den letzten Rest aus seinem Glas.

»Schon, aber du willst doch wohl nicht sagen, dass die Zeitungen jetzt schon darüber schreiben werden, dass ich den Verlag gewechselt habe? Ich? Amy Strandberg?« Ich runzele die Stirn. Das kommt mir alles so unsinnig vor. Aber Ola lässt sich nicht beirren.

»Doch, genau das will ich sagen. Nicht, weil du schon jemand bist. Noch nicht. Sondern, weil ich jemand bin, und weil man mir und dem Verlag vertraut. Du wirst schon sehen!« Dann lacht er wieder. Dieses Lachen, das mich inzwischen fast abstößt. Er findet sich toll, nein, er ist geradezu in sich selbst verliebt. Aber wenn auch nur die Hälfte von seinen Versprechungen in Erfüllung geht, kann ich alles ertragen.

»Komm jetzt!« Er zieht mich eifrig mit sich, raus aus unserer Ecke. »Jetzt stelle ich dich allen vor, die eine Rolle spielen!«

Ich kann Kajsa nicht finden, und ich werde langsam müde, will nach Hause. Ola hat mir sicher fünfzig Personen vorgestellt. Er scheint alle zu kennen, die heute Abend hier sind, aber ich kann mich nur an ein paar Namen erinnern. Viele schauen mich neugierig an, als würden sie alles darum geben, zu erfahren, wie ich es geschafft habe, dass Ola – der umwerfend schöne Ola – an mich glaubt, an mich, eine total unbekannte Debütantin. Einige lächeln überlegen, als hätten sie mich bereits abgeschrieben, und plötzlich höre ich wieder diese Gemeinheit, die der Oberkotzbrocken bei Facebook über mich geschrieben hat: *Und Amy fickt gut, wie ich gehört habe. Ein Glück, dass sie wenigstens irgendwas gut macht.*

Was, wenn die Leute hier das gelesen haben und mich deshalb beobachten?

Aber die meisten gratulieren mir. Bei Arnells zu landen, ist gut. Mehr als gut, das wissen alle. Und ich freue mich wahnsinnig darüber, zu den Auserwählten zu gehören.

Ich eise mich von Ola mit der Entschuldigung los, dass ich zur Toilette muss. Dort gibt es keine Warteschlangen, und ich kann sofort hineingehen und die Tür abschließen. Ich setze mich auf den Klodeckel und atme tief durch. Ich habe Sehnsucht nach Melker und stelle mir vor, wie er auf Skiern durch die schöne Winterlandschaft läuft, irgendwo am Rand unseres ruhigen Wohnviertels in Långedrag, mit der Kopflampe als einziger Lichtquelle. Ich weiß, wie sehr er Freiheit und Natur liebt. Und ich liebe ihn deshalb, auch wenn ich auf ihn einrede und Listen mit Aufgaben erstelle, die er erledigen soll. Geliebter Melker!

Ich schüttele nachdenklich den Kopf und ziehe mein Handy hervor. Klicke mich zu den Notizen durch und schreibe Dinge auf, die mir nicht aus dem Kopf wollen:

Mittwoch
Alle Zeitungen durchsehen
Am Manuskript schreiben

Denn ich kann *Mord bei finsterer Nacht* nicht loslassen, auch wenn Ola sagt, dass er diese Geschichte im Moment nicht haben will. Sie ist mein Baby, und wenn ich ein richtig gutes Manuskript vorlegen kann, zum Beispiel das Viertel, das ich eigentlich Torsten versprochen hatte, und wenn Ola darin Potential sieht, kann ich ihn vielleicht dazu bringen, seine Meinung zu ändern.

Ja, denke ich mit schneller werdendem Puls, das soll meine Strategie sein.

Zufrieden wende ich mich wieder meiner Liste zu:

In sozialen Medien über den neuen Verlag posten
Ola Ideen für die neue Serie mailen
die Lussekatter einfrieren
Fenster putzen
Liste über Weihnachtsgeschenke aufstellen
Mit Katinka über den Hauskauf reden. Vier Millionen … Himmel!
Weitere Überredungsversuche: weg mit dem Weihnachtsbuffet
Lunchsignierstunde im Akademibokhandel in Nordstan

Fußpflegetermin
Sabina anrufen und für die Einladung danken
Wann kommt der Elektriker?

Was habe ich vergessen? Es ist Advent, die Liste müsste viel länger sein. Dann fällt mir das Wichtigste ein.

Mit Kajsa reden. Flirtet sie zu viel?

Kajsa ist meine beste Freundin, und seit einiger Zeit habe ich das Gefühl, dass etwas bei ihr nicht stimmt. Das macht mir Sorgen. Denn Kajsa schleppt ihre Probleme seit Jahren mit sich rum. Schon seit wir Teenager waren, hatte sie Essstörungen, und eine Zeit lang ging es ihr so schlecht, dass sie ins Krankenhaus musste und dort künstlich ernährt wurde. Das ist lange her, und heute ist sie gesund, aber irgendwie doch nicht. Sie redet dauernd über Gewicht und Ernährung und Aussehen, und sie will immer Beweise dafür haben, dass sie gut genug ist. Das ist so traurig, denn sie hat das wirklich nicht nötig. Sie hat Erfolg im Beruf, sie ist eine soziale und offene Person, eine gute Mutter, sie sieht in jeder Hinsicht hervorragend aus und ist eine unglaublich durchtrainierte Fünfzigjährige. Aber sie selbst scheint das nicht zu sehen.

Und jetzt habe ich das Gefühl, dass sie bei Männern Bestätigung sucht …

Ein leises Klopfen an die Tür reißt mich zurück in die Gegenwart, in der ich in einer sterilen Klozelle hocke. Nervös rufe ich, dass ich gleich fertig bin.

Eine SMS leuchtet im Display auf. Von Katinka.

Mama! Adam und ich sind Feuer und Flamme für das Haus. Könnt ihr, du und Papa, uns mit dem Geld helfen?

Es geht nicht um sehr viel, für mich vielleicht eine Million. Katinka.

Ich weiß kaum, ob ich lachen oder weinen soll. Meine naive Tochter. Vier Millionen für eine alte, runtergekommene Bruchbude, und eine Million als ihr Anteil, danke. Einfach so. Eine Million, die wir nicht haben. Sie lebt in einer Traumwelt. Ich antworte nicht, sondern verlasse mein Versteck und beschließe, nach Hause zu fahren. Ola hat seinen Vertrag bekommen, Sabina hat kaum Zeit für mich, und ich habe tausend Menschen begrüßt. Kajsa ist verschwunden, und mein Plauderstündchen mit ihr muss ich erst einmal aufschieben.

Für diesen Abend habe ich meinen Teil geleistet.

Überall liegt tiefer Schnee, als ich aus dem Gebäude komme, aber im Moment schneit es nicht mehr so heftig, nur einige verirrte Flocken rieseln vom tiefschwarzen Himmel herab. Die Stadt, die mich empfängt, ist schön. Langsam schlendere ich über die noch unzerstörte weiße Wattedecke, der Salz und Sand noch nichts von ihrer Reinheit genommen haben. In den Bäumen, die die breite Avenyn säumen, funkeln die Lichter, und jedes Fenster ist mit Adventsleuchtern und Wichteln geschmückt. Die Schaufenster werben gewaltig für Weihnachten, und ich muss an all die Weihnachtsgeschenke denken, die ich noch nicht gekauft habe.

Wann soll ich das alles schaffen? Woher soll ich die Zeit nehmen?

Eine Straßenbahn hält neben mir, und ich springe auf, um die Fahrt nach Hause ins Villenleben zu beginnen. Morgen ist ein neuer Tag. Und ich habe meine Listen.

Und morgen … mir schaudert. Werde ich morgen zum ersten Mal in den Medien herumgereicht werden?

4. DEZEMBER, MITTWOCH

Natürlich finde ich nichts über mich. Wie albern, dass ich Ola auch nur ein Wort geglaubt habe. Er war sicher beschwipst und hat Unsinn geredet. Es ist sieben Uhr morgens, und ich sitze an der Kücheninsel und gehe alle Websites und sozialen Medien im Netz durch, die – vielleicht – etwas über Arnells große Neuerwerbung schreiben könnten. Ich komme mir blöd vor. Wieso suche ich überhaupt nach meinem Namen?

Ich drehe an dem Schalter einer der Kochplatten und stelle einen kleinen Topf mit zwei Eiern darauf. Gleichzeitig piepst der Wasserkocher, und ich fülle Teeblätter in die Kanne. Eine Handvoll Nüsse landet in meinem Mund, während ich mir die erste Tasse Tee einschenke.

Zufrieden stelle ich fest, dass Melker am Vorabend, während ich unterwegs war, gewaltig zugepackt hat. Offenbar ist die Kücheneinrichtung geliefert worden, als ich schon losgegangen war, denn er hat bereits Teile davon aufgestellt. Ich hatte keine Ahnung davon. Warum hat Melker nichts gesagt? Ich bestaune das prachtvolle Walnussholz, aus dem die Schranktüren bestehen, und mit einem zufriedenen Seufzer denke ich, dass die Küche vielleicht ja doch zu Weihnachten fertig sein wird.

»Schon auf?« Melkers verschlafene Stimme.

»Es ist sieben. Das wird echt schön hier«, antworte ich und lasse mich von ihm umarmen.

»Mmm. Ich habe bis zehn geackert. Wann bist du nach Hause gekommen? Ich habe wie ein Stein geschlafen.«

»Erst gegen elf. Ola hat mich in Beschlag genommen und wollte mir alle Welt vorstellen, und kein Mensch hatte offenbar Lust, die Party zu verlassen. Ich war sogar eine der Ersten, die gegangen ist.«

»Ola? Warst du nicht mit Kajsa dort?« Er schaltet die Kaffeemaschine ein, nachdem er gemahlenen Kaffee hineingekippt und über dem halben Tisch verschüttet hat. Ich blinzele und unterdrücke den Impuls, ihm gleich hinterherzuwischen. Denke, dass ich das nachher noch machen kann, will jetzt keine Szene heraufbeschwören.

»Sie war verschwunden.« Plötzlich habe ich ein schlechtes Gewissen. Vielleicht hätte ich doch nach ihr suchen sollen, ehe ich gegangen bin? Aber Kajsa ist erwachsen, sie kann auf sich selbst aufpassen. »Ich ruf sie nachher an«, sage ich und widme mich wieder meinem Handy.

Melker scheint mit dieser Antwort zufrieden zu sein. Er nimmt Käse und Butter aus dem Kühlschrank, schneidet sich zwei dicke Scheiben Brot ab und macht sich gewissenhaft daran, sein Frühstück zuzubereiten. Er liebt diese Mahlzeit und ist mit Leib und Seele dabei, wenn es darum geht, seine Brote zu variieren; ob er rechtzeitig ins Büro kommt, scheint ihm keine großen Sorgen zu bereiten. Es passiert nicht selten, dass er am Wochenende Brot bäckt und die ganze Familie von dem frischen Duft angelockt wird, bis wir erkennen müssen, dass er das Brot schon wieder mit allem gewürzt hat, was der Kühlschrank an Resten hergab: überreife Bananen, allerlei Soßen, Kräuter, die bessere Tage gesehen haben … alles, was er noch verwenden wollte, statt es wegzuwerfen. Das Ganze gipfelte darin, dass wir eines Morgens in das Frischgebackene bissen und Fischgeschmack uns sofort innehalten ließ. »Ich habe es nicht übers Herz gebracht, den warm geräucherten Lachs wegzuwerfen«, erklärte Melker zu seiner Entschuldigung. Die beiden Brote musste er alleine essen.

»Amy?«

Zuerst höre ich ihn nicht. Ich bin total in mein Handy vertieft. Als er mich noch einmal anspricht, klingt seine Stimme schärfer. Ich schaue auf. Er steht vor mir und hat die Arme übereinandergeschlagen.

»Ja?«

»Du willst das Weihnachtsbuffet ausfallen lassen?«

Ein winziger Hoffnungskeim sprießt in mir. Ich antworte nicht, ich halte nur den Atem an.

»Ich habe einen Vorschlag«, sagt Melker nun.

Endlich!

»Ich liebe das Weihnachtsbuffet. Und die Kinder lieben es auch.«

»Katinka nicht«, falle ich ihm ins Wort.

»Okay, Katinka im Moment vielleicht nicht«, seufzt Melker. »Aber Mama und Papa, deine Eltern … alle außer Katinka und dir. Aber ich bin trotzdem bereit, deinem Vorschlag eine Chance zu geben.«

Ich warte mit wachsender Spannung.

»Unter einer Bedingung.«

Das war's. Es gibt immer einen Haken, denke ich missmutig.

Melker starrt mich an.

»Im Gegenzug legst du eine bildschirmfreie Woche ein. Du gehst auf Entzug von allen sozialen Medien, auch was den Computer betrifft. Du schließt – vorübergehend – alle Chatmöglichkeiten. Du kannst natürlich telefonieren und SMS schicken und beantworten, aber die sozialen Medien sind tabu. Du stellst Facebook auf Pause, Instagram, alles. Du musst einfach aufhören, ununterbrochen online zu sein, dauernd nach deinem Namen zu suchen, ewig die Verkaufslisten zu überprüfen, dich immer wieder mit anderen zu vergleichen. Stattdessen lebst du hier, und jetzt und lebst dich so in Amy Strandberg ein, wie du dich heute fühlst.«

Er verstummt. Seine Rede ist zu Ende. Ich überlege fieberhaft. Seine Worte sickern langsam in mein Bewusstsein. Ist ihm klar, was er da von mir verlangt? Und warum greift er zu derart *drastischen* Forderungen?

»Das kann doch nicht dein Ernst sein.« Eine andere Antwort fällt mir nicht ein. Er will mich nur provozieren. Er weiß, wie wichtig es für mich ist, mich *auf dem Laufenden zu halten,* nicht die Kontrolle zu verlieren. Wie kann er mir da einen dermaßen idiotischen Deal vorschlagen? Als ob er mich für meinen Weihnachtsbuffetvorschlag bestrafen wollte. Oder, besser gesagt, den Nichtweihnachtsbuffetvorschlag. Er riskiert nichts, wenn er sich auf diese Weise entgegenkommend zeigt, denn er weiß genau, dass ich es niemals schaffen würde, ihm diesen Wunsch zu erfüllen.

»Es ist mir vollkommen ernst, Amy. Ich schlage das deinetwegen vor. Und auch meinetwegen. Sag nicht sofort nein. Überleg es dir. Wäge Vor- und Nachteile ab.«

»Aber Melker«, beginne ich, verstumme jedoch sofort. Er hat die Küche bereits verlassen. Ich will schon hinterherlaufen, um zu protestieren, halte dann aber inne. Er will nicht diskutieren, das hier war sein Vorschlag. Take it or leave it. So dumm sich das auch anhört.

Mein Handy klingelt, und ich zucke zusammen. Schaue auf die Uhr. Kurz vor acht. Wer ruft so früh schon an? Kajsa. Voller Gewissensqualen, weil ich sie auf der Lesung allein gelassen habe, beginne ich das Gespräch.

»Was ist denn gestern aus dir geworden? Ich habe dich überall gesucht, aber du warst verschwunden!«

Sie lacht leise und voller Wärme.

»Wirklich? Du hast dich doch mit diesem gutaussehenden Verleger abgesetzt.«

»Mensch, Kajsa«, stöhne ich. »Hör auf damit. Das ist totaler Quatsch. Ola ist zwar mein neuer Verleger, viele finden ihn gutaussehend, und ja, er hat mich einer Unmenge von Leuten vorgestellt, aber du tust so, als hätte ich mich mit ihm verdrückt.«

»Schon gut. Nenn es, wie du willst. War echt ein schöner Abend.«

»Sicher? Du kanntest doch niemanden? Was hast du also die ganze Zeit getrieben? Oder bist du nach Hause gegangen? Entschuldige, wenn ich …«

»Ich war mit Robin zusammen«, fällt sie mir ins Wort. »Ungeheuer sympathischer Typ, muss ich echt sagen.«

»Robin? Wer ist das?« Aber ich weiß es ja.

»Wir können ihn Richard Gere nennen.«

Erinnerungsbilder von Kajsa und Robin, dicht nebeneinander, eifrig ins Gespräch vertieft, ziehen an meinem inneren Auge vorbei.

»Kajsa … lass das.«

»Weshalb? Und was soll ich überhaupt lassen? Mit einem sympathischen und attraktiven Mann zu reden?«

Ein rascher Blick hinüber ins Wohnzimmer zeigt, dass Melker sein Frühstück verzehrt hat, was bedeutet, dass er vermutlich oben im Schlafzimmer steht und sich fürs Büro bereitmacht.

»Du spielst mit dem Feuer. Und er gehört garantiert zu denen, die leicht Feuer fangen!« Ich suche nach Worten, damit nichts Falsches herauskommt. Vielleicht ist das hier eine gute Gelegenheit, um all das zur Sprache zu bringen, worüber ich schon eine ganze Weile lang nachdenke.

»Kajsa … wie geht es dir eigentlich? Ich habe viel an dich gedacht, du bist so anders als sonst. Ist etwas vorgefallen? Gibt es irgendetwas, wobei ich dir helfen kann? Oder hast du vielleicht Probleme mit Håkan? Ich hatte so ein komisches Gefühl, als wir letztens bei euch waren, und ich mache mir ein bisschen Sorgen um dich.«

»Ich …« Sie verstummt. Ich warte. »Ich weiß nicht, wovon du redest«, sagt sie dann barsch. »Ich hatte gestern einfach einen netten Abend, ist das verboten?«

Sie klingt abweisend, feindselig, eiskalt. Ich fluche in Gedanken. Ich bin zu weit gegangen. Habe wohl zu deutlich Klartext gesprochen. Verdammt. Ich wollte ihr doch nicht zu nahetreten.

»Du weißt, dass ich es wirklich nur gut meine, Kajsa …«

»Natürlich. Danke, Süße, aber jetzt bin ich bei der Arbeit angekommen und muss aus dem Auto aussteigen, also müssen wir Schluss machen. Scheiß Dreckswetter, ich hasse Schnee.«

Sie legt auf, ohne meine Antwort abzuwarten. Pikiert stehe ich mit dem Handy in der Hand da. Nach dem Gespräch spüre ich noch immer die Verstimmung, unausgesprochene Worte und Behauptungen liegen in der Luft, und Schuldgefühle, weil ich Kajsa, ohne es zu wollen, in die Defensive getrieben habe.

»Ich muss jetzt los!« Ich zucke zusammen, als ich Melker höre. »Ach, habe ich dich erschreckt? Na, du hältst wie immer das Handy in der Hand. Amy, denk über meinen Vorschlag nach.«

»Ich habe mit Kajsa gesprochen.«

»So früh? Meine Güte, ihr wart doch gestern Abend erst

zusammen. Wie ist es ihr denn noch ergangen, hat sie das gesagt?« Melker redet, während er in die Diele geht und Schuhe und Mantel anzieht. Ich laufe hinterher.

»Äh … also, sie hat sich einfach in die Menge gestürzt und mit allen möglichen Leuten geredet.«

»Ja«, er lacht, »das kann sie gut. Reden, meine ich. Håkan blockt sie manchmal ganz schön ab.«

»Wirklich?«

»Ist auch egal. Heute Abend stelle ich endlich den Baum auf, gestern war einfach keine Zeit mehr. Und versprich mir, zu einer Entscheidung zu kommen, was meinen Vorschlag betrifft.«

Er zieht die Haustür hinter sich zu, und ich stehe da, während sich meine Gedanken überschlagen. Ich wickle mich fester in meinen Morgenrock und denke an die Liste dieses Tages. Aber vorher – reflexmäßig – schaue ich noch einmal aufs Handy. Suche auf Facebook meinen Namen und … erstarre. Werde zu Eis. Nein! Nicht schon wieder! Und in meiner kühlen Einsamkeit krieche ich in mich zusammen.

Amy Strandberg kann keine Bücher schreiben. Wer das behauptet, interessiert sich vermutlich für etwas anderes, das sie gut kann. Wir wissen alle, was das ist …

Ich tue es hier und jetzt! Ich nehme Melkers Herausforderung an. Ich weigere mich, ein weiteres Wort dieses Online-Haters zu lesen, und er – denn es muss ein Mann sein – wird keinen Post von mir finden, auf den er reagieren könnte. Verdammter Drecksmist! Ich bin wütend und verletzt und verängstigt, alles durcheinander, und meine Finger zittern, als ich meine Konten bei Facebook und Instagram auf Pause setze. Weg, weg, weg von diesem ganzen Hass!

Dann beiße ich ganz fest die Zähne zusammen und gehe ins Badezimmer. Als das Wasser dampfend heiß ist, trete ich unter die Dusche und lasse es über meinen nackten Leib strömen.

Und ich kneife die Augen zusammen, um diese gemeinen Kommentare nicht sehen zu müssen.

Ich nehme die Wette an.« Ich klinge sicher streitsüchtiger, als ich eigentlich bin, als ich Melker anrufe, der vermutlich gerade bei der Arbeit eingetroffen ist.

»Guter Entschluss!« Melker wirkt zufrieden, aber ich spüre auch einen Hauch von Verwunderung. Hat er etwa nicht damit gerechnet, dass ich wenigstens einen Versuch machen würde? Aber um ganz ehrlich zu sein – hätte ich mich wirklich auf den Vorschlag eingelassen, wenn dieser widerliche Kommentar nicht gepostet worden wäre?

»Allerdings weiß ich noch nicht so ganz, wie ich das schaffen soll«, sage ich dann. »Ich habe meine Konten auf Facebook und Instagram auf Pause gestellt, aber die Apps im Handy sind noch da, und sie blinken die ganze Zeit. Wie soll ich das bloß ignorieren?«

»Kauf dir ein billiges Telefon, so eins, wie man sie früher hatte. Die gibt es noch, glaub mir, Mama hat so eins. Bitte um ein Seniorentelefon, ganz einfach.«

»Das klingt scheußlich. Als ob ich nicht existieren würde.«

»Du existierst aber, Amy. Das wirst du in der kommenden Woche sehr intensiv erleben. Wer weiß, vielleicht gefällt es dir sogar.«

Ich murmele etwas Unhörbares als Antwort, ehe ich auflege, dann bleibe ich unschlüssig stehen und denke über Melkers Vorschlag nach. Schließlich raffe ich mich auf und gehe hinaus in die Diele, um die vielen Kleidungsstücke anzulegen, die man bei diesem Polarwetter, das derzeit in Göteborg herrscht, braucht. Endlich hat sich ein Schneepflug bis zu unserer Wohnstraße durchgekämpft, also kann ich mit dem Auto zum Frölunda Torg fahren, um mir das schlichteste Mobiltelefon zu kaufen, das aufzutreiben ist.

Unterwegs kommt eine SMS von Melker.

Der Elektriker ist krank geworden. Er kommt heute nicht.

Ich schicke eine wütende Antwort mit dem Inhalt, dass der verdammte Elektriker gefälligst ganz schnell genesen soll. Wieso kann der einfach krank werden, wenn er weiß, wie dringend wir ihn brauchen? Als gleich darauf das Telefon klingelt, glaube ich, dass es Melker ist, der mir einen Plan B mitteilen will – einen neuen Elektriker, den er aus dem Hut gezaubert hat –, aber stattdessen ist es Katinka.

»Wie wunderbar, Mama! Wir brauchen das Haus nicht zu kaufen, es ist offenbar total schwer verkäuflich. Wir können es stattdessen mit Vorkaufsrecht mieten. Das ist doch phantastisch!«

»Aber Katinka … wer ist *wir?* Und wie hoch ist die Miete?«

Ihre strahlend muntere Antwort reißt jedoch ab, die Verbindung ist abgebrochen, und nun sitze ich im Auto und frage mich, was das nun wieder zu bedeuten hat. Sie wollen dieses verdammte Krähenschloss also mieten, und vermutlich wird eine ganze Truppe von Veganern mit meiner Tochter dort einziehen, mitten im Wald. Ich versuche, Katinka zurückzurufen, aber nun schaltet sich der Anrufbeantworter ein.

Am Frölunda Torg finde ich ein schlichtes Telefon, das nichts anderes kann als telefonieren und SMS schicken, und nach dieser Besorgung fahre ich nach Hause.

Dort angekommen putze ich aus purem Frust Fenster. Danach friere ich die Lussekatter ein und kann sogar noch an meinem Manuskript schreiben, wild entschlossen, ein Viertel davon fertigzustellen und es dann an Ola zu schicken, damit ihm klar wird, dass er sich das hier nicht entgehen lassen darf. Jedes Wort wird mit unvorstellbarer Intensität geschrieben, und ich baue eine Szene ein, die meinem eigenen Leben entsprungen sein könnte: einen Online-Hater, der sexistische Lügen verbreitet. In meinem Manuskript wird er sogar zum Mörder. Als ich lese, was ich geschrieben habe, bekomme ich es wirklich mit der Angst zu tun.

Dann eile ich zur Signierstunde in der Stadt.

Die kann meine Laune kaum heben. Zwei Stunden lang stehe ich mitten im Mittagsgewühl im Akademibokhandel in Nordstan – und verkaufe ein Buch. Ein einziges Buch! Ich fühle mich gekränkt und verletzt und gebe mir alle Mühe, ungerührt zu wirken, obwohl sich niemand die Zeit nimmt, stehen zu bleiben. Alle hasten mit gehetztem Blick vorüber, und wenn sie mich und meinen kleinen Bücherstapel überhaupt bemerken, schlagen sie eilig einen großen Bogen um uns. Wovor haben sie Angst? Dass ich sie zum Kaufen *zwingen* würde?

Meine Stimmung ist auf dem Nullpunkt, als ich nach Hause komme, trotzdem raffe ich mich dazu auf, einige Gedanken darüber zu notieren, wovon meine kommende Serie beim Arnells Bokförlag handeln könnte. Die Weihnachtsbäckerei gestern und das Fensterputzen heute haben meine Phantasie in Gang gesetzt, und vielleicht kann ich etwas davon verwenden. Ich maile Ola einige lose Handlungsskizzen, ich will meine Gedanken mit ihm teilen, in der Hoffnung, dass sich daraus eine fruchtbare Diskussion ergeben wird.

Ich bekomme eine automatische Antwort. Morgen wieder zu erreichen.

Abends, als Melker nach Hause kommt und ich mir endlich eine Pause von meiner Liste erlaube, macht er gleich in der Tür wieder kehrt, um auf seinen Skiern loszuziehen.

»Aber der Baum! Das hast du versprochen!«, klage ich.

Er lacht nur. »Das kann ich auch nach der Runde noch erledigen.«

Und Melker hält, was er verspricht. Meistens jedenfalls.

Als ich schlafen gehe, verbuche ich diesen Tag als scheußlich, trotz allem, was ich auf meiner Liste durchstreichen konnte. Aber bei dem Gedanken, dass ich von allen sozialen Medien abgeschnitten bin und dass ich einen anonymen Hater habe, wird mir schlecht. Außerdem will Katinka ein Krähenschloss mieten, und der Elektriker hat die Grippe. Ich kann mich nicht entspannen, sosehr ich es auch versuche.

Als ich endlich in den Schlaf gleite, geschieht das mit unruhigen und schwarzen Gedanken, während Melker neben mir unbekümmert schnarcht.

5. DEZEMBER,
DONNERSTAG

Im Traum renne ich, ohne weiterzukommen. Zu allem Überfluss bin ich nackt. Ich versuche mich mit einer aufgerissenen Plastiktüte aus dem Supermarkt zu bedecken, und gleichzeitig rufe ich Melker zu, er soll schneller auf seinen Skiern rollen, denn er hat meine Reisetasche mit Kleidern bei sich. Aber es schneit heftig, und die Räder unter Melkers Skiern finden keinen Halt.

Ich fahre aus dem Schlaf hoch und keuche vor Anstrengung. Welche Erleichterung, dass es nur ein Traum war. Schweißgebadet setze ich mich im Bett auf, und mir wird bewusst, dass ich vom Telefon geweckt worden bin. Aber ich schaffe es nicht mehr zu antworten, ein Piepton verrät, dass jemand eine Nachricht hinterlassen hat.

Es ist schon zehn Uhr, ich begreife nicht, wieso ich so lange geschlafen habe, und außerdem habe ich furchtbare Kopfschmerzen.

Ich setze mich mit dem Seniorentelefon in der Hand auf die Bettkante, bin hellwach, und der Stresstraum steckt mir noch immer in den Knochen. Ich sehe, dass Sabina angerufen hat, und ich habe sofort ein schlechtes Gewissen, weil ich mich nicht zuerst bei ihr gemeldet habe. Ich hatte es gestern auf meiner Liste stehen, aber bis zu diesem Punkt bin ich nicht mehr gekommen.

Dass Sabina mich einfach so am Vormittag anruft, denke

ich verwirrt. Was kann sie wollen? Neugierig lese ich ihre Mitteilung.

Jetzt startest du durch, Darling! Ich wusste nicht, dass du einen Vertrag mit Arnells geschlossen hast. Glückwunsch! Bin stolz darauf, deine Freundin zu sein. Und was für reizende Bilder von dir und Ola. Ihr seht aus wie ein Paar.

Sie endet mit mehreren Herzchen und Smileys. Ich lese die Mitteilung zweimal, aber ich bin nicht froh, mein Herz krampft sich ein bisschen zusammen. Sie hat das Falsche geschrieben. Was für Bilder von mir und Ola? So was will ich nicht. Woher stammen diese Bilder?

Verwirrt muss ich feststellen, dass ich mit meinem alten Telefon gar nichts sehen kann. Denn das habe ich gestern Abend Melker gegeben. Es war mein Vorschlag, damit ich nicht zum Schummeln verlockt werde. Ich hasse Schummeln. Das tun nur Versager, und wenn ich meine Wette mit Melker gewinnen will, dann auf ehrliche Weise. Aber jetzt bereue ich das. Wo kann Melker mein Telefon hingelegt haben?

Mein Blick wandert über das Chaos im Schlafzimmer. Warum Melker mich nicht geweckt hat, ehe er zur Arbeit gefahren ist, ist mir ein Rätsel. Barfuß stapfe ich hinaus in die Diele und begebe mich nach links in Melkers Arbeitszimmer. Eigentlich müsste er mein Telefon dort deponiert haben. Aber es sieht nicht so aus, das stelle ich rasch fest, nachdem ich alle Schreibtischschubladen aufgezogen habe, schnell und effektiv, wie eine Diebin, die nicht viel Zeit hat. Das Telefon muss *jetzt* gefunden werden.

Und dann halte ich inne. Ich habe das doch versprochen. Und zur Belohnung bekomme ich einen weihnachtsbuffetfreien Heiligabend, das darf ich nicht vergessen.

Aber ich muss lesen, was in den Zeitungen steht, muss wissen, worauf Sabina angespielt hat. Wie mache ich das, ohne mein Handy und ohne im Computer nachzusehen?

Ganz einfach. Wie man das früher gemacht hat. Ich streife den Schlafanzug ab und steige in einen Joggingoverall. Jacke, Stiefel, Schal und Brieftasche. Der Kiosk zwei Straßen weiter hat alle Abendzeitungen, früher habe ich die immer gekauft, jetzt nur noch selten. Ich öffne die Haustür, ziehe die Mütze tief ins Gesicht, um mich vor der unbarmherzigen Kälte zu schützen, und zielstrebig kämpfe ich mich dann durch den Schnee zum Kiosk, um über mich selbst zu lesen.

ERFOLGSVERLAG NIMMT UNBEKANNTES TALENT UNTER VERTRAG!
Starverleger Ola Arnell: »Amy Strandberg wird größer als Läckberg.«

Wie versteinert starre ich das Plakat vor dem Kiosk an. *Expressen*, *GT* und *Aftonbladet* schmücken sich mit meinem Gesicht. Meins ist nicht das größte Bild, aber jetzt starte ich durch, genau wie Sabina gesagt hat. Ich sehe glücklich aus, wie ich da dicht, ganz dicht neben Ola stehe, als ob ich gar nicht nahe genug an ihn herankommen könnte. Er hat beschützerisch einen Arm um mich gelegt, meine Wangen sind rosig, und mein Lächeln sieht echt aus. Das Foto ist während Sabinas Buchvorstellung aufgenommen worden. Ola ist attraktiv wie immer, und ich sehe ebenfalls brauchbar aus, die Kleidung, die ich mir für diesen Abend ausgesucht hatte, sitzt gut, und ich wirke richtig entspannt und zufrieden. Aber es sieht wirklich aus, als wären wir ein Paar, Ola und ich. Ach, wie peinlich! Ich will nicht in den Laden gehen, aus Angst, auf Bekannte zu stoßen, zugleich brenne ich darauf, den Artikel zu lesen. Darf man wirklich alles schreiben, ohne zu fragen, überlege ich. Aber dann fällt mir ein, dass Ola gesagt hat, er habe die Zeitungen bereits informiert, sogar, noch ehe ich unterschrieben hatte.

Das habe ich ihm nicht geglaubt. Jetzt bin ich eines Besseren belehrt.

Als mein Telefon klingelt und ich sehe, dass es Hugo ist, melde ich mich sofort. Er ruft sonst nie während der Arbeitszeit an.

»Verdammt, das ist ja scharf, Mama! Hast du gesehen, dass du ganz vorn auf den Abendzeitungen bist? Ich wusste nicht mal, dass du einen neuen Verlag hast. Wann ist das passiert?«

»Am Dienstag … es ist also noch ganz frisch.«

»Das ist so verdammt cool«, sagt Hugo begeistert. »Alle hier in der Bank haben gedacht, dass du da mit Papa posierst. Aber wer ist dieser Typ neben dir?«

»Mein neuer Verleger«, antworte ich mühsam.

Alle hier in der Bank haben gedacht, dass du da mit Papa posierst.

»Da dreht Papa garantiert durch, dieser Verleger sieht echt saugut aus, Mama, und ihr steht wirklich da, als wärt ihr zusammen.«

»Hugo, sag so was nicht …«

Aber er lacht. Merkt er nicht, wie mir dabei zumute ist?

»Ach, der wird sich schon nicht unnötig aufregen, also denk nicht mehr dran.«

Ich bin ein bisschen besänftigt, trotz des ganzen Chaos.

»Danke, Hugo. Aber jetzt muss ich mich beeilen.«

»Was hast du denn vor?«

»Ich muss mich dem Mediensturm um meine zukünftigen Bücher stellen«, lüge ich.

»Natürlich! Aber ich an deiner Stelle würde zuerst noch Papa anrufen.«

»Was ...?«

»Sollte bloß ein Witz sein. Und wähle nächstes Mal bessere Bilder aus.«

»Aber ich habe gar nicht ...« Hugo hat das Gespräch jedoch bereits beendet und lebt sein junges Leben weiter.

Ich gebe Melkers Nummer ein.

»Hallo, hast du schon gesehen?«

»Nein, aber ich habe es gehört. Gerade eben. Die ganze Abteilung redet über dich.«

»Was sagen sie?« Mein Magen krampft sich zusammen.

»Dass das einfach unglaublich ist. Dass du einfach umwerfend bist. Ich schau mir das gleich an, komme gerade aus einer Besprechung.«

»Ach ... du hast also noch nichts gesehen?«

»Nein, aber das hole ich jetzt nach. Am Computer.« Er verstummt, und ich warte gespannt.

»Wer ist dieser Mann da neben dir? Ist das dein neuer Verleger?«

Kann ich aus dieser Frage einen Vorwurf heraushören?

»Ja, das ist Ola.«

»Aber musst du so an ihm *kleben?* Da kann man sich doch alles Mögliche einbilden.«

»Ich klebe doch gar nicht an ihm! Was redest du für einen Unsinn!«

Es ist ja bloß ein Foto von einer Buchvorstellung! Aber ich muss zugeben, dass es aussieht, als ob ich mich an Olga schmiege.

»Reg dich ab. Ich finde nur, es sieht aus, als ob du ein bisschen dicht neben diesem Verleger stehst«, erwidert er mürrisch.

»Melker, hör auf!« Ich schlucke. »Ich kann jetzt nicht reden. Muss die Zeitungen kaufen und nach Hause gehen und lesen. Und wo hast du eigentlich mein Telefon versteckt?«

»Hast du gesucht?«

Ich gebe keine Antwort, sondern sage kurz »bis dann« und beende das Gespräch.

Im Laden schnappe ich mir eilig ein Exemplar von jeder Zeitung, stopfe alles in meine Einkaufstasche und mache mich auf den Heimweg. Es schneit noch immer ziemlich heftig, kein Windhauch, es ist schön wie eine Postkartenlandschaft, Weihnachten steht vor der Tür, und ich habe meinen ersten Beweis dafür, dass Ola recht hatte, als er gesagt hat, dass die Medien ihm aus der Hand fressen.

Als ich zu Hause ankomme und die Zeitung auf dem Wohnzimmerboden ausbreite, stellt sich endlich ein Gefühl von Stolz ein. Die Zeitungen schreiben über meine Bücher. Ich habe einen Vertrag über fünf Romane. Ein kompetenter Verlag setzt auf mich. Und was geschrieben wird, ist durch und durch positiv. Ola äußert sich, und mit einer gewissen Verlegenheit lese ich, wie sehr er und der Verlag an mich glauben.

Euphorie erfüllt meine Seele und tritt an die Stelle meiner bisherigen Hoffnungslosigkeit. Scheißegal, ob die Bilder einen falschen Eindruck erwecken können. Zum Teil ist das natürlich mein Fehler. So stand ich eben da, ein Bild lügt nicht, auch wenn es auf unterschiedliche Weise gedeutet werden kann.

»Was ist das denn da?« Katinka steht neben mir. Ich hatte gedacht, sie sei bei der Arbeit.

»Bist du zu Hause?«

»Ja, ich habe heute frei. Aber Mama, was ist das hier? Hast du den Verlag gewechselt? Ist bei diesem Lunch also etwas rausgekommen?« Sie redet weiter, ehe ich den Mund aufmachen kann. »Und wer ist der Typ da auf den Bildern? Sieht fast aus wie dein Lover.«

»Das ist mein Verleger! Also bitte, Katinka! Konzentrier dich lieber darauf, was im Text steht.«

»Sicher. Aber du hast ganz schön rosige Wangen, finde ich.« Sie versetzt mir einen neckenden Rippenstoß. »Entschuldige, Mama, ich will das auf jeden Fall lesen. Aber erzähl erst mal!«

»Ja, es hat sich für mich ergeben, den Verlag zu wechseln. Ich bin jetzt bei einem, der an mich glaubt. Und zwar sehr! Das ist ein seltsames Gefühl, aber nun haben die Medien es entdeckt. So ungefähr ist das gelaufen. Und ich habe einen Vertrag über fünf Bücher unterschrieben.«

»Spannend. Dann fängst du jetzt wohl besser an zu schreiben.« Sie zwinkert mir vielsagend zu. »Aber wie willst du denn jetzt alles andere schaffen? Deine Listen sind doch bestimmt endlos lang! Und wann wollen wir übrigens Pfefferkuchen backen?«

Katinkas Frage reißt mich zurück in die Gegenwart.

»Gute Frage. Willst du mir helfen? Wenn du Zeit hast, können wir zusammen backen? Ich habe den Teig gestern angesetzt. Aber vorher muss ich ein ganzes Stück schreiben. Und ich muss auch noch andere Sachen erledigen … aber danach?«

»Später kann ich nicht, Mama. Dann treffe ich mich mit Adam, wir haben eine Verabredung mit dem Typen, dem das Haus gehört.«

Mir wird klar, dass es so weit ist. Ich kann die Augen nicht länger vor dem Krähenschlossplan verschließen.

»Ist es dir … euch … wirklich ernst mit diesem Projekt? Ich dachte, Adam hätte eine Gehirnerschütterung?«

»Ja, aber nur eine leichte, und ja, das ist uns ernst.« Sie lässt sich auf das Sofa fallen und stopft sich alle Kissen in den Rücken. Ich verkneife mir einen Kommentar darüber, dass ich die gerade erst fein säuberlich zurechtgepufft habe.

»Und ihr seid verabredet mit … mit wem, hast du gesagt?«

»Dem Hausbesitzer. Offenbar ist das Haus schwer verkäuflich. Aber er will den Preis nicht senken, und da hat Adam vorgeschlagen, dass wir es doch mieten könnten. Und der Vorschlag hat dem Alten gefallen.«

»Und wie hoch ist die Miete?«

»Meine Güte, das weiß ich nicht. Das gehört zu den Dingen, über die wir bei dem Treffen sprechen wollen.«

Ich überlege fieberhaft. Es ist wichtig, dass das Gespräch jetzt nicht abschweift, ich will zuhören und verstehen, und vor allem will ich Katinka mit meinen Argumenten auf meine Seite holen. Ich muss behutsam vorgehen.

»Ist es ein großes Haus?«

»Oh, ja! Riesengroß. Supercool. Aber da muss eine Menge gemacht werden. Es ist ein altes Gebäude, fast abbruchreif. Aber es hat wirklich *Potential!*«

»Und es liegt mitten im Wald?«

»Ja, total geil. Kein Verkehrslärm, da leben wir dann ganz in Harmonie mit der Natur, und es gibt ein Nebengebäude, so eine Art Scheune, wo wir Tiere halten können. Alle Zimmer haben einen offenen Kamin, und im Wohnzimmer gibt es einen funktionierenden Kachelofen. Wir tippen, dass sich das ganze Haus ausschließlich mit Holz beheizen lässt. Ich möchte unbedingt Kaninchen haben. Also, Mama, das wird einfach total super.«

Es ist schwer, sich nicht von ihrer Begeisterung anstecken zu lassen.

»Und wer soll alles da wohnen? Du hast etwas von Wohngemeinschaft gesagt?«

»Adam kennt jede Menge Leute, die so leben wollen wie er und ich. Wir werden mit einigen reden. Es ist wichtig, eine gute Gruppe zusammenzubringen, bei der alle ihre unterschiedlichen Kompetenzen haben, aber dieselbe Grundeinstellung. Nachhaltig, umweltfreundlich und in Solidarität miteinander zu leben.«

Ihre Augen funkeln, als sie das sagt. Vor einigen Tagen wäre sie um ein Haar bei einem Verkehrsunfall ums Leben gekommen, heute brennt sie für die Zukunft. Wie soll ich ihrem Enthusiasmus widerstehen? Das geht ganz einfach nicht. Sie ist mein Kind, eine schöne Tochter von zweiundzwanzig Jahren, mit Ansichten und Träumen. Es spielt keine Rolle, ob sich die Träume verwirklichen werden oder nicht, denn ohne Träume ist man nichts. Meine Tochter ist etwas. Sie lebt.

Ich umarme sie. Fahre mit der Hand durch ihre langen Haare. Lache.

»Du musst später mehr erzählen. Nicht alles, wovon du sprichst, verstehe ich so ganz, aber wenn du glücklich bist, dann bin ich das auch.« Und Schluss ist mit meinem Vorhaben, meine Tochter zur Vernunft zu bringen. Denn es gibt keine Einwände.

Ich verlasse Katinka und gehe nach oben in mein Arbeitszimmer. Mir geht auf, dass ich noch gar keine Liste für diesen Tag geschrieben habe. Und das bringt mich aus dem Gleichgewicht, ich weiß irgendwie nicht so recht, womit ich anfangen soll. Zugleich geistert mir durch den Kopf, was ich alles nicht vergessen darf, all der Kleinkram, wie Wäsche waschen und Pfefferkuchen backen, aber auch wichtigere Dinge wie das Manuskript, zukünftige Bücher und Zeitungsartikel, die in den sozialen Medien gepostet werden müssen …

Meine Gedanken kommen zum Stillstand. Wie soll ich eigentlich mitteilen, dass ich Schlagzeilen mache? Mir sind die Möglichkeiten dazu genommen. Das geht so nicht, das muss sogar Melker einsehen. Ich greife zu meinem albernen altmodischen Telefon und rufe ihn an. Doch ich erreiche nur seinen Anrufbeantworter. Genervt hinterlasse ich eine verworrene Mitteilung darüber, *dass das so einfach nicht geht.* Schalte aus und überlege. Dann fällt mir ein, dass Sabina mich heute Morgen angerufen hat, also wähle ich ihre Nummer. Zum Glück ist das Adressbuch automatisch mitgewandert, als ich die SIM-Karte in mein neues Telefon gesteckt habe. Denn wer kann heutzutage noch eine Telefonnummer auswendig?

»Hallo, Promi!«, sagt sie fröhlich.

»Hallo … tja, jetzt übertreibst du aber …«

»Warum hast du nichts gesagt?«

»Auf der Buchvorstellung hattest du doch gar keine Zeit, mit mir zu reden. Danke für die Einladung, übrigens. Das war wirklich ein gelungener Abend. Und dass sich all die hartgesottenen Stockholmer auf diese Seite von Schweden begeben haben. Wann kommt das denn mal vor? Zur Buchmesse und wenn Sabina ruft.«

»Ach, wenn nur laut genug herumposaunt wird, dass es gratis Essen und Schampus gibt, kommen alle. Und eine Buchvorstellung, die länger als zwei Stunden dauert, ist ja wohl eher eine Party und ziemlich ungewöhnlich. Da kann sich eine kleine Reise schon lohnen.«

»Ja, es war jedenfalls cool. Und wie geht's dir heute? Läuft das Buch gut?«

Sabina lacht auf.

»Hast du das nicht gesehen? Ich bin ganz oben auf jeder Liste. Bist du nicht süchtig nach Verkaufslisten und siehst sie dir jeden Tag an, das hast du doch gesagt?«

»Schon, aber …« Ich verstumme. Es kommt mir so albern vor zu erzählen, dass ich von allem ausgeschlossen bin, weil ich mit meinem Mann gewettet habe. Um ein Weihnachtsbuffet. Deshalb schweige ich lieber. »Klar hab ich das gesehen, aber vielleicht nicht alles.«

»Ich bin morgen beim Morgensofa von TV4 auf Sendung, das musst du dir ansehen! Bin wahnsinnig nervös.«

»Oh, das ist ja grandios!« Ich merke, wie neidisch ich werde. Was für ein Traum, dort sitzen und über mein Buch reden zu können!

»Die legen den Fokus auf Ausgrenzung und Benachteiligung. Ich habe mir mit meinem Buch offenbar das richtige Thema ausgesucht, denn die Medien stehen regelrecht Schlange für ein Interview.«

»Phantastisch, Sabina. Das freut mich wirklich für dich.«

Wir schweigen für einen Moment, ich habe das Gefühl, dass sie nach Worten sucht, um etwas zu sagen.

»Du …?«

»Ja?«

»Ich weiß nicht, wie ich …« Sie verstummt.

»Was denn? Ist etwas passiert?«

»Nein, eigentlich nicht, ich dachte nur …«

Ich zupfe einige tote Blätter von einer Christrose, während ich darauf warte, wie es weitergeht.

»Diese Freundin, die du zum Fest mitgebracht hast, wie hieß die noch?«

»Kajsa?«, frage ich überrascht.

»Ja, genau. Seid ihr eng befreundet?«

»Ja.« Abwartend setze ich mich in meinem Arbeitszimmer in den Schreibtischsessel. »Ich kenne sie schon fast mein ganzes Leben lang.«

»Ach …«

»Warum willst du das wissen?« Mein Unbehagen wächst.

»Ach, einfach so. Ich bilde mir das sicher nur ein. Sie ist deine Freundin, dann ist alles in Ordnung.«

»Aber was hat sie getan?«

»Nichts. Wirklich rein gar nichts. Lassen wir das. Konzentrieren wir uns lieber auf dich. Herzlichen Glückwunsch zu Arnells. Die sind für viele ein Traumverlag.«

Widerwillig lasse ich mich ablenken, aber ich nehme mir vor, es nicht zu vergessen. Ich muss, muss, muss mit Kajsa sprechen. Ein ernstes Wort.

Wir legen auf, und ich starre den Bildschirm an. Statt an der letzten Szene in *Mord bei finsterer Nacht* weiterzuarbeiten, hole ich mein Notizbuch hervor. Runzele kurz die Stirn und überlege. Dann kritzele ich rasch eine Anzahl von Punkten ohne richtige Reihenfolge hin. Die kann ich ja noch ändern.

Kajsa anrufen
Pfefferkuchen backen
am Manuskript schreiben
Ola mailen. Hat er meine Vorschläge gelesen?
Bügeln
(wieder) mit Melker über die Küche sprechen
Liste der Weihnachtsgeschenke (wichtig!)
Facebook und Insta über meinen neuen Verlag …

Ich schüttele den Kopf. Oh nein, ich darf nicht, kann nicht … wie soll ich denn meine Botschaft ohne soziale Medien verbreiten? Ich streiche den letzten Punkt.

Dann stehe ich auf. Schaffe es einfach nicht, still zu sitzen, fühle mich, als wären Außerirdische in mich eingedrungen und schwirrten ohne Sinn oder Ziel in mir herum.

Ich hasse es, keine Kontrolle zu haben. Und ohne mein Handy und die sozialen Medien habe ich die nicht. Ich fühle mich ausgeschlossen, wie eine Ausgestoßene, und ich brenne darauf, zu erfahren, was geschrieben oder nicht geschrieben wird. Was, wenn es gerade jetzt eine Menge Posts über mich gibt?

Als mein Telefon klingelt und ich sehe, dass es Mama ist,

zögere ich für einen Moment. Bin nicht ganz sicher, ob ich sie gerade jetzt ertragen kann. Aber pflichtgetreu melde ich mich, vor allem, weil ich weiß, dass sie sonst keine Ruhe geben wird. Wenn ich jetzt nicht antworte, wird sie anrufen wie eine Besessene, bis ich rangehe, und dann beginnt das Gespräch oft mit einer langen Anklage, weil *es einfach unmöglich ist, dich zu erreichen!*

»Hallo, Mama!«

»Hast du dich in den Zeitungen gesehen? Oh, Amy, ich hatte ja keine Ahnung, und du hättest doch wohl mal etwas sagen können. Jetzt rufen alle Bekannten an, und alle haben über dich und deine *Zukunft* gelesen, nur ich weiß von nichts. Du hast mir nichts gesagt, und ich komme mir so richtig ausgeschlossen vor, ganz ehrlich, ich finde es schon ein bisschen seltsam, dass du nicht einmal deiner eigenen Mutter etwas erzählst, warum hast du nichts gesagt?«

Ich schaffe den ganzen Weg vom Arbeitszimmer nach unten bis in die Küche und kann während ihrer Anklagerede noch die Nespresso-Maschine einschalten. Als sie endlich verstummt, nehme ich meine kleine Tasse und hebe sie an den Mund.

»Das ist zu schnell gegangen, Mama. Es ist so viel passiert, und ich hatte noch keine Gelegenheit, es zu erzählen. Ich war heute Morgen selbst total überrascht, als mir aufging, dass ich in den Schlagzeilen auftauche.«

»Das sieht dir eigentlich gar nicht ähnlich, Amy, du hast doch sonst immer alles im Griff. Aber wer ist das da eigentlich auf den Bildern neben dir? Er sieht sehr sympathisch aus, aber man könnte fast glauben, ihr hättet etwas miteinander, und wenn ich es nicht besser wüsste, würde ich es tatsächlich glauben, aber ich weiß ja, du und Melker, ihr seid wie siamesische Zwillinge. Aber Anna-Stina hat trotzdem gefragt.«

»Wer ist Anna-Stina?«

»Ach, eine ganz Nette, ich habe sie in der Boulegruppe kennengelernt, wo ich jeden Donnerstag bin. Sie ist seit einem halben Jahr Witwe, und stell dir vor, sie hat schon einen Neuen, mein Gott, wenn ich mir vorstelle, Papa müsste sterben und ich würde mir sofort den nächsten Mann suchen! Ja, ich möchte wirklich wissen, was du dann sagen würdest.«

Ich leere meinen Espresso in einem Zug. Huste.

»Mama, ich habe wahnsinnig viel zu erledigen. Und ich kenne Anna-Stina nicht.«

»Nein, natürlich nicht. Was macht übrigens die Küche? Und ich dachte, du müsstest doch bald die Aufgaben verteilen, wer was zum Weihnachtsbuffet mitbringen soll? Ich übernehme gern gebeizten Lachs und Sülze. Und ich backe Brot. Und ich habe in einer Kochzeitschrift ein phantastisches Rezept für überbackenen Rosenkohl gesehen, was sagst du dazu? Das Wichtigste ist jedenfalls, dass alles hausgemacht ist. Genau wie wir es immer gehalten haben.«

»Ich weiß nicht …«

»Sprich Melker noch mal auf unseren Nachbarn an, von dem ich ihm erzählt habe«, unterbricht sie mich. »Der kann eure Küche sicher fertigstellen. Nein, jetzt muss ich los. Hab wahnsinnig viel zu tun an diesen Adventstagen. Meine Güte, wie habe ich früher nur alles geschafft? Das begreife ich wirklich nicht. Ich muss das ganze Haus aufräumen und alle Fenster putzen, das hätte ich längst tun sollen, ehe ich die Adventsleuchter aufgestellt und die Weihnachtsgardinen aufgehängt habe, aber ich habe es einfach nicht geschafft. Also muss ich das heute erledigen, auch wenn es schneit. Hast du gesehen, wie es schneit? Das ist der glatte Wahnsinn.«

Sie endet damit, dass sie Weihnachten liebt und dass sie sich wahnsinnig darüber freut, dass wir unsere Traditionen weiterführen.

Ich bleibe auf einem Barhocker sitzen. Müdigkeit macht sich in mir breit. Meine Adventsfreude hat in diesem Jahr einen seltsamen Beigeschmack bekommen. Ich kann mit diesem Gefühl nicht so recht umgehen. Wo ist das warme Glück, das ich in dieser Jahreszeit sonst verspüre? Aber habe ich es wirklich verspürt? Vielleicht ist es nur eine Illusion? Ein Gefühl, das ich zu verspüren *erwarte?* Vielleicht hat der Stress, der mir jetzt zu schaffen macht, immer im Hinterhalt gelauert, aber früher war ich stark genug, um ihn zu verdrängen?

Mit einem kaum hörbaren Seufzer beschließe ich, mich an die heutige Liste zu wagen. Eigentlich müsste ich vor allem schreiben, aber stattdessen rufe ich Kajsa an. Es ist bald zwölf, da hat sie doch Mittagspause, also darf ich sie bei der Arbeit stören.

Sie meldet sich sofort.

»Meine berühmte Freundin!«

»Deine beste Freundin. Berühmt oder nicht«, antworte ich müde, muss aber doch ein bisschen lächeln.

»Einfach unglaublich, Amy. Glückwunsch! Und was für tolle Bilder von dir und Ola!«

»Sicher. Danke. Aber findest du die nicht ein bisschen … irreführend?«

»Hör doch auf, du Tugendmonster. Wird Zeit, dass Melker dich mit scharfen Typen sieht, damit er weiß, was er an dir hat.« Sie lacht munter.

Ich kann es nicht fassen. Meine beste Freundin. Sie kennt Melker und mich in- und auswendig. Was deutet sie da an?

»Tugendmonster?«

»Ja, ich liebe dich, aber du musst dich wirklich ein bisschen mehr gehen lassen. Man lebt nur einmal.«

»Kajsa …«, fange ich an. Aber ich weiß nicht, wie ich weiterreden soll. Eigentlich wollte ich diese Diskussion nicht gerade jetzt führen, aber sie hat schließlich angefangen. »Du sagst Sachen, bei denen ich nicht mehr richtig mitkomme. Was meinst du mit mehr gehen lassen? Tust du das etwa gerade?«

»Vielleicht.«

»Du machst mir Sorgen. Was treibst du eigentlich?«, frage ich.

Lautes Seufzen am anderen Ende der Leitung.

»Ich lebe mein Leben, Amy. Ich suche das Leben. Tust du das nicht auch? Du baust dir eine neue Karriere auf, du schreibst ganz plötzlich Bücher, und jetzt bist du auf Titelseiten und Plakaten zu sehen. Du wirst vielleicht die nächste Läckberg, wer weiß, so sieht jedenfalls Ola dich. Also behaupte hier nicht, dass du nicht auf der Suche bist, das wäre echt gelogen.«

»Aber so war das nicht gemeint …«

»Nein? Und wie war das dann gemeint? Dass sich attraktive Männer zu mir hingezogen fühlen? Bist du neidisch?«

Mir fällt fast das Telefon aus der Hand. Was sagt sie da?

»Kajsa … du liegst total falsch. Können wir uns treffen? Wir müssen reden. Wir können …«

»Nein«, fällt sie mir ins Wort. »Ich bin in der Lage, mich um mein eigenes Leben zu kümmern. Entschuldige, Amy, aber du kannst nicht immer die erste Geige spielen. Ab und zu dürfen das auch andere, weißt du. Ich weiß, was ich tue. Aber jetzt muss ich mich beeilen. Muss vor dem nächsten Termin schnell was essen. Dennoch herzlichen Glückwunsch zu deinem großen Erfolg. Wirklich cool!«

Es wird still. Sie hat unser Gespräch weggedrückt.

Ein plötzlicher Zorn wallt in mir auf. Was sie über mich gesagt hat, stimmt nicht. Wie kann sie mir dermaßen aus der Luft gegriffene Vorwürfe machen? *Erste Geige?*

Entschlossen reiße ich die Kühlschranktür auf. Hole den braunen Teig heraus. Jetzt ist Pfefferkuchenbacken angesagt.

6. DEZEMBER, FREITAG

Du hast allen Grund zum Feiern, und außerdem ist Freitag! Das ist einfach mega!« Ola schäumt über vor Enthusiasmus.

»Ich soll wirklich ins Fernsehen? Bei TV4?« In meinem Kopf dreht sich alles. Ola hat angerufen und ohne Vorwarnung mitgeteilt, dass ich übermorgen für das Morgensofa von TV4 gebucht bin. Eine Mischung aus Glücksrausch und purem Entsetzen hat mich erfasst, und ich spüre, wie mein Herz einige Extraschläge macht.

»Aber worüber soll ich reden?«, frage ich voller Panik.

»Beantworte einfach die Fragen«, sagt er, als ob wir darüber sprächen, dass ich vor ein Publikum aus zehn Personen treten soll. »Sie wollen alles über deine nächsten Bücher wissen. Also erzähl.«

»Aber ich weiß noch gar nicht, wovon die Bücher handeln sollen! Du und ich haben noch nicht darüber gesprochen. Hast du übrigens meine Mail bekommen?«

Mein Puls steigert sich immer weiter. Wie zum Henker hat Ola mich für Sonntag auf das Morgensofa von TV4 bugsiert?

»Ich habe deine Mail bekommen, aber ich konnte sie noch nicht lesen. Sprich einfach über dein Leben, Darling! Über deine kommenden Bücher. Denk dir etwas aus. Etwas Spannendes. Du hast doch sicher irgendetwas Dunkles in deiner Vergangenheit, was du zurechtbiegen kannst? Etwas, bei dem du mitgemacht hast …? Überleg mal! Egal was, Hauptsache, dass es dir Sympathien bringt. Du musst interessant sein und anders als andere. Vergiss das nicht. Und du darfst niemals deine Fans unterschätzen … oder die kommenden Fans. Sie finden garantiert alles über dich heraus, also erzähl nur etwas, das einen wahren Background hat, dann kannst du das Ganze schön ausschmücken. Ich werde mit den Leuten vom Sender reden und sie mit ein paar Infos versorgen, ehe sie dich anrufen, dann haben sie von Anfang an was in der Hand. Hörst du noch zu?«

Kaum. Etwas ausdenken? Ich sinke auf meinem Sofa in mich zusammen und versuche zu begreifen, was er da sagt.

»Jemand von TV4 wird dich anrufen und dich vorbereiten.«

»Wann denn? Die Zeit rennt.«

»Heute. Sorg dafür, dass du telefonisch zu erreichen bist. Und ja. Du musst posten. Überall.«

Ich schlucke. Hart.

»Das geht nicht.«

»Was geht nicht?«

Wie soll ich das erklären? Ola hat garantiert kein Verständnis für eine Entziehungskur von den sozialen Medien, egal, mit welchem Ziel. Schon gar nicht wegen eines Weihnachtsbuffets.

»Ist doch egal«, lautet meine feige Antwort.

»Genau! Du bist meine Prinzessin. Tu jetzt, was für uns alle das Beste ist, du weißt selbst, was das ist.«

Zirkus. Im Moment ist mein ganzes Leben ein Zirkus. Ganz vorn in der Arena steht der Direktor, und ich bin eine ängstliche, aber zugleich aufgekratzte Zirkusprinzessin, die nicht weiß, ob sie es wagen soll, aufzutreten oder nicht. Die plötzlich kneifen will. Aber der erfahrene Direktor sieht das. Und er greift ein. Will seine Einkünfte nicht verlieren. Also ermahnt er. Inspiriert. Schmeichelt. Droht sogar.

»Ich glaube an dich. Du bist großartig. Enttäusch mich nicht.«

Ich seufze tief, als wir das Gespräch beenden. Ohne meine sozialen Medien bin ich nur ein halber Mensch. Ich muss jetzt dafür sorgen, dass ich gesehen werde, aber eine alberne Wette um ein Weihnachtsbuffet ist schuld daran, dass ich nichts von meinem Fernsehauftritt berichten kann. Wie hat man das früher gemacht? Da hat man alle Bekannten angerufen. Vielleicht war damals alles einfacher. Weniger Leistungsdruck, weniger Ansprüche. Mehr Freude über das kleine Glück. Die Welt war kleiner, aber auch sicherer.

Meine Gedanken fliegen zu Kajsa. Unser Gespräch von gestern macht mir noch immer zu schaffen. Ich glaube, ihr geht es genauso, denn vorhin kam eine SMS mit der Frage nach einem Feierabendglas. Heute um sechs in der Parkbar. Ich habe natürlich ja gesagt. Ich habe nachher eine Signierstunde, es passt also gut. Ich antworte und kann es mir nicht verkneifen, meinen Glücksrausch über meinen Auftritt bei TV4 anzudeuten.

Ich habe Neuigkeiten. Aber die erzähle ich dir nachher.

Ja, ich werde mit Kajsa über Dinge sprechen, die wichtig sind, aber diese Nachricht nicht mit ihr zu teilen, wäre einfach seltsam.

Mit einem dämlichen Lächeln und dazu einem dicken Kloß im Bauch sammele ich die gestern gebackenen Pfefferkuchen und lege sie in eine schöne Dose. Natürlich eine mit Weihnachtsmotiven. Fröhlich, ja fast berauscht von dem Bewusstsein, *ich werde im Fernsehen über meine Bücher sprechen,* beschließe ich, mich an diesem Tag ganz meinem Manuskript zu widmen und dann alle meine Kraft aufwenden, um Ola zur Veröffentlichung zu überreden. Es soll so gut werden, dass er nicht nein sagen kann, das schwöre ich mir. Denn gerade jetzt bin ich noch dankbarer dafür, dass ich meinen Traum ausleben darf. Gerade jetzt schüttele ich allen Weihnachtsstress ab, alle Zweifel an der Handlung der zukünftigen Bücher und alles andere, was mir Sorgen bereitet.

Entschlossen gehe ich ins Badezimmer, um meine Morgentoilette zu erledigen. Dann ist das Manuskript angesagt, als mentale Vorbereitung auf TV4 und Signierstunde.

Der Tag hat begonnen.

Hallo. Ich bin Amy Strandberg.«

Die junge Frau hinter dem Ladentisch starrt mich an. Ich stehe mit meinem Pappaufsteller da und wische mir verstohlen die Schneelachen von den Schultern. Es schneit heftiger denn je. So sehr, dass die Zeitungen nur noch über das Wetter schreiben, als gäbe es sonst nichts mehr auf der Welt. Keinen Krieg, keine politischen Auseinandersetzungen, keine Flüchtlingskrise, keine Umweltprobleme oder Bandenschießereien. Denn *es schneit in Schweden!* Wir leben in einem der nördlichsten Länder der Welt, und die Medien verlieren den Verstand angesichts der Tatsache, dass es schneit. Heftig schneit. Die Gemeinden im Land haben es versäumt, im Budget ausreichende Summen für das Schneeräumen einzuplanen, deshalb müssen Bauern die Wege zu abgelegen wohnenden Menschen freipflügen. Als hätte Schweden vergessen, dass trotz allem ab und zu eine verdammt große Menge Schnee vom Himmel fällt.

»Ich soll signieren ...«, erkläre ich, als die Frau offenbar nichts versteht. Bei meiner Mitteilung taut sie ein wenig auf.

»Ach. Du bist also Amy?«

Ich lächele mein strahlendstes Lächeln, und sie führt mich in ein winziges Büro, wo ich meinen Mantel ablegen kann. Der Schnee schmilzt von meinen Stiefeln und vom Mantel und bildet auf dem Boden kleine Pfützen. Die junge Frau, die mir ihren Namen nicht verraten hat, mustert mich missbilligend und holt dann einen Wischlappen.

»Kann ich meine Handtasche hierlassen?«

»Ja, hier wird abgeschlossen, kein Problem.«

Ich starre ihre vielen Tätowierungen an, als ich hinter ihr hergehe, um meinen Platz am Signiertisch einzunehmen. Ihr gesamter Hals ist damit übersät, und so weit ich das sehen kann, sind auch ihre Arme von seltsamen Motiven überzogen. Sie hat einen Ring in der Nase und kohlschwarze, punkig abstehende Haare. Sie lächelt nicht ein einziges Mal.

»Wie schön, dass ich hier sein kann«, versuche ich mein Glück. Zugleich schweift mein Blick durch den leeren Laden. »Merkt ihr etwas vom Weihnachtsbetrieb?«

»Ich steh nicht so auf Weihnachten.«

Dann nicht, denke ich. Hätte ich mir ja denken können.

»Möchtest du Wasser? Kaffee?«

»Danke, Wasser wäre schön«, erwidere ich, dankbar, weil sie ja doch an mein Wohl denkt. Wie immer vor einer Signierstunde fühle ich mich schwach und verletzlich. Lass mich wenigstens ein *einziges Buch* verkaufen!

Der Signiertisch steht beim Eingang. Ich stelle mein Rollup auf, aber etwas geht schief, und es schnurrt mit einem hörbaren Knall sofort wieder zusammen. Die namenlose Tätowierte schreit auf, als sie das hört.

»Ach, entschuldige … ich bin nicht so geübt …« In Wahrheit bin ich geübt, ich lüge einfach nur. Einen Aufsteller aufzustellen ist wirklich nicht schwer.

Danach stehe ich da. Mit einem schiefen, aufgesetzten Lächeln.

»Entschuldigung.« Eine Frau mit unsicherem Blick steht vor mir. »Wissen Sie vielleicht, wo ich Reiseführer finde? Ich fahre über Weihnachten und Neujahr nach Australien, und ich kenne mich im Internet nicht so aus. Ich hätte so gern einen guten Reiseführer, und da wollte ich fragen, ob Sie mir helfen können? Ich glaube, ich fahre in den Westen …«

»Es tut mir leid, aber ich arbeite nicht hier. Ich soll nur mein Buch signieren.«

Sie starrt mich an, verständnislos, zieht dabei ihre schneebedeckte Mütze ab und schiebt vorsichtig ihre plattgedrückte Frisur wieder zurecht.

»Was ist das für ein Buch?«

Ich fahre mit der Hand über meinen Bücherstapel, der, auch wenn es nur wenige Bücher sind, nach viel zu vielen aussieht. Wie soll ich es jemals schaffen, die alle zu verkaufen?

»Was? Haben *Sie* ein Buch geschrieben? Sind Sie Schriftstellerin?«

»Äh … ja. Das ist mein erster Roman.«

»Oh mein Gott!«, ruft die Frau. »Das ist ja einfach phantastisch! Eine echte Schriftstellerin also? Was ist das für ein Genre?«

»Krimi.« Ich recke mich. Sie strahlt.

»Ich nehme drei!«

»Drei?« Ich trete von einem Fuß auf den anderen. Meint sie das ernst?

»Ein Exemplar für mich, eins für meine Tochter in Australien, und eins, das ich zu Weihnachten verschenken kann. Sie signieren doch?«

»Natürlich.« Dankbar nehme ich drei Bücher, schreibe meinen Namen und drei unterschiedliche persönliche Widmungen und reiche sie der freundlichen Dame, die vor mir steht.

»Danke, das ist *reizend!* Ich gebe gern ein Trinkgeld. Was bekommen Sie denn?«

Ich räuspere mich mühsam.

»Also, Sie bezahlen an der Kasse. Und Trinkgeld brauche ich nun wirklich nicht.«

»Unsinn!« Sie legt zehn Kronen vor mir auf den Tisch und eilt weiter. Ich muss lachen. Beim Signieren begegnet man wirklich den seltsamsten Leuten. Und ich habe drei Bücher verkauft. Nicht schlecht. Dazu zehn Kronen Trinkgeld, fast schon niedlich.

In den zwei Stunden, die ich in diesem Buchladen verbringe, kommt keine Kundschaft mehr. Das Geschäft ist traurig leer, obwohl Weihnachten näherrückt, und die tätowierte Namenlose kommt ab und zu, weil sie nichts anderes zu tun hat, schaut ein wenig bedauernd meine unverkauften Bücher an und stellt mit einem Achselzucken fest, dass heute nur noch Online-Handel angesagt ist.

Als ich meine Sachen zusammenpacke, denke ich, wie schön es ist, dass ich von den sozialen Medien abgekoppelt bin, denn nun brauche ich mich nicht verpflichtet zu fühlen, etwas über die Signierstunde zu posten und zu lügen, wie gut die gelaufen sei. Fällt eigentlich irgendwer auf so was rein?

»Bis dann. Und danke dafür, dass ich kommen durfte.«

Die Frau starrt mich nur an. Kein Wunder, dass es hier keine Kundschaft gibt, denke ich, als ich die Tür hinter mir zugleiten lasse.

Draußen bleibe ich stehen. Schaue und lausche. Denn es ist fast nichts mehr zu hören, alles ist in Schnee gebettet und jedes Geräusch gedämpft. Weiß, weiß, weiß im Schein der Straßenlaternen. Ich beschließe, erst zur Tiefgarage zu gehen und meinen unhandlichen Aufsteller im Auto zu deponieren, ehe ich mich mit Kajsa treffe.

»Amy?«

Beim Klang der vertrauten Stimme drehe ich mich um.

»Hallo, Håkan!«

Er kommt auf mich zu, und mit vor Kälte roten Wangen verpasst er mir eine warme, herzliche Umarmung.

»Ich gratuliere! Kajsa hat mir erzählt, dass du einen phantastischen neuen Verlag hast.«

»Ja … danke. Es ist ein unglaubliches Gefühl.«

»Das glaub ich gern. So, wie du gekämpft hast. Wirklich super, dass es sich gelohnt hat.«

Der liebe Håkan. Immer ist er positiv und fröhlich. Die Lücke zwischen seinen Vorderzähnen lässt sein ansonsten ein wenig ältliches Gesicht jungenhaft wirken. Kajsa seufzt ab und zu, weil er jetzt kahl wird, und sie versucht, ihn zu einer Haartransplantation zu überreden, aber ich finde, er sieht gut aus, so wie er ist. Ich lächele warm angesichts seines Eifers.

»Ach, du bist so reizend! Ich hoffe nur, dass alles gut läuft. Man weiß ja nie.«

»Aber du bist doch jetzt überall präsent. Hast du nicht Kajsas Post auf Facebook gesehen, als sie den Artikel aus *Expressen* geteilt hat? Da hat es doch Unmengen von Kommentaren gegeben.«

»Äh … nein. Ich war seit gestern nicht so richtig aktiv.«

»Was? Hast du den Verstand verloren? Jetzt musst du doch Facebook und alle anderen sozialen Medien vollknallen, was das Zeug hält.«

»Schon, aber …« Ich bringe es nicht über mich, zu erzählen, dass Melker und ich den blödsinnigsten Deal aller Zeiten vereinbart haben. Ich *muss* der Sache ein Ende machen.

»Hat dir der Film übrigens gefallen? Kajsa hat ja geschwärmt, aber was meinst du?«

In meinem Kopf steht alles still. Der Film?

»Welchen Film meinst du jetzt?«, frage ich abwartend. In mir schrillt jetzt ein Warnsignal.

»Gestern!« Er schüttelt den Kopf. »Schwebst du als neugeborener Star jetzt dermaßen hoch oben, dass du nicht einmal mehr weißt, dass du gestern mit Kajsa im Kino warst?«

»Ja, richtig!« Ich lache und hoffe, dass er nicht merkt, wie angespannt meine Stimme klingt und wie ich über die Wörter stolpere, als ich jetzt weiterrede. »Der war gut … saugut!«

»Warst du mit dem Schluss ebenso unzufrieden wie Kajsa? Die war den ganzen Morgen sauer.«

»Naja … vielleicht nicht ganz so unzufrieden. Was hat sie denn gesagt?« In mir wächst der Zorn. Was zum Teufel hat sie da angerichtet? Und warum hat sie mich in die Sache hineingezogen? Noch dazu, ohne mir etwas zu sagen? Ich hab es ja gewusst. Früher oder später würde es passieren. Und ich hätte schon längst mit ihr sprechen sollen und nicht so feige kneifen dürfen.

»Ja, du siehst jedenfalls deutlich besser aus als Kajsa. Die wirkte heute Morgen wie ein ausgewrungener Spüllappen. Kein Wunder, wo ihr bis zwei Uhr morgens gezecht habt.« Er grinst. »Manchmal frage ich mich, ob ihr zwei überhaupt schon erwachsen seid. Aber ich kann ja verstehen, dass du feiern musstest, und da war es doch ein Glück, dass Kajsa mitmachen wollte.«

»Unbedingt.«

In meinem Kopf dreht sich alles, und ich würde mich am liebsten weit wegbeamen. Mir wird schlecht von den Lügen und davon, dass Håkan vor mir steht, munter und gutgläubig, und rein gar keinen Verdacht hegt.

»Nein, jetzt will ich dich aber nicht aufhalten, und ich bin auch noch auf ein Feierabendbier verabredet. Was hast du da eigentlich in der Hand?«

»Äh … ein Pappaufsteller.«

»Was ist das?« Er mustert meine längliche schwarze Tasche.

»Na ja, so ein Aufsteller, den ich neben mir platziere, wenn ich zum Beispiel signiere. Also mit einem Bild von mir drauf und meinem Buch und einem griffigen Zitat darüber, wie gut das Buch ist. Ungefähr so. Ich habe eben in dem Buchladen hier um die Ecke signiert.«

»Oh Mann, echt scharf! Da war bestimmt eine lange Schlange. Gut gemacht, Amy. Wahnsinn, ich bin mit einer Berühmtheit befreundet.«

»Na ja, berühmt bin ich nicht …«

»Aber bald!« Er umarmt mich eilig, und schon ist er in der Menschenmenge verschwunden.

»Ich habe nur drei Bücher verkauft«, murmele ich. »An dieselbe Kundin.«

Ich mühe mich weiter mit dem Aufsteller ab und verfluche Kajsa, die mich in eine für mein Gefühl unbehagliche Lage gebracht hat. Dann denke ich an TV4, das noch immer nicht angerufen hat. Ola hat mir geschrieben, dass er mit ihnen gesprochen habe und dass sie mich bald anrufen würden. Was heißt bald? Bald ist dieser Tag zu Ende. Was, wenn sie sich die Sache anders überlegt haben?

Ich bin dermaßen in meine Gedanken versunken, dass ich mit einem älteren Mann zusammenstoße, der … ja, genau, der in sein Handy vertieft ist.

»Passen Sie doch auf!«, faucht er und starrt mich kurz an, ehe er sich wieder seiner wichtigen Welt widmet. Vielleicht liest er gerade über mich, ohne zu ahnen, dass ich ihm soeben quicklebendig in die Arme gelaufen bin. Und in meiner überaktiven Phantasiewelt verwandelt er sich plötzlich in den, der widerliche Dinge über mich schreibt.

»Du perverses Schwein!«, spucke ich aus, ohne zu überlegen. Sein verdutzter Blick reißt sich für einen Moment von seinem Display los, und eilig flüchte ich vor ihm, so gut das im Schneematsch auf der Straße geht. Ich höre, dass er hinter mir herruft. Höre nicht, was er schreit, halte mir die Ohren zu und pruste gleichzeitig los. Wie konnte ich bloß so etwas Dummes sagen?

In meiner Handtasche klingelt das Telefon, und als ich es herausfische, sehe ich, dass Katinka anruft.

»Hallo, Herzchen!«

»Mama! Jetzt ist alles geschafft! Wir haben unterschrieben! Adam und ich ziehen in eine Wohngemeinschaft, und bis Weihnachten können wir uns schon halbwegs einrichten. Toll, was?«

Mein Gespräch mit Katinka war kurz, sie hatte es eilig, und ich konnte ihr auf die Schnelle keine Einzelheiten entlocken. Aber sie hat einen Mietvertrag unterschrieben und kann sofort einziehen. Sie hat mich noch nach der Kaution gefragt, bei der sie Hilfe bräuchte. Die Summe stehe noch nicht fest, aber innerhalb einer Woche seien drei Monatsmieten auf ein Konto einzuzahlen. Danach musste sie auflegen. Ich versuchte, Melker anzurufen, blieb aber bei seinem Anrufbeantworter hängen.

Als erneut mein Telefon klingelt, bin ich bereits kurz vor der Parkbar, wo ich mit Kajsa verabredet bin. Es ist eine mir unbekannte Nummer. Ist das endlich TV4? Meine Panik wächst. Worüber zum Kuckuck soll ich denn reden?

»Amy Strandberg«, melde ich mich und bleibe mitten auf dem Bürgersteig stehen.

»Hallo, Amy. Ich heiße Caroline Wallström und arbeite bei TV4. Tut mir leid, dass ich so spät anrufe, aber hast du einen Moment Zeit?«

»Sicher. Ich bin nicht zu Hause, aber das geht trotzdem.« Ich trete zur Seite, stelle mich unter einen Dachvorsprung und versuche, durch schnelles Reden meine Nervosität zu verbergen.

»Wie gut! Ich möchte kurz mit dir reden, ehe du am Sonntag zu uns kommst.«

»Ja, das habe ich heute erfahren. Bin ein bisschen nervös«, gebe ich zu.

»Und deshalb sprechen wir jetzt miteinander, damit du dich besser vorbereitet fühlst.«

Sie klingt herzlich und freundlich, denke ich, und meine Nervosität nimmt etwas ab.

»Du hast kürzlich den Verlag gewechselt, wenn ich das richtig verstanden habe?«

»Ja, das stimmt, aber das ist erst wenige Tage her.«

»Und diese neue Serie klingt ungeheuer spannend. Die ist ja wirklich etwas ganz anderes.«

»Etwas ganz anderes? Ich verstehe nicht …«

»Ola hat gesagt, dass du Erotic Crime schreiben wirst, und das ist ein Genre, das uns neugierig macht. Und beim Gedanken an deinen Background wird es erst recht interessant.«

»Erotic Crime?«

»Ja, oder wie würdest du deine künftigen Bücher definieren?«

Ich bin kurz vor dem Hyperventilieren. Was hat Ola denen erzählt? In meiner Unsicherheit verliere ich den Faden, und zwischen uns wird es sehr still.

»Hast du schon länger mit dem Gedanken gespielt, so etwas zu schreiben, oder wie war das?«

»Äh … ich weiß nicht. Vielleicht …«

»Okay. Aber in deinem ersten Roman geht es nicht erotisch zu, oder?«

»Nein …«

»Also begibst du dich jetzt auf ein neues Gebiet? Handelt es sich vielleicht um eine Art Liebesroman, nur eben Krimi statt Feel-Good? Und wie siehst du das, über Erotik zu schreiben? Das ist ja nicht so ganz leicht, das weiß ich von anderen Autoren.«

»Also, ich weiß nicht, ob ich Erotic Crime schreiben werde. Hat Ola das wirklich gesagt?«

»Ja. Stimmt das nicht?«

Plötzlich habe ich Angst, dass sie mich nicht in der Sendung haben wollen, wenn ich jetzt zögere oder einen Rückzieher mache. *Fake it until you make it.* Ich muss ihr Interesse lebendig halten und das mögliche Missverständnis später aufklären.

»Die nächsten Bücher befinden sich noch im Planungsstadium«, erkläre ich. »Aber es geht vielleicht in diese Richtung ... nicht direkt erotisch, aber ...«

»Ola hat erzählt, dass du dich zum Teil auf deine eigenen Erfahrungen stützt«, fällt sie mir ins Wort. »Das stimmt doch, oder?«

»Äh ... meine Erfahrungen? Kommt drauf an, was du meinst.«

»Deine Zeit als Poletänzerin.«

Ich stöhne. Wo, zum Teufel, hat Ola das her?

»Äh, ja, ich habe zu Studienzeiten in einer Bar gearbeitet und auch Poledancing gemacht, um mein Studiendarlehen aufzubessern.«

»In einer Striptease-Bar?«

»Was?«

»Es ist immer interessant, wenn Bücher auf wahren Geschichten beruhen. Und bei selbst erlebten Geschichten wird es noch interessanter. Deshalb haben wir angebissen. Ich habe Ola so verstanden, dass du auch schlechte Erfahrungen gemacht hast. Erzähl!«

»Aber ... das hat er sicher missverstanden. Üble Erfahrungen habe ich nie gemacht.«

»Aber du hast gestrippt?«

»Was?«

»Und bist ausgenutzt worden? Wirst du in deinen Büchern darauf eingehen?«

»Also ... ganz so war das nicht ...«

»Wie war es dann?«

Ich blinzele und überlege fieberhaft. Ja, ich habe während des Studiums in einer Bar gejobbt, und weil ich als Teenager viel Sport getrieben habe, konnte ich grandios an der Stange tanzen, aber eine Stripteasebar war das nun wirklich nicht, und üble Erfahrungen musste ich auch nicht machen. Plötzlich höre ich in Gedanken Olas Frage:

Du hast doch sicher irgendetwas Dunkles in deiner Vergangenheit, das du zurechtbiegen kannst?

Wie hat er das mit dem Poledancing überhaupt herausgefunden? Und warum lügt er und behauptet, ich hätte üble Erfahrungen gemacht? Hat er das mit »zurechtbiegen« gemeint? Der Teufel soll ihn holen! Er hat mich nicht einmal vorgewarnt und etwas über das Genre gesagt, das er mir verpasst hat und von dem ich noch nie gehört habe: *Erotic Crime!* Herrgott, was soll ich jetzt machen?

»Das stimmt also nicht?« Caroline klingt nicht mehr so positiv. Ich überlege fieberhaft, will nicht, dass sie auflegt. Ola hat doch dafür gesorgt, dass ich ins Fernsehen komme. Ich darf das nicht versieben.

»Doch, doch ... es ist nur ein bisschen unklar, wovon genau die Bücher handeln sollen, aber ja, man kann es schon Erotic Crime nennen, und es wird auch einen gewissen Wirklichkeitsgehalt geben.«

Der Rest des Gesprächs verläuft ebenso stockend. Ich weiß kaum, was ich sage, und plappere nur so gut ich kann drauflos. Mehrmals legt Caroline mir die Antwort in den Mund, als ob sie *will*, dass ich das sage. Am Ende halte ich es nicht mehr aus.

»Es tut mir schrecklich leid, aber mein Akku ist fast leer, und ich fürchte, das Gespräch kann jeden Moment unterbrochen werden.«

»Ach je. Aber jetzt weiß ich so einigermaßen Bescheid. Dein Verlag bucht einen Flug, und wenn du weißt, wann du landest, dann mail mir die Flugnummer. Ein Auto holt dich ab und bringt dich zum Sender. Wenn ich das richtig verstanden habe, möchtest du lieber am frühen Morgen los und nicht am Vorabend?«

Noch etwas, das Ola sich ausgedacht hat, denke ich.

»Ja. Wann geht denn die Sendung los?«

»Du bist um zehn nach elf dran, wie es aussieht, kommst du an dem Morgen so ziemlich zum Schluss. Ola hat etwas von einem Flug um halb sieben erwähnt, dann hast du Zeit genug.«

Wir beenden das Gespräch und legen auf. Wie in Trance bleibe ich stehen. Am Sonntag werde ich vor ganz Schweden im Fernsehen auf dem Sofa sitzen und über mein neues Genre sprechen: Erotic Crime. Und über Bücher, die aus meinem eigenen Leben schöpfen. Als Poletänzerin in einem Stripteaseclub.

Verdammter Ola!

Aber ich kann nicht abspringen. Hier ist die Chance, auf die ich gewartet habe. Ich muss mir ganz einfach einen Plan zurechtlegen, mit dem ich das schlimmste Fernsehinterview aller Zeiten überleben werde.

Kajsa umarmt mich, als ich die Parkbar betrete. Sie hat sich einen langen Schal um den Hals gewickelt, und die engen Jeans sitzen wie angegossen an ihrem wohlgeformten Körper. Wie immer hat sie sich eine Sonnenbrille in ihre Haarpracht geschoben.

»Hallo, Autorin! Gott, ich lese überall über dich, und du hast die Bücher noch nicht mal geschrieben. Wie macht dieser Ola das eigentlich?«

»Keine Ahnung«, murmele ich. Im Moment könnte ich Ola erwürgen. Ich habe nach dem Anruf von TV4 versucht, ihn zu erreichen, aber er hat nicht geantwortet, vermutlich ist er unterwegs zu neuen Lügen, denke ich.

»Ich teile alles, was ich über dich finde, hast du das gesehen?«

»Nein, ich habe alles abgeschaltet.«

Kajsa starrt mich verständnislos an.

»Oder, besser gesagt, auf Pause gestellt. Für eine Woche.«

»Aber … wieso?«

»Eine Wette mit Melker, der findet, dass ich zu viel vor dem Bildschirm hocke. Wenn ich das durchhalte, brauche ich kein Weihnachtsbuffet zu veranstalten.«

»Kein Weihnachtsbuffet? Hast du den Verstand verloren? Das Weihnachtsbuffet, auf das ich mich jedes Jahr wie wahnsinnig freue? Wie ist das zu verstehen? Und du kannst doch nicht gerade jetzt aus den sozialen Medien aussteigen, zum Henker? Oder überhaupt aus den Medien?«

»Offenbar doch. Aber leicht ist das nicht. Und weißt du was … am Sonntag sitze ich auf dem Morgensofa bei TV4!«

»Was? Aber das ist doch Wahnsinn! Hat Ola das auch gedreht? Bist du nicht total nervös?« Kajsa umarmt mich spontan und lacht übers ganze Gesicht.

»Doch, klar bin ich nervös …« Spontan beschließe ich, ihr nichts von dem Gespräch zu erzählen, das ich eben mit Caroline Wallström geführt habe. Ich habe ganz andere Dinge, über die ich mit Kajsa reden will, Dinge, die mehr bedeuten als mein Fernsehauftritt.

»Aber es wird schon alles gut gehen«, sage ich. »Die haben bereits ein telefonisches Vorinterview mit mir geführt, also fühle ich mich absolut vorbereitet.«

»Ich werde am Sonntag vor der Glotze kleben, das kannst du mir glauben! Das ist alles total phantastisch!«

»Ja, allerdings.« Ich schweige für einige Sekunden, dann sage ich: »Hör mal, Kajsa … wir müssen über etwas anderes reden.« Ich lasse meine Stimme energisch klingen, schaue ihr in die Augen und lege die Hand auf ihre. Mir geht auf, wie gut meine Freundin aussieht. Manchmal komme ich mir neben ihr fast wie ein Mauerblümchen vor. Ihre Stunden im Fitness-Studio verleihen ihr einen Körper, um den viele sie beneiden, und weil sie ständig beim Friseur, im Nagelstudio und bei der Kosmetikerin ist, wirkt sie immer rundum in Form. Heute sieht sie allerdings trotzdem ein bisschen blass aus. Und mager. Hat sie in letzter Zeit abgenommen, frage ich mich plötzlich. Ich muss an ihre Geschichte denken, und meine Besorgnis um meine Freundin wächst noch weiter an.

Sie hält ein Glas Weißwein in der Hand, und während sie

darauf wartet, was ich zu sagen habe, trinkt sie einen großen Schluck, als ahne sie schon, dass es ernst wird.

»Ich war offenbar gestern mit dir im Kino. Das Problem ist nur, dass du vergessen hast, mir davon zu erzählen. Also, wo warst du in Wirklichkeit?«

»Aber … ich habe dir über Messenger geschrieben, hast du das nicht gesehen?«

»Nein. Ich mache, wie gesagt, gerade Pause.«

Kajsa starrt mich an, sie scheint nach Worten zu suchen, aber die findet sie erst nach weiteren Sekunden.

»Du hast meine Nachricht also gar nicht erhalten?«

»Nein«, sage ich und bitte den Barmann um ein alkoholfreies Bier.

»Und woher weißt du, dass ich im Kino war?«

»Warst du im Kino?«, frage ich provozierend.

»Ja. Oder nein … Verdammt. Wer hat das gesagt?«

»Håkan.«

Sie gibt keine Antwort, sondern trinkt noch einen großen Schluck Wein. Bald ist ihr Glas leer.

»Wenn man mit Lügen leben will, muss man weit in die Zukunft denken, Kajsa. Also, erzähl. Wo warst du? Und warum hast du mich da reingezogen?«

Es ist viel los in der Bar. Freitagnachmittag, und ganz Göteborg scheint das Wochenende feiern zu wollen, ehe sich alle zur Familie nach Hause begeben. Ich denke an Melker. Der steht jetzt sicher nicht in irgendeiner stickigen Bar. Vermutlich ist er auf Skiern unterwegs, im Schein der Kopflampe. Und die Küche ist unverändert. Halbfertig. Die Begeisterung vom Dienstagabend ist verflogen, weil er im Büro so viel zu tun hat und weil der Elektriker sich nicht blicken lässt.

»Es hat sich einfach so ergeben, das war nicht geplant.« Sie hat keinen Wein mehr und winkt dem Barmann, hebt ihr leeres Glas und bedeutet ihm, dass sie mehr braucht. Es dauert nicht lange, bis Kajsa, wie stets, bekommt, was sie will.

»Du hast dich mit jemandem getroffen, oder?«

»Willst du das wirklich wissen?«, fragt sie nach kurzem Schweigen.

»Eigentlich nicht. Aber es wäre wohl besser, da ich ohnehin schon in der Sache drinhänge.«

Sie lacht düster. »Du weißt doch, neulich, auf der Buchvorstellung deiner Freundin?«

»Sabina?«

»Genau. Ihr Mann … wir haben den ganzen Abend miteinander geredet, du warst anderweitig beschäftigt, und als ich nach Hause gehen wollte, hat er mir seine Visitenkarte in die Hand gedrückt. Er hat nichts gesagt, hat mich nur angesehen, und er hat wirklich den ganzen Abend mit mir geflirtet, da war kein Zweifel möglich.«

Ich stöhne.

»Um Himmels willen! Hast du den Verstand verloren? Sag nicht, dass du dich bei ihm gemeldet hast!«

»Ich habe ihm eine SMS geschickt … nach einigem Zögern. Wollte mich nur für den netten Abend bedanken.«

»Und dann? Ach … ich weiß gar nicht, ob ich das wissen will.«

»Weißt du, er ist so … wie soll ich das erklären? Also, er ist einfach etwas *ganz Besonderes!*«

»Du bist verheiratet, verdammt noch mal! Und er ist mit meiner Freundin verheiratet. Denkst du nicht an Sabina? Und an deinen Håkan?«

»Doch, klar, natürlich denke ich daran.« Sie holt tief Luft. Schweigt eine Weile und scheint nach Worten zu suchen. Ich warte geduldig, aber in mir macht sich tiefer Unmut breit.

»Vielleicht ist es nur ein Flirt, dann braucht niemand etwas zu erfahren und nichts Schlimmes ist passiert. Aber Amy … er ist so verdammt charmant, und gestern wollten wir einfach einen Kaffee trinken gehen, aber es wurde mehr, wir waren essen und …«

»Nein!«, falle ich ihr entsetzt ins Wort. »Ich will nichts mehr hören.« Demonstrativ halte ich mir die Ohren zu, wie ein Kind, das sich der Wahrheit verweigert.

»Aber …«

Ich greife nach meinem Bier, trinke schnell einen Schluck und knalle dann die Flasche so hart auf den Tisch, dass der Schaum aus dem Flaschenhals quillt. Er fließt an den Seiten herunter, und ich reiße meine Hand zurück, damit sie nicht nass wird. Ich starre meine beste Freundin an und versuche sie zu verstehen. Kajsa gibt unumwunden zu, dass sie sich mit Sabinas Mann trifft. Und das Schlimmste von allem ist, dass sie das offenbar nicht einmal falsch findet. Wie kann das sein?

Aber ich irre mich, wenn ich denke, dass ihr das alles nichts ausmacht, das ahne ich, als ich nach meiner Reaktion eine Veränderung in ihrem Gesicht erkenne. Ihre Züge spannen sich an. Wir sind uns so nah, dass ich sehen kann, wie sie Atem holt, und die immer lächelnde Kajsa sieht plötzlich aus, als ob sie jeden Moment losweinen könnte. Sie verliert ihre natürliche Eleganz, und ihre Schultern senken sich, ihr Körper sackt in sich zusammen. Zwischen uns entsteht eine Distanz, die wächst, obwohl sie so dicht neben mir sitzt.

»Es tut mir leid, wenn ich dich enttäuscht habe. Und vergiss es, wenn du das so schwernimmst, ohne wirklich zu wissen, was passiert ist.« Sie kippt ihren Wein hinunter und stellt das Glas weg. Nimmt ihren Mantel von der Stuhllehne hinter sich. Ihr Gesicht strahlt Kälte aus, vermischt mit Trauer und einer Feindseligkeit, die ich nicht an ihr kenne.

»Du kannst doch jetzt nicht einfach gehen?«, frage ich verdutzt.

Ich will nicht hinnehmen, dass sie unser Gespräch auf diese Weise beendet. Ich will, dass sie noch bleibt, dass sie erklärt, erzählt, was in ihrem Leben vor sich geht. Nicht nur gestern, sondern auch, warum sie sich so verhält. Aber sie hat mich schon verlassen, und ich laufe nicht hinterher. Sorge und Wut darüber, was sie treibt und tut, was sie vielleicht durchmacht, das alles ist zu viel für mich. Ich muss das, was ich soeben erfahren habe, erst verarbeiten. Überdenken. Muss zurückdenken und in aller Ruhe analysieren. Danach werde ich sie konfrontieren und ihr eine Art Handlungsplan vorlegen. Wie der aussehen soll, ahne ich noch nicht einmal.

Um mich herum trinken die Leute Alkoholisches und feiern, dass Wochenende ist. Ich sehne mich nach Hause. Ich lasse die Flasche stehen und dränge mich durch die Menge, um hier wegzukommen. Ich will nach Hause zu Melker und es mir mit ihm gemütlich machen. Ich will etwas Gutes essen und dann im Sofa versinken. Ich will mit ihm über Katinka und ihren Umzug reden. Über meinen Fernsehauftritt am Sonntag und darüber, dass Ola das Produktionsteam angelogen hat, um mich in die Sendung zu bekommen. Darüber, wie schwer es ist, bei diesen vielen Ereignissen ohne Bildschirm zu leben. Und dass Weihnachten immer näherkommt, wie ein riesiger Brocken auf mich zurollt. Bald wird er mich mit aller Wucht treffen. Und ich bin nicht bereit dazu.

Das Einzige, worüber ich ganz bestimmt nicht mit ihm sprechen werde, ist Kajsa. Die Kajsa, die ich zu kennen glaubte, die aber eine andere ist.

Davon wird Melker nichts erfahren.

7. DEZEMBER,
SAMSTAG

Ich werde von Hammerschlägen geweckt. Poch, poch, poch … Stille, dann wieder dasselbe Pochen. Mein Blick wandert zu dem altmodischen Wecker, den ich nicht wegwerfen will. Der rhythmisch tickt und mich abends einschlafen lässt. Tick-tack, tick-tack. Die Zeiger bewegen sich vorwärts, nicht digital, sondern in kurzen Sprüngen, jede Sekunde. Ich ziehe ihn auf, wenn das Uhrwerk stehen bleibt, aber die Weckfunktion nutze ich jetzt nicht mehr. Dieses Geräusch kann einen Herzstillstand auslösen, und ich möchte lieber zu harmonischen und leisen Klängen erwachen. Von Hammerschlägen aus der Küche aus dem Schlaf gerissen zu werden wie heute, ist allerdings ausnahmsweise ein harmonisches Erlebnis, denn es bedeutet, dass Melker endlich seine Arbeitslust wiedergefunden hat und der Traum von einer fertigen Küche zu Weihnachten plötzlich in realistische Nähe rückt.

Ich sehe, dass die Zeiger auf fünf vor neun stehen. Mit einer raschen Bewegung schlage ich die Decke zur Seite und stelle die Füße auf den Boden. Fröstele. Mein Blick wandert zum Fenster, und durch den Vorhangspalt sehe ich, dass es auch heute schneit. Die Schneedecke wird immer dicker und dicker. Mit einer gewissen Anstrengung richte ich mich auf – seit wann ist mein Körper morgens so steif? – und gehe zum Fenster, schiebe die Vorhänge zur Seite und schaue hinaus. Unser Weihnachtsbaum draußen leuchtet. Der Schnee liegt schwer auf den Zweigen, und das Licht schimmert durch ihn hindurch, es sieht aus wie leuchtende Watte. Wir haben Lichterketten an mehreren Bäumen und natürlich auf dem Balkongeländer um das ganze Haus. Auch die Hecke ist mit Lichtern geschmückt. Ein Wichtel, ebenfalls leuchtend, steht neben dem Briefkasten und heißt Besucher willkommen. Ich glaube, wir haben in unserer Straße die meiste Weihnachtsdekoration. Unser ganzes Grundstück und unser Haus strahlen Weihnachtstimmung aus.

So war es früher bei mir zu Hause, und so ist es auch jetzt. Meinen Eltern ist die Weihnachtsdekoration immer sehr wichtig gewesen. Vieles wurde von uns selbst hergestellt. In der Adventszeit haben wir abendelang fleißig gebastelt, in einem Meer aus Schaumgummikugeln, Seidenpapier und leeren Klorollen. Was hatten wir für Phantasie! Und was haben wir für phantastische Dinge hergestellt. Davon ist nicht mehr viel übrig, Mama hat das meiste weggeworfen und neuen Weihnachtsschmuck gekauft, aber in meiner Welt war das Selbstgebastelte das Schönste, was man haben konnte. Wie haben wir nur die Zeit dafür gefunden? Aber als ich ein Kind war, gab es mehr Zeit. Da wurden wir nicht von Computern und Internet überschwemmt, von sozialen Medien, Netflix und dem wahnsinnigen Angebot an Filmen und Serien. Wir hatten Zeit füreinander. Mit einer gewissen Wehmut denke ich zurück. Fortschritt ist wichtig, aber oft frage ich mich, ob der Preis nicht zu hoch ist. Heute werden alle Dekorationen gekauft, und trotzdem haben wir nicht einmal Zeit genug, all diese elektronischen Dinge zu installieren.

Melker hämmert ununterbrochen unten in der Küche. Auch für ihn wird es stressig, und die Zeit ist knapp, aber egal, wie sehr ich ihn dränge, sich Hilfe zu holen, er schüttelt nur den Kopf.

»Ich will das selbst machen, Amy«, lautete seine Antwort, als ich das Thema gestern Abend wieder zur Sprache brachte. »Und außerdem kostet es Geld, Handwerker kommen zu lassen.«

»Können wir uns das etwa nicht leisten?«

»Doch, schon, aber es ist eine unnötige Ausgabe, und überleg doch mal, was wir für dieses Geld Schönes machen könnten. Wir könnten für ein Wochenende nach Paris fahren, nur du und ich.«

»Und wann sollen wir dafür Zeit haben?«

»Wir nehmen uns die Zeit im Frühling. Und jetzt vor Weihnachten ist es auch nicht leicht, Handwerker zu finden … Ehrlich, Amy, wer übernimmt denn jetzt noch Aufträge? So kurz vor Weihnachten?«

Ich gab mich geschlagen. Erwähnte Mamas Nachbarn mit keinem Wort. Machte es mir stattdessen auf dem Sofa gemütlich und drehte den Fernseher lauter. War enttäuscht, obwohl ich wusste, dass ich dazu kein Recht hatte. Melker gibt sich schließlich alle Mühe.

Aber die Diskussion von gestern Abend hat vielleicht doch ihre Wirkung getan, denn jetzt wird gearbeitet. Melker, der am Wochenende morgens gern seine Ruhe hat, muss beschlossen haben, meinem Drängen nachzukommen. Vielleicht sieht er, wie wenig ich gerade vertragen kann.

Ich sehne mich nach meinem vertrauten Handy. Ich weiß, es klingt verrückt, aber ich sehne mich so sehr danach, dass es wehtut. Ich habe das Gefühl, dass eine Menge passiert, an dem ich nicht teilnehmen kann, nur wegen meiner und Melkers blödsinnigen Wette. Was, wenn ich zu etwas eingeladen werde und nicht hingehen kann, einfach, weil alle annehmen, dass man über Facebook zu erreichen ist? Was, wenn plötzlich eine Menge über mein Buch geschrieben wird? Was, wenn Leute mich und mein Buch suchen, jetzt, wo bekannt ist, dass ich Arnells neue Hoffnung bin?

Die sexistischen Hasskommentare will ich lieber vergessen. Ich will auch glauben, dass es ein einmaliger Vorgang war, na ja, ein dreimaliger, und dass der Schreiber jetzt blockiert ist. Keine Gruppe will doch solche Beiträge haben. Wahrscheinlich handelt es sich ganz einfach um einen gestörten Menschen, der mich und mein Buch aus irgendeinem Grund nicht leiden kann. Aber sich so vulgär auszudrücken, nur weil man etwas nicht leiden kann … ich begreife das nicht.

»Oh, du bist aber fleißig!« Ich lächele, als ich die Küche betrete, das Chaos schlägt mir entgegen, aber ich habe beschlossen, nicht zu quengeln, jetzt, wo Melker sich dermaßen anstrengt.

»Ich konnte nicht schlafen, und da dachte ich, ich könnte auch gleich loslegen. Dann kann ich nachher Ski laufen. Und ich habe auch einen Teig angesetzt. Wenn du eine Weile wartest, bekommst du frisch gebackenes Brot zum Frühstück. Ich schieb das jetzt gleich in den Backofen.«

Ich sehe die beiden Backformen an. Ihr Inhalt ist grün.

»Was ist das Grüne da?«, frage ich misstrauisch.

»Ach, das ist das Erbsenpüree, das wir gestern zum Kabeljaurücken hatten. Ich hab das in den Teig gemischt. Das wird super.«

Bei der Vorstellung ziehe ich eine Grimasse. Erbsenpüree im Frühstücksbrot?

»Ist Katinka zu Hause? Ich dachte, ich hätte sie heute Nacht kommen hören.«

»In der Küche lag ein Zettel, wir sollten sie schlafen lassen. Sie war spät zu Hause und hat heute frei.«

»Aber dann kannst du hier doch nicht so herumhämmern!«

Melker sieht mich an, legt den Kopf schräg und runzelt die Stirn.

»Also, was willst du eigentlich? Was ist wichtiger? Die Küche rechtzeitig fertig zu bekommen oder Katinka schlafen zu lassen?«

Ich grunze etwas und verlasse das Chaos. Nehme eine Tasse frisch aufgebrühten Kaffee mit. Ein Pling im Telefon erregt meine Aufmerksamkeit. Gott sei Dank, dass ich wenigstens SMS schicken und empfangen kann.

Sorry wegen gestern.

Ich lasse mich aufs Sofa fallen. Starre Kajsas Mitteilung an und versuche, ihr einen Sinn zu entnehmen. Bei mir braucht sie sich doch nicht zu entschuldigen, begreift sie das nicht? Ich will sie sofort anrufen, überlege es mir aber anders. Wahrscheinlich ist sie zu Hause, und dann ist Håkan in der Nähe. Und ich weiß noch immer nicht, wie ich mit dieser Situation umgehen soll. Ich beschließe, mich über Möglichkeiten zu informieren, wie man eine gute Gesprächstherapeutin findet, denn ich bin davon überzeugt, dass Kajsa mit jemandem reden sollte, nicht nur mit mir als Freundin.

Dann kommt das nächste Pling.

Du bist der glatte Wahnsinn, Amy. Überall ist die Rede von dir, warum antwortest du nicht? Ich habe dich getaggt, finde dich aber nicht auf Facebook. Hab dein Instagram-Konto überprüft. Da bist du auch nicht. Was treibst du eigentlich?

Die Mitteilung stammt von einer Bekannten, die natürlich keine Ahnung davon hat, dass ich auf Entzug von den sozialen Medien bin. Aber ich antworte nicht, das muss warten.

Stattdessen schnappe ich mir Papier und Kugelschreiber. Schreibe in aller Eile auf, was mir durch den Kopf geht und was ich nicht vergessen darf.

Kajsa anrufen
Gesprächstherapien googeln, rausfinden, wie man Termine bekommt
Signieren um eins
Kleider für die Fernsehsendung

Und ich erstarre. Anspannung und freudige Erregung erfüllen meinen Körper. Ich denke darüber nach, was ich gerade geschrieben habe. *Fernsehsendung.*

Ich weiß jetzt, wie Ola das Interesse der Medien an mir geweckt hat. Sex sells, und er findet, ich solle über Erotik schreiben. Das Problem ist, dass er zu feige war, mir das offen zu sagen. Ich habe Melker gestern Abend erzählt, dass Ola TV4 gegenüber angedeutet hat, dass ich Erotic Crime schreiben werde. Er hat mich nur angestarrt.

»Willst du das denn?«

»Nein, aber das verkauft sich. Sex sells. Aber die Antwort lautet: Nein, das will ich nicht.«

»Dann finde ich, solltest du so etwas auch nicht schreiben.«

Ich weiß, dass er recht hat, und ich werde auch nicht über Erotik schreiben. Aber das weiß Ola nicht, und im Moment soll er es auch nicht erfahren. Ich werde für Schlagzeilen sorgen, danach kann ich immer noch einen Ausweg finden. Ich habe heute Nacht wach gelegen und hin und her überlegt, wie ich mich morgen verhalten soll, wenn ich im Fernsehstudio sitze, und ich glaube, ich weiß, was ich tun werde. Ich muss über meine Strategie lachen. Ich weiß, dass Ola das fast Unmögliche geschafft hat. Ich werde als unbekannte Autorin mit einer ebenso unbekannten Romanserie im Fernsehen auftreten, und dafür muss ich ihn loben. Aber er ist listig wie eine Schlange, er windet sich und erzählt mir nur die halbe Wahrheit. Jetzt bin ich diejenige, die zur List greift. Ich werde seiner Strategie folgen, aber danach werde ich alles auf meine Weise regeln. Ich glaube, er wird staunen.

Ein Geräusch aus der Küche reißt mich zurück in die Wirklichkeit. Eine Art beunruhigendes *Klonk*, wie etwas, das gegen Eisen schlägt. Und Melkers Gebrüll: »Scheiße!«

Ich blinzele. Soll ich wagen, nachzusehen? Aber dann brüllt er mit wachsender Lautstärke weiter:

»Scheiße, Scheiße, Scheiße!«

Melker flucht nie. Ich stürze in die Küche. Der Anblick, der mich dort erwartet, ist … unwirklich.

Wasser sprudelt. Überall ist Wasser. Melker versucht, die Wasserflut mit allen Küchenhandtüchern zu stoppen, die er finden kann, während er gleichzeitig immer heftiger flucht.

»Was ist passiert?«, schreie ich. »Was hast du gemacht?« Melkers wütendes Gesicht ist Antwort genug.

»Hilf mir, zum Teufel! Hol Plastiktüten! Große Müllsäcke! Die liegen im Schuppen. Und Klebeband. Hol Klebeband! Oder große Decken oder was auch immer, damit ich etwas um das Rohr wickeln kann. Und stell verdammt noch mal das Wasser ab.«

»Okay.«

Ich stürze in den Schuppen und schaue mich voller Panik um. Wo liegen die Müllsäcke? Wo stelle ich das Wasser ab? Was soll ich als Erstes tun? Dann sehe ich eine schwarze Rolle, und auf dem Arbeitstisch liegt etwas, das sicher als Klebeband herhalten kann. Ich renne zurück ins Haus, reiße die Decke vom Esstisch und stolpere über eine verdammte Säge, stürze zu Boden und knalle mit dem kleinen Zeh gegen ein Stuhlbein, dann werfe ich meinem knallrot angelaufenen Mann Säcke, Decke und Klebeband zu.

Ich schreie vor Schmerz, als ich da auf dem Boden liege. Melker brüllt mich an, ich solle sofort den Haupthahn zudrehen, als ob ich zum Vergnügen hier läge! Ich bin durchnässt von all dem Wasser, das wie eine Fontäne aufspritzt und das er noch immer nicht zum Stillstand gebracht hat. Und in diesem Moment kommt Katinka nur in der Unterhose angerannt.

»Was macht ihr denn hier?«

Mit einer Schnelligkeit, die ich meiner Tochter niemals zugetraut hätte, erfasst sie die Lage und schreit:

»Wo wird das Wasser abgestellt?«

Melker brüllt die Antwort, worauf Katinka barfuß in den verschneiten Garten hinausläuft. Während ich noch daliege und jammere, sehe ich, dass dort, wo früher das Spülbecken war, ein Rohr herunterhängt. Verzweifelt wickelt Melker zuerst die Tischdecke und dann die Plastiksäcke um das Rohr, reißt mit den Zähnen Klebeband ab und wickelt immer mehr Plastik um das Rohr, während er weiterklebt, damit alles festsitzt und das Leck fürs Erste abgedichtet ist. Ich liege noch immer auf dem Boden. Mein Zeh ist bereits angeschwollen und tut höllisch weh.

Dann versiegt die Flut. Es wird seltsam still, schließlich kommt Katinka herein, ihr halbnackter Leib ist zum Teil von Schnee bedeckt.

»Oh, mein Gott! Danke, Katinka!«, flüstert Melker und lehnt sich an die Wand, während er zwischen riesigen Wasserlachen auf dem Boden sitzt. Katinka lässt sich neben ihn sinken und versucht, sich den Schnee von den Armen zu wischen.

»Was ist passiert, Papa?«

Melker kneift die Augen zusammen, ehe er antwortet. Als würde er etwas vor sich sehen, das er lieber auslöschen möchte. Er schneidet eine Grimasse.

»Ich wollte ein Brett weghauen, das von der alten Küche noch übrig war. Nur habe ich so hart mit dem Hammer zugeschlagen, dass ich das Gleichgewicht verloren und falsch getroffen habe. Ich habe die Wasserleitung zerschlagen.«

Es ist totenstill. Ich wage nicht einmal zu jammern. Wir hatten eine chaotische Küche, die aber doch auf dem Weg der Besserung war. Jetzt haben wir eine Küche, die eine Katastrophe ist. Eine verdammte Scheiß-Überschwemmung.

»Und was machen wir jetzt?«, fragt Katinka.

»Weiß nicht. Ich muss unbedingt einen Klempner anrufen. Jetzt sofort.« Er steht auf und lässt uns in der Wasserhölle sitzen. Ich sehe vor mir, wie Weihnachten buchstäblich ins Wasser fällt. Aber ich kann nichts sagen, denn Melker jetzt an Weihnachten zu erinnern wäre keine gute Idee. Mühsam stehe ich auf und stöhne, weil mein Zeh so wehtut.

»Wie schlimm hast du dich verletzt?« Katinka sieht mich an.

»Das hört gleich auf«, lüge ich. »Katinka, mein Schatz, zieh dich an, du zitterst ja vor Kälte.«

In drei Stunden muss ich Bücher signieren, denke ich düster. Ich will nur noch absagen. Ich verkaufe ja doch nichts. Die Signierstunden sind völliger Blödsinn – wenn man nicht richtig bekannt ist, wie Camilla Läckberg oder Leif GW Persson. Camilla hat rund sechsundzwanzig Millionen Bücher verkauft. Ich dagegen vielleicht fünfhundert. Großzügig geschätzt.

»Klappt das mit der Kaution für das Haus?«, höre ich hinter mir.

»Sprich mit Papa«, antworte ich, zu feige, um mich diesem Thema zu stellen. Melker und ich haben gestern Abend darüber gesprochen, dass unsere Tochter einen Mietvertrag unterschrieben hat und erwartet, dass wir bezahlen, ohne uns auch nur gefragt zu haben. Im Moment bringe ich es nicht über mich, ihr zu erklären, dass es so nun wirklich nicht geht. Und ich fasse es kaum, wie ich jetzt daran denken kann, mitten im Wasserchaos. Deshalb schiebe ich das Problem Melker zu.

Bitte sehr.

Ich hinke ins Badezimmer, ziehe mich aus und streife einen warmen Frotteemantel über. Düster betrachte ich meinen Zeh und sehe, wie der anschwillt und blau wird. Wunderbar. Morgen werde ich auf Strümpfen ins Studio rutschen müssen. Ein Blick in den Spiegel zeigt mir, dass der lästige graue Ansatz ganz unten an der Kopfhaut in den letzten Tagen auf seltsame Weise gewachsen ist. Aber wer wusste denn vorgestern schon, dass ich im Fernsehen auftreten würde?

Ich kneife die Augen zu und sehe mich in der Morgensendung vor mir. Schüttele mich, denke, das ist Wahnsinn. Aber trotz meiner Nervosität, eines rotblauen Zehs, eines Meeres in der Küche und einer Romanserie mit Erotic Crime lache ich.

Ich habe einen Plan.

Der ehemalige Küchenboden ist jetzt nur noch eine Erinnerung. Als ich nach der Signierstunde nach Hause komme, mit vier verkauften Büchern und – trotz hysterischer Suche – keinem einzigen gekauften Weihnachtsgeschenk, starre ich das an, was einmal meine Küche war. Melkers bloßer Oberkörper ist schweißnass. Mit düsterer Miene stemmt er die aufgequollenen Bodenbretter hoch. Sein Blick wirkt wie der eines geprügelten Hundes. Ich lächele tapfer und sage genau das, was ich jetzt sagen muss, was ich aber nicht meine. Ich meine nicht eine einzige Silbe.

»Das macht nichts, Melker. Wir … wir bestellen bei einer Cateringfirma Weihnachtsessen. Oder vielleicht können wir zu Mama und Papa gehen.« Der letzte Satz war ungeplant, er ist mir einfach so herausgerutscht. Ich weiß, dass Melker nicht bei meinen Eltern Weihnachten feiern will. Und dass meine Eltern diese Mühe nicht auf sich nehmen wollen. Sie wollen sich an den gedeckten Tisch setzen, auch wenn sie stolz ein paar Gerichte dazu beisteuern.

»Ich finde schon eine Lösung«, antwortet er verbissen.

Ich weiß, ich sollte den Mund halten. Aber das geht nicht.

»Wie denn? Melker, das Wasser ist überall eingedrungen, in jede Ritze. Du kannst mit dem Schrank erst weitermachen, wenn das Leck repariert ist. Und wenn wir einen neuen Boden haben. Und du kannst erst fliesen, wenn der Schrank steht. Die Spülmaschine ist bestellt, aber ohne Wasser … und so weiter. Und der Elektriker hat die Grippe.«

»Ich habe über einen Notdienst einen Klempner gefunden.«

»Für wann?« In mir leuchtet ein minimaler Hoffnungsfunke auf.

»Morgen.«

Dann vielleicht, vielleicht. Ich muss positiv denken.

Melker klinkt sich aus unserem Gespräch aus und steckt sich wieder die Kopfhörer in die Ohren. Er hat immer Stöpsel in den Ohren, und ich finde, das widerspricht seinen Klagen über mich und meine Zeit vor dem Bildschirm, aber er findet, dass Hörbücher hören nicht zählt. Das sei nämlich *Bildung*. Er hört sich nur Sachbücher und historische Romane an. Das findet er männlich. Der arme Melker, er kapiert rein gar nichts, was mit Gleichstellung in unserer modernen Gesellschaft zu tun hat.

Ich humpele zum Sofa und setze mich hörbar stöhnend. Mein kleiner Zeh pocht vor Schmerz, kein Wunder, da ich ihn zu allem Überfluss auch noch in einen engen Stiefel gequetscht habe. Aber im Samstagsgewimmel stehen und signieren geht nicht ohne elegante Fußbekleidung. *Wer schön sein will, muss leiden,* wie meine Mutter mir schon als Kind eingehämmert hat.

Kajsa taucht in meinen Gedanken auf, und ich denke über ihre SMS von heute Morgen nach. Sie ist vermutlich traurig und ängstlich, weil in ihrem Leben so viel passiert, und gerade in einer solchen Situation ist Freundschaft wichtiger denn je. Ich klicke ihre Nummer an, und sie meldet sich sofort.

»Hallo!« Übertriebene Freude trifft auf mein Ohr.

»Hallo. Kannst du reden?«

»Natürlich. Worum geht es denn?«

Und schon ist mir klar, dass sie einen Deckel auf alles gelegt hat. Aber so leicht soll sie mir nicht davonkommen. Sie hat mir vorhin doch ein »Sorry« geschrieben.

»Um deine Beziehung zu Robin. Unter anderem.«

»Amy … du übertreibst. Das war doch nur ein Jux, wir haben keine *Beziehung*. Ich war wirklich im Kino, aber mit einer alten Kollegin, die ich seit einer Ewigkeit nicht mehr gesehen hatte. Håkan wird leicht eifersüchtig – ohne Grund –, und manchmal habe ich einfach keinen Nerv, mich zu rechtfertigen. Ich habe zur Sicherheit dich vorgeschoben, falls er fragt, da er diese Kollegin nicht kennt. Aber ich hatte ja keine Ahnung, dass du die sozialen Medien aufgegeben hast. So was musst du mir doch sagen! Und du behauptest, andere hätten Geheimnisse!«

»Und wie war das Ende?«

»Was?«

»Hat dir das Ende des Films gefallen?«, frage ich.

»Äh, ja. Das war in Ordnung. Warum fragst du?«

»Du hast zu Håkan gesagt, der Schluss sei daneben gewesen. Total daneben. Du hast sogar mehrfach betont, wie total daneben der Schluss war, wenn ich das richtig verstanden habe. Aber vielleicht hast du dir die Sache ja anders überlegt?«

»Oder er hat nicht richtig zugehört.«

»Ja, vielleicht. Oder du erinnerst dich nicht, weil du erst um zwei Uhr nachts nach Hause gekommen bist, was?«

»Na ja, nicht so spät. So lange dauert doch kein Film.«

»Da hast du recht. Also erzähl, was du bis zwei Uhr nachts gemacht hast. Noch eine Auskunft von Håkan, falls du wissen willst, woher ich das weiß.«

Es wird still. Ich hoffe, dieses Verhör kann sie aufrütteln und sie dazu bringen, mit mir zu reden.

»Ich begreife nicht, wovon du redest.«

»Du willst es nicht begreifen, oder?«

»Amy, das ist alles nicht der Rede wert. Und ich finde, wir sollten jetzt über dich sprechen. Wo du doch ins Fernsehen kommst. Hallo! Warum reden wir nicht darüber? Das ist doch der glatte Wahnsinn! Es stand bei Facebook, das interessiert dich vielleicht, wo du dich jetzt nicht mehr da rumtreibst.«

Ich hole Luft. Warte darauf, dass mein Puls sich beruhigt. Die Enttäuschung darüber, dass sie mich außen vor lässt, ist groß. Ist das schon irgendwann einmal vorgekommen? Gibt es Situationen, die ich absichtlich verdrängt habe, die ich nicht wahrhaben will? Aber dann atme ich wieder aus und beschließe, nicht aufzugeben. Die Gelegenheit zum Reden wird sich schon noch finden, ich muss ihr Zeit lassen.

»Du hast das auf Facebook gesehen? Wer hat das geschrieben?«

Die Einzigen, denen ich bisher davon erzählt habe, sind Sabina und Kajsa, und sie kennen sich nicht gegenseitig.

»Sabina!«

»Ach. Du bist also neuerdings auf Facebook mit Sabina befreundet?«

»Sicher. Das ist ja wohl kein Wunder. Ich habe sie bei ihrer Buchvorstellung kennengelernt, du erinnerst dich vielleicht.«

»Ja, ja. Aber hast du denn überhaupt mit ihr gesprochen? Oder reicht es, dass du mit ihrem Mann ›zu tun hast‹?« Ich kann mir diese Frage nicht verkneifen. Aber Kajsa lacht nur.

»Vielleicht. Aber sag, was willst du anziehen?«

»Ich weiß nicht. Ich muss mir das noch überlegen, es kam so plötzlich, und außerdem hab ich mir den kleinen Zeh verletzt, ich komme kaum noch in einen normalen Schuh.«

»Dann spielst du eben Hippie und trittst in einem langen Kleid und barfuß auf.«

»Hm, da könnte ich mir immerhin von Katinka etwas leihen. Sie will übrigens ausziehen.«

»Wird ja auch Zeit.«

Kajsa hat mehr als einmal angedeutet, dass es ungesund sei, zu Hause zu wohnen, wenn man bereits zweiundzwanzig ist und einen Job hat. Das kleine Detail, dass man dann auch eine Wohnung braucht, ignoriert sie geflissentlich. Ihre Zwillingstöchter studieren in Örebro und haben dort eine Studierendenwohnung gefunden. Ich bin gespannt, wie sie das Problem lösen werden, wenn sie ihr Examen haben und eine Wohnung brauchen. Eine dauerhafte Wohnung.

Nachdem wir das Gespräch beendet haben, stellt sich Leere ein. Kajsa fehlt mir, unsere Ehrlichkeit und Vertraulichkeit. Nichts kommt mir noch echt vor, und ich weiß nicht, wie ich mich verhalten soll.

Ich finde Melker in der Küche. Wo sonst?

»Weihnachtsgeschenke.«

Er schaut auf. Schüttelt den Kopf.

»Was ist denn mit Weihnachtsgeschenken?«

»Ich habe noch kein einziges gekauft.«

»Aber es sind ja noch über zwei Wochen.«

»Ich habe nicht mal eine Liste.«

Er richtet sich auf, kehrt dem Fußboden, dem Leck und seiner provisorischen Flickarbeit den Rücken zu.

»Keine Liste? Wie kann das möglich sein? Ohne Listen kannst du doch nicht leben.«

»Das ist es ja gerade. Ich habe versucht, eine Liste zu erstellen, aber niemand teilt mir mit, was ich aufschreiben könnte. Katinka will kein Geschenk, sie findet, wir sollten das Geld spenden. Hugo dagegen will lieber Geld, einen möglichst dicken Briefumschlag. Von dir höre ich keinen Mucks, und …«

»Amy, aufhören!«, fällt er mir ins Wort. »Du baust Gebirge aus Kieselsteinen, wie üblich. Zieh dich jetzt lieber um. Bei diesem Chaos können wir ja doch nicht zu Hause essen. Und du solltest dich beruhigen, du hast viel im Kopf, und morgen musst du nach Stockholm.«

»Und diese verdammte Wette«, rufe ich. »Ich begreife nicht, wie ich mich darauf einlassen konnte. Ich krieg gar nicht mehr mit, was passiert!«

»Was genau kriegst du nicht mit?«

»Was alle über mich schreiben.«

Melker lacht.

»Über dich schreiben? Geliebte Amy, es ist grandios, dass du einen neuen Verlag hast und dass du im Fernsehen auftrittst, aber jetzt mal ganz im Ernst, im Leben passieren auch noch andere Dinge.«

»Himmel! Du hast doch keine Ahnung!«, gebe ich wütend zurück.

Er sagt nichts mehr. Ich starre ihn an, den Mann, der mich in den Wahnsinn treibt. Da stehen wir also und lassen das Schweigen reden. Ich verlagere mein Gewicht von einem Fuß auf den anderen, und das Unbehagen wächst, bis ich mich nicht mehr beherrschen kann.

»Ich scheiße auf deine Wette!«

Melker macht ein unergründliches Gesicht.

»Okay«, sagt er schließlich. »Das überrascht mich jetzt, Amy, du bist doch sonst eine Siegernatur. Ist es denn so wichtig für dich, zu wissen, was auf Facebook und Instagram passiert? Wir reden hier von einer Woche, einer elenden kleinen Woche!«

»Aber es ist nicht nur das!«, heule ich. »Sondern alles. Ich habe zum Beispiel kein Telefon, mit dem ich die Listen von Adlibris überprüfen kann. Was, wenn mein Buch sich besser verkauft, jetzt, wo mein Name häufiger zu sehen ist?«

»Aber das kannst du doch auf dem Computer nachsehen?«

»Aber …?«

»Worum es mir geht, ist deine Abhängigkeit vom Handydisplay, Amy. *Und* dein ständiges Bedürfnis nach den sozialen Medien. Wenn du auf das Telefon verzichten kannst, ist das wunderbar. Natürlich kannst du irgendwelche Websites aufrufen, den Rechner schleppst du schließlich nicht überall mit hin, oder?«

Ich starre ihn an. Warum hat er das nicht gleich gesagt?

»Aber … dann bin ich gar nicht von allem ausgeschlossen?«

»Wer hat behauptet, dass du das sein sollst? Natürlich kannst du online lesen, Amy, ich wollte dich vom Handydisplay wegholen, aber ich will dich doch nicht bestrafen. Bitte, mach weiter mit der Pause von den sozialen Medien. Ich bin sicher, du schaffst das, jetzt sind es doch nicht mehr viele Tage.«

Mein Melker, der mich bittet, innezuhalten und meinen Trott zu durchbrechen. Der nur mein Bestes will. Aber meine Unruhe wird dadurch nicht besänftigt. Ich bin zum Bersten erfüllt von allem, was mit meinem neuen Verlag zu tun hat, von Olas Wunsch nach Erotic Crime, dem Vertrag über fünf Bücher, der mich glücklich und zugleich unbeschreiblich nervös macht, und von der Tatsache, dass ich im Fernsehen interviewt werden soll. Diese vielen Anforderungen drohen mich zu ersticken. Und Katinka, die Geld von uns will, Geld, das wir kaum entbehren können. Ich habe keine einzige Antwort auf meinen Versuch bekommen, neue Werbeaufträge einzuholen, nicht einmal Ida hat sich seit unserem Gespräch wieder gemeldet. Im Moment kommt mir Melkers Forderung nach Verzicht auf soziale Medien einfach unerfüllbar vor, auch wenn in mir eine gewisse Hoffnung aufflackert, seit mir klar geworden ist, dass ich immerhin am Computer surfen darf. Wieso habe ich das nicht gleich begriffen?

Dann tue ich das, was man eben tut, wenn man keine Worte findet. Ich wechsele das Thema.

»Gute Idee. Ich habe Hunger. Wir gehen essen.«

8. DEZEMBER, SONNTAG

Das Taxi steht vor dem Tor. Es ist windstill, nur wenige Grad unter null, und im Licht der Straßenlaternen funkeln Tonnen von Schnee. Die Schneewälle am Straßenrand werden jeden Tag höher und breiter. Es ist eine Winterlandschaft, bei der wirklich alle ein bisschen andächtig werden können. Große leichte Schneeflocken rieseln aus den Wolken herab und sehen aus wie kleine Wattebäusche.

Es ist halb fünf Uhr morgens. Der Flug nach Bromma geht um halb sieben. Ola hatte mir die Fluginfos zum Einchecken per SMS geschickt, aber ich habe noch immer nicht mit ihm gesprochen. Ich finde das feige von ihm. Wir müssten uns doch treffen, wo ich ohnehin in Stockholm bin, und über meine kommenden Bücher sprechen. Aber auf diesen Vorschlag hat er nicht einmal geantwortet. Das ist gemein von ihm. Er müsste mich jetzt doch unterstützen, müsste eigentlich zum Sender kommen, in der Nähe sein, ich bin so nervös, dass ich kaum schlucken kann. Im Moment fehlen mir Torsten und seine Leute bei Ord i Bok. Bei denen habe ich mich immer sicher und gut aufgehoben gefühlt.

»Flughafen Landvetter«, sage ich zum Taxifahrer, obwohl er das schon weiß. Mehr zu sagen bringe ich nicht über mich, es ist zu früh am Morgen, und ich habe noch immer nicht verkraftet, dass ich mich mit Wasser waschen musste, das wir gestern Abend in Eimern vom Nachbarn herübergeschleppt haben.

Plötzlich fällt mir ein, wann ich das letzte Mal Taxi gefahren bin: Als Katinka und Adam den Unfall hatten. Was hatte ich da für eine Angst! Jetzt kommt es mir vor, als wäre das gar nicht passiert, wie seltsam. Das Leben geht weiter. Mit einem Mal versetzt mir mein schlechtes Gewissen einen Stich, ich habe total vergessen, den freundlichen Taxifahrer zu bezahlen, der Melker und mich einfach so aussteigen ließ. Ich durchwühle die Taschen des Mantels, den ich an dem Abend anhatte, und ganz unten finde ich das Gesuchte. Ahmeds Visitenkarte.

Eilig schreibe ich eine Nachricht an Melker mit der Bitte, die Kosten für die Taxifahrt zusammen mit einem großzügigen Trinkgeld an die Nummer auf der Karte zu überweisen, und schicke sicherheitshalber noch eine SMS an den Taxifahrer, damit er begreift, woher das Geld kommt.

Danke für Ihre Menschlichkeit, als Sie mich und meinen Mann am Montag zum Krankenhaus gefahren haben, nachdem unsere Tochter in einen Verkehrsunfall verwickelt worden war. Alles ist gut gegangen, und sie ist wieder zu Hause. Ich habe das Geld gerade überwiesen, entschuldigen Sie die Verspätung. MfG, Amy Strandberg

Wir kommen nur langsam voran, und ich werde nervös.

»Können Sie nicht ein bisschen schneller fahren?« Ich weiß, diese Frage ist überflüssig, aber ich kann sie mir nicht verkneifen.

»Es ist glatt, und überall liegt tiefer Schnee. Es wird nicht so schnell geräumt, wie neuer Schnee dazukommt. Aber immer mit der Ruhe, wir kommen schon noch rechtzeitig, Sie werden sehen.«

Ich lasse mich zurücksinken und schließe die Augen. Versuche, mich zu entspannen, ich kann ja doch nichts ändern. Die Sorge, dass ich zu spät komme, dass der Flug verspätet losgeht oder eingestellt wird … diese verdammte Unruhe wird mich noch umbringen!

Und der Stress belastet mich in so vieler Hinsicht. Als Melker und ich gestern Abend aus dem Restaurant kamen, stopfte Katinka gerade Kleider in Plastiksäcke und Taschen.

»Was machst du?«, fragte ich.

»Wonach sieht das wohl aus?«, antwortete sie schnippisch. »Ich packe. Falls ihr das noch immer nicht kapiert habt, ich ziehe aus. Außerdem gibt es hier ja nicht mal eine funktionierende Küche oder heißes Wasser zum Duschen.«

Die nun folgende Diskussion verlief hitzig. Es ist gut, dass Katinka große Pläne hat und dass sie auch etwas davon ausführt, aber oft vergisst sie leider, dass auch wir ein bisschen was damit zu tun haben. Jetzt braucht sie Geld, sehr viel Geld.

»Und wann soll die Kaution gezahlt werden?«, fragte Melker, nachdem er sich ein klares Bild der Lage verschafft hatte.

»Das habe ich Mama schon gesagt.«

»Aber jetzt frage *ich* dich. Und was ist mit der Wohngemeinschaft? Besteht die nur aus dir und Adam? Dann wird die Miete aber ganz schön teuer.«

»Himmel, was machst du bloß für Probleme, Papa! Sieh doch lieber die Möglichkeiten, denn auf die Weise setzt man positive Energien frei, keine so negativen, wie du gerade jetzt auf mich ablädst. Wir schaffen das! Es gibt jede Menge Menschen, die gern bei uns einziehen würden.«

Von diesem Moment an überließ ich es Melker, mit der Situation fertigzuwerden, und ging nach oben, um mir Kleider für den nächsten Morgen herauszusuchen. Die Stimmen der beiden wurden mehrere Male laut, aber ich versuchte, nicht zuzuhören. Ich wollte nicht und hatte auch keine Kraft.

Eine SMS leuchtet in meinem Telefon auf, und ich sehe, dass sie von Ola kommt. Er ist also schon wach? Und er sendet mir vor dem ersten Fernsehauftritt meines Lebens ein Lebenszeichen. Danke, Ola, denke ich bitter.

Hau rein! Du bist mein Star, und ich werde vor der Glotze kleben! Arnells postet deinen Auftritt in allen Medien, teil du auch wie verrückt. Und spar nicht an Pulver, Herzchen! Denk dran: verkaufen, verkaufen, verkaufen, und hab keine Angst zu übertreiben. An Einzelheiten erinnert sich nachher ohnehin niemand. Ola
PS: Schaff im Moment kein Treffen. Wir machen das nach den Feiertagen.

Etwas an seiner Ausdrucksweise passt mir überhaupt nicht. Und wieso »Herzchen«? Aber dann sage ich mir – wieder –, was ich für ein Glück habe, dass ich bei Arnells gelandet bin. Meine schriftstellerische Arbeit wird bald zu voller Blüte gelangen. Und ich habe beschlossen, bei diesem Spiel mitzumachen.

Meine Gedanken wandern zu meinem Vertrag über fünf Bücher. Über die ich gleich im Fernsehen reden soll. Wie schreibt man erotische Texte, ohne dass es peinlich wirkt? Ich versuche, hier auf der dunklen Rückbank des Taxis, eine Szene zu ersinnen. Schließe die Augen und formuliere in Gedanken:

Heiße Hände streicheln ihre Brust. Sie zittert und will mehr. Gewaltsam presst er seinen Körper gegen ihren und stöhnt. »Du machst mich so geil. Ich will dich!« Seine Stimme klingt heiser. Aber ihr kommen doch Zweifel. Wagt sie es, weiter zu gehen? Immerhin steht er unter Mordverdacht.

»So, da wären wir.« Die Stimme des Fahrers holt mich zurück in die Gegenwart. Ich kichere. Wer zum Henker würde das lesen wollen, was ich da gerade zusammengesponnen habe? Das war schlechter als hoffnungslos schlecht.

Ein Blick auf die Uhr zeigt, dass es Viertel vor sechs ist, wir haben wirklich lange gebraucht, um herzukommen. Ich bezahle und laufe in die warme Halle. Mit gesenktem Kopf haste ich so schnell, wie mein schmerzender kleiner Zeh, den ich zu allem Überfluss in einen zu engen Stiefel gequetscht habe, das erlaubt. Wenn man schon im Fernsehen auftritt, kann man doch keine Rücksicht auf einen Zeh nehmen, der – leider – rot und geschwollen war, als ich aufgewacht bin.

In der Schlange vor der Sicherheitskontrolle ziehe ich mein Telefon hervor und schreibe die Antwort.

Unterwegs. Bin nervös. Werde mein Bestes tun. Wenn du es schaffst, kannst du gern ins Studio kommen und mich unterstützen. Auch wenn es mit der Besprechung nicht klappt.
Amy

Ich lege Gürtel und Armband ab und lege sie auf das Fließband, ehe ich durch die Sicherheitskontrolle gehe. Kein Piepsen. Gleich darauf laufe ich zum Flugzeug.

Ich bin unterwegs.

»Soll ich dir Locken machen?«

Die Frau in der Schminke heißt Lena. Sie hat eine warme Stimme und ein hilfsbereites Lächeln. In dem nicht besonders großen Raum herrscht wilder Betrieb. Eine Familie mit kleinen Kindern, die vor mir interviewt werden soll, sitzt ebenfalls hier. Während die Eltern zurechtgemacht werden, toben zwei kleine Jungen umher, sie müssen Zwillinge sein, denn es ist unmöglich, sie auseinanderzuhalten. Sie haben eine Art Spiel, bei dem offenbar laut geschrien werden muss. Meine Kopfschmerzen werden schlimmer, je lauter die beiden schreien, und ich muss mich gewaltig zusammenreißen, um nicht noch lauter als sie zu brüllen, dass sie endlich die Klappe halten sollen. Ihre Eltern scheinen eine ziemlich freie Erziehungsform zu vertreten.

»Na ja, nicht gerade Locken, aber doch vielleicht ein bisschen Fülle? Ich will nicht unnatürlich aussehen, ich will ich sein, meine ich. Und kein zu kräftiges Make-up, bitte.«

»Natürlich nicht. Es geht doch darum, dass du dich wohl fühlst.«

Irgendwer drückt mir einen Becher Kaffee in die Hand, gleich darauf verschwindet die Familie, und Ruhe kehrt ein. Ich merke, wie alle im Zimmer aufatmen. Der Kaffeeduft steigt mir in die Nase, ich kann den Moment genießen und mich auf das konzentrieren, was jetzt kommen wird.

»Bist du zufrieden? Oder soll ich noch etwas verändern?«, fragt Lena nach einer Weile.

»Das ist wunderbar so. Danke. Kannst du nicht jeden Morgen zu mir nach Hause kommen?«, frage ich und lache.

Ich finde mich wirklich schön so. Gestern habe ich beschlossen, gut aussehen zu wollen, ohne aufzufallen, und das ist mir offenbar gelungen, ich trage ein klassisches schwarzes Kleid und dazu hohe schokoladenbraune Velourslederstiefel.

Eine Angestellte des Senders führt mich in den Raum hinter der Bühne, wo alle auf ihren Auftritt warten. Hier ist ein üppiges Frühstücksbuffet aufgetischt, aber an Essen kann ich nicht einmal denken, die Nervosität verdrängt jedes Hungergefühl. Eine leichte Übelkeit lauert im Hinterhalt, aber ich fülle meinen Becher doch zum dritten Mal mit Kaffee.

Und dabei trinke ich nicht einmal besonders gern Kaffee.

»Hallo! Ich heiße Elisabeth. Du bist Amy, oder?«

»Ja, stimmt.«

»Was für ein schönes Kleid!«

Elisabeth setzt mir vorsichtig ein Headset auf, so, dass das kleine Mikro schräg vor meinem Mund schwebt. Mir wird erklärt, wie ich hineinreden soll und was passieren wird.

»Du bist bald an der Reihe. Du gehst während der Werbepause ins Studio, dann kannst du dich in Ruhe so hinsetzen, dass es dir bequem ist. Du siehst wirklich großartig aus. Keine Angst, das wird supergut laufen.«

Alles kommt mir unwirklich vor. Ich verlasse den Raum, in dem ich mich sicher gefühlt habe, schlucke und folge Elisabeth ins Studio. Kameraleute und Techniker stehen an ihren Posten, aber ich sehe sie kaum. Ich setze mich auf das Sofa, das ich zu Hause in meinem geborgenen Leben Millionen Mal gesehen habe, aber jetzt sitze ich darauf und fühle mich alles andere als geborgen. Der Moderator stellt sich vor.

»Hallo, Amy! Ich heiße Peter! Wir gehen in ungefähr einer Minute auf Sendung. Du kannst auf dem Monitor da sehen, wenn wir im Bild sind.« Er zeigt auf einen ungefähr einen Meter von mir entfernten Bildschirm. »Aber wir zählen im Countdown, du brauchst dir also keine Sorgen zu machen, und ich fange dann damit an, dass ich dich vorstelle. Okay?«

»Okay«, mehr bringe ich nicht heraus.

»Danach frage ich dich nach deinen kommenden Büchern, wie du in Kontakt mit deinem neuen Verlag gekommen bist, und was dir in jungen Jahren passiert ist und dich inspiriert. Ja, und dann wären wir auch schon so weit.«

Was dir in jungen Jahren passiert ist.

Plötzlich bin ich in einer Live-Sendung, und jetzt kommt es darauf an. Ich hole tief Luft und mache mich bereit zum Angriff.

Wie bist du auf die Idee gekommen, Erotic Crime zu schreiben?«

Der Moderator sieht mich an und lächelt. Bisher war das Interview harmlos, aber jetzt kommt er zur Sache. Ich schlucke nervös. Worauf habe ich mich bloß eingelassen?

»Es kam mir ganz natürlich vor, mich für ein Genre zu entscheiden, bei dem ich auf meine eigene Jugend zurückblicken und aus meinen früheren Erfahrungen schöpfen kann.«

»Genau, ja. Du blickst auf eine Karriere als Poletänzerin zurück. Erzähl mehr davon, was ist damals passiert und wie hat es dich inspiriert!« Die Augen des Moderators leuchten. Hier hat er eine Gesprächspartnerin, die offenbar bereit ist, sich vor laufender Kamera zu entblößen. Ich schalte alle Warnglocken aus und lege los, so, wie ich es beschlossen habe.

»Ich habe mit Poledancing angefangen, als ich noch studiert habe. Das ist ein Sport, der Muskeln, Geschmeidigkeit und Präzision verlangt, und ich fand das witzig und herausfordernd. Eines Tages sah ich die Annonce einer Bar, die Tänzerinnen suchte.«

»Und diese Bar entpuppte sich dann als Striptease-Bar?«, fällt Peter mir ins Wort.

»Ich habe sie nicht als Striptease-Bar betrachtet, für mich war sie wie jede andere Bar auch, es war jedenfalls kein illegaler Club. Ich habe erst nach einer Weile gemerkt, dass gewisse Kunden von der … eher zweifelhaften Sorte waren, so könnte man das vielleicht sagen.«

»Und dann sind Dinge passiert, mit denen du nicht gerechnet hattest, wenn ich das richtig verstanden habe?«

Meine Wangen glühen, und ich brauche dringend Wasser.

»Ich war jung und wollte nur mein Studiendarlehen ein bisschen aufbessern.«

»Ich kann ja verstehen, dass es dir schwerfällt, darüber zu reden. Aber es kam dann nicht so, wie du erwartet hattest, oder?«

Ich muss mich zusammenreißen. Na los. Weitermachen und drauflosreden!

»Ja, es kamen dann Vorschläge …«

»Und was waren das für Vorschläge?«

»Tja …« Ich lege eine Pause ein, und die Luft zittert vor Erwartung einer tränentriefenden Geschichte. Ich krieche in mich zusammen, kann im Monitor sehen, wie klein und hilflos ich plötzlich wirke. Meine Stimme klingt schwach und elend, als ich schließlich weiterrede: »Vielleicht nicht immer so salonfähige, aber ich war jung, und es ist lange her. Heute kann ich kaum noch verstehen, dass ich nicht abweisender reagiert habe, aber so, wie es damals war, wurde stattdessen ich zum Opfer.«

Peter schaut mich mit teilnahmsvollem Blick an. Ein verständnisvoller Moderator. Mir wird schlecht, aber nun habe ich losgelegt und muss weitermachen.

»Du wurdest im Stripclub also sexuell belästigt?«, fragt er mit noch teilnahmsvollerer Miene. »Gab es mehrere solcher Episoden, und waren das verschiedene Männer?«

In meinem Kopf rauscht es, ich kann kaum noch klar denken. Vielleicht sehen gerade eine Million Menschen diesem

Auftritt zu. Ola hat gesagt, ich solle würzen, also gut. Ich räuspere mich und nehme einen neuen Anlauf.

»Nicht direkt belästigt, aber … wenn eine Tänzerin so spärlich bekleidet ist, ist sie ohnehin gefährdet. Die Bewegungen allein sind schon herausfordernd, und die Stimmung im Club war … etwas Besonderes. Es gab Männer, die wollten, dass ich weiter gehe als … ich selbst wollte.«

»Was hast du dabei empfunden?« Peter gibt sich nicht geschlagen.

»Unbehagen. Ich wollte nur tanzen, mehr nicht.«

»Sind noch andere Dinge passiert? Also, abgesehen von sexuellen … Vorschlägen?« Er nickt mir aufmunternd zu, aber der Bildschirm zeigt, dass mein Gesicht herangezoomt ist, deshalb sieht niemand seine Aufforderung.

»Ein Mann fing dann an, mir nachzustellen, wenn ich meine Schicht hinter mir hatte …« Was mache ich hier eigentlich? Ich lüge vor laufender Kamera, denke ich mit wachsender Panik. »Es ist einige Male passiert, derselbe Mann, meine ich … aber ich konnte immer entkommen, nur einmal nicht … aber das hat jemand gesehen, der gerade vorbeikam, und er hat mir geholfen, und …« Zu meinem Entsetzen merke ich, dass ich mit den Tränen kämpfe, total überwältigt von dieser unwirklichen Situation, in die ich mich gebracht habe. Peter sieht das alles, deutet es aber auf seine eigene Weise.

»Ich verstehe, dass es schwer ist, darüber zu reden …« Er verstummt und lässt der Kamera Zeit, meinen Gefühlssturm einzufangen. Ich schlucke und schlucke, während ganz Schweden sieht, dass ich gleich in Tränen ausbrechen werde.

»Danach habe ich gekündigt«, schließe ich meine Lüge ab. Ich blinzele, um die Tränen zu stoppen.

»Mit deiner Entscheidung für Erotic Crime … werden wir dabei also teilweise deine eigene Geschichte verfolgen?«

Peter nickt wieder auf seine aufmunternde Weise. Und jetzt, wo ich so viele Lügen erzählt habe, ist es schwer, damit aufzuhören. Mir ist klar, dass ich gefangen bin.

»Ja. Es wird nicht ganz und gar meine Geschichte sein, aber wie gesagt … Teile davon haben mich natürlich inspiriert.«

»Glaubst du, es kann für dich wie eine Therapie wirken, dass du beschlossen hast, darüber zu schreiben? Eine Methode, um diese Geschehnisse zu verarbeiten?«

Plötzlich möchte ich nur noch losprusten. Hier lüge ich zur besten Sendezeit. Läuft es also so? Hat Ola das gemeint, als er mich aufgefordert hat zu würzen? Er hüpft zu Hause auf seinem Sofa sicher vor Freude in die Höhe. Seine frischgebackene Starautorin tut genau, was er sagt, ohne Gegenfragen zu stellen.

»Das kann schon sein. Viele Schriftsteller verwenden ja eigene Erfahrungen, um eine spannende Geschichte zu erzählen und quälende Erlebnisse zu verarbeiten.«

»Und wir freuen uns jetzt auf deine kommende Krimiserie. Danke, Amy Strandberg, dafür, dass du heute hergekommen bist und Erfahrungen mit uns geteilt hast, die dich sicher während deines gesamten Erwachsenenlebens geprägt haben.«

»Danke, dass ich kommen durfte.« Ich lächele aufgesetzt, und dann bin ich nicht mehr im Bild, und Peter erhebt sich vom Sofa, um den nächsten Gast anzukündigen.

Ich bin total erschöpft, als ich aus dem Studio geführt werde. Elisabeth hält mich an der Hand, und als wir in dem Raum hinter der Bühne stehen, umarmt sie mich.

»Das war mutig von dir, Amy. Stark, das in einer Direktübertragung zu erzählen. Verdammt stark.« Sie umarmt mich noch einmal und streichelt freundlich meine Wange.

Ich gebe keine Antwort. Finde keine Worte für das, was ich gerade erlebt habe. Elisabeth bestellt ein Taxi, nachdem sie sich davon überzeugt hat, dass ich mich stark genug fühle, allein zum Flughafen zu fahren.

Kurz darauf sitze ich im Taxi und sehe, dass mein Telefon noch immer ausgeschaltet ist. Ich schalte es ein, um Melker anzurufen, aber ich habe seine Nummer noch nicht gedrückt, als es auch schon lospiepst. Ich starre die vielen SMS an, die jetzt übers Display laufen. Wie viele können das sein? Ich fange mit der von Melker an.

Das hast du verdammt gut gemacht, aber ich versteh nur Bahnhof. Wieso sexuell ausgenutzt? Und ich dachte, du hättest das mit Erotic Crime aufgegeben!

Ich kneife die Augen zusammen und sehe ihn vor mir. Er zweifelt jetzt vermutlich an meinem Verstand. Die nächste SMS ist eine kurze Mitteilung von Ola.

Gute Arbeit. Du hast den Dreh raus.

Ich klicke weiter und finde eine von Sabina:

Wow! Hast du schon die Listen von Adlibris und Bokus angeschaut? Dein Buch liegt überall ganz oben. Gratuliere!

Sonntagsessen. Die Familie hat sich in erweiterter Form versammelt. Katinka hat sich vom Umzug losgerissen, und sie und Adam sind hier. Sie haben das Menü ausgesucht, rein vegetarisch natürlich, und wir anderen drei haben uns gefügt.

»Hier haben wir ein Gericht aus Schwarzkohl und schwarzen Bohnen«, erklärt Katinka, als sie alles auf dem Esstisch zu einem Buffet zusammenstellt. »Das hier sind Beanburger, und die isst man mit Paprikasoße. Und das hier sind überbackene Kartoffeln mit Pesto. Toll, was? Adam hat das Menü zusammengestellt.«

Ich staune vor allem darüber, dass es ihnen gelungen ist, in dem Inferno in unserer Küche mit dem teilweise aufgebrochenen Boden, mit herumstehenden Ventilatoren und Brettern, über die balanciert werden muss, überhaupt etwas Essbares zustande zu bringen. Außerdem war der Klempner den ganzen Vormittag über hier. Danke, gütiger Gott. Jetzt ist immerhin das Leck abgedichtet, und wir haben wieder Wasser. Der Boden muss allerdings überall aufgebrochen werden, wie es aussieht. Durch die Feuchtigkeit ist das Holz aufgequollen, und deshalb haben sich die wenigen noch vorhandenen Bretter nach oben verbogen. Ich kann kaum daran denken, was das für Weihnachten bedeutet, ohne dass mir schlecht wird. Der Elektriker ist noch immer *sterbenskrank*, und Teile der neuen Küche stehen unausgepackt in Diele und Wohnzimmer.

»Ja, das sieht gut aus, Katinka«, sage ich beifällig. »Und Adam … unglaublich, dass man in diesem Chaos überhaupt etwas kochen kann. Noch dazu, wo du jetzt den Arm in Gips hast!«

»Katinka und ich haben das zusammen gemacht.«

»Aber jetzt, Mama, bist du an der Reihe!«, ruft Hugo. »Ich sterbe fast vor Neugier, mehr über deinen Fernsehauftritt zu hören. Also so was! Und was für eine Neuigkeit! Jetzt bist du wirklich in null Komma nichts berühmt geworden.«

Ich bin noch gar nicht lange zu Hause, kam direkt an den gedeckten Tisch. Mir ist schon klar, dass meine kurze Zeit auf der Mattscheibe ihre Wirkung getan hat. Mein einziges Buch hat die Bestsellerlisten gestürmt, genau wie Sabina mir geschrieben hat, und *Expressen* und *Aftonbladet* haben versucht, mich zu erreichen. Ola hat mehrmals angerufen, aber ich hatte keinen Nerv, mit ihm zu reden, ich habe ihm per SMS vorgeschlagen, morgen zu telefonieren. Allerdings ist mir schon klar, dass er nicht unbeteiligt daran ist, dass die Abendzeitungen mich sprechen wollen.

Kajsa hat wie besessen versucht, mich anzurufen, und viele andere haben SMS geschickt. Spätestens jetzt werden sicher alle merken, dass ich nicht mehr auf Facebook bin. Oder auf Instagram. Von Torsten kam eine SMS, um mir und sich selbst zum plötzlichen Verkaufserfolg von *Mord am helllichten Tag* zu gratulieren. Auch Mama hat angerufen. Ich habe sie schon am Flughafen zurückgerufen, während ich auf den Abflug wartete.

»Aber was redest du denn da im Fernsehen, Amy?« Ihrer Stimme war deutlich anzuhören, dass sie verletzt war.

»Wir wissen ja beide, dass es nicht ganz so gelaufen ist,

Mama. Aber in einer Fernsehsendung muss man übertreiben, das weißt du doch.« Ich staune darüber, wie schnell ich mir Olas Philosophie zu eigen gemacht habe.

»Die Leute werden sich wundern, das ist dir hoffentlich klar? Mich haben schon mehrere Freundinnen angerufen und ihr *Mitgefühl* ausgesprochen, weil du ausgenutzt und *missbraucht* worden bist, und Papa und ich *tun ihnen leid!* Herrgott, Amy! Du blamierst dich doch! Und uns auch. Gleichzeitig warst du *phantastisch!* Und dass du wirklich im Fernsehen warst!«

»Sag deinen Bekannten, dass ich übertrieben habe. Denn das habe ich. Aber jetzt ist mein erstes Buch ganz oben in den Bestsellerlisten. Ist das nicht toll?«

Mama und ich sind leider nicht immer derselben Meinung, das hat sich auch bei diesem Gespräch deutlich gezeigt. Und jetzt muss ich mich vor meinen engsten Familienangehörigen verantworten.

»Das war gruselig«, antworte ich Hugo. »Zuerst war ich total leer im Gehirn, dann habe ich nur drauflosgeredet.«

»Aber Amy ...« Melker betrachtet missmutig den gebratenen Schwarzkohl. »Was du da gesagt hast, entspricht ja wohl nicht der Wahrheit. Jedenfalls nicht nach dem, was ich weiß. Oder hast du vergessen, mir etwas zu erzählen?«

»Nein, du hast recht. Es entspricht nicht der Wahrheit, oder es ist – wie Ola sagen würde – eine stark gewürzte Wahrheit. Ich war mal Poletänzerin. Ich bin in einer Bar aufgetreten. Und natürlich gab es ekelhafte Kerle. Aber es war einwandfrei kein Stripclub, und ich bin nie von irgendwem überfallen worden. Das ist die Würze. Aber es ist absolut in Ordnung, sowas zu machen.«

»Das sagt also Ola?« Melker nimmt den ersten Bissen, runzelt die Stirn und strahlt dann. »Das schmeckt ja gut!«

»Was hast du denn gedacht?«, fragt Katinka beleidigt.

»Und wer ist Ola?« Man merkt, dass Hugo nicht mehr zu Hause wohnt.

»Mein neuer Verleger.«

»Der wird ›der schöne Ola‹ genannt«, steuert Katinka bei.

»Und jetzt tust du, was der schöne Ola will«, sagt Hugo grinsend. »Der war das also, mit dem du in der Zeitung posiert hast?«

»Hör doch endlich auf! Ich nenne ihn nicht den schönen Ola, das tun nur alle anderen. Ich finde ihn nicht mal schön.«

»Mir hast du kürzlich aber was anderes erzählt«, bemerkt Katinka.

Melker hebt die Augenbrauen, und ich seufze. Diese ganze Diskussion gerät langsam aus den Gleisen.

»Und Erotic Crime?« Melker lässt nicht locker. »Es kann doch nicht dein Ernst sein, dass du so was schreiben willst, das hast du am Freitag jedenfalls noch gesagt.«

»Nein«, seufze ich. »Und das werde ich auch nicht. Aber ich habe einen Plan. Und jetzt liegt mein erstes Buch ganz oben auf allen Bestsellerlisten, und zu diesem Zweck kann man doch ein bisschen übertreiben. Oder lügen …«

»Ich bin nicht sicher, ob ich dir da zustimme«, knurrt Melker.

»Können wir jetzt bitte diesen ganzen Fernsehkram vergessen? Ich bin todmüde, und es schmeckt wunderbar, und ich möchte jetzt einfach nur abschalten.«

Katinka nickt beifällig.

»Ich denke, dass man sich von diesen Rezepten fürs Weihnachtsbuffet inspirieren lassen könnte«, beginnt sie enthusiastisch, und ich bin dankbar für diesen Themenwechsel. »Dass wir also mehr vegan machen. Adam und ich haben darüber gesprochen und finden, dass wir zusammen Weihnachten feiern sollten, wir alle, und dann ist es wichtig für uns, dass es nachhaltig wird, also ein bisschen umweltbewusster, als es sonst in dieser Familie üblich ist.«

Ich schiele zu Melker hinüber. Die Kinder wissen nichts von unserer Wette.

»Vielleicht gibt es in diesem Jahr gar kein Weihnachtsbuffet«, verrät mein Mann. »Ich habe mit Mama um eine Woche ohne soziale Medien gewettet, und wenn sie das durchhält, dann bekommt sie ihren Willen und kann das Weihnachtsbuffet ausfallen lassen.«

Meine Kinder starren zuerst Melker und dann mich an. Und dann wieder Melker, hin und her. Schließlich springt Hugo auf und zeigt mit seiner Gabel auf mich.

»So einen Blödsinn hab ich ja schon ewig nicht mehr gehört. Hör doch auf, Mama. Alle wollen ein Weihnachtsbuffet, nur du hast dir das mit der Alternative in den Kopf gesetzt. Ich dachte, das hätten wir neulich schon geklärt.«

»Ein Weihnachtsbuffet kann im Grunde mit sehr viel Fleischscham behaftet sein …« Adam versucht wirklich, sich in die Familiendiskussion einzuschalten, aber er hat keine Chance.

»Eine Alternative kann ich ja hinnehmen, aber es muss eben ein alternatives Weihnachtsbuffet sein«, erklärt Katinka. »Ich hätte gern ein rein veganes Weihnachtsbuffet. Außerdem möchte ich im neuen Haus Weihnachten feiern. Mit euch zusammen eben.«

»Was? Aber bis dahin kann das doch noch gar nicht bezugsfertig sein?« Ich spüre, wie die Gefahr immer näherrückt, die Gefahr, dass es nicht so wird, wie ich es will und wie ich es plane.

»Ach, Mama, das findet sich schon. In einigen Zimmern

funktioniert die Heizung so einigermaßen, und wir können im Kamin ein Feuer machen. *Und* uns warm anziehen.«

»Und die beiden Großelternpaare? Kommen die in deinen Plänen vor?« Ich sehe die hoffnungslose Miene meiner Mutter vor mir, in einem kalten Krähenschloss im tiefen Wald. Keine gute Idee.

»Das ist doch selbstverständlich! Alle sind willkommen. Auch Adams Mutter und etliche von unseren Freunden.«

»Ach, nicht diese Spinner, mit denen du befreundet bist, verschone mich!« Hugo hat resigniert wieder Platz genommen, aber auch ihm ist klar, dass uns ein überaus unsicheres Weihnachtsfest bevorsteht.

»Wieso denn? Immer noch besser als deine Fleischfresser. Es kann ein magisches Weihnachtsfest werden, und Fernsehen und alles andere bleiben uns erspart. Wir können zusammen sein und Spiele spielen und tanzen und singen.«

»Hör jetzt auf, Katinka.« Endlich reagiert Melker. »Wir haben kaum über deinen Auszug gesprochen, und wir haben uns das Haus noch gar nicht angesehen.«

»Das ist auch nicht so leicht. Der Weg dahin ist total zugeschneit. Die Gemeinde räumt da nicht, es ist ein Privatweg.«

»Dann wird es also gar nicht so einfach, dort einzuziehen?«

»Natürlich nicht. Aber wenn alle mithelfen …«

»Auf mich brauchst du nicht zu zählen!« Hugos Gesichtsfarbe wird intensiver, seine Wangen lodern, und das liegt nicht daran, dass es im Zimmer so warm ist. »Ich habe Besseres zu tun, als Wege frei zu schaufeln. Und ich wusste nicht mal, dass schon feststeht, dass ihr in dieses Haus ziehen werdet.«

»Wir haben es gemietet. Mit Vorkaufsrecht. Und wir haben schon angefangen, Kleider und so was hinzubringen.«

Ich stöhne.

»Habt ihr wenigstens die Sache mit der Kaution geklärt?«

»Sicher! Die wolltet ihr doch übernehmen, oder?«

Melker sucht meinen Blick, um zu sehen, ob er seit der Diskussion gestern Abend etwas verpasst hat. Aber ich schüttele den Kopf.

»Liebste Katinka. Du *hältst es für selbstverständlich,* dass wir Geld dazugeben. Meines Wissens haben wir uns aber nie dazu bereiterklärt. Und diese Diskussion haben wir erst gestern Abend geführt.«

»Ach! Na, dann weiß ich auch nicht. Aber ich *begreife nicht,* dass ihr nein sagen könnt. Wollt ihr nicht, dass es mir gutgeht? Und ich will das Geld doch nicht geschenkt, ich möchte es nur *leihen!*«

Mein Telefon klingelt. Es ist Sabina. Ich muss das Gespräch annehmen, aber ich schäme mich ein wenig über die Erleichterung, mit der ich den Tisch verlasse.

»Ich muss nur kurz telefonieren. Es gibt leckeren Käse und Kekse, die ihr auftischen könnt, für alle, die nicht vegan leben. Ich bin gleich wieder da.«

»Du warst der Wahnsinn«, fängt Sabina an. »Und du bist jetzt wirklich ganz oben auf den Verkaufslisten, jedenfalls im Online-Buchhandel. Gratuliere, Amy!«

Ich sauge das Lob in mich auf. Alles kommt mir so unwirklich vor.

»Danke.«

»Aber ich rufe nicht deshalb an ...«

Etwas in Sabinas Stimme versetzt mich in Alarmbereitschaft. Sie hat nicht ihren üblichen munteren und offenherzigen Tonfall. Klingt eher zögernd, als ob sie nach den richtigen Worten sucht. Ich schaue aus dem Fenster und auf den Schnee, der nun wieder herunterrieselt. Wie ist es nur möglich, dass es so viel schneien kann!

»Ich weiß nicht so recht, wie ich das sagen soll.«

»Versuch es«, ermutige ich sie. »Ich bin ganz Ohr.«

»Ja, also, ich weiß nicht, ob du das gesehen hast … aber dein Name taucht hier und da auf, und das in keinem angenehmen Zusammenhang. Du bist in verschiedenen Threads auf Facebook, und ein Profil, das sich Tarzan nennt, deutet an, dass du … dir deinen neuen Vertrag ervögelt hättest. Ich weiß, das ist glatt gelogen, aber ich dachte, du solltest das wissen. Für den Fall, dass du es noch nicht selbst gesehen hast, meine ich.«

Was sie sagt, trifft mich wie Messerstiche. Jemand hat es wirklich auf mich abgesehen. Aber wer? Ich sehe die Posts vor mir, ich kann sie auswendig. Aber wer? Ich habe den Kopf in den Sand gesteckt, statt die Sache anzugehen. Jetzt haben auch andere die Posts gesehen, und die Frage ist … wie viele andere? Wie schlimm ist die Lage?

Und warum hat Tarzan sich gerade mich ausgesucht?

9. DEZEMBER, MONTAG

Melker und Katinka sind zur Arbeit gefahren. Ich bin allein zu Hause und gehe meine Listen durch, mit allem, was erledigt werden muss: heute, morgen, in dieser Woche, nach Weihnachten, im Sommer, in der Zukunft, beruflich, privat … Listen, Listen, Listen.

Einer dieser vielen Punkte ist *Tarzan*. Wenn Sabina recht hat, dann stammen alle Hassposts von dem Facebook-Konto mit diesem albernen Namen. Sie hat herumgeklickt, um herauszufinden, wer sich dahinter versteckt, aber das Konto ist total anonym und geschlossen. Keine Bilder, keine Information zur Person, keine sichtbaren Freunde. Die Posts sagen die ganze Zeit ungefähr dieselben Gemeinheiten, und Tarzan wird offenbar nur deshalb nicht blockiert, weil er seine Lügen schnell rausnimmt, ehe die Admins der betreffenden Gruppen reagieren können.

Es ist scheußlich, und auf eine seltsame Weise schäme ich mich. Als müsste ich mich gegenüber allen verteidigen, die diesen Dreck im Netz lesen; meine Leserinnen, meine Kolleginnen und Kollegen, Leute, die mich kennen. Ich habe Melker nichts gesagt. Er ist ohnehin schon skeptisch, was die Entwicklung mit meinem neuen Verlag angeht, und das hier würde ihn in seiner negativen Einstellung meinen Büchern gegenüber nur bestärken, und ich bin zu verletzlich, um diese Diskussion jetzt zu führen. Ich habe meine Konten bei Facebook und Instagram nicht wieder aktiviert, im Moment ist mir mein Deal mit Melker willkommen, denn so bin ich davor geschützt, direkt über meine eigene Facebook-Seite schikaniert zu werden.

Aber es macht mir arg zu schaffen.

Heute habe ich wieder eine Signierstunde, zwischen zwölf und zwei, und um rechtzeitig dort zu sein, muss ich mich beeilen. Es mit dem Auto zu versuchen hätte keinen Zweck, durch den Schnee ist die ganze Stadt mehr oder weniger gelähmt. Ich kann dieses bohrende Gefühl nicht abschütteln, dass ich während der Signierstunde in einer der städtischen Filialen von Akademibokhandeln Probleme bekommen könnte. Was, wenn diese Person, die mich verfolgt, beschließt, im echten Leben aufzutreten?

Ola ruft mich mitten im Listenschreiben und den Vorbereitungen an, und ich hole tief Luft, ehe ich mich melde.

»Das hast du gestern brillant gemacht. Das war ein Erfolg, und jetzt müsste doch auch Ord i Bok zufrieden sein, dein Debütkrimi verkauft sich ja plötzlich wie warme Semmeln.«

»Ja, und viele haben sich bei mir gemeldet. Das ist ein phantastisches Gefühl.« Ich kneife die Augen zu, als ich phantastisch sage, denn ich bin gespalten. Dass ich vor der gesamten schwedischen Bevölkerung vor laufender Kamera gelogen habe, sorgt für ein Unbehagen, das ich nur mit Mühe verdrängen kann.

»Super. Dann machen wir auf dieser Schiene weiter. Wäre schön, wenn du ziemlich bald eine Storyline für mich entwickeln könntest. Einerseits eine übergeordnete für alle fünf Bücher, andererseits eine detaillierte Synopsis für das erste Buch. Und ich will viel Sex.«

Ich muss mich setzen. Jetzt ist der Moment, in dem ich ihn von dem erotischen Touch wegbringen muss. Jetzt muss mein Plan in die Tat umgesetzt werden. Ich muss ihn behutsam vom eingeschlagenen Kurs wegführen und ihn gleichzeitig in dem Glauben lassen, dass ich im Genre bleiben werde. Sicher kann ich in einem zukünftigen Manuskript Poledancing vorkommen lassen, ich habe sogar eine vage Idee, wie ich das einbauen könnte, aber besonders erotisch wird das alles nicht.

»Ola. Ich bin Schriftstellerin. Du kannst mir nicht diktieren, worüber ich schreiben soll, du greifst meine *Kreativität* und meine *Kunst* an. Ich mache dir eine Storyline, aber hast du überhaupt schon die Vorschläge gelesen, die ich dir vorige Woche gemailt habe?«

»Doch, doch. Aber jetzt folgen wir dem eingeschlagenen Weg, und egal, wie kreativ und künstlerisch du auch sein magst, Arnells veröffentlichen kommerzielle Bücher, vergiss das nicht, Amy, gestern warst du umwerfend, und in dem Stil machen wir jetzt weiter, okay?«

»Ich brauche eine Woche, um etwas zu entwerfen«, wiegele ich ab, als mir aufgeht, dass er mir nicht zuhört. Ach, wie sehr ich Torsten vermisse.

»Eine Woche ist okay. Und vielleicht entscheiden wir uns auch dafür, die Fortsetzung deines Debütromans herauszubringen. Wenn der erste weiter oben in den Bestsellerlisten liegt, dann machen wir ein Hörbuch und von dem Nachfolger dann ein Hörbuch und ein E-Book. Aber lass uns nach Weihnachten treffen und darüber reden. Denn du schreibst doch gerade daran, oder?«

Ein Freudenstrahl durchdringt mich, und ich habe plötzlich Lust, Ola zu umarmen, obwohl er ein Superego ist und versucht, mich ins falsche Genre zu zwingen, und obwohl ich eben noch Lust hatte, ihn zu erwürgen.

»Ja, ich schreibe. Ich habe fast schon ein Viertel.«

»Spitze, Darling. Weiter so. Und nächste Woche eine Synopsis und eine Storyline, wie gesagt. Mal sehen, ob ich noch mehr in den Medien hinbiegen kann, wo du gestern so heiß geworden bist. Und vergiss den Sex nicht!«

Ich kann nicht mehr protestieren, ehe er mich wegdrückt. Ich sitze eine Weile da und versuche, das Gespräch zu verdauen und dass er mir mehr oder weniger versprochen hat, die Fortsetzung von *Mord am helllichten Tag* herauszubringen. Das freut mich mehr als diese verdammten fünf Bücher, für die ich plötzlich eine Storyline ersinnen muss. Innerhalb einer Woche. Begreift Ola nicht, dass bald Weihnachten ist?

Ich schiele zur Uhr hinüber. Ich muss mich für die Signierstunde fertig machen. Jetzt mit der Storyline anzufangen ergibt keinen Sinn. Das muss bis heute Nachmittag warten.

Beim Gedanken an die Signierstunde überkommt mich wieder die Angst vor Tarzan, und nach einer Weile halte ich es nicht mehr aus. Statt also schnell zu duschen, rufe ich Kajsa an. Sie meldet sich sofort.

»Hallo, Amy!«

»Hast du Zeit?«

»Oh, das klingt ernst. Ja, klar habe ich Zeit, ich muss nur schnell in eine stille Ecke gehen.«

Ich warte einen Moment, dann ist Kajsa wieder da. »So. Ich hasse diese offenen Bürolandschaften, in denen man neuerdings arbeiten muss. Nicht mal ein Geheimnis kann man da noch haben.«

Ich ignoriere ihre Verärgerung und komme gleich zur Sache.

»Hast du im Netz etwas über mich gelesen? Ich meine … unangenehme Sachen. Sexistische Kommentare. Hassposts.«

»Was? Nein, wieso fragst du? Soll das heißen, sowas gibt es?«

»Ja. Ich habe drei Posts gesehen, ehe ich die Pause in den sozialen Medien eingelegt habe. Ich hatte gehofft, das würde verschwinden, aber Sabina ist noch auf andere gestoßen. Irgendwer schreibt in allerlei Gruppen, und diese Person ist total anonym. Da steht so was wie, dass ich Scheißbücher schreibe und dass ich mir die Veröffentlichung garantiert ervögelt habe. Ungefähr so und noch schlimmer. Richtig vulgär, meine ich.«

»So was Übles habe ich ja noch nie gehört. Warum ausgerechnet du? Hast du irgendwelche Feinde?«

»Nicht, dass ich wüsste. Ich habe keine Ahnung, Aber irgendwer da draußen kann mich jedenfalls nicht leiden. Das ist so gruselig … was soll ich nur machen?«

»Kannst du nicht Anzeige erstatten?«

»Wie denn? Die Posts verschwinden immer kurze Zeit, nachdem sie veröffentlicht worden sind.« Ich stoße ein düsteres Lachen aus. Mir geht plötzlich auf, dass niemand mir helfen kann. Kajsa nicht, Melker nicht, überhaupt niemand. Das Netz ist anonym, und es gibt keinen richtigen Schutz. Jeder kann sich ein Trollkonto zulegen und andere Menschen verfolgen. Ab und zu werden solche Trolle gesperrt, aber was spielt das für eine Rolle? Dann legen sie sich einfach ein neues Konto zu. Und der Hass gegen jemanden oder etwas geht einfach weiter. Als Opfer ist man ohnmächtig.

»Ich weiß nicht, was ich tun soll«, sage ich verzweifelt.

Kajsa gibt keine Antwort, denn es gibt keine vernünftige Antwort.

»Vielleicht hört das auch wieder auf«, sagt sie nach einer Weile. »Und derjenige, der dich da terrorisiert, kriegt das vielleicht satt? Aber du müsstest das doch direkt bei Facebook melden können? Ach, mit so was kenne ich mich leider gar nicht aus.«

Ich schlucke. Wir kommen hier nicht weiter. Ich schlucke wieder, damit meine Stimme fest bleibt.

»Und sonst?« Ich wechsele lieber das Thema. Die Erinnerung an unser Gespräch vom Samstag macht mir noch immer zu schaffen. Sie hat mich außen vor gelassen. Jetzt lasse ich sie an meinem Kummer teilhaben. Vielleicht führt das dazu, dass sie mir im Gegenzug anvertraut, was in ihrem Leben passiert. »Alles in Ordnung bei dir?«

»Volles Tempo. Weihnachten ist … etwas Besonderes. So viele Erwartungen. Håkan findet, wir sollten jedes Jahr dasselbe Programm abspulen, ich dagegen würde Weihnachten am liebsten ganz überspringen und verreisen.«

»Zu Weihnachten verreisen? Du machst Witze. Ich *liebe* Weihnachten und die Adventszeit.« Sofort habe ich tausend Argumente zur Hand. Das ist für mich ein Kinderspiel.

»Wirklich? Ich kenne keinen Menschen, der sich so viel Stress macht wie du. Es ist ein Wunder, dass du noch aufrecht stehen kannst.«

»Ich mache mir gar keinen Stress«, lüge ich. »Ich habe alles total im Griff, und ich habe noch meine Weihnachtslisten aus früheren Jahren. Die hole ich einfach hervor und bringe sie auf den neuesten Stand. Im Moment habe ich nur so viel zu tun, durch den neuen Verlag und die vielen Signierstunden, und dann brauche ich für nach Neujahr einen neuen Auftrag von einer Werbeagentur, und …« Ich bringe es nicht über mich, noch weiterzuplappern.

Kajsa lacht. »Du und deine vielen Listen. Du machst dich doch verrückt mit allem, was du schaffen willst.«

»Auf diese Weise schaffe ich schließlich vieles.«

»Ja, aber manchmal frage ich mich, ob das nicht auf Kosten deiner Gesundheit geht. Und jetzt schreibst du auch noch. Kannst du das nicht erst mal beiseitelegen?«

»Soll das ein Witz sein? Ich habe einen neuen Verlag. Und einen Vertrag über fünf Bücher. Bücher schreiben sich nicht von allein.«

»Aber die sollen doch wohl nicht alle fünf gleichzeitig veröffentlicht werden?«

»Nein, natürlich nicht.«

»Ich muss aufhören«, sagt Kajsa abrupt. »Aber du …«

»Ja?«

»Unser letztes Gespräch … am Samstag. Entschuldige, dass ich … dir gegenüber ein bisschen schroff war.«

»Ich mache mir Sorgen um dich, Kajsa.«

»Vielleicht sollten wir uns treffen. Es passieren Dinge, über die ich gern mit dir reden würde.«

Ich wage nicht zu fragen, was das für Dinge sind. Es klingt nicht gut.

»Natürlich. Wann denn?«

»So bald du kannst. Vielleicht schon heute Abend?«

Ich sehe mein Ziel, eine Storyline zu schreiben, davonflattern. Aber Kajsa ist meine Freundin.

»Ja, das geht.«

»Komm um sieben bei mir vorbei, dann lade ich dich zum Essen ein. Håkan hat heute seinen Flipperabend.«

Wir legen auf, und mit einem raschen Blick auf die Uhr stelle ich fest, dass ich ziemlich spät dran bin. Ich renne in die Küche, um meine leere Teetasse abzustellen. Stolpere über die Schwelle, und mein verletzter kleiner Zeh wird abermals misshandelt.

»Scheeeeeeiße!«, schreie ich, aber niemand hört mich. Ich werfe den Listen auf der Kücheninsel einen düsteren Blick zu, und danach nimmt mein Tag seinen Lauf.

Das Signieren läuft ungewöhnlich gut. Ich kann zehn Bücher verkaufen, was mein Rekord ist. Zwei der Käufer kennen mich aus dem Fernsehen.

»Sie sind berühmt, was?« Die Frau mustert mich von Kopf bis Fuß. Verlegen antworte ich, dass ich am Vortag auf dem Morgensofa von TV4 gesessen hätte.

»Dachte ich's mir doch! Sie schreiben über Erotik, so viel habe ich mir gemerkt. Wie interessant! Ist das nicht manchmal peinlich, wenn man über … Sex schreibt?« Sie zwinkert mir vielsagend zu.

»Also …« In meinem Kopf dreht sich alles. »Ich habe diese Bücher ja noch nicht geschrieben.«

»Aber das hier?« Sie hebt *Mord am helllichten Tag* hoch und sieht es sich ganz genau an. »Kommt da keine Erotik drin vor? Ein paar heiße Szenen?«

»Nein, überhaupt keine.«

»Ach so«, erwidert sie enttäuscht. Aber dann fasst sie einen Entschluss. »Ja, ich kaufe es dennoch. Signiert natürlich. Sie waren ja schließlich im Fernsehen. Ich nehme übrigens zwei, dann kann ich zu Weihnachten eins einer Freundin schenken.«

Dankbar schreibe ich in zwei Bücher meinen Namen und einen persönlichen Gruß, und die Frau geht zum Bezahlen an die Kasse, während ich mit wilden Gefühlsaufwallungen zurückbleibe.

Sie schreiben über Erotik.

Ich habe noch nie über Erotik geschrieben und auch noch nie erotische Bücher gelesen, bisher hat mich das einfach nicht interessiert. Und jetzt bin ich plötzlich in der Sparte Erotik gelandet. Wie soll ich mich da auf elegante Weise herauswinden?

Als ich vom Akademibokhandel zur Straßenbahn laufe, schaue ich kurz in einen Laden, in der Hoffnung, vielleicht ja wenigstens *ein* Weihnachtsgeschenk zu finden. Im Laufe der Jahre haben Freunde immer wieder davon gesprochen, die Weihnachtsgeschenke doch einfach wegzulassen. Ich habe bei diesem Vorschlag nur verachtungsvoll geschnaubt. Mein Weihnachten darf nicht ruiniert werden, mein Weihnachten soll sein, wie es immer gewesen ist. Schon als Kind waren die Weihnachtsgeschenke für mich der Höhepunkt zu Heiligabend. Als ich klein war, saßen wir allesamt mit großen Augen um drei Uhr da und sahen Donald Duck. Kein Familienmitglied durfte den Fernseher verlassen, da war Mama eisern. Zeichentrickfilme gehörten nicht in den Alltag, sie waren ein Luxus zu Heiligabend, aber das war nicht alles. Mamas fanatischer Umgang mit Traditionen sorgte dafür, dass niemand von uns auch nur auf die Idee kam, etwas anzuzweifeln. Donald Duck und danach die Bescherung.

Wir waren eine kleine Familie. Als Einzelkind hing ich sehr an meinen Eltern, die mir – zu ihrem großen Kummer – niemals Geschwister schenken konnten. Wir waren eine Dreieinigkeit, und noch dazu eine starke. Meine beiden Großelternpaare lebten lange, und wenn dann noch ein paar weitere Verwandte dazukamen, waren wir richtig viele, die bei uns zu Hause Weihnachten feierten. Ich fand das wunderbar. Weihnachten war feierlich, gesellig, lustig und … großzügig. Ich bekam fast alles, was ich mir gewünscht hatte. Vielleicht ist es dieser Hintergrund, der mein Verhalten meinen Kindern gegenüber bestimmt und mich alles kaufen lässt, was sie haben wollen. Das Problem ist, dass diese Gewohnheiten heute mehr kosten als früher, und voller Angst sehe ich jedes Mal im Dezember, wie unser Kontostand nach und nach schrumpft. Und doch bin ich noch nie auf die Idee gekommen, die Weihnachtsgeschenke kleiner zu halten oder – grauenhafte Vorstellung – ganz abzuschaffen.

Aber jetzt kommen mir Zweifel. Bin ich die Einzige, die diese Tradition noch beibehalten will? Derzeit ist in den Schlagzeilen dauernd von Kaufscham die Rede, und ich kann mir denken, dass das teilweise Wirkung zeigt. Viele Einkaufsgalerien sind menschenleer, und in einer kleineren Boutique gehe ich fast allein auf Fang aus. Die vertraute Weihnachtsstimmung will sich in diesem Jahr bei mir offenbar nicht einstellen, trotz der weihnachtlichen Schunkelmusik.

Als ich den Laden verlasse – ohne Einkäufe –, um so schnell wie möglich nach Hause zu kommen, höre ich tief unten in meiner Handtasche das Telefon klingeln. Ich grabe und grabe, und natürlich hört es auf zu klingeln, ehe ich es zwischen all dem Krempel, den ich mit mir herumschleppe, gefunden habe. Melker. Ich rufe sofort zurück.

»Amy, der Klempner hat angerufen und gesagt, dass der Estrich unter dem Küchenboden noch stärker beschädigt ist, als wir dachten. Es wird also dauern, bis wir einen neuen Boden bekommen.«

»Du machst wohl Witze. Und sonderlich witzig finde ich das nicht. Echt nicht.«

»So ist es aber. Von dem Leck ist das Wasser so tief gesickert, dass wir alles aufbrechen und große Ventilatoren aufstellen müssen statt der kleinen, die wir jetzt haben. Sonst kriegen wir später Probleme. Es wird also dauern.«

Plötzlich bin ich ungeheuer wütend. Das ist Melkers Schuld! Nur seine! Dieses verdammte Küchenprojekt war seine Idee, na ja, ich wollte das zwar auch, aber *nicht vor Weihnachten!* Jetzt stehen wir mitten in einer Katastrophe.

»Du musst das in Ordnung bringen! Vor dem Wochenende. Dann ist der dritteAdvent!«

»Aber wie soll ich das so schnell in Ordnung bringen? Das ist utopisch!«

»Du hast das Rohr zerschlagen!«

»Ja, schon. Aber das war nicht vorsätzlich, und ich kann nicht hexen. Reg dich ab, davon geht die Welt nicht unter, mit etwas Glück können wir bis Weihnachten vielleicht etwas provisorisch reparieren. Und ich habe gedacht, dass … vielleicht sollten wir einen anderen Boden legen lassen? Einen eleganten Steinboden, was sagst du dazu?«

Einen ganz neuen Boden? Jetzt? Er hat offenbar den Verstand verloren.

»Es ist der zweite Advent, zum Teufel! Bald ist Weihnachten, falls du das noch nicht mitbekommen hast«, fauche ich.

»Doch, ich weiß. Aber so ist es nun einmal.« Seine Stimme ist genauso ruhig wie sonst auch. Wieso ist er so ruhig? Das bringt mich auf die Palme!

»Melker … wie stellst du dir das vor, wie sollen wir ohne Küche Weihnachten feiern?«, fauche ich, während ich sehe, dass die Straßenbahn an mir vorbei zur Haltestelle fährt. Ich renne los.

»Wir sollten überlegen, ob wir dieses Jahr nicht anderswo feiern können. Bei deinen oder meinen Eltern, was sagst du dazu? Es wäre natürlich nicht optimal, aber trotzdem.«

»Nein! Wir sind immer bei uns, wir kümmern uns um alles. Weder deine noch meine Eltern haben den Nerv, uns alle bei sich zu haben, und ich will das nicht! Du musst Handwerker auftreiben, oder was auch immer, jedenfalls dafür sorgen, dass unsere Küche repariert wird, wie du übrigens versprochen hast, als du mit dem Projekt angefangen hast. *Du hast es versprochen!* Weißt du das nicht mehr?«

Mir gehen die Argumente aus, und ich weiß, dass Melker keine Antwort hat, und ich auch nicht, deshalb beende ich das Gespräch, dränge mich in den überfüllten Wagen und spieße mit meinem Pappaufsteller fast eine Frau auf.

»Oh, Verzeihung!« Als Antwort starrt sie mich nur wütend an.

Ein Pling meines Telefons erregt meine Aufmerksamkeit. Es ist eine SMS von Ola, und ich lese sie mit steigendem Puls.

Jetzt geht's los. Interview mit Expressens Sonntagsbeilage. Die melden sich morgen bei dir. Mach weiter so, wie du angefangen hast. Gute Arbeit.
Ola

Ich fahre mit dem Taxi zu Kajsa. Sie wohnt eigentlich gar nicht so weit weg, aber ich habe keine Lust, mich mit meinem schmerzenden Zeh durch den Schnee zu kämpfen, und mit dem Auto zu fahren, kommt erst recht nicht in Frage. Das Taxi bahnt sich einen Weg, aber es geht nur langsam, die Stadt schafft es nicht, so schnell zu räumen, wie der Schnee fällt. Auf den Dächern stehen Menschen und schieben enorme Schneewehen herunter, damit die Häuser unter dem Gewicht nicht zusammenbrechen. Die Schneewälle am Straßenrand und vor den Gärten sind höher, als ich das jemals gesehen habe. Es ist ein Schauspiel. Der Taxifahrer flucht die ganze Zeit vor sich hin, er gerät ins Schlingern und kann sich nur mit Mühe auf der kaum zu erkennenden Fahrbahn halten. Und es schneit immer weiter.

»Hier!« Kajsa drückt mir ein großes Glas Wein in die Hand, kaum dass ich zur Tür hereingekommen bin. Ich schüttele vorsichtig den Schnee von meinem Mantel, ehe ich ihn auf einen Kleiderbügel hänge. Große Flocken haben sich auf den wenigen Metern vom Taxi bis zum Haus auf den Schultern breitgemacht.

»Es ist Montag …«, protestiere ich.

»Umso mehr Grund für ein Glas Roten. Oder möchtest du lieber Glögg?«

»Nein!«, rufe ich. Ich liebe zwar den Advent, aber Glögg ist mir doch ein bisschen zuwider. Ungefähr so wie das Weihnachtsbuffet.

Ich beneide Kajsa um ihre Küche. Weihnachtlich geschmückt und ordentlich, genau so, wie es sein soll. An allen drei Fenstern oberhalb der Arbeitsflächen hängen Weihnachtssterne, ein Adventsleuchter mit Manschetten um die Kerzen steht auf dem Küchentisch, und viele Kerzen brennen. Sie hat Hyazinthen und Christrosen und Tannenzweige in Krügen aufgestellt. Es duftet nach Weihnachten. Wie schafft sie das, wo sie doch in Vollzeit arbeitet und so viel Zeit im Fitness-Studio verbringt, frage ich mich.

»Ich habe uns einen Salat gemacht, es kann nichts schaden, zwischen all den Weihnachtsbuffets ein bisschen gesund zu denken.«

»Gott sei Dank«, murmele ich. »Aber bei uns gibt es dieses Jahr kein Weihnachtsbuffet. Glaube ich jedenfalls.«

»Dass du aber auch so einen Deal eingegangen bist! Ich verstehe nicht, was du dir dabei gedacht hast.«

»Du weißt doch, dass ich dieses Weihnachtsbuffet noch nie leiden konnte. Und Melker ärgert sich, weil ich geradezu süchtig nach den sozialen Medien bin. Am Mittwoch habe ich es geschafft, und dafür bekomm ich dann ein alternatives Weihnachtsessen. Für uns beide also eine Win-win-Situation.«

»Und woraus besteht so ein alternatives Weihnachtessen?«

»Tja, ich weiß nicht. Irgendwas Weihnachtliches, würde ich sagen.«

»Vielleicht verschiedene Sorten Hering als Vorspeise? Oder Lachs? Und Schinken mit Rosenkohl als Hauptgericht? Und warum nicht Reiscreme als Nachtisch? Schon hast du ein Weihnachtsbuffet mit drei Gerichten, das trotzdem kein Weihnachtsbuffet ist. Wo ist der Unterschied? Wen versuchst du zu betrügen, Amy? Oder hast du vor, einen Thai-Eintopf zu kochen, um wirklich mit allem zu brechen?«

»Ach, hör doch auf. Ich mag diese Mischung nicht, ganz einfach. Es wird so übertrieben. Der Magen wehrt sich doch nur gegen dieses ganze Durcheinander. Und man isst immer viel zu viel.«

Aber Kajsa schüttelt den Kopf.

»Und wie war das nun also? Hast du dich wirklich von allem ferngehalten? Du hast nicht auf Messenger geantwortet. Ich vergesse dauernd deine blödsinnige Wette mit Melker, und wegen deiner ausbleibenden Antworten dachte ich, dass du sauer auf mich bist.«

»Himmel!« Ich bin gar nicht auf den Gedanken gekommen, dass meine Abwesenheit missverstanden werden könnte, nicht nur von Kajsa, sondern auch von anderen. Ich lege ihr die Hand auf den Arm, einer stummen Entschuldigung gleich. »An den ersten Tagen hätte ich diesen idiotischen Deal am liebsten aufgegeben. Es war frustrierend, nicht sehen zu können, was über mein Buch geschrieben wird, und als ich in die Zeitungen gekommen bin, und jetzt ins Fernsehen, war es richtig nervig. Aber ich hab's überlebt, und bald ist es vorbei.«

Ich erwähne Tarzan nicht. Kajsa hat mich zu sich gebeten, sie will etwas mit mir besprechen, nicht umgekehrt.

»Wie geht es dir?« Ich stelle diese Frage, als ich mich an den Tisch setze. Der Salat mit Avocado, Bacon und Ziegenkäse – und allem Möglichen anderen – sieht verlockend aus, mir geht auf, dass ich den ganzen Tag noch nichts gegessen habe.

Kajsa antwortet nicht sofort, beschäftigt sich damit, Wasserkaraffe, Brot und Käse aufzutischen. Sie scheint nach den richtigen Worten zu suchen. Ich warte, will sie nicht drängen. Am Ende setzt sie sich mir gegenüber, schaut mir in die Augen und sagt mit leiser Stimme, was ich schon geahnt habe.

»Mir geht es … nicht besonders gut.« Sie schluckt. Ihre Augen glänzen, und ich lege meine Hand auf ihre.

»Robin ist nicht der Einzige«, fügt sie dann flüsternd hinzu. »Ich weiß nicht, was ich machen soll, ich kann mich nicht beherrschen, ich liebe die Aufmerksamkeit beim Flirten. Die Bestätigung.«

Mit wenigen Worten hat Kajsa etwas erzählt, das weit von dem Leben entfernt ist, das sie nach außen zeigen will – die muntere, elegante, wunderbare, sorglose Kajsa. Hier sitzt eine andere Frau, meine Freundin, die viele Jahre lang mit Anorexie, geringem Selbstbewusstsein und dem Bedürfnis nach Aufmerksamkeit gekämpft hat. Eine Person, die um Hilfe bittet und die durch diese wenigen Sätze das Schwarze in ihrem Leben aufzeigt.

»Warum hast du das so lange für dich behalten?«

»Ich wusste nicht, wie ich das sagen sollte. Alles … passiert einfach. Aber versteh das nicht falsch. Es waren immer nur harmlose Flirts. Mehr nicht. Bis jetzt …«

Die Stille senkt sich über das ohnehin schon lautlose Haus. Die Tränen auf Kajsas Wangen sind der Beweis dafür, dass nichts so ist, wie es sein sollte. Meine eigenen Probleme kommen mir plötzlich belanglos vor. Warum verschwende ich so viel Zeit damit, mir Sorgen zu machen und vor allem Angst zu haben? Hier sitzt Kajsa und sieht mich an, flehend, und sie braucht Hilfe.

»Du hättest es doch einfach sagen können, so wie jetzt«, antworte ich mit sanfter Stimme.

»Aber ich hatte Angst, dass du mich dann hasst. Was ich tue, ist doch … falsch. Håkan gegenüber, mir selbst, unseren Kindern. Und doch hält mich das nicht ab. Ich habe ihn betrogen, Amy. Mit Robin.« Sie flüstert, aber jedes Wort trifft mich wie ein Schlag.

»Liebste Kajsa … du kennst ihn doch noch nicht einmal eine ganze Woche.«

»Es ist passiert … ich habe nicht nein gesagt, und ich habe Angst, dass es wieder passiert.«

»Und Håkan?«

»Ich … ich liebe ihn. Aber Robin ist wie ein Gift.«

»Und er? Was will er?« Ich kann meinen harten Tonfall nicht unterdrücken. Bei dem Gedanken an diesen Mann könnte ich kotzen. Die arme Sabina. Und die arme Kajsa.

»Weiß nicht.«

»Willst du damit sagen, dass du bereit wärst, deinen Mann zu verlassen? Dass Robin ein Flirt ist, aus dem zufällig etwas mehr wurde? Ich glaube nicht, dass das die Lösung sein könnte. Ich glaube, deine Probleme sitzen tiefer.«

»Ich weiß wirklich nicht«, flüstert sie. »Im Moment weiß ich gar nichts.«

»Was soll ich denn tun?«, frage ich endlich. »Denn ich tue alles für dich.«

»Ich schäme mich so.«

»Aber Kajsa … hat Håkan denn gar keinen Verdacht? Ihr lebt zusammen, und ihr habt immer einen zufriedenen Eindruck gemacht. Weiß er, was mit dir los ist?«

»Nein!« Sie schlägt die Hände vors Gesicht. »Er weiß nichts. Und er darf auch nichts wissen!«

In meinem Gehirn überschlagen sich die Gedanken. Wie soll ich Kajsa helfen? Und Håkan? Auch er ist mein Freund. Und wie viel Schuld trägt er? Was Kajsa tut, ist falsch, und doch bin ich bereit, sie zu decken. Zu helfen. Als sie nun lauter weint, stehe ich auf und lege die Arme um sie, wie ein Kind sinkt sie in meine Umarmung und weint immer heftiger. Sie bebt, und ich tröste, indem ich ihren Rücken streichele und murmele, dass ich für sie da bin, dass ich helfen will, dass alles gut wird. Aber wie das möglich sein soll und was ich tun kann, das ahne ich im Moment nicht einmal.

Draußen rieselt der Schnee unbeirrt weiter und lässt die ganze Welt weich und sanft werden. Alles ist schön wie auf einer Postkarte und sehr weit entfernt von der Wirklichkeit.

10. DEZEMBER, DIENSTAG

Ich lese meine soeben verfasste Storyline. Sie ist noch längst nicht fertig, aber ich fange an, etwas Ganzes zu sehen. Erotisch ist es kaum, doch ich habe ein gutes Gefühl, was die Ideen angeht, und ich bilde mir ein, dass Ola mir zustimmen wird – wenn er nur begreift, dass es funktioniert, auch wenn Sex nicht das Hauptthema ist. Er redet über kommerzielle Krimis. Da stimme ich ihm zu. Aber ich muss das auf meine Weise umsetzen dürfen.

Ich schaue auf die Uhr. Der Anruf von *Expressen* kann jeden Moment kommen. Ola hat per SMS mitgeteilt, dass ich so gegen elf damit rechnen solle. Ich mache mir Sorgen wegen dieses Gesprächs. Wie ich aus Erfahrung weiß, ist es durchaus möglich, dass Ola den Leuten von *Expressen* irgendwas Überraschendes untergeschoben hat.

Melker war noch wach, als ich gestern Abend von Kajsa zurückgekommen bin. Im Haus war alles dunkel, und als ich einen Blick in die Küche warf, war der Boden fast vollständig aufgebrochen. Ich ging an Katinkas Zimmer vorbei und musste feststellen, dass sie gar nicht zu Hause war.

»Wo ist Katinka?«, fragte ich Melker, noch ehe ich ihn begrüßt hatte. Ich war noch immer durcheinander nach meinem Gespräch mit Kajsa.

»Im Haus. Sie haben zwei Freunde gefunden, die mit ihnen da einziehen wollen, und das ist gut, dann ist die Miete nicht so hoch. Und irgendwer hat ihnen offenbar geholfen, den Weg zum Haus mit der Hand frei zu schaufeln. Gutes Training jedenfalls.«

Resigniert legte ich mich, vollständig angezogen, neben ihn.

»Melker … wir wissen über Katinkas Haus nur, dass es baufällig ist und einsam im Wald liegt. Ob es nun schneit oder nicht, es ist schwer, dort hinzukommen.«

»Ich weiß, aber was heißt das schon? Es wird Zeit, dass Katinka aus ihren Fehlern lernt.«

»Aber sollten wir sie als ihre Eltern nicht anleiten?«

»Amy, jetzt zeigt sich wieder dein Kontrollbedürfnis. Lass Katinka in Ruhe, du kannst nicht mehr über sie bestimmen.«

»Sie will aber Geld von uns …«

»Genau. Also sag nein. Wenn sie selbstständig sein will, dann richtig.«

»Bei dir hört sich das so leicht an.«

»Das Leben ist nicht immer leicht, aber man muss wissen, was man will.«

»Weißt du immer, was du willst?«

Er drehte sich um und blickte mir tief in die Augen.

»Nein. Nicht immer. Aber ich versuche, Antworten zu finden, und dann suche ich nach den einfachen Lösungen. Die durchführbar sind und bei denen es mir so gut wie möglich geht. Und dabei machst du manchmal Fehler, Amy. Du siehst zu weit in die Zukunft, deine Ziele sind zu groß, und dann wachsen die Probleme, und du verlierst die Kontrolle. Wie bei deinem Vertrag über die fünf Bücher. Wieso fünf Bücher? Ich sehe doch, wie schwer es dir fällt, damit umzugehen. Du stellst zu hohe Ansprüche an dich selbst, und nur du kannst sie herunterdrehen. Oder wie das hier mit Katinka. Sieh nicht die Probleme, indem du ein Jahr in die Zukunft blickst.

Katinka ist jung, aber sie ist auch intelligent. Lass sie in Ruhe. Geh auf Abstand. Hör auf, unsere erwachsenen Kinder zu bemuttern, und lebe hier und jetzt. Mit aufgebrochenem Küchenboden, einer Tochter, die sich gerade abnabelt, und einem nahenden Weihnachtsfest, das vielleicht nicht ganz so ausfällt wie in anderen Jahren.«

Ich hörte zu. Wir lagen ganz dicht nebeneinander. Seine Worte drangen in mich ein und sorgten dafür, dass ich mich entspannte. Aber ich erzählte ihm nichts von meinen eigentlichen Sorgen, ganz bewusst ließ ich ihn nicht an dem teilhaben, was Kajsa mir gerade erzählt hatte, und auch nicht daran, dass ich im Netz von Hass verfolgt werde. Stattdessen ließ ich mich von Melker in die Arme schließen. Ich weinte ein bisschen, und vermutlich glaubte er, das sei wegen der Küche und wegen Katinka. Aber mein Kummer war – und ist – noch viel größer. Und wenn ich Melker nichts davon erzähle, wird die Wahrheit zum Geheimnis.

Ich habe ihm bisher noch nie etwas verschwiegen.

Traurig schüttele ich den Kopf, um in die Gegenwart zurückzukehren.

Heute Abend habe ich einen Auftritt im Rotary Club. Darüber bin ich froh und dankbar. Eine gute Möglichkeit, einer interessanten Zielgruppe mein Buch vorzustellen. Ich werde nicht bezahlt, aber der Vorsitzende hat gesagt, dass ich immerhin zum Essen eingeladen werde. Er ignorierte die Tatsache, dass ich sonst zu Hause gegessen hätte und dass es viel Zeit erfordert, mich vorzubereiten, zum Auftrittsort zu gelangen, den Vortrag zu halten, Fragen zu beantworten und danach nach Hause zu fahren. Ich zähle schon gar nicht mehr, wie viele Stunden es erfordert, eine Autorin zu promoten. Aber zugleich finde ich es schön, über mein Buch zu sprechen, Fragen zu beantworten, etwa, woher ich meine Ideen nehme, und meine Leserinnen und Leser zu treffen. Das gibt mir die Kraft weiterzuschreiben. Es ist wunderbar, dort zu stehen und endlich *glänzen* zu dürfen und mich als die Autorin zu fühlen, die ich ja auch bin.

Als das Telefon mit schrillem Ton klingelt, fahre ich zusammen. In dem Glauben, es sei *Expressen*, räuspere ich mich, damit meine Stimme fest klingt. Aber es ist Mama. Mama, die alle Zeit der Welt hat. Die findet, ich würde mir zu viel Stress machen. Die glaubt, dass ich bald *völlig rotieren werde.* Dennoch drängt sie darauf, dass ich im Advent nicht von einer einzigen Tradition abweiche. Oder zu Weihnachten. Alles soll so sein, wie es immer gewesen ist, so, wie sie es festgelegt hat.

»Liebling! Du hast doch unser Mittagessen heute nicht vergessen? Wo gehen wir hin? Hast du einen Tisch bestellt?«

Ich hole tief Luft. So viele Erwartungen, so viele Forderungen.

»Ich weiß nicht, ob ich das schaffe …«

»Unsinn!«, fällt sie mir ins Wort. »Wenn du noch keinen Tisch bestellt hast, dann fände ich es nett, in dieses Posthotel zu gehen. Was sagst du dazu? Um eins?«

Ich schiele zur Uhr hinüber. Elf. Und jeden Moment kann *Expressen* anrufen. Ich bin noch nicht einmal angezogen, weil ich den ganzen Morgen an der Storyline gearbeitet habe.

»Ich weiß nicht, ob ich das schaffe …«, sage ich noch einmal.

»Bitte, Amy, wir haben uns schon vor Tagen für dieses Essen verabredet. Planst du deine Zeit denn nie richtig ein?«

Ich kneife die Augen zu, und ihre Worte hallen in meinem Kopf wider.

»Posthotel, Mama. Das ist schön. Dann sehen wir uns dort um eins. Kuss!«

Ich drücke sie weg, ehe sie protestieren kann – denn egal, was ich sage, sie wird bestimmt protestieren –, und ich hole abermals tief Luft, denn jetzt muss ich den nächsten Anruf erledigen.

»Hallo, Amy. Ich heiße Angelica Andersson und schreibe für den *Expressen*.«

»Hallo.«

»Wie schön, dass wir so schnell einen Zeitpunkt finden konnten, der uns beiden gelegen kommt.«

»Ja, das ist gut.«

»Die Sache mit deinem neuen Verlag ist ungeheuer spannend, und auch das mit dem Genre Erotic Crime, als dessen Erfinderin man dich ja wohl bezeichnen kann, denn davon haben wir, glaube ich, bisher noch nie was gehört. Wir planen eine größere Serie, die zwischen den Jahren erscheinen soll, über die unterschiedlichen Genres der Belletristik, wobei dein Genre etwas ganz Neues und Herausforderndes ist. Also erzähl!«

Und was zum Kuckuck soll ich erzählen, frage ich mich.

»Ich finde das alles sehr spannend«, fange ich an. »Ich habe schon lange zu Arnells Bokförlag hinübergeschielt. Wir haben kürzlich mit unserer Zusammenarbeit begonnen, und wir haben uns auf fünf Bücher geeinigt. Jetzt muss ich die nur noch schreiben«, schließe ich mit einem trockenen Lachen. Aber Angelica lässt sich nicht beirren.

»Wie viel Sex werden diese Bücher enthalten? Und wirst du die Hauptperson auf deinen Erfahrungen mit Übergriffen in der Sexindustrie aufbauen?«

Der Zynismus in ihrer Frage lässt mich zurückzucken, und plötzlich schwankt der Boden unter meinen Füßen. Worauf habe ich mich bloß eingelassen? Ich kann jetzt einfach nicht mehr lügen, und ich kann mit dieser Frau nicht weiterreden.

»Entschuldige. Aber ich habe mir leider irgendetwas eingefangen. Ich habe mich schon zweimal übergeben. Und es kommt mir vor, als ob es gleich wieder losgeht. Können wir das Gespräch vielleicht auf morgen verschieben?«

»Natürlich.« Ihre Stimme zeigt deutlich, wie ungern sie mich aus ihren Fängen lässt.

»Danke.« Ich lege auf, ohne weitere Einzelheiten zu besprechen.

Ich starre mein elendes kleines Telefon an. Und den Bildschirm, auf dem meine nichterotische Storyline mich fast schon höhnisch angrinst. Mein Blick wandert weiter zum Fenster. Draußen schimmert es so schön, und für einen Moment verliere ich mich in dem, was ich so verzweifelt suche. Ruhe und Harmonie.

»Hallo, Mama.«

Ich werde von Katinkas Stimme in die Gegenwart zurückgerissen.

»Hallo, Herzchen. Bist du zu Hause?«

»Will nur ein paar Sachen holen. Kannst du mich zurückfahren?«

»Wohin denn?«, frage ich verwirrt.

Aber Katinka lächelt nur, lässt ihre vielen Armbänder klimpern und lacht noch mehr, als sie mitteilt, worum es geht.

»Zum neuen Haus! Ach, Mama, das wird einfach *awesome!* Jetzt teilen wir uns die Miete zu viert. Das ist alles so toll. Fährst du mich?«

»Es schneit, Katinka. Es schneit mehr, als irgendwer räumen kann. Und euer Weg ist zudem mit der Hand frei geschaufelt worden, habe ich gehört. Und ich bin mit Oma zum Mittagessen verabredet.«

Und ich muss eine Serie von fünf Büchern schreiben, schreie ich in Gedanken. Und habe ein Interview mit *Expres-*

sen, das ich vorhin in den Sand gesetzt habe. Davon abgesehen liegt gerade nicht viel an. Allerdings ist Weihnachten, und ich muss mich gegen die wehren, die behaupten, ich hätte mir meinen Erfolg im Bett erarbeitet. Und obendrein geht meine beste Freundin mit dem Mann meiner anderen Freundin fremd. Und dann gibt es da noch dieses kleine Detail, dass wir keine funktionierende Küche mehr haben.

Ich kehre meiner Tochter den Rücken zu. Statt ihr zu antworten, gehe ich zum Badezimmer, lasse den Bademantel auf den Boden fallen, während gleichzeitig die Unterhose zu meinen Füßen landet. Katinkas fragender Blick brennt mir im Rücken, als ich die Tür hinter mir zuziehe.

Ich drehe den Hahn in der Dusche auf und lasse das heiße Wasser auf mich einprasseln, meine Muskeln entspannen sich, und meine Tränen dürfen fließen, wie sie wollen.

Mama hat natürlich einen Tisch bestellt. Sie überlässt nur ungern etwas dem Zufall, und als ich das Restaurant betrete, denke ich genau darüber nach: dass sie immer die Kontrolle haben will. Genau wie ich. Und doch kann ich ihre Art nur schwer akzeptieren, dass sie immer das Kommando haben und unbedingt ihren Willen durchsetzen will.

Bin ich auch so? Wie die Mutter, so die Tochter? Viele bezeichnen mich als wild und verrückt. Wie geht das mit meinem Kontrollbedürfnis zusammen?

Das Hotel Post ist protzig. In meiner Kindheit war das Haus noch ein echtes Postamt. Nicht wie die heutigen identitätslosen Postagenturen, sondern wirklich die Post. Große Schalter hinter riesigen Pfeilern, wo Frauen – hinter den Schaltern saßen wirklich fast nur Frauen – mit Post und Geld und Schecks hantierten. Unter anderem. Das Gebäude ist an sich riesig. Mir fällt ein, wie froh ich war, als ich hörte, dass das stillgelegte Postamt zum Hotel werden und dass die Atmosphäre bewahrt werden sollte. Innen sind viele Details noch wie früher, und ich erkenne sogar die Schalter mit den abgenutzten Tresen. Das ist schön.

Mama winkt, als sie mich zwischen den Tischen sieht.

»Hier bin ich!«, ruft sie so laut, dass sich mehrere Gäste umdrehen. Ihr macht das nichts aus. Stattdessen flüstert sie theatralisch ihrem Nachbartisch zu:

»Amy Strandberg. Das ist meine Tochter. Sie kennen sie vielleicht, sie ist Schriftstellerin und ist oft in Zeitungen und im Fernsehen zu sehen.«

»Mama … hör jetzt auf.« Verlegen setze ich mich auf die andere Seite des Tisches, und die Leute am Nebentisch scheint es nicht weiter zu beeindrucken, dass eine *Berühmtheit* neben ihnen sitzt. »Es ist peinlich, wenn du so was sagst. Kein Mensch weiß, wer ich bin, merk dir das bitte.«

»Doch, du warst schließlich im Fernsehen!«

»Ja, aber ich bin nur eine unter vielen, und niemand erinnert sich danach an Namen oder Gesichter.«

Aber Mama schüttelt den Kopf und widmet sich nun der Speisekarte.

»Was willst du essen?«

»Ich weiß nicht«, murmele ich. »Hab die Karte ja noch nicht gesehen. Was ist denn das Tagesgericht?«

»Fisch von der heutigen Fischauktion mit Roter Bete, Speck und Kapern. Ich glaube, das nehme ich. Und ein Glas Weißwein.«

»Okay, das nehme ich auch, aber mit Mineralwasser.«

»Also Herzchen … wo wir uns schon so selten sehen, kannst du dir doch wohl mal ein Glas Wein gönnen?«

»Nein, ich muss nachher noch arbeiten, und ich habe auch keine Lust auf Wein.«

Mama verdreht die Augen, und das sagt deutlich, was sie von meinem *unerhört* nüchternen und luxuslosen Leben hält.

»Dann reden wir jetzt über die wichtigen Dinge. Hast du dir inzwischen überlegt, wer was für das Weihnachtsbuffet macht? Und wie geht es mit der Küche?«

Ich seufze.

»Die Küche ist das totale Inferno. Wir hatten einen Wasserschaden, und der ganze Boden musste aufgebrochen werden.

Ich weiß ehrlich gesagt nicht, wie das bis Weihnachten wieder in Ordnung kommen soll.«

Mama starrt mich an. Kein Ton ist von ihr zu hören, und dabei redet sie sonst immer so viel.

»Und ein Weihnachtsbuffet wird es wohl auch nicht geben. Melker ist da ganz meiner Meinung«, lüge ich und erzähle ihr lieber nichts von der Wette. »Wir planen stattdessen ein weihnachtliches Essen mit drei Gängen.«

Ein Kellner tritt neben uns, und ich bin dankbar für diese Unterbrechung. Sie gibt Mama Zeit, um über meine Worte nachzudenken.

»Zweimal den Fisch des Tages, ein Wasser und ein Glas Weißwein für meine Mutter«, fange ich an und schaue dann Mama an. »Was für Wein?«

»Chardonnay«, antwortet sie fast wie in Trance.

»Okay, dann ein Glas Chardonnay«, sage ich.

»Das Wasser mit oder ohne Kohlensäure?«

»Mit, bitte.«

Er verlässt uns, und ich warte auf Mamas Reaktion.

»Amy, wie habt ihr euch das eigentlich gedacht? Oder warte … ihr habt gar nichts gedacht, das muss es sein.«

»Du hast recht, wir haben nicht daran gedacht«, sage ich. »Denn dann hätte ich Melker verboten, mit der Küche anzufangen. Und Katinka hat ein großes Haus im Wald gemietet, das offenbar kaum bewohnbar ist. Sie will, dass wir alle dort Weihnachten feiern, und sie will auch keine Geschenke, sondern wir sollen für wohltätige Zwecke Geld spenden. Sie hat übrigens einen neuen Freund. Er heißt Adam, ist Veganer und ungeheuer umweltbewusst.« Ich denke, ich kann auch gleich mit allem herausrücken.

»Oh, Herrgott«, ruft Mama und schlägt theatralisch die Hand vor den Mund. »Ein Umweltaktivist!«

»Ja, so kann man ihn vielleicht nennen.«

»Und jetzt sollen wir uns also eine Menge Klimagefasel anhören, oder was? Scham hier und Scham dort. Inzwischen darf man ja überhaupt nichts mehr machen, man soll sich schämen, wenn man zum Frühstück ein Stück Schinken isst. Und *so einen* hat Katinka kennengelernt?«

»Er ist sehr sympathisch«, sage ich abwehrend und sehe mich um, ob die Tischnachbarn Mamas Ausbruch gehört haben. Aber die scheinen sich noch immer rein gar nicht für uns zu interessieren.

»Und was wird jetzt?«, fragt Mama.

»Wie meinst du das?«

»Werden wir Weihnachten in dieser ... Bruchbude feiern?«

»Nein, das glaube ich nicht, ich war noch nicht einmal da. Mama, ich weiß es einfach nicht, im Moment steht alles Kopf, und es ist furchtbar anstrengend. Ich habe schrecklich viel zu tun, und wir haben uns diese Situation nicht ausgesucht.«

»Melker ja wohl doch!«

»Nein, es sind Dinge passiert, die wir alle nicht ahnen konnten. Bitte, können wir nicht über etwas anderes reden?«

So ein Mittagessen mit Mama zehrt an meinen Kräften. Sie ist liebenswert, und ich weiß, dass sie mich und unsere ganze Familie über alles liebt, aber sie frisst so viel Energie. Oft bin ich nach einem Treffen mit ihr total erschöpft. Ab und zu frage ich mich, wie Papa das aushält. Er ist sozusagen immer einen Schritt hinter ihr, wie ein unsichtbarer Schatten. Fürsorglich und verständnisvoll. Mama ist ... anstrengend.

Als wir uns nach dem Essen umarmen, schaut sie mir in die Augen. Vielleicht ist ihr klar, dass sie mich gestresst hat.

»Es wird auf jeden Fall gut, Amy. Das mit Weihnachten, meine ich. Die Hauptsache ist, dass wir zusammen sein können und dass alle gesund sind.«

Ich habe Tränen in den Augen, weil sie versucht, meine Weihnachtslast zu mildern, und ich werde von Liebe zu ihr überwältigt. Sie sieht überrascht aus, als ich sie noch einmal umarme und nicht loslassen will. Aber dann reiße ich mich zusammen und gehe.

Heute ist mein letzter Tag ohne soziale Medien. Morgen kann ich mich wieder einklinken. Es ist seltsam, aber auf irgendeine merkwürdige Weise habe ich mich daran gewöhnt, nicht dauernd online zu sein. Ich sehe ein, dass das Leben weitergeht, auch wenn ich nicht alles weiß und mich nicht über alles auf dem Laufenden halten kann. Mein Drang, Kommentare und Bilder zu posten, ist schneller verflogen, als ich gedacht hätte, auch wenn ich ab und zu noch Entzugserscheinungen spüre. Die Unruhe, weil ich nicht alles sehen kann, was über mich geschrieben wird, hat ebenfalls abgenommen. Sogar die Sorge, was Tarzans Schmierereien angeht. Vielleicht hat Melker recht? Ich habe es mit den sozialen Medien wohl übertrieben, und ich werde versuchen, das in Erinnerung zu behalten, wenn ich ab morgen gewissermaßen wieder »live« einsteige.

In der Straßenbahn verdränge ich alle Gedanken an soziale Medien und Weihnachten. Stattdessen konzentriere ich mich auf Kajsa und darauf, was ich für sie tun kann. Als ich aussteige und das letzte Stück zu unserem Haus zu Fuß gehe, rufe ich sie an.

»Hallo!« Kajsas Stimme klingt nicht so lebhaft und munter wie sonst. Das tut mir weh.

»Du brauchst Hilfe«, sage ich.

»Was für Hilfe?«

»Es gibt Hilfe für alles. Du suchst etwas. Und du brauchst Hilfe, um herauszufinden, was das ist. Und auch dabei, deinen Drang nach Bestätigung zu hinterfragen. Vielleicht wäre eine Paartherapie eine gute Idee.«

»Aber Amy? Dann müsste ich Håkan doch sagen, dass er und ich Probleme haben.«

Ich höre, wie geschockt sie ist, weil ich sofort zur Sache gekommen bin. Aber ich lasse mich nicht davon abhalten.

»Erstens: Du hast Probleme. Das musst du dir eingestehen. Du hast es mir gegenüber gestern zugegeben. Weißt du das nicht mehr?«

»Aber mein Problem ist Robin.«

»Nein. Du kennst ihn seit weniger als einer Woche«, stöhne ich. »Nicht er ist dein eigentliches Problem. Zweitens: Robin nutzt dich aus und ist ein Dreckskerl, weil er Sabina betrügt.«

»Aber ich betrüge doch Håkan.«

Sie hat recht. Und das mit Håkan tut mir in der Seele weh. Der gute Håkan ist seit vielen Jahren mein Freund. Er hat Liebe und Treue verdient. Und ich bin überzeugt – auch wenn ich das nicht richtig ausdrücken kann –, dass Kajsa von ganz anderen Dingen angetrieben wird und ihren Mann überhaupt nicht verlassen will.

»Du musst begreifen, dass dein Problem mehr ist als ein Seitensprung. Wenn du Håkan verlässt, weil du einen anderen hast, wirst du auch den anderen hintergehen. Du brauchst Hilfe.«

»Aber wie …?«, flüstert sie.

»Ich werde dir bei allem zur Seite stehen. Ich traue mir zu, die richtige Person für dich zu finden.«

»Für eine Therapie, meinst du?«

»Ich weiß noch nicht. Aber ich werde mich kundig machen.«

Wir beenden das Gespräch, und ich muss mir eingestehen, dass ich keine Ahnung habe, wie ich vorgehen soll. Noch ein Punkt für die vielen Listen, die mir durch den Kopf wirbeln: *Kajsa helfen.*

Der Schnee ist kompakt. Einer unserer Nachbarn steht auf seinem Dach und schaufelt haufenweise Schnee herunter.

»Aufpassen!«, ruft er. »Schnee kann schwer sein, wenn man ihn auf den Kopf kriegt!«

»Danke für die Warnung. Das sieht ja geradezu gefährlich aus.«

»Ach, anständige Stiefel an den Füßen und gut aufpassen«, lacht er. »Bei diesem Wetter muss man aufpassen, dass unter der ganzen Last nicht das Dach über einem einstürzt. Oder Wasser eindringt«, fügt er hinzu und arbeitet dann weiter.

Weitere Schaufelladungen Schnee fallen vom Dach, aber ich bin schon vorbeigelaufen. Eine SMS von Hugo teilt mit, dass er morgen nach Feierabend vorbeikommen wird, um seine Wäsche zu holen, und ich seufze, weil ich seine Sachen immer für ihn gebügelt habe. Damit muss jetzt Schluss sein. Melker hat recht. Ich darf die Kinder nicht weiterhin auf diese Weise bemuttern.

Dann schaue ich zu unserem Dach hoch. Und reiße die Augen weit auf. Wenn der Nachbar viel Schnee hatte, dann ist das doch nichts gegen das, was wir haben.

Kaum im Haus, rufe ich Melker an, der noch immer im Büro ist. Ich erzähle, dass unser Dach kurz davor ist, unter der Schneelast zusammenzubrechen. Wir müssen schaufeln, dränge ich. Aber Melker ist die Ruhe selbst. Es bestehe keine Gefahr, meint er. Das werde sich schon finden. Seine Ruhe macht mich noch viel hektischer.

»Dann tu ich es selbst.«

»Hör jetzt auf, Amy. So einfach ist das nicht. Wenn du auf das Dach kletterst, rutschst du garantiert aus und brichst dir das Genick.«

»Ach was. So ein Quatsch! Wieso denn? Traust du mir etwa nicht zu, dass ich das schaffe?«

»Du bist ein bisschen zu … wie soll ich sagen … du bewegst dich etwas zu schnell. Ich kann das heute Abend nicht mehr, ich muss packen und alles für morgen vorbereiten.«

In meinem Kopf steht alles still. Packen?

»Wohin willst du?«

»Brüssel. Das habe ich doch gesagt. Drei Tage Konferenz. Ich fliege morgen ganz früh und bin Freitagabend wieder da.«

»Aber … das habe ich gar nicht mitgekriegt.«

»Du hast zu viel im Kopf, Amy. Das sage ich ja schon lange.«

»Du kannst jetzt nicht nach Brüssel fahren, es ist noch so viel zu tun«, protestiere ich. Aber Melker kann nicht mehr reden. Er muss zu einer Besprechung.

»Ich kümmere mich darum, wenn ich aus Brüssel zurück bin, Amy«, sagt er und beendet das Gespräch.

Die Worte meines Nachbarn hallen in meinem Kopf wider und werden zu einem weiteren Punkt auf meiner Liste:

Das Dach frei schaufeln.

Einige Stunden später stürze ich mit einer Tasche voller Bücher und meinem Pappaufsteller in die Räumlichkeiten des Rotary Clubs. Ein älterer Herr in Anzug und Fliege kommt mir entgegen, und mir ist sofort klar, dass er mein Kontaktmann sein muss.

»Amy Strandberg, nehme ich an?«

Ich lächele und strecke ihm meine freie Hand hin.

»Ja, das bin ich!«

»Und ich bin Roland Nordman. Willkommen bei Rotary!«

Wie ein Gentleman nimmt er mir meine große, schwere Tasche ab und geht mit federnden Schritten voraus – obwohl er so aussieht, als wäre er hundert Jahre alt – zu einem Saal mit schön gedeckten Tischen. Leinendecken, Leinenservietten und Gläser in allen Größen. Ich muss an eine vornehme Samstagsveranstaltung denken, aber das hier ist nur ein schnöder Dienstag. Im Rotary Club.

»Wie schön!«

Er zwinkert mir zu. Ich mag Roland sofort leiden. Er sieht aus, als ob er das Leben liebt, denke ich.

»Wir essen zuerst, und Sie sitzen natürlich neben dem Präsidenten, also neben mir. Sie sind hier die Hauptperson und außerdem unser Gast. Wenn wir gegessen haben, gehört die Bühne Ihnen, wir freuen uns sehr darauf, von Ihrem Werdegang bis zur Schriftstellerin und von Ihren Zukunftsplänen zu hören. Heute Abend haben wir auch unsere Damen als Gäste dazugebeten.«

Ich erröte, als ich die vielen Menschen sehe, und muss daran denken, dass von mir Erotic Crime erwartet wird. Unter den Anwesenden ist wohl niemand unter achtzig, und ich beschließe, nur über meinen schriftstellerischen Werdegang und über meinen Krimi zu reden, und die Erotik, über die ich eigentlich ja gar nicht schreiben will, nicht zu erwähnen.

Als ich versuche, den Fuß des Aufstellers auszuklappen, passiert das Gleiche wie neulich im Buchladen. Er klappt mit lautem Knall zusammen. Eine alte Frau schreit vor Schreck so schrill auf, dass ich schon glaube, die Leute in ihrer Nähe werden gleich in Ohnmacht fallen.

»Oh! Entschuldigung!«

Aber Roland eilt mir schnell zu Hilfe, während ein anderer Herr, auch er mit einer Fliege um den Hals, der alten Dame ein Glas Wasser reicht. Sie ist weiß im Gesicht.

»Ich helfe Ihnen, meine Kleine«, sagt Roland zu mir.

In diesem Moment würde ich wirklich gern ein Foto posten. Was habe ich da für Leute vor mir sitzen! Ich sehe etliche Hörgeräte und Rollatoren. Was ist mit Rotary passiert? Machen da nur ältere Menschen mit, oder ist das nur in diesem Club hier so? Es muss doch auch jüngere Rotarier geben? Und Männer und Frauen gemischt? Ich bin offenbar in einer ganz besonderen Versammlung gelandet, denke ich belustigt.

Das Essen dauert lange. Alle haben schier unbegrenzt Zeit, und wie üblich werde ich rastlos. Roland ist der perfekte Gastgeber und unterhält sich mit mir über alles andere als Bücher. Er ist ein Mann mit großer Allgemeinbildung, das merke ich schon bald, und er hält sich in der Nachrichtenflut auf dem Laufenden. Ob er wohl auf Facebook ist, frage ich mich.

»Also ... was halten Sie von Greta Tunberg?« Roland dreht sich zu mir um und erwartet eine Antwort. Greta. Mir ist klar, dass sie sehr viele Menschen überall berührt hat, junge wie alte.

»Tja«, erwidere ich ein wenig zögernd. Ich muss mir meine Antwort überlegen und sie ein wenig zurechtfeilen. Ich will mit dieser Schar von Damen und Herren keine Diskussion starten, wo ich doch gleich mich und mein einziges Buch verkaufen muss.

»Sie hat ja einen phantastischen Erfolg und ist sehr schnell groß und wichtig geworden«, setze ich vorsichtig an. Roland nickt zustimmend, und ich fahre fort. »Und sie hat vielen wirklich die Augen geöffnet, und hoffentlich werden wir jetzt etwas bewusster, was die Umwelt und unsere Zukunft angeht.« Ich denke an Katinka und ihr Engagement.

»Aber liebe Amy! Überlegen Sie doch mal!«, ruft Roland. »Wie will sie denn die Gewohnheiten in der Dritten Welt ändern, wo sie wirklich aktiv werden sollte? Statt hier einen Schulstreik vom Zaun zu brechen und in die USA und durch Europa zu reisen und auf allerlei Fernsehschirmen zu glänzen und sich mit allen vorstellbaren VIPs zu treffen, finde ich, dass sie nach Nepal, Gambia und Zimbabwe fahren sollte, und warum nicht nach China – zum Beispiel – und versuchen sollte, dort dafür zu sorgen, dass junge Menschen über unseren Planeten und die Umwelt informiert werden. Dort, wo hemmungslos Plastik und anderer umweltschädlicher Abfall weggeworfen wird, wo sie alte und schadstoffreiche Autos und Lkw fahren, wo nicht recycelt wird und niemand auch nur eine Ahnung von Umweltdenken hat. Statt über Flugscham zu reden, sollte sie in diese Länder fliegen, deren Bildungsstand so weit entfernt von unserer westlichen Welt ist, und dort eine Bewegung starten.«

Ich staune über sein Engagement. Seine Augen glühen, und seine runzeligen schmalen Hände mit dem breiten goldenen Siegelring gestikulieren im Takt seiner Rede. Alle am Tisch nicken, und als er verstummt, sehen sie mich an.

»Was sagen Sie, Sie sind doch noch jung?«

Jung? Ich bin einundfünfzig. Bin ich jung? Ja, vielleicht in seinen Augen. Doch Roland sieht meine Verwirrung und erhebt sich. Ich atme auf.

»Verehrte Rotarier! Ich freue mich sehr, dass ihr heute Abend so zahlreich erschienen seid und dass außerdem etliche von euch ihre bezaubernden besseren Hälften mitgebracht haben. Unser Gast Amy Strandberg hat im Herbst ihren ersten Kriminalroman veröffentlicht, und jetzt wird sie uns erzählen, wie ihr Weg bis zur Veröffentlichung verlaufen ist, etwas, das, wie ich gehört habe, durchaus keine Selbstverständlichkeit ist. Auch ist mir zu Ohren gekommen, dass Amy große Zukunftspläne hat, über die wir sicher ebenfalls etwas hören werden. Meine Damen und Herren. Ich begrüße … Amy Strandberg!«

Alle applaudieren und lächeln. So viel Wärme in diesem Saal. Für den Moment vergesse ich alles andere, gerade jetzt bin ich hier, vor einer Versammlung von wunderbaren älteren Menschen. Ich trete neben meinen Pappaufsteller, der ein Foto von mir und meinem Krimi zeigt. Hole tief Luft und schiele zu Roland hinüber, der aufmunternd lächelt. Dann lege ich los. Erzähle über das, womit ich mich am besten auskenne: mein schriftstellerisches Werk. Wie ich, nachdem ich mir bei vielen Verlagen Absagen geholt hatte, endlich bei Ord i Bok landete und mein erstes Buch veröffentlicht wurde. Wie ein Tag in meinem Schriftstellerinnenleben aussieht und wo ich meine Inspiration finde. Über die Einsamkeit beim Schreiben und die Freude des freien Schaffens. Über dieses Lebensgefühl. Wie ich ab und zu über dem Manuskript verzweifele, wie ich aber ebenso oft eine Art Euphorie verspüre und dass wir Autorinnen und Autoren uns gegenseitig ermutigen und unterstützen. Das alles und noch viel mehr erzähle ich, so bildreich und einfühlsam, wie ich nur kann. Und die Energie im Saal ist so positiv, wie ich es seit langer Zeit nicht mehr wahrgenommen habe. Ich habe die volle Aufmerksamkeit des Publikums, sie stellen Fragen, und ich entspanne mich immer weiter, werde offener und bringe die Anwesenden mehrmals zum Lachen.

Als ich nach einer Stunde fertig bin, heimse ich stehende Ovationen ein, was mich zu Tränen rührt. Ich denke, dass ich viel zu wenig Bücher mitgebracht habe. Alle werden ein Exemplar kaufen wollen, und sei es als Weihnachtsgeschenk, was ich abschließend auch angeregt habe.

Roland bedankt sich bei mir und überreicht mir einen riesigen Blumenstrauß.

»Also«, fordert er die Zuhörer dann auf. »Nun signiert Amy Bücher, stellt euch schon mal an.«

Ich trete an den Tisch, wo meine Bücherstapel liegen. Greife zu meinem schönsten Signierstift und bin bereit. Sehe, wie alle anfangen, ihre Utensilien vom Tisch zu nehmen und in Handtaschen und Jacketts zu verstauen. Gemurmel und verstohlene Blicke. Endlich kommt eine schick gekleidete grauhaarige Dame zu mir. Sie lächelt freundlich.

»Liebes Kind! Ich kaufe Ihnen gern ein Buch ab. Und dann glaube ich, dass sehr viele von uns es ausleihen und Ihr Werk genießen werden. Danke für diesen ungeheuer interessanten Vortrag.« Sie bittet mich gnädig, das Buch für sie zu signieren.

Und das ist das einzige Buch, das ich hier verkaufe.

11. DEZEMBER, MITTWOCH

Melker bricht auf, als ich noch gar nicht richtig wach bin. Er küsst mich flüchtig, und verschlafen nehme ich seinen Geschmack wahr, ehe er Schlafzimmer und Haus verlässt. Er fehlt mir schon, noch ehe er die Tür hinter sich zugeknallt hat.

Die Decke wird kalt, und Melkers Kissen sieht verlassen aus. Das nasse Frotteehandtuch von der morgendlichen Dusche liegt als unförmiger Haufen auf dem Schlafzimmerboden. Kaffeeduft steigt von unten herauf. Melker kann den Tag nicht ohne eine schnelle Tasse Kaffee beginnen lassen.

Das Samenkorn der Unruhe, das in letzter Zeit mal hierhin, mal dorthin geweht worden ist, hat jetzt Wurzeln geschlagen. Und wie. Ich kneife die Augen zusammen und wünschte, ich müsste nicht aufwachen. Könnte einfach schlafen und dann zu einem anderen Leben erwachen. Ohne Ansprüche. Ein Leben, in dem ich keine neuen Aufträge einholen müsste, um Geld zu verdienen, keine Vorschau über fünf Bücher vorlegen, kein Manuskript vollenden und keine Signierstunden und Weihnachtserledigungen in den Griff bekommen müsste.

Eine vertraute Zeile hallt in meinem Kopf wider.

Mein Gott, wo bist du jetzt? Ich möchte wissen, wo. Sag, wo bist du jetzt?

Ich höre oft die Gruppe Ainbusk mit der Sängerin Josefin Nilsson. Als sie gestorben ist, hat mich das schwerer getroffen, als ich geahnt hätte. Aber ihre Musik lebt noch immer in mir, und ihre Texte sind weiterhin lebendig.

Mein Gehirn kocht, ich weiß nicht, wie ich es abkühlen soll.

Heute ist Mittwoch. Es schneit ununterbrochen, und Melker hatte das Dach nicht frei geschaufelt, als ich gestern Abend vom Rotary Club nach Hause kam. Ich hatte gehofft, dass er es noch schaffen würde.

»Das ist kein Problem, Amy. Ich mach das am Wochenende. So schnell bricht ein Dach nicht ein.«

»Aber Gunnar ein paar Häuser weiter hat das gesagt.«

»Und wem glaubst du? Ihm oder mir?«

Auf solche Fragen gibt es keine Antwort. Um des lieben Friedens willen habe ich das Thema fallen lassen, aber nun zerbreche ich mir den Kopf. Draußen ist es pechschwarz, aber durch den Vorhangspalt sehe ich das Licht der Straßenlaterne. Was passiert hier eigentlich? Sollen wir in diesem Winter unter dem vielen Schnee ersticken? Ist das schon der Klimawandel? Eigentlich reden alle davon, dass die Temperaturen steigen, und jetzt ist es umgekehrt. Ich muss mich wohl besser informieren.

Voller düsterer Gedanken stehe ich auf und verlasse die Bettwärme. Dunkle Ringe unter den Augen und eine mürrische Miene begegnen mir in dem unbarmherzigen Spiegel im Badezimmer.

Nun antworte doch, ob du da bist, Gott. Ja, ich will es wissen, hörst du mich jetzt?

Ich bin nicht religiös im üblichen Sinn, aber Texte zu hören, die mich berühren, oder auf ein Meer hinauszublicken, stürmisch oder still, solche Dinge erfüllen mich mit Spiritualität. Dann spüre ich, dass ich ein Teil von etwas Größerem bin. Und mehrere von Ainbusks Liedern berühren mich auf diese Weise. Ich kann die Texte auswendig.

Wenn du suchst, dann bin ich hier.

Langsam schleppe ich mich hinunter in die nicht mehr vorhandene Küche. Ich mustere das Chaos, das mit jedem Tag schlimmer wird. In zwei Tagen ist Lucia-Fest. Aber wen interessiert das? Es ist lange her, dass Katinka und Hugo Melker und mich mit einem schief sitzenden Lucia-Kranz, einer zerknautschten spitzen Mütze auf dem Kopf und selbstgebackenen Lussekatter geweckt haben. Und mit ziemlich schiefem Gesang.

Ich habe das so geliebt! Wir haben uns im Bett alle ganz eng aneinandergeschmiegt und gehörten zusammen. Jetzt sind alle an unterschiedlichen Orten, und niemand scheint sich noch für die Feste zu interessieren. Bin ich die Einzige, die sich für Weihnachten abmüht? Für uns? Für die Familie? Katinka hat sich an Adam verloren, an die Wohngemeinschaft und an die Rettung der Welt. Hugo jagt Fortschritt und Geld hinterher, er scheint zu glauben, dass Glück von der Höhe des Bankkontos abhängig sei. Melker denkt vor allem an den Wasalauf und redet darüber, dass alles gut wird. Was soll denn gut werden?

Ich spiele mit der Liste, die vor mir legt. Die Liste, die ich gestern vor dem Schlafengehen zusammengekritzelt habe. Ich lese die erste Zeile:

Kajsa helfen

Ich googele und komme zu dem Schluss, dass eine Therapie bei einer fähigen Fachperson die beste Hilfe wäre. Der erste Schritt führt also in eine Beratungsstelle, aber wie soll ich Kajsa dazu überreden?

Bilder von früher ziehen vor meinem inneren Auge vorüber. Kajsa und ich als beste Freundinnen auf dem Gymnasium. Wir haben einander gefunden, als wir uns im Aufenthaltsraum der Schule zum ersten Mal begegnet sind. Seither haben wir zusammen gelacht, geweint, haben die Liebe gesucht, geheiratet, Kinder bekommen, haben Alltag und Geheimnisse geteilt. Wir haben uns gestritten und konnten uns nicht einigen, aber wir haben immer wieder zueinander zurückgefunden. Sie ist meine beste Freundin. Und deshalb hat sie mitten im Weihnachtsstress Priorität vor allem anderen.

Kajsa wird niemals eine Beratungsstelle aufsuchen und sich eine Psychologin empfehlen lassen. Sie glaubt sicher, dem Sturm auf eigene Faust standhalten zu können. Und ich kann mir vorstellen, dass es dauern wird, einen Therapietermin zu bekommen, und Kajsa braucht jetzt Hilfe, nicht in Wochen oder Monaten.

Bei wem im Bekanntenkreis könnte ich Rat einholen?

Und dann kommt mir eine Idee. Entschlossen suche ich mir die Telefonnummer von Ida bei Werner & Co heraus.

»Hallo, Ida. Hier ist Amy.«

»Ach, hallo!«

»Ich hoffe, ich störe nicht?«

»Nein, nein, aber leider habe ich noch keine Antwort für dich. Und leider wirst du wohl bis nach Weihnachten warten müssen.«

Ich kann nicht verhindern, dass ich vor Enttäuschung fast den Faden verliere. Denn natürlich hatte ich Hoffnungen. Aber ich hole tief Luft und versuche, an Kajsa zu denken, die mich mehr braucht, als ich diesen Auftrag brauche.

»Eigentlich rufe ich auch nicht deswegen an«, sage ich.

Vor ungefähr einem Jahr, als wir sehr intensiv zusammengearbeitet haben, hat Ida mir erzählt, dass sie einmal pro Woche zur Gesprächstherapie gehe. Sie habe sich selbst verloren, wie sie das ausdrückte, und brauchte Hilfe, um den Sinn des Lebens, die Freude und den Weg zu ihrem Partner wiederzufinden. Im Sommer haben wir noch einmal darüber gesprochen, und da ging es ihr viel besser, und sie hat sich voller Wärme über ihre Therapeutin geäußert, die sie für den Schlüssel zu ihrem Wohlbefinden hielt. Jetzt erzähle ich Ida von meiner Freundin, die Hilfe braucht, und Ida gibt mir sofort Name und Telefonnummer der Therapeutin.

»Es mag vielleicht sehr teuer wirken«, sagt sie. »Aber ich hätte ohne Kristina nicht überlebt. Sag deiner Freundin, dass diese Frau jede Krone wert ist und dass sie lieber an anderer Stelle sparen soll.«

»Das werde ich.«

Als wir auflegen, ist es schon halb zehn. Ich muss Kajsa später anrufen. Ich hoffe, sie hört auf mich und ist bereit, Hilfe anzunehmen.

Ich habe zwei Tassen Tee getrunken und die Morgenzeitungen gelesen. Melker besteht darauf, weiterhin die herkömmlich gedruckten Zeitungen zu abonnieren, und deshalb bekommen wir jeden Morgen je ein Exemplar von *Göteborgs-Posten* und *Dagens Industri*. Während ich sie zusammenfalte und auf einen ordentlichen Stapel lege, geht mir plötzlich auf, dass ich es geschafft habe. Unser Deal! Die Wette!

Das ist doch *Wahnsinn!*

Sofort hole ich Melkers Nummer aufs Display. Er kann ja wohl kaum schon im Flugzeug sitzen.

»Hallo! Ich stehe in der Schlange vor dem Gate. Ist es wichtig?«

»Ich habe gewonnen!«, rufe ich mit schlecht verhohlenem Triumph.

»Was denn? Im Lotto?«

»Melker! Das Weihnachtsbuffet kannst du dir in diesem Jahr in die Sterne schreiben. Du hast mich herausgefordert, und ich habe gewonnen!«

»Ist das schon eine Woche her?«

Widerwillig teilt Melker mir mit, wo er mein Handy versteckt hat, und mit zitternden Händen schiebe ich die SIM-Karte hinein, schalte es ein und sehe, wie mir alle Apps entgegenfunkeln. Genauso kommt es mir vor … wie ein Funkeln! Wie schön! Endlich kann ich meine Zeit damit verbringen … na ja, dabei zu sein, denke ich. Aber vor allem kann ich endlich mein Publikum wieder erreichen, und – und das ist das Beste – sehen, welche Erfolge meine Kolleginnen und Kollegen einheimsen.

Mit etwas Mühe finde ich heraus, wie sich meine sozialen Konten wieder aktivieren lassen, und gespannt halte ich einige Sekunden den Atem an, bis ich endlich wieder online bin. In mir prickelt die Erwartung, und die Hoffnung von gestern, dass ich meine Internetsucht losgeworden bin, ist wie weggeblasen. Ich setze mich mit dem Telefon vor der Nase auf das Wohnzimmersofa. Wie eine Drogenabhängige, die ihren ersten Schuss seit einer Woche setzt, lese ich alles, was ich finden kann. Scrolle und blättere und like und kommentiere. Ich vergesse Zeit und Raum und werde in die virtuelle Welt gesaugt, die nicht *wirklich,* die aber so *wichtig* ist.

Nach einer Weile merke ich, dass alles ist wie vorher. Es hat sich nicht viel geändert, seit ich in der Schattenzone verschwunden bin. Die Mitteilungen sind mehr oder weniger dieselben, möglicherweise anders formuliert, vom Inhalt aber gleich. Und mein Stressniveau steigt in dem Tempo, in dem ich lese, was dort geschrieben steht. In nur einer Woche habe ich vergessen, wie erfolgreich alle Menschen sind. Wie viel Erfolg es dort draußen gibt. Ich finde eine Flut an Bildern von phantastischen Gerichten, die offenbar alle an jedem Tag der Woche zubereiten, von Weihnachten in allen erdenklich schönen Formen, von neuen Profilbildern, neuen Reisezielen und von Büchern, die sich verkaufen wie warme Semmeln. Ich vergrabe mich im allgemeinen Glück und Erfolg. Ich lese alles. Das Einzige, was ich nicht anklicke, sind die Facebook-Gruppen, wo ich Gefahr laufe, auf neue Beiträge von Tarzan zu stoßen.

Eine Stunde später reiße ich meinen Blick vom Display los und starre in die Luft. *Eine ganze Stunde.* Ich habe rein gar nichts geschafft in dieser Zeit, habe mich nur damit beschäftigt, was alle anderen so treiben. Mein Manuskript ist nicht um ein einziges Wort gewachsen, meine Storyline ist noch immer nicht fertig, der Berg an Bügelwäsche ist nicht geschrumpft, und nicht einmal eine sinnvolle Aufgabenliste habe ich zusammengestellt.

Mit einem Seufzer und einer Art Leere in mir lege ich das Handy auf den Couchtisch und schiebe den Haufen aus Zeitschriften über elegante Wohnkultur und Lifestyle zusammen. Irgendwer – Melker – hat sie verschoben, und nun liegen sie da in der Unordnung, die ich hasse. Seine Tasse mit den getrockneten Kaffeeresten steht daneben. Mutlos frage ich mich, wann wir die neue Spülmaschine bekommen werden. Und ob die in unserem Kücheninferno überhaupt angeschlossen werden kann. Nachdem ich mit den Fingern über die dunkle Tischplatte gefahren bin, geht mir auf, dass auch Staubwischen auf die Aufgabenliste für heute gehört, aber wer hat denn Zeit für solche Dinge?

Ich jedenfalls nicht.

Ich greife zum Telefon. Starre es kurz an, klicke mich dann wieder zu Facebook durch und suche eine der größeren Lesegruppen auf. Entschlossen, aber mit einem gewissen Zittern halte ich Ausschau nach meinem eigenen Namen. Atemlos sehe ich die Ergebnisse an mir vorbeiflimmern. Und ja, es stimmt, durch meine Aktivitäten der letzten Tage bin ich stärker ins Blickfeld geraten. Mein Name wird erwähnt als der einer Autorin, von der vorher niemand gehört hatte, für die sich jetzt aber viele interessieren, und in einigen Posts ist mein Debütroman zusammen mit dem Kommentar zu sehen, dass er unbedingt gelesen werden sollte. Er verkauft sich also wirklich – allein das kommt mir schon unwirklich vor. Aber es wird auch einiges über das Genre geschrieben, mit dem ich plötzlich assoziiert werde: Erotic Crime. Was bedeutet das, fragen manche, und sie versuchen, mich mit anderen Autorinnen zu vergleichen, kommen aber nicht weit. Ob es sich um eine Art Liebesroman handle, fragt jemand. Nein, da werde normalerweise nicht gemordet. Aber das Genre scheint in England verbreitet zu sein, steuert jemand anderes bei.

Als ich meine Suche gerade beenden will, als ich schon bei den alten Beiträgen angekommen bin, taucht ein neuer Post auf. Das Profilbild zeigt kein Gesicht, sondern einen kräftigen, muskulösen und braungebrannten Männerrücken, und der Name des Profils ist ungewöhnlich: Tarzan.

Sein Kommentar schleudert mich brutal zurück in die Hasswelt, die mir solche Angst gemacht hat, ehe ich ausgestiegen bin.

Erotic Crime. Passt doch zu Amy Strandberg. Ihre kommenden Bücher basieren auf der Wirklichkeit, sagt sie. Die Bekenntnisse einer Hure, ganz einfach. Denn niemand kann ficken wie sie. Das wissen alle.

Es ist dunkel wie im Grab, als ich die Haustür öffne und den Schnee abschüttele. Den Aufsteller lege ich in die Ecke. Den Mantel hänge ich auf einen Kleiderbügel, damit er trocknen kann, und die Stiefel stelle ich ordentlich ins Schuhregal.

Heute Abend habe ich acht Bücher verkauft.

Ich war im Akademibokhandel am Frölunda Torg, und da herrschte wie immer große Hektik, viel Kundschaft und verlockende Bücher. Richtiger Weihnachtstrubel. Da wirkte der Online-Buchhandel nicht wie eine Bedrohung, dorthin kamen Menschen, um *richtig* einzukaufen. Ich hatte einen schönen Signiertisch gleich beim Eingang, und das Personal war einfach reizend. Immer wieder schob ich meinen Aufsteller einige Zentimeter hin und her, voller Sorge, dass es nicht gut zu sehen sein könnte. Den Stift hielt ich fest in der Hand, und vor mir stand eine kleine Flasche Mineralwasser. Ich war bereit, wenn auch mit einiger inneren Unruhe und leicht flackerndem Blick.

Aber die Leute strömten an mir vorbei, nur wenige schenkten mir auch nur ein Minimum an Aufmerksamkeit. Ungefähr nach der Hälfte der Zeit kam schließlich eine alte Schulkameradin vorbei und blieb überrascht stehen, als sie mich sah. Ihr blieb gar nichts anderes übrig, als mein Buch zu kaufen, als Weihnachtsgeschenk für ihren Mann, wie sie sagte.

Später, als ich gerade zusammenpackte, kamen noch sieben weitere Kauflustige.

Auf dem Heimweg in der Straßenbahn hatte ich keine Lust, das Handy hervorzuziehen. Meine Woche ohne soziale Medien war vielleicht doch nicht ganz ohne Wirkung geblieben. Ich sah mir lieber die Leute um mich herum an. Aber um ehrlich zu sein, hatte ich auch Angst.

Wenige Minuten, nachdem ich seinen Post gesehen hatte, war Tarzan aus der Gruppe verschwunden. Ich konnte noch einen Screenshot machen, ehe der Beitrag gelöscht wurde, aber das hilft mir nicht weiter. Ich weiß, dass er bald wieder auftauchen wird, mit neuen Posts und vielleicht mit einem anderen Profilbild oder einem anderen Namen. Und ich kann nichts daran ändern.

Wer ist das?

Ich streife die Kleider ab, ziehe eine Freizeithose und einen bequemen Pullover an. Stecke die Haare zu einem Dutt hoch und schiebe eine tiefgefrorene Pizza in den Backofen. Ich habe einen Wolfshunger, aber keine Lust zum Kochen. Hugo will zwar vorbeikommen und die Wäsche holen, aber vielleicht bleibt er nur einen Moment.

Ich fühle mich seltsam leer.

Trotzdem rufe ich Kajsa an. Sie ist sofort am Apparat.

»Håkan ist zu Hause, nur damit du's weißt«, flüstert sie.

»Ich wollte nur sagen, dass ich den Namen einer guten Psychologin habe, du brauchst also nicht zur Beratungsstelle zu gehen. Ich schicke dir die Kontaktdaten. Ich weiß, dass es nicht billig wird, aber Kajsa … du musst das tun. Deinetwegen, und auch Håkan zuliebe.«

»Aber Robin …«

»Nein«, falle ich ihr ins Wort. »Sag das nicht. Vergiss ihn.«

»Wie denn? Er hat mir eben erst geschrieben.«

Ich denke fieberhaft nach.

»Frag dich doch selbst. Was willst *du?* Und welche Konsequenzen haben deine Treffen mit Robin?«

»Ich kann jetzt nicht reden. Ich ruf dich morgen an.« Sie klickt mich weg, und ich knipse eilig mehrere Lampen und alle Adventsleuchter und Sterne an. Auf einmal ist das Leben nicht mehr so hart.

Ich muss etwas tun, denke ich, nachdem ich die Pizza in mich hineingestopft habe. Nicht am Manuskript schreiben oder andere Arbeit verrichten, sondern etwas Physisches. Trainieren? Zu müde, und es ist auch zu spät, um noch ins Fitness-Studio zu gehen. Staubwischen? Das wäre nötig, aber im Moment kann ich mir nichts Schlimmeres vorstellen, und außerdem ist Abend. Mein Gehirn überlegt fieberhaft, bis mir die selbstverständliche Antwort kommt: auf dem Dach Schnee schaufeln.

Mit frischer Energie renne ich in die Diele und ziehe eine dicke Jacke, feste Winterstiefel, Schal, Mütze und grobe Handschuhe an. Ich bin bereit.

Vor der Garagentür steht die Schneeschaufel. Und in der Garage finde ich die Leiter. Ich habe alles, was ich brauche.

Mit einer Begeisterung, die jeglichen Widerstand und alle Befürchtungen besiegt, lehne ich die Leiter an die Hauswand. Überzeuge mich davon, dass sie fest steht, und als ich ganz sicher bin, klettere ich einige vorsichtige Schritte nach oben. Sprosse um Sprosse kämpfe ich mich aufwärts, und bald habe ich die oberste erreicht. Jetzt brauche ich nur noch aufs Dach zu klettern. Ich habe die Schaufel in der einen Hand und überlege, woran ich mich festhalten soll, wenn ich die Leiter verlassen habe. Der Boden befindet sich viele Meter unter mir. Aber dann pfeife ich auf meine Angst und setze einen Fuß auf den schrägen Untergrund. Taste vorsichtig. Ist es glatt? Nein, das kann ich nicht behaupten. Ich ziehe den anderen Fuß nach und stelle mich ein wenig zögernd mit meinem ganzen Gewicht auf die verschneite Fläche. Schnee überall, unter mir und vom dunklen Himmel rieselnd. Die weiße Märchenlandschaft, die sich ausbreitet, so weit das Auge reicht, findet kein Ende, und ich halte den Atem an, einerseits aus Angst, ich könnte fallen, andererseits durch die Kraft in mir, die mich immerhin aufs Dach gebracht hat.

Energisch lange ich mit der Schaufel zu und lasse den Schnee in die Garagenauffahrt fallen. Es ist kein anderes Geräusch zu hören als mein Schaufeln. Ich atme schwer, und unter meinen vielen Kleiderschichten strömt der Schweiß. Meine Gedanken schweifen umher, von Tarzan dem Hater zu den Plänen für mein Manuskript, zu Kajsas Situation, dem Leben auf Facebook und … dem ganzen Dasein. Mein Herz schlägt im Takt der Schaufelbewegungen, und ich stelle fest, dass ich eine Art Harmonie erreicht habe, bei der sich die Endorphine ungehemmt in meinem Körper tummeln können. Vorsichtig entferne ich mich immer weiter von der Leiter, und mit jedem Schritt füllt sich mein Gemüt mit noch mehr Kraft und Stolz. *Yes, I can.*

Plötzlich werde ich von einer Stimme aus meinem Eifer gerissen. Von einer vertrauten Stimme. Sie zerreißt meine Konzentration darauf, was ich hier tue. Eine messerscharfe Stimme. Außer sich.

»Mama, was zum Teufel machst du denn da? Hast du den Verstand verloren? Willst du Selbstmord begehen? Komm sofort runter!«

Verwirrt tauche ich aus meiner Trance auf. Und dort unten steht Hugo. Mein Sohn, der seine Wäsche holen will. Stolz richte ich mich auf, um ihm zu zeigen, wie tüchtig ich arbeite, damit uns die schwere Schneedecke nicht noch einen weiteren Schaden beschert. Ich hebe die Hand zum Winken … und spüre, wie ich den festen Boden unter den Füßen verliere.

Ich habe keine Ahnung, was dann passiert. Ich habe das Gefühl, über eine Rutschbahn zu sausen und zu fallen, zu fallen, ohne irgendwo Halt zu finden. Die Schaufel verschwindet aus meiner Hand. Kalter Schnee dringt unter meine Kleider, füllt meinen Mund, macht mich blind. Kalter Schnee, der unter mir, über mir und ringsherum wirbelt. Überall. Und Hugos grelle, verängstigte Stimme:

»Mama!«

Danach wird es schwarz.

12. DEZEMBER, DONNERSTAG

Hugo bringt mir Frühstück ans Bett, er sieht morgenfrisch aus und trägt Melkers Bademantel. Ich fühle mich nach dem Sturz von gestern wie gerädert.

»Wie konntest du nur so dumm sein, Mama? So unbedacht? Warum wolltest du überhaupt aufs Dach?«

Gierig beiße ich in den Toast und sehe meinen erregten Sohn an.

»Hast du hier übernachtet?«, lautet meine Antwort.

»Ja, ich wollte dich nicht allein lassen. Katinka ist in diesem verdammten Einödhaus und Papa in Brüssel. Ich habe ihn angerufen, und er hat mich gebeten, hierzubleiben und mich um dich zu kümmern.«

»Aber mir geht es doch gut. Nichts gebrochen«, ich lächele, aber ich merke, wie steif ich am ganzen Leib bin.

»Weißt du noch, dass du mit Papa gesprochen hast?«

»Sicher«, lüge ich. Ab und zu bin ich eine gute Lügnerin.

»Mama, was treibst du eigentlich?«

Jetzt verstehe ich wirklich nur Bahnhof.

»Du jagst durch die Gegend und willst überall sein. Sogar auf dem Dach. Papa war gestern richtig wütend. Er hatte dir doch erklärt, dass das mit dem Schnee nicht so gefährlich ist, und dennoch musstest du unbedingt da hochklettern. Warum hast du nicht gewartet, bis er wieder zu Hause ist?«

»Aber der Nachbar …«

»Ah!« Genervt hebt mein Sohn die Hände. »Hör auf, Mama!«

»Ja, ja … das war vielleicht dumm. Ein bisschen leichtsinnig. Aber ich stelle mich gern Herausforderungen, und so gefährlich war das eigentlich gar nicht. Nur bist du dann gekommen und hast mich sozusagen erschreckt.«

»Schieb mir jetzt bloß nicht die Schuld zu!«

Ich bewege mich besorgt. Mein Hals tut weh, und ich verspüre eine mir bekannte Trockenheit, die nicht weggeht, egal, wie oft ich schlucke. Nicht jetzt! Bitte nicht jetzt. Mühsam setze ich mich auf. Mir tut alles weh. Muss mich beeilen und alles erledigen, was von mir erwartet wird, falls ich mich erkältet habe. Oder schlimmer noch: Falls das hier eine Grippe ist. Die wütet in diesem Jahr so richtig, der Elektriker ist immer noch krank.

»Willst du aufstehen?«

»Sicher, es ist ein normaler Donnerstag, morgen ist Lucia-Fest und bald Weihnachten, und ich hab so viel zu tun, dass ich mich gar nicht an alles erinnern kann.«

»Vielleicht solltest du heute einen Ruhetag einlegen?«

»Vielleicht solltest du zur Arbeit gehen, statt mir Vorträge zu halten?« Ich bereue diese spöttische Reaktion sofort. Hugo kümmert sich um mich, er macht sich offenbar Sorgen und hat meinetwegen hier übernachtet.

»Entschuldige«, bringe ich heraus.

Hugo setzt sich auf die Bettkante. Er mustert mich schweigend, als würde er nach den richtigen Worten suchen. Ich warte, aber der Stress lässt mich nicht los. Ich müsste schon längst losgelegt haben, bei allem, was zu erledigen ist.

»Mama … ich liebe dich, das weißt du. Wir lieben dich alle. Du willst unser Bestes und setzt die ganze Zeit Himmel und Hölle in Bewegung, damit alles für alle gut ist … für alle, außer für dich selbst. Ich glaube, du merkst gar nicht, wie sehr du dich überanstrengst. Ich habe gestern mit Papa gesprochen, nachdem du eingeschlafen warst. Er macht sich Sorgen um dich. Und so geht es mir jetzt auch. Ich habe bisher nicht so viel darüber nachgedacht, aber Papa hat mir wirklich klargemacht, wie ernst die Lage ist, und ich hatte es bereits begriffen, als ich gesehen habe, wie du vom Dach gefallen bist. Ohne den vielen Schnee hätte das *dein Tod* sein können. Was hat dich nur da hochgetrieben? Noch dazu, wo du allein zu Hause warst? Wenn ich nicht da gewesen wäre, hättest du in einer Schneewehe liegen bleiben und vielleicht erfrieren können!«

»Aber ich bin nicht erfroren. Ich liege ja hier, oder?«

»Aber du bist ohnmächtig geworden. Weißt du das nicht mehr? Ich musste dich ins Haus tragen, du warst einfach weg.«

Nein, das weiß ich nicht mehr. Hat Hugo mich ins Haus getragen? Das kann doch nicht wahr sein!

»Ich habe den Notruf angerufen, aber da bist du gerade wieder zu dir gekommen, und ich habe dann mit der Person, die am Apparat war, ausgemacht, noch abzuwarten. Weißt du das noch?«

Doch, das weiß ich noch, wenn ich richtig überlege. Ich weiß noch, dass ich auf dem Wohnzimmersofa lag und dachte, dass der Bezug durch den geschmolzenen Schnee an meiner Kleidung nass würde, und dass Hugo mich dauernd fragte, ob mir irgendwas wehtäte. Aber mir tat ja alles weh.

»Ich muss zur Arbeit, so schwer mir das fällt«, seufzt er nun. »Ich nehme meine Wäsche mit, und ich verspreche dir, Mama, nie wieder werde ich sie bei dir abladen. Von jetzt an werde ich selbst waschen. Das hättest du mir schon längst sagen müssen.«

»Aber das ist doch kein Problem …« Ich verstumme. Plötzlich geht mir auf, dass es mir fehlen wird, ihm zu helfen. Also ist es wirklich Zeit, die Nabelschnur zu kappen.

»Danke, Hugo. Dafür, dass du heute Nacht bei mir geblieben bist. Für deine Worte. Ich werde versuchen, darüber nachzudenken, aber es ist doch nur, dass man zu Weihnachten so viel zu erledigen hat …«

»Das versuche ich dir ja gerade klarzumachen: Es muss nicht immer alles nach einem festgelegten Muster ablaufen. Kannst du nicht versuchen, aus der Routine auszubrechen?«

Er ist klug, mein Sohn. Er verlässt mich, und ich trete ans Fenster, beobachte, wie er mit lässigen Schritten durch den Schnee stapft, die große Ikeatasche mit der Wäsche über die Schulter gehängt. Auf eine seltsame Weise fand ich es schön, dass jede Woche diese Wäschetasche hier landete. Wird er noch nach Hause kommen, jetzt, wo ich nicht mehr für ihn waschen muss?

Ich reiße mich zusammen. Natürlich wird er trotzdem noch nach Hause kommen. Wir sind eine Familie, wir lieben einander, und nicht die Wäschetasche kommt her, sondern Hugo.

Das Kratzen im Hals wird stärker, und mir tut noch immer alles weh. Ob das am Sturz liegt oder an der sich anbahnenden Erkältung, weiß ich nicht, aber ich verspüre eine heftige Sehnsucht nach meinem Bett, und am Ende gebe ich mich geschlagen. Ich lege mich hin. Schließe die Augen und versuche zu schlucken, trotz des trockenen Halses. Und innerhalb weniger Minuten bin ich tief eingeschlafen.

13. DEZEMBER, FREITAG

Heute ist Lucia-Fest. Ein Tag, an dem ich nur Lussekatter essen und Kaffee trinken will. Das Lucia-Lied hören und kleine Kinder sehen, mit Lichterkronen auf dem Kopf und ungeschickten Händen, die Kerzen und Sternenstäbe halten. Ich kann mich so gut an Katinka und Hugo in dieser Zeit erinnern. Und wie Melker und ich mit allen anderen Eltern frühmorgens dem Lucia-Umzug zuschauten, ehe wir zur Arbeit davonstürzten. Wie wir unsere Kinder mit Blicken suchten und dass Tränen in unseren Augenwinkeln glitzerten, vor Stolz und Glück angesichts der beiden kleinen Wunderwerke, die Melker und ich in die Welt gesetzt hatten. Es kommt mir so lange her vor!

Jetzt sehe ich mir Lucia-Feiern im Fernsehen an, aber das ist nicht dasselbe. Und es geht mir wirklich nicht gut. Das Kratzen im Hals hat sich zu richtigen Schmerzen entwickelt, und meine Nase läuft. Ich habe mir Honig in den Tee gerührt, in der Hoffnung, dass das dem Hals hilft, aber es bringt nicht viel, schmeckt nur süß, und besser geht es mir auch nicht. Inzwischen bin ich bei der vierten Tasse. Ich habe noch immer Schmerzen nach dem Sturz vom Dach, vor allem in der rechten Schulter. Die hat heftig etwas abbekommen. Langsam begreife ich, dass ich wirklich bewusstlos auf den Boden gestürzt bin. Kein Wunder, dass Hugo wütend und besorgt war. Alles ist gut gegangen, aber wenn ich nicht in diesem riesigen

Schneehaufen gelandet wäre, hätte alles ein böses Ende nehmen können.

Gestern habe ich den ganzen Tag im Bett gelegen. Es war kein willentlicher Entschluss, sondern mein Körper wollte einfach nicht mehr. Ich habe fast die ganze Zeit geschlafen, abgesehen von den kurzen Augenblicken, wenn das Handy klingelte oder Mitteilungen eingingen.

Melker, der sich meldete und sich Sorgen machte und wissen wollte, wie es mir ginge. Ich log und sagte, es gehe mir sehr gut und ich sei mitten in der Arbeit. Er glaubte mir natürlich nicht.

Kajsa, die weinend anrief und berichtete, dass sie sich noch einmal mit Robin getroffen habe, dass er nun aber nicht einmal ans Telefon gehe. Ich hörte zu, gab ihr aber keinen guten Rat, denn es gab keinen. Ich habe allerdings beschlossen, keinesfalls lockerzulassen und mich bei Robin zu melden, sobald ich das über mich bringe. Seine Beziehung zu Kajsa kann nicht so weitergehen, das werde ich ihm klarmachen, und wenn ich ihm drohen muss.

Ola, der eine SMS schickte und plötzlich einen Zeitplan für die kommenden Bücher entwerfen wollte und fragte, ob ich schon mal das schicken könnte, was ich von *Mord bei finsterer Nacht* bisher geschrieben habe. Am liebsten sofort. Und dann wollte er wissen, ob er schon jetzt meine Storyline für die zukünftigen Bücher haben könnte. Ich habe ihm nicht geantwortet.

Expressen, die auf meinen Anrufbeantworter sprachen und höflich anfragten, ob ich fertig gekotzt hätte und wann wir reden könnten. Ich habe auch diese Mitteilung ignoriert.

Katinka, die anrief und mich – sie also auch – zur Rede stellte, weil ich auf dem Dach Schnee geschaufelt hatte. Ich hörte zu, aber nicht besonders konzentriert. Am Ende teilte sie mit, dass sie am Freitagabend nach Hause kommen würde. Also heute.

Nun setze ich mich mit dem Rechner auf den Knien hin. Klappe den Deckel hoch und logge mich ein. Zwinge mich, nicht auf Facebook zu gehen, denn im Moment habe ich weder Zeit noch Kraft, um nach Tarzans Hasskommentaren zu suchen. Allein dieser Name, denke ich. Ich kann ihn vor mir sehen. Ein sexistischer Muskelprotz. Oder vielleicht ein Mickerling, der schrecklich gern aussehen würde wie Tarzan. Was weiß ich? Aber allmählich rege ich mich nicht mehr ganz so auf, wenn es um ihn geht. Seine Posts sind so krank, dass sie ja wohl von keinem vernünftigen Menschen ernst genommen werden können.

Stattdessen öffne ich mein Manuskript. Starre die vielen Seiten an und versuche mich zu erinnern, was ich eigentlich geschrieben habe, wovon mein Text handelt und wie ich weitermachen wollte, als ich aufgehört habe. Ola will plötzlich und ohne Vorwarnung das Manuskript haben, aber wie soll ich das schaffen? Und meine Storyline kann sich wirklich noch nicht sehen lassen. Warum eilt das plötzlich alles so sehr? Heute bin ich total leer im Kopf, ich starre den Bildschirm an, und erneut wird mir schlecht. Wie soll ich das schaffen? Ich merke, wie wieder einmal die Tränen in mir aufsteigen.

Wie soll ich fünf Manuskripte schreiben, wenn ich nicht einmal die Fortsetzung von *Mord am hellichten Tag* zustande bringe?

Ich knalle den Deckel zu und werfe den Rechner in das Kissenmeer auf dem Sofa. Schalte den Fernseher aus, wo ein Kind im Sternkostüm so wunderschön ein Weihnachtslied singt, dass ich allein deshalb schon weinen könnte. Wütend gehe ich in die Küche und stelle die Tasse mit dem widerlichen Honigtee weg, wische mir über die Augen und nehme zwei Paracetamol aus der Packung. Ich schlucke sie auf einmal mit etwas Wasser hinunter und bilde mir dann ein, dass es mir bald besser gehen wird. So kurz vor Weihnachten soll mich nichts aufhalten!

Nein, verdammt und zugenäht! Es ist Zeit, für *Struktur* zu sorgen!

Ich suche auf der Kücheninsel in der verdammten Küche, die keinen Boden hat, sondern nur eine Menge ununterbrochen rauschender Ventilatoren, nach Stift und Papier. Und wir haben noch nicht einmal entschieden, was für einen neuen Boden wir haben wollen. Die Fliesen wurden allerdings wie versprochen geliefert, und eine Menge unausgepackter Kartons stehen jetzt in einer Ecke neben dem Küchenschrank und warten darauf, ausgepackt zu werden, wenn *alles andere* fertig ist. Mit fieberhaftem Eifer schreibe ich ohne weitere Ordnung Punkte auf. Was das Wichtigste ist, kann ich später noch entscheiden.

Manuskript schreiben
Storyline fertig machen
Ola anrufen
Expressen antworten
Das ganze Haus halbwegs saubermachen
Mit Robin sprechen
Liste der Weihnachtsgeschenke
Essen kaufen
Neue Beiträge für soziale Medien
Mich mit Sabina zum Kaffee verabreden

Ich nage am Kugelschreiber und überlege, was ich vergessen habe. Aber das liegt ja wohl auf der Hand.

WO sollen wir dieses Jahr Weihnachten feiern?
WIE soll das mit der Küche weitergehen?
Weihnachtsschinken kaufen
Weihnachtsmenü anstelle von Weihnachtsbuffet festlegen

Jetzt kann ich loslassen. Jetzt ist das meiste notiert. Eine gewisse Befriedigung erfüllt mich und tritt an die Stelle meiner bisherigen Panik. So funktioniere ich am besten, mit Struktur und Listen. So komme ich weiter. Mit leichteren Schritten gehe ich zum Schlafzimmer. Nachdem ich mir bequeme Sachen angezogen habe, nehme ich Putzeimer und Staubsauger, damit mein Tag wirklich anfangen kann. Physische Aktivität, danach Schreibtisch.

Aber zuerst rufe ich Melker an. Er meldet sich sofort.

»Mir geht's wunderbar«, beginne ich das Gespräch. »Ich mache jetzt im ganzen Haus sauber, ich hab so viel Energie!«

»Aber gestern ging es dir doch schlecht!«

»Gestern, ja. Aber heute geht's mir wunderbar. Dieser freie Tag hat es wirklich gebracht.« Ich rede schnell und intensiv, um meine Behauptungen noch zu unterstreichen.

»Frei? Tja, nenn es, wie du willst. Krankfeiern vielleicht. Aber gestern hast du auch behauptet, dass es dir wunderbar gehe und du voll am Werk seist. Amy … du bist manisch! Und du bist erkältet oder kriegst sogar eine Grippe. Wenn du gesund werden willst, solltest du dich heute ruhig verhalten und dich erst mal auskurieren.«

»Ach was, das ist doch was für Weicheier«, erkläre ich. »Ich bin stark wie ein Stier, und nach dem Saubermachen werde ich arbeiten und Lebensmittel kaufen. Möchtest du heute Abend etwas Besonderes essen? Katinka kommt übrigens nach Hause.«

»Allein oder mit Adam?« Er seufzt, als ob er angesichts

meiner Argumente resigniert hat. »Und ich lande erst spät, bin sicher nicht vor neun zu Hause. Schneit es noch immer?«

»Ja, und wie. Und ich glaube, Katinka kommt allein.«

»Wenn es schneit, bin ich noch später da. Lass uns nur hoffen, dass der Flughafen nicht geschlossen wird.«

»Ich kaufe frische Krabben, die sind schnell gemacht, wenn man keine genaue Uhrzeit hat«, erkläre ich, sage »bis dann« und schnappe mir den Staubsauger, um ans Werk zu gehen.

Dann nehme ich mir ein Zimmer nach dem anderen vor, während mir lauter Dinge durch den Kopf wirbeln, die ich schaffen muss und die auf meiner Liste noch fehlen und hinzugefügt werden müssen.

Ich bin schon längst fertig mit Saubermachen und habe sogar ungefähr die Hälfte der Punkte auf meiner Liste abgehakt. Das reicht, damit ich zufrieden bin, und ich gestatte mir, den Rest auf morgen oder einen anderen Tag zu verschieben, Hauptsache, die Liste ist noch vorhanden und gerät nicht in Vergessenheit.

Meine Storyline macht Fortschritte, aber ich glaube, Ola wird über den Inhalt staunen. Ich habe heute mehrmals versucht, ihn anzurufen, und jetzt erwische ich ihn endlich.

»Du wolltest mich sprechen?«, fragt er.

»Machst du Witze? Warum bist du so schwer zu erreichen?« Ich ärgere mich über sein Schweigen und habe nicht vor, mir alles gefallen zu lassen.

»Ich habe Termine«, erwidert er. »Du bist schließlich nicht die einzige Autorin bei Arnells.«

»Mag sein. Aber hattest du nicht gesagt, dass ich *etwas Besonderes* sei? Die Autorin, auf die ihr *setzt?* Dann müsste man ja wohl telefonisch zu erreichen sein.«

Während ich meine Enttäuschung auskotze, bereue ich das auch schon. Was, wenn er mich jetzt satthat und ich plötzlich ohne Verlag dastehe, denke ich. Aber ich habe schließlich einen Vertrag, rufe ich mir in Erinnerung, warum mache ich mir also solche Sorgen?

»Okay, Amy. Was ist denn so wichtig?«

»Alles«, bricht es aus mir heraus. »Ich weiß nicht, wie ich mich den ganzen Medien gegenüber verhalten soll, die du mir an den Hals hetzt.«

»Die ich dir auf den Hals hetze? Du solltest heilfroh darüber sein, dass du so viel Aufmerksamkeit erregst, noch ehe du auch nur eine einzige Zeile geschrieben hast.«

»Aber das ist doch gerade das Problem, ich weiß nicht, was ich sagen soll, wenn mir Fragen gestellt werden. Und dann ist da die Sache mit Erotic Crime. Wie bist du eigentlich auf diese Idee gekommen? Wir haben nicht darüber gesprochen, als wir den Vertrag vereinbart haben, und doch ist das plötzlich zur Tatsache geworden.«

»Und? Hast du damit ein Problem?«

»Ja, allerdings! Ich schreibe Kriminalromane! Und darin hast du doch wohl ein Potential gesehen, als du dich bei mir gemeldet hast? Oder habe ich da etwas missverstanden?«

»Na ja, nicht direkt. Dein Stil gefällt mir wirklich, aber du brauchst etwas besser Verkäufliches, einen Dreh, eine Story, etwas mit Durchschlagskraft. Nicht nur ein Buch mit einem Mord, weißt du. Und du bist doch total gut darauf angesprungen. Auf dem Bildschirm hast du das glänzend gemacht, und die Medien scheinen bisher von dir begeistert zu sein. Ohne dass du bisher irgendwas geleistet hast.«

»Aber wie bist du auf Erotic Crime gekommen? Und warum hast du das bei den Medien durchsickern lassen, ohne auch nur mit mir zu reden?«

»Alles ist ein bisschen schnell gegangen, Baby. Und ich kann nicht alles doppelt checken.«

Baby?

»Und dass ich vor Ewigkeiten mal Poletänzerin war? Woher wusstest du das?«

»Ja, du. Ich habe meine Kontakte.« Er lacht. »Bin zufällig

einer ewig Verflossenen über den Weg gelaufen, und nach einem langen Gespräch in einer Bar kam heraus, dass wir dich beide kennen. Ihr habt offenbar zusammen studiert. Maria Knutsson, wenn du dich an sie erinnerst. Das war am Tag nach Sabinas Fest. Und vor TV4. Und schwupp, da wusste ich, wie du groß werden kannst.«

»Und warum hast du mir nichts gesagt, ehe TV4 sich bei mir gemeldet hat?«

»Wie gesagt, ich hab's nicht mehr geschafft. Oder, besser gesagt, dachte ich, dass dir das vielleicht nicht recht sein würde. Aber du hast die Sache echt schneller im Griff gehabt, als ich erwartet hätte.«

Olas Erklärung ist wie eine kalte Dusche. Es wird deutlich, dass es meinem neuen Verleger nicht weiter wichtig ist, was seine Autorinnen meinen. Ich bin ziemlich kühl, als wir das Gespräch beenden, nachdem ich gesagt habe, dass ich versuchen werde, am Wochenende meine Storyline zu mailen. Aber ich sage ihm nicht, dass ich in dem versprochenen Handlungsplan eine Krimiserie ohne Erotik entwerfe.

Schon bald nach meinem Telefonat mit Ola ruft *Expressen* an. Schon wieder. Ich beiße die Zähne zusammen und antworte, so gut ich kann, aber viel lieber würde ich schreien, dass ich schreibe, was zum Teufel ich will, und dass dabei niemals etwas Erotisches herauskommen wird. Doch ich reiße mich zusammen. Als wir auflegen, ist die Journalistin zufrieden, ich aber nicht. Bleibt da immer so ein Gefühl? Wenn man der Wahrheit einen *besonderen Dreh* gibt?

Auf meiner Liste steht nun, neben etlichen anderen Punkten, *Robin*, bei dem ich mich noch nicht gemeldet habe. Ehrlich gesagt weiß ich auch nicht, wie ich das angehen soll. Bei Sabina habe ich mich auch nicht gemeldet. Ein Großeinkauf oder ein Weihnachtsschinken stehen ebenfalls aus, die müssen bis morgen warten. Stattdessen rufe ich Katinka an und bitte sie, Krabben mitzubringen.

»Ich überweise dir sofort das Geld.«

»Mama, hör auf. Das kann ich wirklich selbst bezahlen.«

Ziemlich zufrieden mit meinem Tagwerk setze ich mich an den Rechner und öffne mein Manuskript. Und plötzlich strömt es nur so. Zuerst überarbeite ich das bisher letzte Kapitel, und dann geht es einfach so weiter.

Amanda verdrängt Kummer und Angst, die zu ihrer Wirklichkeit geworden sind. Sie ist allein im Kampf, den Mörder zu finden, von dem sie nur weiß, dass es ihn irgendwo dort draußen gibt. Und im Kampf gegen ihre Feinde bei der Polizei. Ihr Herz schlägt unerbittlich und hart, als sie nach ihrer Dienstwaffe fasst, um das Unvermeidliche auszuführen.

Ohne dass ich so recht weiß, wie das vor sich geht, schreibe ich insgesamt 1300 Wörter. Ich habe ein gutes Gefühl, als ich den Text noch einmal lese, und es tut mir für Torsten leid, dass ihm dieses Buch entgeht. Mein Triumphgefühl, weil ich mit meinem Manuskript nun wieder vorankomme, bringt mich dazu, auf Instagram und Facebook übermütige Posts loszulassen.

Manusflow nach Hausputz und Besprechung mit Verleger. Jetzt geht's voran #neuesmanus #wennihrnurwüsstet #arnellsbokförlag

Einige Zeit darauf steht endlich Katinka in der Diele, mit einem Lucia-Kranz auf dem Kopf. Sie lacht übers ganze Gesicht, und ich drücke sie an mich.

»Willst du mir auch etwas vorsingen?«

Sie lacht.

»Nee. Aber wir hatten heute bei der Arbeit solche Kränze auf. Vielleicht albern, aber die Leute waren begeistert.«

»Wie lieb du bist! Komm rein«, fordere ich sie auf.

»Hier sind die Krabben«, sagt sie und reicht mir eine Papiertüte. »Die reichen für dich und Papa. Für mich habe ich etwas anderes mitgebracht. Pasta mit Kichererbsen, Frischkäse aus Hafermilch und geröstete Sonnenblumenkerne. Willst du mal probieren?«

Ich sehe mir den Inhalt ihrer Proviantdose an.

»Wann hast du das gemacht?«

»Gestern. Weißt du, unsere Küche ist hundertmal besser als das hier.« Sie lässt eine Hand über unser Chaos schweifen.

»Ja, ja.«

Das Telefon klingelt, es ist Melker. Seltsam, er müsste jetzt schon gestartet sein.

»Leider ist der Flug gestrichen worden. Jetzt schneit es auch in Brüssel, und der Flughafen ist mehr oder weniger geschlossen.«

»Nein!«

»Doch! Ich rufe so spät an, weil ich die ganze Zeit noch Hoffnung hatte. Aber jetzt habe ich ein Zimmer in einem Hotel hier am Flughafen und bin auf den Flug morgen früh um sieben umgebucht worden.«

»Aber die Krabben …?«

»Wie? Wer muss uns hier mehr leidtun? Du oder ich?«

Ich lache. Er hat ja so recht.

»Katinka ist hier. Pass auf dich auf, wir sehen uns dann also morgen.«

»Du hörst dich noch immer erkältet an.«

»Ich lebe noch.«

Der arme Melker. Ich weiß, wie sehr er sich nach einer Arbeitswoche nach Hause sehnt, und jetzt landet er in einem einsamen Hotelzimmer in Brüssel. Noch dazu am Flughafen.

»Dann sind wir also allein?« Katinka balanciert über die Bretter, die die Fußbodenkatastrophe überbrücken, um sich auf einer der Kochplatten ihre Pasta aufzuwärmen. »Wann wird der Boden gelegt? Oder wann ist er trocken, das sollte ich vielleicht fragen.«

Ich schüttele den Kopf, eine richtige Antwort gibt es ja nicht.

»Wann wirst du einsehen, dass wir in diesem Haus nicht Weihnachten feiern können, Mama?«

»Nie«, murmele ich, aber ich weiß, dass sie recht hat.

»Ich habe es doch schon gesagt: Wir können bei Adam und mir feiern. Das kann ein richtig schönes Fest werden.«

Ich lass mich auf einen der Hocker an der Kücheninsel sinken. Melker hat auch hier Bretter ausgelegt, damit die Hocker halbwegs stabil stehen. Ich reibe mir den steifen Nacken, während ich mir die Antwort überlege.

»Ach, es ist alles so schnell gegangen. Ich habe noch kaum begriffen, dass du ausgezogen bist. Und Papa und ich haben das Haus noch nicht einmal gesehen.«

»Ihr seid willkommen. Jederzeit.«

Ich schiele zu meiner Tochter hinüber, wie sie dasteht, den Lucia-Kranz auf ihre Haarpracht gedrückt, und in ihrer veganen Pasta rührt. Sie ist wild und schön.

»Ihr habt doch keine richtige Zufahrt, hast du gesagt. Und alles ist zugeschneit. Was soll denn Opa machen, er kann doch nur mit Mühe gehen.«

»Adam ist stark. Er setzt ihn auf den Schlitten.«

»Ihr habt einen Schlitten?« Vor meinem inneren Auge tauchen Bilder aus dem 19. Jahrhundert auf.

»Der stand in der Scheune. Er ist alt, aber sehr schön.«

»Wir werden sehen«, antworte ich ausweichend.

Aber ich weiß schon, dass Weihnachten bei Melker und mir gefeiert wird. Dazu bin ich fest entschlossen. Warum eine Tradition ändern? Morgen werde ich mit Melker darüber sprechen. Wir müssen einen Plan zusammenschustern.

14. DEZEMBER, SAMSTAG

Es gibt jemanden, der es auf mich abgesehen hat.«

Katinka und ich haben im selben Bett übernachtet, sie hat auf Melkers Seite, statt in ihrem eigenen Zimmer geschlafen. Dort steht kein Bett mehr, das hat sie nämlich mit ins Haus genommen, da sie sich kein neues leisten kann. Ich hatte ein Klappbett von Ikea oder Hugos Bett vorgeschlagen, aber das wollte sie nicht. »Ich schlafe bei dir, Mama.«

Jetzt sitzen wir bequem zurückgelehnt, mit den Füßen auf dem Couchtisch, da, was ich unter anderen Umständen niemals zulasse. Wir nippen an unseren Teetassen und warten darauf, von Melker zu hören. Kommt er heute nach Hause oder nicht?

»Auf dich abgesehen? Wie meinst du das?«, fragt Katinka überrascht.

Ich bereue meine Offenheit ein bisschen, darf man die eigenen Kinder mit so etwas belasten? Aber dann sage ich mir, dass Katinka zweiundzwanzig Jahre alt und kein Kind mehr ist.

»Er nennt sich Tarzan. Und er schreibt ...« Es fällt mir schwer, die richtigen Worte zu finden, aber ich mache einen Versuch. »Er schreibt sexistisch. Über mich. Und er schreibt Gemeinheiten.«

»Über dich?« Katinka reckt sich auf dem Sofa, als ob das Thema verlangt, dass man nicht schlaff dahängt wie ein Strohsack. »Wieso denn?«

»Ich weiß nicht. Zuerst war ich verletzt, verängstigt, beleidigt … aber jetzt bin ich an einen Punkt gekommen, wo ich ihn einfach nur ignoriere. Das alles ist doch nicht meine Schuld.«

»Aber was genau schreibt er denn?«

»Ich kann dir einen Screenshot zeigen, den ich gemacht habe. Er löscht seine Posts sehr bald wieder, und auf diese Weise wird er von den Admins nicht blockiert.«

Ich öffne das Bild und zeige es Katinka, die entsetzt zurückzuckt, nachdem sie den Text gelesen hat.

»Das ist ja schrecklich!«

Ich nicke. Aber seltsamerweise bin ich nicht mehr so empört. Im Netz gibt es endlos viel Hass, und niemand scheint daran etwas ändern zu können. Aber es tut gut, darüber zu reden.

»Und außerdem bin ich mir nicht sicher, ob ich bei meinem neuen Verlag überhaupt sein will«, rutscht es mir heraus. Ich staune selbst über diese Bemerkung.

»Bei dem schönen Ola?«

»Hm. Ja, der Name hätte mich doch schon vor ihm warnen sollen.«

»Man sollte immer in sich hineinhorchen, ehe man etwas tut. So war das, als ich Adam kennengelernt und gemerkt habe, dass er für vieles steht, von dem ich keine Ahnung habe. Für Dinge, die wir hier in unserer Familie nie erwähnt haben. An die wir vielleicht nicht einmal gedacht haben.«

»Zum Beispiel?«

»Wir sind so … traditionell. Oder bürgerlich. Das sagt Adam jedenfalls.«

»Und ist daran etwas auszusetzen? Wir lieben uns. Ich kenne nichts Schöneres als die Stärke in unserer Familie. Will er das nicht verstehen? Oder teilen? Oder … dazugehören?«

»Doch, das schon. Das ist es nicht. Aber ich fühle mich zwischen zwei Welten hin- und hergerissen.«

»Du brauchst dich doch nicht zu entscheiden. Wir sind immer für dich da.«

»Das weiß ich, Mama. Und deshalb bin ich so froh darüber, dass du mir solche Dinge erzählst. Dinge, die nicht gut sind.«

»Natürlich tue ich das.«

»Nein. Das ist überhaupt nicht natürlich. Du willst eine perfekte Welt. Und du willst keine Veränderung. Aber jetzt zeigst du kleine Risse in der Perfektion. Mir gegenüber.«

»Und wie reagierst du darauf?«

Sie schaut in meine Richtung und blickt mir ins Gesicht. Ich warte. Sie nimmt Anlauf.

»Du warst immer mein Vorbild. Stark. Massenhaft Energie. Spontan und witzig. Immer hast du der Familie deine Liebe gezeigt. Deine Wärme. Aber du machst alles so schnell. Und du machst immer so viel. Bist so zielbewusst.« Sie verstummt, wie um nach weiteren Worten zu suchen. Ich warte, trinke einen Schluck Tee und lasse mich auf dem Sofa zurücksinken, während ich zugleich total angespannt bin. Ich will wissen, was sie denkt, will verstehen. Wer bin ich? Was sieht sie?

»Deshalb ist es etwas ganz Besonderes, wenn du deine Verletzlichkeit zeigst. Meine starke Mama. Denkst du also über dein Leben nach und darüber, was wichtig ist? Bist unsicher, was du von dem Vertrag halten sollst, den du vor etwas mehr als einer Woche unterschrieben hast? Kann es möglich sein, dass *du* Zweifel hast?«

Mein Blick haftet an ihr. Ich versuche zu verstehen, was sie sagt, betrachte meine Tochter, die Fragen und Zweifel ausstrahlt, während sie zugleich Antworten von mir verlangt.

»Ich bin stolz auf meinen neuen Vertrag und meinen neuen Verlag«, antworte ich. »Aber, Katinka, da ist nicht nur eitel

Sonnenschein. Ich kann auch enttäuscht werden. Ich bin nicht bereit, das Handtuch zu werfen, aber mir sind Zweifel gekommen. Du bist die Erste und Einzige, der ich davon erzähle. Ich habe nicht einmal Papa etwas gesagt. Ich fürchte immer, dass es einer Niederlage gleichkommt, etwas Negatives zuzugeben. Und ich hasse es, eine Versagerin zu sein, eine, die die Situation nicht im Griff hat.«

»Aber du hast doch immer alles im Griff.«

»Nein. Vielleicht betrachtest du deine Mama wirklich als Vorbild, wie du sagst, aber meine Tage sind geprägt von Zweifeln. Jeder Tag. Ich kämpfe, um Antworten zu finden. Und oft gelingt mir das. Aber bei weitem nicht immer.«

»Wie jetzt?« Katinka legt ihre Hand auf meine, und gewaltige Kraft und Liebe strömen zu mir herüber. Ich bin so gerührt, dass ich den Atem anhalten muss, um nicht loszuweinen.

»Im Moment habe ich keine Antwort«, sage ich mit brüchiger Stimme. »Aber weißt du, ich versuche es wieder und wieder. Vielleicht irre ich mich manchmal, was weiß ich. Aber ich gebe niemals auf. Niemals.«

Katinka sagt nichts, sie beugt sich zu mir vor, ihr zierlicher Körper kommt mir sehr nah, und ich schließe sie in die Arme. Ich weiß nicht genau, wer hier bei wem Zuflucht sucht, aber ich weiß, dass sie da ist und dass ich für einen kurzen Moment loslassen kann.

Einen Augenblick lang setze ich das Leben auf Pause.

*

In diesem Jahr habe ich kein einziges Weihnachtsgeschenk gekauft. Immerhin besorge ich in der Saluhalle den Weihnachtsschinken, als ich später an diesem Tag ohnehin zu einer Signierstunde in einer unweit entfernt gelegenen kleinen Buchhandlung muss. Ich liebe diese Markthalle. Eine Symphonie von Lebensmitteln, fröhlichen und entgegenkommenden Männern und Frauen hinter den Tresen, und Düften, die sich in der Nase festsetzen, sobald man die Halle betritt. Alle Sinne in mir schreien *haben, essen,* und ich kaufe viel mehr, als ich vorhatte. Außer dem Weihnachtsschinken erstehe ich Lammfilets, vier Dessertkäse, Brot, frische Pasta und eine Menge Gemüse. Den Wagen habe ich zu Hause gelassen, deshalb muss ich mich mit Pappaufsteller und vier großen Einkaufstüten in die Straßenbahn quetschen. Ungeheuer unbequem, aber was tut man nicht alles, um Leckerbissen nach Hause zu schaffen, ohne einen Gedanken daran, dass unsere Küche sich derzeit kaum für allzu gewagte Kochkünste eignet.

Als ich nach Hause komme und den Weihnachtsschinken auspacke, fällt mir zu meiner Enttäuschung ein, dass wir in diesem Jahr gar kein Weihnachtsbuffet haben werden. Routinen … die sitzen mir im Rückenmark.

Ich habe den ganzen Tag für mich, da Katinka heute Morgen zur Arbeit gegangen ist. Vor dem Ausflug in die Stadt kann ich weiter an meiner Storyline herumfeilen, Hyazinthen umtopfen und sogar Toffee und Karamellbonbons zubereiten – was ich *immer* am dritten Adventswochenende tue. Es ist nicht so leicht, den kochend heißen Topf zu halten und die Toffeemasse in die winzigen Formen zu gießen, während ich auf den Bodenbrettern balanciere, aber mit einer gewissen Konzentration schaffe ich es. Die Ventilatoren übertönen die Weihnachtsmusik, die ich aufgelegt habe, um in die richtige Stimmung zu gelangen. Am Ende schalte ich sie ganz einfach aus. Eine Stunde mehr oder weniger kann doch wirklich keine Rolle spielen, denke ich. Nach den Weihnachtsvorbereitungen rufe ich Kajsa an, aber die meldet sich nicht. Ich schicke ihr eine SMS, aber auch darauf kommt keine Antwort. Das beunruhigt mich.

Die Erkältung schlägt im Laufe des Tages von Rotznase und schmerzendem Hals in Probleme mit der Luftröhre um. Gegen Abend habe ich einen irritierenden Husten, der mir bei den schlimmsten Anfällen Tränen in die Augen treibt. Ich verdrücke eine ganze Tüte Hustenbonbons auf einmal, in der Hoffnung, den drohenden Hustenorkan zu ersticken, der unten in meiner Lunge auf der Lauer liegt. Aber das einzige Resultat ist eine vage Übelkeit.

Melker kommt endlich nach Hause. Auch der Morgenflug war gestrichen worden, und als er schließlich zur Tür hereinkommt, ist es bereits sieben Uhr abends. Er hat Essen aus einem in der Nähe gelegenen italienischen Restaurant mitgebracht. Oder genauer gesagt, aus einer Pizzeria … Aber der Besitzer hat sein Restaurant »Der Italiener« genannt. Das klingt vielleicht eleganter, aber das Einzige, was es dort gibt, ist Pizza. Um zehn Uhr gebe ich mich geschlagen und gehe ins Bett, obwohl Samstag ist. Ich huste so sehr, dass Melker nicht hören kann, was ich sage.

Morgen ist der dritte Advent. Noch eine Woche und drei Tage bis Heiligabend.

Und morgen werden Melker und ich endlich Katinkas neues Heim besuchen.

15. DEZEMBER, SONNTAG

Als ich unter der Dusche stehe, fällt mir ein, dass ich heute noch kein einziges Mal auf Facebook nachgesehen habe, wo ich doch früher immer den Morgen damit beginnen musste. Meine Woche ohne soziale Medien hat mir wirklich neue Gewohnheiten beschert. Jetzt teile ich mir die sozialen Medien häppchenweise ein, statt dauernd den Blick auf den Bildschirm zu richten. Aber ich halte mich weiterhin auf dem Laufenden, scrolle herum und lese, sehe und staune.

Ich spüle mir das Shampoo aus den Haaren und bleibe dann lange einfach so stehen, um das heiße Wasser zu genießen. Die Erkältung hat sich beruhigt, und ich freue mich darauf, zu Katinkas Haus zu fahren und zu sehen, wohin sie da gezogen ist. Sie hat erzählt, dass sie zu acht dort wohnen werden, aber noch sind nicht alle eingezogen. Drei Paare und zwei Singles. Ich frage mich, wie das auf die Dauer gut gehen soll. Katinka ist eine starke Persönlichkeit, die gern um jeden Preis ihre Entscheidung durchsetzt. Ich vermute, dass eine Wohngemeinschaft große Kompromissbereitschaft verlangt, und etwas in mir zweifelt an Katinkas entsprechenden Fähigkeiten. Aber sie würde mich nicht zum ersten Mal überraschen.

Melker betrachtet den Küchenboden – oder, besser gesagt, den nicht vorhandenen Küchenboden –, als ich mit einem

Handtuch um den Leib und einem um die Haare aus dem Badezimmer komme. Er macht ein verdrießliches Gesicht und sieht mich nicht. Aber ich höre, wie er vor sich hin murmelt, während er sich am Kopf kratzt.

»Eine Million für deine Gedanken.«

Meine Stimme lässt ihn zusammenzucken.

»In meinem Kopf ist alles leer. Was zum Teufel sollen wir machen, Amy?«

Endlich begreift er. Er, der mir die ganze Zeit versichert hat, dass schon alles in Ordnung kommen werde. Jetzt ist sogar ihm aufgegangen, dass es Wunder nur in der Bibel gibt.

»Handwerker?«

»Aber wie sollen wir so kurz vor Weihnachten noch welche finden? Und wir hatten einen Wasserschaden, der sich als schlimmer entpuppt hat, als ich zuerst dachte.«

Seine plötzliche Resignation verursacht mir eine Gänsehaut. Melker gibt die Hoffnung sonst nicht so leicht auf.

»Wir bestellen Catering. Jetzt, wo wir kein Weihnachtsbuffet machen, ginge das doch!« Ich staune selbst über meinen Vorschlag. Als ich das neulich vorgebracht habe, war das eher als schlechter Witz gemeint.

»Aber Weihnachten besteht doch nicht nur aus dem Weihnachtsessen! Und alle, die herkommen …«

In unserer Familie dreht sich zu Weihnachten sehr viel ums Essen. Ich sehe meine unendlich langen Listen vor mir, wenn ich für den 23. Dezember, für Heiligabend, den ersten und den zweiten Weihnachtstag einkaufe. Am folgenden Tag essen wir dann Reste und liegen mit aufgeblähtem Magen auf dem Sofa, nachdem wir uns von Eltern und Schwiegereltern verabschiedet haben. Dann chillen wir und ruhen uns aus. Das ist fast die beste Zeit. Dann – wenn Weihnachten vorüber ist. Wenn alle Erwartungen und Ansprüche und Gäste und feinen Kleider und Geschenke abgehakt sind. Erst dann kann man nach einem hektischen und anstrengenden Monat endlich Luft holen.

Bei diesen Gedanken muss ich innerlich den Kopf schütteln. Ich liebe Weihnachten.

»Habe ich gesagt, dass Tante Agata kommt?«

»Was? Nein …«

»Mama hat angerufen und gesagt, dass sie mitkommt.«

»Oh nein. Wie stellst du dir das vor? Soll sie etwa auch hier übernachten? Woher sollen wir den Platz nehmen?«

»Aber sie ist jetzt allein, das weißt du, und niemand soll zu Weihnachten allein sein.«

»Und was ist mit ihren Kindern? Dein Vetter kann sich doch wohl um sie kümmern?«

»Der fährt mit seiner ganzen Familie in die Berge.«

»Und? Kann Agata nicht mitfahren? Mit ihren Kindern und Enkelkindern?«

»Aber überleg doch mal, sie ist fast achtzig.« Melker verschiebt einen Ventilator. Er misst die Entfernung mit Blicken aus und hält die Hand vor das Gebläse, um sich davon zu überzeugen, welche Richtung der Luftstrom jetzt genau nimmt.

»Melker!« Widerwillig reißt er seine Aufmerksamkeit von dem Ventilator los.

»Ich will Agata nicht hierhaben!« Ich bringe all meinen Mut auf. Bin ich jetzt ein schlechter Mensch?

»Tut mir leid, Amy, aber ich habe es Mama schon versprochen. Und sie hat es Agata gesagt. Die sich ungeheuer freut.«

»Agata freut sich nie!«, knurre ich. »Sie überlegt sich sicher schon, worüber sie sich alles beklagen kann.« Ich mache auf dem Absatz kehrt, gehe zurück ins Badezimmer und knalle die Tür hinter mir zu. Sicherheitshalber richtig laut.

Dann lasse ich mich auf den Klodeckel fallen. Was für ein beschissenes Weihnachtsfest. Nichts ist wie sonst und nichts so, wie ich es will. Gibt es denn keinen Menschen auf der Welt, der das Gleiche will wie ich?

Es klopft an die Tür. Melkers Stimme.

»Jetzt bist du kindisch, Amy. Öffne dein Herz! Und noch etwas. Mama und Papa sind total ausgerastet, als sie gehört haben, dass es dieses Jahr kein Weihnachtsbuffet gibt. Also dachte ich … alle wünschen sich das doch. Außer dir, meine ich. Aber es wäre doch nicht so schlimm, wenn wir trotzdem eins hätten? Trotz unserer Wette? Es wäre wirklich traurig, wenn alle verzichten müssten, bloß weil du dir etwas in den Kopf gesetzt hast.«

Ich gebe keine Antwort. Ich weigere mich. In meinem Kopf rauscht es, und für den Moment verabscheue ich meinen Mann. Und wie! Ich ahne, dass er da vor der Tür steht und nur auf meinen Segen wartet. Aber nie im Leben werde ich nachgeben. *Öffne dein Herz!* Den Teufel werde ich tun.

Am Ende sagt mein Schweigen Melker genug, und er geht.

Und ich bin sauer wie Essig.

Melker sagt kein Wort über Agata oder das Weihnachtsbuffet, als ich aus dem Badezimmer komme, fertig geschminkt und geföhnt, und geradewegs ins Schlafzimmer gehe, um mich anzuziehen. Mein Schweigen ist so wütend, dass es das ganze Haus füllt und Melker am Widerspruch hindert. Wir gehen einen großen Bogen umeinander, bis wir uns ins Auto setzen. Das ist gewissermaßen neutrales Terrain, und ich habe auch keine Lust mehr, sauer zu sein.

»Wohin genau fahren wir?« Melker hat mit einem Besen den ärgsten Schnee vom Auto entfernt, der teilweise auf seinen Haaren gelandet ist. Ich habe die Fenster abgekratzt, auf denen sich im Lauf der letzten Tage eine harte Eisschicht gebildet hatte. Meine Finger schmerzen von der Eiseskälte, und ich hauche darauf, während ich innerlich darüber fluche, dass unsere Garage mit allem möglichen Krempel vollgestopft ist, statt zur Aufbewahrung des Autos zu dienen.

»Mach die Heizung an!«, bibbere ich.

»Aber der Motor ist noch nicht warm gelaufen. Also … wohin fahren wir?«

Ich fische mein Handy hervor und gebe die Adresse bei Google Maps ein. Dann hören wir die anonyme Frauenstimme, die uns jeden Tag auf den richtigen Weg führt, ob wir nun mit dem Auto, zu Fuß oder mit den öffentlichen Verkehrsmitteln unterwegs sind.

»Wenn möglich, bitte wenden.«

Gleich darauf findet sie den richtigen Weg und dirigiert uns mit deutlichen Anweisungen. Schweigend fahren wir durch eine winterweiße Landschaft, zeitweise auf glatten Straßen, die mehr oder weniger schlecht geräumt sind. Hinter allen Fenstern leuchten Weihnachtslichter, Christbäume funkeln in Gärten, und die Wagen vor und hinter uns fahren ungewöhnlich langsam. Es kommt mir vor, als wäre ganz Schweden entschleunigt.

Als wir die Schnellstraße verlassen – die einzige Art von Straße, die wirklich passierbar ist –, konzentrieren wir uns beide. Melker fährt mit beiden Händen am Lenkrad, und ich dirigiere mit Hilfe des GPS. Wir entfernen uns immer weiter von den Wohngegenden, und als die Straße nicht einmal mehr *Straße* genannt werden kann, schauen Melker und ich uns verständnisinnig an. Ohne ein Wort von dem zu sagen, was wir beide denken, fahren wir weiter, jetzt mit kaum mehr als zwanzig Stundenkilometern. Manchmal kommen wir durch den tiefen Schnee kaum vorwärts, und ich danke den höheren Mächten dafür, dass wir unseren großen Volvo-Geländewagen mit Dieselantrieb noch nicht ersetzt haben. Wenn Katinka weiter hier wohnen will, werde ich dieses Auto nie verkaufen, da können alle Umweltaktivisten sagen, was sie wollen.

Das letzte Stück ist eine Herausforderung. In einiger Entfernung kann ich das Haus sehen, in dem Katinka vermutlich wohnt, denn es ist das einzige Haus weit und breit, und zu behaupten, es liege einsam, ist gewaltig untertrieben. Das letzte Lebenszeichen haben wir vor mindestens drei Kilometern gesehen. Jetzt sind es nur noch hundert Meter, aber der frei geschaufelte *Weg* ist eher für einen Tretschlitten geeignet als für ein Auto. Melker hält an.

»Was machen wir?«

»Was meinst du?«

»Sollen wir den Wagen hier stehen lassen und das letzte Stück zu Fuß gehen?« Er sieht aus, als wolle er genau das. Zu Fuß gehen. Aber das will ich nicht.

»Nein. Fahr. Das geht bestimmt. Ich will nicht durch den tiefen Schnee stapfen, ich habe die falschen Schuhe angezogen.«

»Aber ich habe Angst, steckenzubleiben.«

»Ach was.«

»Und wenn wir steckenbleiben?«

»Sei nicht so pessimistisch. Klar schaffen wir den Rest auch noch, wir haben doch ein Monster von Auto.«

»Du siehst also kein Problem?« Melker blickt mich düster an.

»Nein!« Aber im tiefsten Herzen flehe ich unsere Schutzengel an, Überstunden zu machen.

Melker seufzt, tritt aufs Gaspedal und lässt das Auto vorsichtig vorwärtsrollen. Es dauert ungefähr dreißig Sekunden, bis das Unvermeidliche passiert.

Wir landen im Straßengraben.

Ich wage kaum, Melker anzusehen. Dass er nichts sagt, beweist ganz deutlich, dass er wütend ist, und bestimmt ist er wütend auf mich, weil ich ihm so zugesetzt habe. Doch als Fahrer hat schließlich er die Entscheidung getroffen, niemand hat ihn gezwungen, mir meinen Willen zu erfüllen.

»Und jetzt? Hast du noch weitere *nicht so pessimistische* Vorschläge?«, spuckt er aus.

»Ich kann schieben, wenn du …«

»Hör auf«, fällt er mir ins Wort und steigt aus. Er knallt die Tür dermaßen heftig zu, dass ich Angst bekomme, sie könnte Schaden nehmen. Dann geht er.

»Warte auf mich!«, rufe ich. »Ich will hier nicht allein sitzen bleiben!«

Aber Melker geht einfach weiter, als habe er meine Stimme nicht gehört.

»Melker! Warte doch!«

Endlich dreht er sich um. Sein Mund ist ein Strich. Seine Augen sehen nicht so freundlich aus wie sonst. Aber immerhin wartet er auf mich.

»Warum bist du so böse auf mich?«

Er zuckt mit den Schultern.

»Ich weiß nicht. Bin ich böse auf dich? Vielleicht. Ich habe diese ganze Situation so satt.« Er verstummt. Aber dann lacht er ganz unerwartet. »Entschuldige. Ich habe meine Wut an dir ausgelassen. Heute war kein besonders guter Tag. Fangen wir einfach noch mal an, was meinst du?«

»Klingt gut«, flüstere ich. Plötzlich schäme ich mich für mein Verhalten.

Melker lacht und zieht mich an sich. Er legt den Arm um mich, und ich bin von seiner Umarmung umschlossen. So sanft und fürsorglich. Langsam entspanne ich mich und lasse mein Gewicht an ihm ruhen. Es ist eiskalt, sicher zehn Grad unter null und Nordwind. Der Schnee kommt von der Seite, und so, wie es schneit, werden wir hier bald eingeschneit sein. Ganz zu schweigen von dem Weg. Ich bereue, dass wir gerade heute hergekommen sind.

»Mama! Papa!« Ich schaue auf und sehe Katinka beim Haus stehen. Sie winkt uns zu, ihre Freude ist bis hierher zu sehen. »Seid ihr in den Straßengraben gefahren? Wir helfen euch!«, sagt sie.

»Da siehst du«, flüstere ich Melker zu. »Unsere Tochter, sie schafft das. Ich hab es ja gewusst. Alles findet sich.«

Mit vereinten Kräften konnten wir, Katinka, Adam – mit dem Arm im Gips – und einige der anderen, die im Haus wohnen, den Wagen aus dem Straßengraben holen, und Melker hat ihn ein Stück weiter weg abgestellt, dort, wo der Weg ein wenig besser befahrbar ist.

Jetzt sitzen wir im *Gesellschaftsraum*, wie Katinka das nennt, und wärmen uns vor dem Kachelofen. Das Feuer knistert gemütlich, und wir sitzen auf dem Boden, ganz dicht bei der Wärme, auf Schaffellen. Heizkörper gibt es nicht. Das Haus wird nur durch den Kachelofen und die offenen Kamine beheizt, die es in allen Zimmern gibt. Pittoresk, könnte man denken. Aber damit endet das Positive auch schon.

Das Haus ist eine baufällige Bruchbude. Es ist ein Wunder, dass es überhaupt noch steht und dass kein Schnee eindringt. Es ist heruntergekommen, altmodisch und hässlich. Die Einrichtung ist im Mietpreis inbegriffen, ist aber ebenfalls unter aller Kritik. Fadenscheinige Teppiche und ein Sofa, bei dem die Federung schon längst ausgedient hat. An den Wänden hängen billige Kunstreproduktionen, und die Regale sind gefüllt mit Lexika aus dem frühen 20. Jahrhundert oder noch älter.

»Schau mal, Mama!« Katinka zieht aufs Geratewohl eines der verstaubten alten Bücher heraus. »Was für ein Schatz! Stell dir das nur vor! Früher, als es noch kein Internet oder Google gab, konnte man in solchen Büchern etwas nachschlagen!«

Ich verdrehe die Augen. *Früher?* Das klingt wie in der Steinzeit – und dabei ist es noch gar nicht so viele Jahre her. Aber das sage ich nicht, denn Katinka ist ungeheuer stolz darauf, von so viel *Literatur* umgeben zu sein. Genau das hat sie vorhin gesagt. Als hätte sie die vielen Bücherregale bei uns zu Hause vergessen. Ich weiß kaum noch, wo ich alle neuen Bücher hinstellen soll, die jeden Monat dazukommen! Aber das zählt offenbar nicht. Für Katinka sind jetzt Bände in antiquierter Sprache und mit überholten Informationen das Feinste vom Feinen, das habe ich begriffen.

Die Küche ist ein altmodischer, rustikaler Raum mit robusten Bänken, einem riesigen offenen Herd in der Mitte, Unmengen von Schränken, einer großen Speisekammer, die man betreten kann, und einem übertrieben großen Gasherd. Keine Spülmaschine und keine Mikrowelle. Ein riesiger hölzerner Ausziehtisch steht neben dem Herd, mit Platz für mindestens vierzehn Personen, das rechne ich eilig aus. Die Stühle passen alle nicht zueinander, keiner ähnelt dem anderen, und ich könnte wetten, dass sie für höchstens fünfzig Kronen pro Stück auf dem Flohmarkt gekauft worden sind.

Wände, Tapeten, Boden und Decke – alles ist schäbig und abgenutzt. Das ganze Haus müsste grundlegend renoviert werden, und ich danke höheren Mächten dafür, dass sie es nur gemietet haben. Das hier kann auf die Dauer einfach nicht gut gehen, denke ich niedergeschlagen.

Aber Katinka strahlt vor Glück. Sie redet schneller als sonst, wirbelt durch den *Gesellschaftsraum* und zeigt uns stolz jedes Detail, während sie bildreich von allem erzählt, was sie tun und machen und renovieren wollen.

»Renovieren kostet Geld«, kommentiere ich müde. »Und das Haus gehört euch doch gar nicht. Wer soll das also bezahlen?«

»Ach, das findet sich schon. Wir holen uns Hilfe und machen alles selbst.«

»Aber das Material kostet …« Ein Blick von Melker bringt mich zum Verstummen. Mit aller Deutlichkeit sagt er: Halt die Klappe!

Die anderen im Haus, deren Namen ich schon wieder vergessen habe, sind verschwunden. Jetzt sind nur Katinka, Adam, Melker und ich übrig. Vielleicht haben sie sich zurückgezogen, weil sie gespürt haben, dass wir ein bisschen Zeit für uns selbst brauchen. Katinka hat Glögg heiß gemacht und Pfefferkuchen hervorgeholt.

»Wir haben gestern zusammen gebacken. Das war ja so was von gemütlich!«

»Ich muss noch fahren«, widerspricht Melker, als Adam nachschenken will. »Hast du vielleicht ein alkoholfreies Bier?«

»Klar doch, ich hol dir eins!« Adam verschwindet in der Küche.

»Ist er nicht wunderbar?«

»Katinka …« Ich versuche, meine Worte sorgsam zu wählen. »Das Haus ist groß und originell, und hat sicher Potential, wenn man Zeit und Geld hat … aber das Wichtigste ist, dass du dich wohlfühlst, Herzchen. Schließlich musst du hier wohnen.«

»Du hast noch nichts über die Kaution gesagt?«, fragt Melker. »Drei Monatsmieten, war das nicht so? Vor ein paar Tagen hast du uns gefragt. Danach ist alles ziemlich schnell gegangen.«

»Klara – eine von denen, die hier wohnen, aber sie ist heute nicht hier –, ihre Eltern schwimmen in Geld. Deshalb haben die bezahlt. Es ist so eine Art Darlehen. Und sie haben uns gesagt, wenn wir das Haus kaufen wollen, könnten sie das Geld besorgen und uns leihen. So ungefähr.«

»Aha …« Melkers Gesichtsmuskeln zucken ein wenig. »Das klingt ja gut. Aber du, Katinka, rede mit uns, ehe du etwas unterschreibst, versprichst du uns das?«

»Okay«, antwortet sie mit einem Schulterzucken und stopft sich einen Pfefferkuchen in den Mund. »Bleibt ihr übrigens zum Essen?«

Ich werfe Melker einen Blick zu. Nein, nein, nein.

»Nein, ich muss nach Hause und weiter an der Küche arbeiten, und Mama will wohl an ihrem Buch schreiben, nehme ich an.«

»Ja, wie läuft das denn alles, Mama?«

»Danke, seit ich im Fernsehen war, liegt mein Buch ziemlich hoch in den Bestsellerlisten der Online-Buchläden, es geht ein bisschen auf und ab.« Reflexmäßig ziehe ich mein Handy hervor, um mich rasch bei Adlibris einzuklicken. Noch ein paar Klicks, und ich bin bei der Bestsellerliste. Bei dem Anblick, der sich mir dort bietet, reiße ich die Augen auf, schlage die Hand vor den Mund und ersticke einen Ausruf.

»Ist etwas passiert?« Katinka beugt sich über meine Schulter, um einen Blick auf das Display zu werfen. »Wow!«

»Platz eins! *Mord am helllichten Tag* liegt auf Platz eins!« Ich kann es nicht fassen! Was ist passiert? Warum jetzt, eine ganze Woche, nachdem ich im Fernsehen war?

Gleichzeitig sehe ich, dass Torsten mir eine Nachricht geschickt hat. Ich stehe auf und verlasse die Wärme des Kamins. Klicke weiter und lese, was mein ehemaliger Verleger zu sagen hat.

Gratuliere, Amy! Und ich gratuliere auch mir und dem Verlag. Endlich findet dein Buch die Anerkennung, die es verdient, jetzt bist du wieder ganz oben! Und du warst sogar im Fernsehen. Ich bin so enttäuscht, weil ich dein

zweites Buch nicht veröffentlichen kann. Wenn du dir die Sache jemals anders überlegst, dann weißt du, wo du mich findest.
Genieße deinen Sonntag.
Torsten

Ich muss einige Male blinzeln, um die Freudentränen zurückzudrängen, die unbedingt hinauswollen. Dass Torsten so freundlich und großzügig schreibt … Er und die anderen bei Ord i Bok fehlen mir. Aber dann reiße ich mich zusammen. Vor Freude über den ersten Platz wird mir ganz schwindelig. Dass mein Buch auf diese Position gelangt ist, nachdem ich gerade im Fernsehen war, ist ganz normal, aber das ist jetzt eine ganze Woche her, und natürlich ist es dann wieder etwas gesunken und im Verkauf hin- und hergegangen, doch jetzt ist es also wieder auf *Platz eins.* Wahnsinn!

Rasch klicke ich zu Instagram und Facebook weiter und poste einen Screenshot vom ersten Platz. Poste ihn zuerst auf Insta und teile ihn danach auf meiner privaten sowie auf meiner offiziellen, offenen Facebookseite. Halte inne und sehe zu, wie es Kommentare hagelt. Alle Likes und Hurrarufe lassen mein Herz vor Freude und Stolz überlaufen.

Aber dann passiert es. Das, was alle positiven Gedanken und Gefühle zunichtemacht. Was alles andere restlos zermalmt. Tarzan schreibt. Und nun zum ersten Mal auf einer eigenen Facebookseite.

Amy, du bleibst ganz die Alte. Sitzt wie eine verdammte Schlampe im Fernsehen und redest über Sex, denn außer Ficken kannst du rein gar nichts. Hältst du dich für eine Autorin, bloß, weil du dich auf einen ersten Platz hochgefickt hast?

16. DEZEMBER, MONTAG

Ich wache mit heftigen Kopfschmerzen auf. Die Erkältung ist noch nicht ganz vorbei, und eine lähmende Müdigkeit hat mich erfasst. In meinem Kopf dreht sich alles, und statt aufzustehen und den Tag in Angriff zu nehmen, bleibe ich im Bett liegen, obwohl es schon neun Uhr ist. Nichts ist noch normal. Ich bringe es nicht einmal über mich, meine Listen zu schreiben. Im Moment kann ich den Advent nicht leiden. Auch Weihnachten nicht. Oder mein Leben.

Mein Glücksgefühl vom Vortag, weil ich ganz oben auf der Adlibris-Liste gelandet war, ist von Tarzans Kommentar restlos zerstört worden. Natürlich hat er seinen Post sehr bald wieder gelöscht. Ich konnte dieses Schwein nicht einmal blockieren. Meine Hände zitterten viel zu sehr, und ich war so gestresst, dass ich nicht mehr wusste, wie man das macht. Wie viele meiner Follower haben seinen Kommentar lesen können?

Etwas an dieser ganzen Geschichte sorgt dafür, dass ich mich schmutzig fühle, und ich habe Melker noch immer nichts davon erzählt. Aber er ahnt etwas. Er hat mich gestern so seltsam angeschaut, als wir schweigend von Katinka nach Hause fuhren.

Kajsa antwortet, als ich sie anrufe. Endlich. Sie ist soeben im Büro angekommen und sagt, dass sie nicht reden kann und dass das Wochenende ruhig war, wie immer das zu verstehen sein mag. Ich versuche, einige Fragen zu stellen, aber ich höre, dass ihre Kollegen in der Nähe sind, deshalb beende ich das Gespräch mit dem Versprechen, später anzurufen. Melker hat gestern Abend erzählt, dass er heute nach Feierabend mit Håkan zu einem Bier verabredet ist. Ich sage nichts dazu, habe furchtbare Angst, mich zu verplappern und Kajsa noch mehr in Schwierigkeiten zu bringen.

Im Moment passieren um mich herum zu viele negative Dinge. Sie saugen alle positive Energie aus mir heraus. Zum Beispiel das mit der Küche. Gestern Abend hat Melker es wieder zur Sprache gebracht.

»Ich glaube, es wird schwierig, bei uns Weihnachten zu feiern, Amy. Oder sogar unmöglich, das müssen wir einfach akzeptieren. Trotz deines Vorschlags mit dem Catering. Wir brauchen einen Plan B.«

»Finde einfach eine Lösung«, war meine Antwort. »Wollen wir etwa zu Tante Agata fahren?«

Er starrte mich nur wütend an, und entsprechend verlief dann unser Abend. Hugo kam nicht wie sonst an den Sonntagen nach Hause. Jetzt, wo ich mich nicht mehr um seine Wäsche kümmere, sieht er vielleicht keinen Grund mehr, uns zu besuchen.

Ich zwinge mich zum Aufstehen. Schaue in den Spiegel. Koche ein Ei und esse es zusammen mit Kalles Kaviar. Dusche und ziehe mich an. Setze mich vor den Computer. Mache nichts Wichtiges, sehe nur in den sozialen Medien und auf allen möglichen Websites nach. YouTube-Beiträge und anderer Unsinn. Von all dem Müll, den ich konsumiere, fühle ich mich vollständig ausgelaugt. Und die Storyline, die ich Ola versprochen habe, ist noch immer nicht fertig. Vielleicht morgen, rede ich mir selbst zu.

Plötzlich ist der Tag vorüber, und draußen ist es pechschwarze Nacht. Die Temperatur verharrt um den Nullstrich, und ein heftiger Nordwind verwandelt den Schnee in kleine Eiszapfen, die aus der Luft fallen. Es ist scheußlich und spiegelglatt. Melker teilt mir mit, dass er den Wagen vor dem Büro stehen lässt, und erinnert mich daran, dass er heute Abend mit Håkan verabredet ist. Aber das ist mir egal.

Stattdessen streife ich meinen Trainingsoverall ab, ziehe Jeans, ein fesches Hemd und Boots an. Kämme und schminke mich und lege einen Zettel auf die Kücheninsel:

Bin zum Afterwork. Bis später.

Denn ich habe mich entschieden. Ich muss unter Leute kommen. Und da ich zu einer Veranstaltung in den Gothia Towers eingeladen bin, gehe ich dorthin.

Ich brauche Leute und Leben und positive Energie.

17. DEZEMBER, DIENSTAG

Schockierend.

Anders kann ich den gestrigen Abend nicht zusammenfassen.

Ich traf dort ein, allein, aber tatendurstig. Die Veranstaltung fand im Restaurant Heaven 23 statt, und schlagartig tauchte die Erinnerung an mein Mittagessen mit Ola vor nicht allzu langer Zeit wieder auf. Seitdem ist ja so viel passiert!

Ich fand bald Leute, die ich durch die Arbeit kenne. Eingeladen hatte ein Netzwerk, bei dem ich Mitglied bin, und das Thema des Abends war *Umgang mit Stress im Alltag.* Das Thema kam mir vor wie für mich geschaffen.

Ich staunte darüber, wie viele Leute meine schriftstellerischen Erfolge der letzten Zeit registriert hatten.

»Amy! Wie toll, dass du mitten in deinem großen Erfolg kommen kannst!«

»Wie meinst du das?«

»Fernsehen. Zeitungen. Dein Buch ist doch der Renner!«

»Ach …« Ich zuckte mit den Schultern, als ob ich keine Ahnung hätte, wovon sie reden. Aber ich saugte alles in mich ein. Und ich brauchte das. Der Tag war von Zweifeln geprägt gewesen, und ich brauchte ein Schulterklopfen. Und ich bekam meine Aufmunterung. Jede Menge Hurrarufe.

Ich traf ehemalige Auftraggeber und brachte sorgsam mein Interesse an neuen Aufträgen zum Ausdruck.

»Aber kannst du so was denn jetzt noch übernehmen?«, fragte Annika, mit der ich früher schon zusammengearbeitet hatte. »Du hast doch sicher einen Vertrag über mehrere Bücher?«

»Das schon. Aber das bringt noch lange kein Geld. Tantiemen werden erst ausbezahlt, wenn das Buch im Handel ist. Im Moment verdiene ich nicht eine Krone und muss Rechnungen bezahlen wie alle anderen.«

»Klar werde ich an dich denken, Amy, wenn sich etwas ergibt. Ich melde mich.«

Es war ein großes Happening. Sogar Presseleute und Fotografen waren vor Ort, die sich zwischen den vielen gesellschaftssüchtigen Menschen tummelten. Der Vortragende war bekannt und hatte ein großes Publikum angelockt. Ich zog jedes Mal den Kopf ein, wenn irgendwo fotografiert wurde, wollte auf keinem Bild auftauchen. Es gab genug andere, die sich vor die Kameras drängten.

Ich dachte an Melkers Frage. *Wieso überhaupt bekannt? Willst du das denn wirklich? Ich dachte, für dich wäre es das Wichtigste, Bücher zu schreiben.* Er hat recht. Ich schreibe keine Bücher, um berühmt zu werden. Ich schreibe, weil die Geschichten mich erfüllen und ans Licht kommen müssen.

Ich stellte mein leeres Weinglas ab und ging in Richtung Damentoilette. Wollte mir die Nase pudern und außerdem meine Blase erleichtern. Wenn ich ehrlich sein soll, wollte ich auch einfach weg, deshalb trödelte ich ein wenig und ließ alles auf mich wirken. Das Gewimmel der Menschen rückte mit einem Mal in weite Ferne, und ich genoss den Moment der Stille. Ich beschloss, nach Hause zu gehen.

»Amy?«

Die Stimme ließ mich herumfahren. Ich war in einem Lokal, in dem wildes Gedränge herrschte, aber gerade hier, wo ich stand, war alles leer. Bis auf zwei Personen. Robin und mich.

»Was machst du denn hier?«, wollte er wissen. Sein Lächeln hatte etwas Unangenehmes.

Er trank einen Schluck aus seinem Weinglas, stellte es auf einen Tisch neben uns und trat näher an mich heran. Zu nah. Ich dachte an Sabina und Kajsa. War eine von ihnen mit ihm hergekommen?

»Ich war zu dem Vortrag eingeladen«, antwortete ich und trat instinktiv einen Schritt zurück, sein Atem war ganz dicht, sein Körpergeruch füllte meine Nase. »Und du? Was machst du hier?«

»Dasselbe.« Er kam noch einen Schritt auf mich zu, und da sich hinter mir die Wand befand, stand mir kein Rückzugsweg offen. Der Richard-Gere-Blick durchbohrte mich. Ich fand ihn widerlich.

»Bei Sabinas Buchvorstellung konnten wir ja gar nicht richtig miteinander reden. Du bist irgendwie … verschwunden?« Etwas stimmte nicht an seinem Lächeln, und er roch nach Alkohol.

»Ja. Aber du hast ja eine andere Gesprächspartnerin gefunden, oder?«

Ich zitterte am ganzen Leib, aber trotzdem musste ich ihn provozieren. Das hier war meine Chance, seine Affäre mit Kajsa zur Sprache zu bringen. Ihm meine Meinung zu sagen und ihn aufzufordern, sich zum Teufel zu scheren.

»Ich finde immer Leute, mit denen ich reden kann«, gurrte er. »Wie jetzt.« Mit einer Hand stützte er sich gegen die Wand hinter mir, umzingelte mich.

War das ein Annäherungsversuch? Die Gedanken flatterten durch meinen Kopf wie in Panik geratene Vögel. Was war er eigentlich für ein Mensch?

»Vielleicht solltest du einen Schritt zurücktreten«, brachte ich heraus, als er so nah herangerückt war, dass sein Gesicht kaum zehn Zentimeter von meinem entfernt war.

»Bist du sicher?«, flüsterte er, als ob jemand uns hören könnte. Mein Blick irrte nach links und rechts, aber es war keine Menschenseele in der Nähe.

»Du bist heiß, weißt du das? Elegant, reif und ein Star. Ich habe dich die ganze Zeit beobachtet. An dem Abend in der Bar, nachdem Sabina nach Hause gegangen war, und auf Sabinas Buchvorstellung … aber du hattest dich an einen Clown gehängt, der dich vorführen wollte.«

»Mich an ihn gehängt?« Ich presste mich an die Wand und versuchte, seiner Schnapsfahne auszuweichen. »Du meinst vielleicht Ola, meinen Verleger?«

»Kann sein.«

Ich suchte verzweifelt nach einer Möglichkeit, zu entkommen, ohne eine Szene zu machen. Robin dachte offenbar nicht in dieselbe Richtung. Er kam immer näher, und ich kniff die Augen zusammen, als könnte ich auf diese Weise die Realität ausblenden, mich ihr verschließen. Aber dann spürte ich seine Lippen auf meinen und eine Hand, die zielbewusst den Weg unter meinen Pullover suchte.

Und ich wurde aus meiner vorübergehenden Lähmung gerissen.

»Was zum Teufel soll das?«

Aber er war offenbar zu allem bereit. Mit einer raschen Bewegung drückte er seinen Körper gegen meinen und presste mich an die Wand. Sein Gewicht hinderte mich am Atmen, die Angst schnürte mir die Kehle zusammen, und meine sonst so unbeugsame Stärke war verschwunden.

Ganz ruhig bleiben. Bald kommt irgendwer und sieht uns. Und dann lässt er mich los.

Ich wollte schreien, aber ich brachte keinen Laut über die Lippen. Ich wollte ihm ein Knie in den Schritt rammen, brachte aber keine Bewegung zustande. Ich stand unter Schock, war wie gelähmt, und Robin verstand alles ganz falsch.

»Ich hab es gewusst«, zischte er mir ins Ohr. »Du geiles kleines Stück! Du weißt, wie man das macht, was? Du kannst das! Brauchst nur die Beine breitzumachen, wie du das für alle Kerle tust, und schon kommt der Erfolg, was? Und jetzt bin ich an der Reihe.«

»Was … was sagst du da?«

»Komm schon. Das gefällt dir doch. Und mir gefällt es auch. Gib es zu. Ich habe hier für heute Nacht ein Zimmer. Niemand braucht etwas zu erfahren.«

Es war wie ein Blitzeinschlag. Sabinas Mann. Plötzlich wusste ich, wie alles zusammenhing. Und nun bestätigte er das.

»Alle lieben Tarzan. Und du bist Jane.«

Mich überkam eine seltsame Ruhe. Er war gefährlich gewesen, aber nun war er plötzlich erbärmlich. Auf einmal war meine Anspannung verflogen. Ich lächelte – vielleicht sogar überlegen – und reckte mich. Aber auf seinen nächsten Zug war ich nicht vorbereitet. Energisch packte er meine Hand und drückte sie zu seinem Geschlecht hinunter. Ich schnappte vor Entsetzen nach Luft, aber der Blödmann verstand schon wieder alles falsch.

»Ich habe es gewusst. Komm, wir gehen«, stöhnte er.

Ich roch den Schweiß, der diesem Mann vor mir auf die Kopfhaut trat. Er widerte mich an. Verachtung, gemischt mit Wut, bäumte sich wie eine Flutwelle in mir auf. Ich wollte ihn schlagen, voll ins Gesicht, wollte ihn verletzen.

Aber statt zuzuschlagen, statt eine Szene zu machen, lachte ich. Ein überlegenes, höhnisches und hartes Lachen. Dieser verdammte Dreckskerl hatte keine Macht mehr über mich. Robin war ein kleiner Kotzbrocken, der sich genau so verhielt, wie ich es hasse und verachte. Sein attraktives Äußeres ließ ihn glauben, dass die Welt ihm gehöre, dass alle Frauen ihm gehörten, dass ich ihm gehörte. Aber niemand gehörte ihm. Er war niemand. Das wurde mir in diesem Augenblick klar.

Er. War. Niemand.

Mit aller Kraft stieß ich ihn von mir. Er geriet für einen Moment aus dem Gleichgewicht und riss überrascht die Augen auf. Was mir ein Hohnlachen entlockte.

»Oh verdammt! Für wen hältst du dich eigentlich? Du mieser Widerling, ich bring dich um, wenn du mich noch mal anrührst. Oder Kajsa.«

Meine Worte hallten in meinem Kopf wider, als ich scheinbar ruhig und gefasst, aber mit hektischem Puls durch den Gang schritt, um in der Garderobe meine Jacke zu holen. Ein Mann tauchte von irgendwo her auf, und ich spürte seinen Blick, als ich an ihm vorüberging.

Ich bring dich um, wenn du mich anrührst. Gute Arbeit, Amy, sagte ich zu mir.

Dann fuhr ich nach Hause.

Jetzt sitze ich auf dem Sofa und balanciere vor mir ein Frühstückstablett. Melker ist ins Büro gefahren. Als ich gestern Abend nach Hause kam, war er noch mit Håkan in der Kneipe, und ich beschloss, ihm nichts von dem Zwischenfall mit Robin zu erzählen. Irgendwann werde ich das vielleicht tun, aber gestern war mir klar, dass dann auch andere Geheimnisse ans Licht kommen müssten, Geheimnisse, die nichts mit Melker zu tun haben. Dinge, die Kajsa mir anvertraut hat.

Ich hasse es, wenn sich so viele Wahrheiten in Geheimnisse verwandeln.

Dennoch habe ich ein ziemlich gutes Gefühl, als ich jetzt Kajsas Nummer wähle. Was ich zu erzählen habe, wird sie sicher für immer von jedem Gedanken an Robin kurieren. Sie meldet sich nach dem ersten Klingelton.

»Du egoistisches Miststück!« Kajsa ist wütend, und ich begreife nichts. »Du musstest zeigen, dass du ihn haben kannst, oder was?«

»Wen?«

»Stell dich nicht dumm. Und du behauptest, dass Sabina deine Freundin ist! Die war dir wirklich wahnsinnig wichtig, was? Wie kannst du so was tun?«

Ich werde eiskalt. Was weiß sie, was ich nicht weiß?

»Erklär mir, was du meinst«, bitte ich.

»Du hast es also nicht gesehen?«

»Was denn gesehen?«

»Es spielt keine Rolle, Amy, ob du es gesehen hast oder nicht. Denn Bilder lügen nicht. Es wird dir schwerfallen, einen Bildbeweis wegzuerklären. Du hattest die Hand zwischen seinen Beinen«, faucht sie. Dann legt sie auf.

Ich habe das Gefühl, kurz vor einer Ohnmacht zu stehen.

Ein Pling in meinem Handy, und ich sehe, dass Kajsa ein Bild geschickt hat. Ein Foto aus einer Lokalzeitung zwischen vielen kleinen und großen Bildern von der Veranstaltung gestern. Und auf einem Bild, einem der kleineren, sind Robin und ich zu sehen. Wir stehen sehr dicht beieinander, Gesicht an Gesicht, wie vor einem Kuss. Das Foto zeigt nichts von der Angst, die ich verspürte, oder meiner Wut, als mir aufging, dass Robin Tarzan ist. Bilder können sehr wohl lügen.

Der Fotograf hat außerdem eine Bildunterschrift anbringen können. Mir dreht sich der Magen um, als ich den kurzen Satz lese.

Die debütierende Autorin Amy Strandberg kam mit Robin Nilsson zusammen. »Wir sind nur gute Freunde«, sagt Robin.

Auf dem unscharfen Bild kann man mit etwas gutem Willen meine Hand zwischen seinen Beinen ahnen. Kajsa muss zur Lupe gegriffen haben.

Ich spüre, wie in mir die Panik wächst. Wer wird mir glauben? Was wird Melker sagen? Warum habe ich nicht erzählt, was passiert war, als er gestern Abend nach Hause gekommen ist?

Ich schleudere mein Handy aufs Sofa, wütend und verzweifelt. Dann weicht die Wut dem Kummer, und ich fange an zu weinen, zuerst leise, dann heftig und hemmungslos. Ich verfluche Robin. Möchte dieses Schwein umbringen. Möchte den verdammten Fotografen umbringen. Darf man denn einfach alles veröffentlichen?

Dann klingelt mein Handy. Es ist Melker. Ich fasse nach dem Gerät wie nach glühenden Kohlen. Melkers Zorn platzt mir entgegen.

»Was zum Teufel hast du angestellt?«

18. DEZEMBER, MITTWOCH

Ich bin einsam. Ich glaube sogar, ich bin der einsamste Mensch auf der ganzen Welt. Ich bin aus unserem Zuhause geflohen, ich bringe es nicht über mich, mit Melker oder Hugo oder Katinka oder irgendeinem anderen Menschen zu sprechen.

Melker hat sich nach einer Weile beruhigt. Ich habe ihm alles erklärt, und irgendwann hat er begriffen. Aber er ist noch immer wütend, vor allem, weil ich ihm nichts von Tarzans Netzhetze und allem, was damit zu tun hat, erzählt habe. Und er begreift nicht, warum ich am Montagabend nichts gesagt habe, als er nach Hause gekommen ist. Und er ist wütend über das Bild, das so viele gesehen und kommentiert haben. Und natürlich falsch verstehen. Bekannte fragen auf meiner Facebook-Seite danach und wollen wissen, wer der Mann ist. Warum fragen sie mich nicht direkt? Aber Tatsache ist, dass nur wenige das wichtig finden. Sie glauben, durch ein blödsinniges Foto zu wissen, was passiert ist, ziehen ihre Schlüsse und urteilen. Schreiben hier und da einen Kommentar, antworten auf die Posts von anderen, und dann … machen sie weiter mit ihrem Leben. Und ich und andere Opfer stehen da und fragen uns, wie etwas so falsch verstanden werden kann.

Kajsa antwortet nicht, wenn ich anrufe, und es tut mir weh, dass sie wütend ist und mir nicht zuhören will. Aber ich rede mir ein, dass sie zur Vernunft kommen wird und wir uns aussprechen können, wenn ich sie nur in Ruhe lasse. Wir haben schon andere Konflikte überwunden, und das hier schaffen wir auch. Sabina hat eine SMS mit nichts als einem Teufels-Emoji geschickt. Ich habe mich nicht zu einer Antwort aufraffen können. Robin kann ihr doch sonst was erzählt haben. Wie soll ich es mit seinen Lügen aufnehmen, wo ich sie noch gar nicht so lange kenne?

Im Moment sitze ich in der Straßenbahn, ich halte es zu Hause nicht aus. Fahre einfach nur herum, habe kein Ziel. Traurig sehe ich draußen die prachtvolle Winterlandschaft mit den vielen funkelnden Weihnachtslichtern. Ich habe diese Jahreszeit immer geliebt. Aber in diesem Jahr ist nichts so, wie es sein soll, und meine Enttäuschung ist so groß, dass ich sie nicht in Worte kleiden kann.

In weniger als einer Woche ist Heiligabend.

Das Telefon klingelt. Mama. Ich bin fast allein im Wagen, deshalb beschließe ich zu antworten.

»Hallo.«

»Geliebtes Kind, wo bist du? Ich habe mit Melker gesprochen.«

»Nirgendwo. Ich fahre Straßenbahn.«

»Willst du mir nicht alles erzählen? Melker war kurz angebunden, aber ich habe verstanden, dass dir übel mitgespielt worden ist.«

Meine kleine Mama … jetzt ist sie da, mit ihrer lieben Mamastimme. Verschwunden ist der fordernde und energische Tonfall, zu dem sie gar zu oft greift. Als die kluge Mutter, die sie ist, weiß sie, wann sie gebraucht wird, wann es Zeit wird, die mütterlichen Arme auszubreiten, egal, wie alt ihr Kind ist. Denn im Moment behandelt sie mich so. Wie ihr Kind. Und zwar wie ein Kind, das Hilfe braucht.

»Willst du nicht lieber herkommen? Ich kann Tee kochen,

und wir könnten Lussekatter essen. Papa ist in der Autowerkstatt und hat danach noch eine Menge zu erledigen. Wir wären dann unter uns. Ich glaube, du musst dich jetzt irgendwo ausweinen. Und mit einem lieben Menschen reden.«

Ich schlucke und schlucke und versuche, etwas zu sagen. Dass ich genau das brauche – zu Mama nach Hause zu kommen.

»Okay, Mama. Ich komme.«

Das ist nur die Spitze des Eisbergs«, erklärt Mama, als ich alles erzählt habe. Wirklich alles. Ich habe sogar mein Schweigeversprechen an Kajsa gebrochen, aber nur für Mamas Ohren. »Du presst zu viel in dein Leben, und du stellst zu hohe Ansprüche an dich selbst. Du kannst nicht immer allen alles recht machen.«

Ich sehe ihr hinterher, als sie Wasser für die zweite Kanne Tee aufsetzt. Sie trägt ein graues Velourskostüm, und ihre Haare sind zerzaust. Mama ist auf eine seltsame Weise schön, auch wenn sie sich keine Mühe gibt. Eine Art Wildheit, die mich an Katinka erinnert. In gewisser Hinsicht haben sie große Ähnlichkeit miteinander, diese beiden. Sie wollen so viel, sind entschlossen, können sich aber schnell anders entscheiden, wenn es sein muss. Sind warm in Geist und Seele. Jetzt hat Mama eine Aufgabe – sich um mich zu kümmern –, und sie lässt alles andere fallen, egal, was sie eigentlich erledigen wollte.

»Du bist eine von denen, die mich manchmal überfahren, Mama. Du stellst Ansprüche und erwartest, dass ich sie erfülle.«

»Wirklich?« Sie hält inne und sieht ehrlich überrascht aus.

Ich lache. »Ja, aber im Moment spielt das keine Rolle. Denn jetzt bist du da, jetzt, wo ich dich brauche.«

»Na dann«, sie atmet auf und setzt sich wieder zu mir. »Denk einmal nach, Amy. Was ist gerade jetzt das größte Problem in deinem Leben?«

Ich überlege. Ich horche in mich hinein. Ich glaube, ich weiß es.

»Dass ich so vieles nicht schaffe. Nicht gut genug bin. Dass andere mich missverstehen und nicht leiden können. Dass ich Bücher über Dinge schreiben soll, über die ich nicht schreiben will. Dass ich so vielen Anforderungen gerecht werden soll. Ein Vorbild sein soll, ohne das zu schaffen.« Ich verstumme, als ich Mamas Lächeln sehe.

»Ich habe nach deinem größten Problem gefragt, Herzchen, nicht nach allen.«

»Aber ich kann keine Rangordnung aufstellen. Alles ist ein großes Durcheinander. Und dann die Küche und wie wir Weihnachten feiern sollen und Tante Agata und Katinkas Haus, und außerdem habe ich Angst, dass Melker mein Chaos sattbekommen könnte, und ich mache mir Sorgen, dass Kajsa nicht auf mich hören wird, wo sie doch eigentlich meine beste Freundin ist …«

»Aber sie ist doch keine richtige Freundin, wenn sie dich aufgrund eines verschwommenen Zeitungsfotos fallen lässt, oder?«

»Vielleicht nicht, aber es geht ihr ja nicht gut.«

»Dir auch nicht. Vielleicht sollte sie innehalten und *dir* zuhören?«

»Ach, es wird schon besser, wenn ich darüber reden kann. Aber ich weiß noch immer nicht, was ich machen soll. Das alles nimmt irgendwie überhaupt kein Ende.«

Ich suche die SMS heraus, die gestern von Ola gekommen ist, und reiche Mama das Telefon.

Verdammt, du weißt ja wirklich, wie man Schlagzeilen macht. Gute Arbeit. Mehr Skandale und weitere Happenings. Sabinas Mann … ja, danke!

»Mein Verleger würde über Leichen gehen, um in den Medien Aufmerksamkeit zu erregen. Aber ich werde mich nicht darauf einlassen. Melker hat mich vor einer Woche danach gefragt. Da wusste ich die Antwort nicht. Aber jetzt weiß ich sie. Ich hasse Scheinwerferlicht, wenn es ein derart falsches Bild liefert und sich nicht auf meine Bücher bezieht. Wenn es so ist wie jetzt, mit verdrehten Geschichten über eine zusammengelogene Jugend und darüber, dass ich mit dem Mann meiner Freundin schlafe.«

»Bereust du es denn?«

»Was meinst du?«

»Dass du den Verlag gewechselt hast?«

Ich muss eine Weile überlegen. Bereue ich das wirklich? Das habe ich am Samstag zu Katinka gesagt, aber es hat nicht ganz gestimmt. Es war mein Traum, von einem Verlag wie Arnells veröffentlicht zu werden, und dass es zudem einen Vertrag über fünf Bücher gibt, und dass vielleicht auch *Mord bei finsterer Nacht* herauskommen wird, ist einfach phantastisch. Kann man so etwas bereuen? Aber ich fühle mich nicht richtig wohl … also ja, vielleicht bereue ich.

»Ich weiß nicht«, antworte ich.

»Und dein alter Verlag?«

»Ach. Torsten ist sicher zu stolz, mich wieder zurückzuholen, obwohl er mir am Sonntag zum ersten Platz gratuliert hat. Aber das steht ja ohnehin nicht zur Debatte.«

»Ja, dann.« Mama streichelt meine Wange, wie nur eine Mutter das kann. »Fahr jetzt nach Hause, Amy. Melker hat allen Grund, wütend auf dich zu sein, aber nicht zu lange, und das wird er auch nicht. Was alle anderen sagen und meinen, musst du aushalten, und mit der Zeit wächst Gras über alles.«

»Ich muss heute Abend signieren.«

»Sag ab. Fahr nach Hause. Ein paar Bücher mehr oder weniger zu verkaufen, spielt am Ende keine Rolle.«

Ich weiß, dass sie recht hat. Aber ich weiß auch, dass ich ihren Rat nicht befolgen werde. Nie im Leben würde ich eine Signierstunde absagen.

Ich schreibe an Melker, als ich in der Straßenbahn sitze.

War bei Mama. Bin auf dem Weg nach Hause.

Ich bekomme keine Antwort. Ich schließe die Augen, lehne den Kopf ans Straßenbahnfenster und rede mir ein, dass das Leben weitergeht.

19. DEZEMBER, DONNERSTAG

Natürlich bin ich zum Signieren gegangen. Ich habe fünfzehn Bücher verkauft, der Rekord in meiner kurzen Karriere. Das Witzigste war, dass ein Mann zu mir kam und laut und deutlich erzählte, wie gut das Buch sei. Seine Begeisterung war so ansteckend, dass Leute stehen blieben und zu dem Buch griffen, während der Mann noch immer neben mir stand und die ganze Zeit lauthals und munter drauflosredete. Am Ende kauften sie dann. Einige hatten mein Buch auf der Beststellerliste gesehen und waren neugierig geworden.

»Haben Sie noch andere geschrieben?«

»Nein, das hier ist mein erstes.«

»Aber Sie schreiben doch sicher eine Fortsetzung?«, fragte mein neuer Freund, der sich nach einer Weile als Klas vorstellte.

»Tja, vielleicht. Werden sehen.«

»Ich habe schon lange keinen so gut geschriebenen Krimi mehr gelesen.«

Er gab mir Kraft, und als ich später an dem Abend ins Bett kroch, kam mir das Leben ein bisschen gerechter vor. Ich schmiegte mich an Melker, und er nahm mich in den Arm.

»Du bist so dumm!«, flüsterte er mir ins Ohr.

Ich schlief in Melkers Umarmung ein, aber dennoch schlief ich unruhig und wurde von wilden Träumen heimgesucht. Tarzan und Robin kamen darin vor, zwar war es ein und derselbe Mann, aber manchmal war Robin gekleidet wie der Dschungelheld. Er war überall, und ich fand nirgendwo ein Versteck.

Jetzt ist es zehn Uhr am Vormittag, und ich bin noch kaum wach. Ich habe mir gestattet, länger zu schlafen als sonst, irgendwann heute Nacht, als ich wach lag und zur Decke starrte, habe ich den Wecker ausgestellt.

Das Haus ist still. Ich bin allein. Heute schneit es nicht, zum ersten Mal in diesem Monat. Draußen sind es nur wenige Grad unter null, und es ist windstill. Der Himmel ist hellblau, und man kann winzige Schneeflocken sehen, die glitzernd von den Bäumen rieseln. Es ist so schön, dass es mir wehtut.

Um mich zu stärken, setze ich mich an die Liste für heute. Aber vorher sehe ich noch die Bestsellerliste von Adlibris an. Und ja, mein Krimi ist noch immer unter den ersten fünf. Das Publikum hat mich wirklich entdeckt. Ich gehe zu Facebook. Hole tief Luft. Aber alles hat sich beruhigt. Es ist genau, wie Mama gesagt hat, alle glauben eine Menge und widmen sich dann wieder ihrem geschäftigen Leben. Und was bedeutet ein Foto? Tarzan, oder genauer gesagt Robin, hat sich nicht gemeldet, weder in Trollgestalt noch als er selbst. Ich habe den Verdacht, dass sich hinter seiner Unverschämtheit ein elender Schwächling versteckt, deshalb wird er sich wohl nicht mehr mit mir anlegen, jetzt, wo er sich entlarvt hat. Und dass er auf andere Weise von sich hören lässt, erwarte ich nicht. Wenn er das tut, bringe ich ihn doch noch um, denke ich mit zynischem Grinsen. Dass ich das tatsächlich gesagt habe und dass dieser verdammte Fotograf nicht begriffen hat, was sich wirklich zwischen uns abspielte.

Ich gehe zu einer Gruppe auf Facebook, in der über Bücher diskutiert wird. Schreibe meinen Namen ins Suchfeld. Und habe sofort sechs neue Treffer, Threads, wo *Mord am helllich-*

ten Tag empfohlen wird. Eine seltsame Freude stellt sich ein. Es gibt mich. Wirklich. Einige fragen nach einer Fortsetzung, und ich wage eine behutsame und ein wenig schwammige Antwort.

Man weiß nie.

Dann verlasse ich die virtuelle Welt, pfeife auf die Bestsellerlisten, hole mir stattdessen mein Manuskript auf den Bildschirm. Starre es kurz an. Blättere zurück und lese, was ich zuletzt geschrieben habe.

Der Adrenalinspiegel steigt. Jemand steht hinter dem Vorhang. Amanda ahnt die unbekannten Atemzüge. Mit einer Hand auf der Waffe im Holster an ihrer Hüfte tritt sie einen Schritt zurück und in Richtung Tür. Verflucht sich selbst, weil sie allein dieses Haus betreten hat. Weiß der Mensch hinter dem Vorhang, wer sie ist? Sie muss weg hier, Verstärkung rufen. Aber vielleicht ist es jetzt schon zu spät.

Ich scrolle noch weiter zurück. Mit steigendem Selbstvertrauen sehe ich, dass es richtig gut ist. Je mehr ich lese, desto besser finde ich es.

Ich nehme hier und da eine kleine Änderung vor, füge hinzu, nehme weg und fasse zusammen. Dann schreibe ich weiter – ein Kapitel nach dem anderen. Als ich nach drei Stunden den Rechner verlasse, habe ich Kopfschmerzen und einen steifen Nacken. Ich sehe nach, wie viele Wörter ich jetzt habe. Fast fünfundzwanzigtausend. Ungefähr ein Viertel des gesamten Textes. Exakt so viele Wörter, wie Torsten damals haben wollte, um eine Entscheidung treffen zu können. Über das Manuskript, nach dem jetzt Ola gefragt hat …

Und das Beste von allem – was ich geschrieben habe, gefällt mir. Es gefällt mir besser, als ich zu hoffen gewagt habe. Fast schockiert von dieser Erkenntnis fasse ich einen spontanen Entschluss. Ich suche mir Torstens Mailadresse heraus, öffne eine neue Mail, hänge das Manuskript an und schreibe eilig einige Zeilen.

Hallo, Torsten!
Ich weiß, ich habe einen neuen Verlag, aber ich möchte dir trotzdem ein Viertel des Manuskripts schicken, über das wir gesprochen haben. Lies, wenn du Lust hast. Lass von dir hören, wenn du Lust hast. Egal, ob es dir gefällt oder nicht.
Ich wünsche dir schöne Weihnachten und ein gutes neues Jahr.
Amy

Melker ist heute Abend bei einem Weihnachtsbuffet. Ich begreife nicht, warum alle Firmen ihr Personal, ihre Lieferanten und ihre Kundschaft unbedingt zu solchen Fressorgien schleifen müssen. Mir selbst bleibt das erspart, denn niemand lädt eine einsame Autorin ein, noch dazu eine, die bisher erst ein Buch vorweisen kann.

Ich bestelle mir also beim Italiener eine Pizza to go, ich weigere mich, in unserer sogenannten Küche etwas zuzubereiten. Die Ventilatoren drehen sich noch immer auf Hochtouren, aber Melker meinte gestern, dass der neue Estrich wohl bald gelegt werden könnte. Das Problem ist, dass wir noch immer nicht besprochen haben, welchen Boden wir wollen. Und wenn wir uns dann entschieden haben, kommt noch die Lieferzeit dazu.

Trotzig greife ich zu einer Flasche Glögg. Finde, ich habe es verdient, heute Abend zu feiern, schließlich habe ich ein Viertel von meinem Manuskript eingereicht. Zwar bei dem Verleger, den ich verlassen habe, aber dennoch. Schließlich war ja von Anfang an von einem Viertel die Rede, also habe ich mein Versprechen gehalten. Wenn Ola dieses Buch haben will, muss er betteln und flehen, denke ich aufrührerisch. Und dann soll es als Hardcover erscheinen, nicht nur als Hörbuch und E-Book, wie er das wollte.

Ich mache ein wenig Glögg heiß und gieße ihn in einen

kleinen Glöggbecher. In null Komma nichts ist er ausgetrunken, aber besonders gut schmeckt er eigentlich nicht. Nach kurzem Zögern beschließe ich, eine Flasche Wein aufzumachen. Das darf ich mir ruhig mal gönnen, denke ich selbstgefällig. Auf ein abgeschicktes Manuskript muss man anstoßen. Und außerdem muss ich mich trösten, denn ich bin enttäuscht von Ola und habe ihn satt. Habe seinen Eifer satt, mich auf so verlogene Weise den Medien zu präsentieren. Habe mich selbst satt, weil ich mich nicht weigere. Ich müsste *Expressen* anrufen und aus ihrer Serie über die verschiedenen Genres aussteigen. Ich werde kein Erotic Crime schreiben, nie im Leben. Ich *schütte* das erste Glas Wein geradezu in mich hinein.

Rasch erledige ich auch Glas Nummer zwei. Bin ich die arme, missverstandene Autorin, die sich mit Rotspon volllaufen lässt? Nein, so sehe ich das nicht. Stattdessen bin ich erfüllt von einer Art freudiger Erregung, weil ich etwas Verbotenes tue. Man trinkt nicht allein, wenn man keine Probleme hat. Okay, ich habe gerade Probleme, aber das sind keine Alkoholprobleme. Der Wein hilft mir zu entspannen, und alles kommt mir angenehm vor. Ich gieße mir das dritte Glas innerhalb einer Stunde ein, und als ich einen unfreiwilligen Schritt zur Seite mache, befehle ich mir streng, ein bisschen vorsichtig zu sein. Ich will mich ja schließlich nicht betrinken.

Ich sitze auf dem Wohnzimmersofa und drehe das Glas. Sehe mir die roten Streifen auf seiner Innenseite an. Dunkel, schön. Die letzte Zeit zieht an meinem inneren Auge vorbei. Und ein wenig wirr im Kopf versuche ich, alles zu sortieren. Ich erläutere mir meine eigenen Gründe und merke, wie *gescheit* ich denke. Dass Alkohol so vieles in Ordnung bringen kann! Ich suche mit dem Blick nach der Flasche, habe nicht darauf geachtet, was ich da eigentlich aufgemacht habe. Aber es schmeckt gut, und das ist die Hauptsache. Melker kauft nur gute Weine. Ich kaufe niemals Wein. Aber ich habe keine Probleme mit dem Trinken. Ich grinse.

Das Handy liegt in meiner Hand, und ich überlege, ob ich jemanden anrufen soll. Ich hätte inzwischen doch gern Gesellschaft. Kajsa und ich müssen uns aussprechen, denke ich mit einem gewissen Mut. Es wird Zeit. Sie kann mich nicht einfach auf diese Weise zurückweisen, das ist nicht gerecht. Es ist Zeit, Kontakt aufzunehmen.

Zu meiner Überraschung meldet sie sich sofort. Ich bin total baff. Aber sie schweigt, als ob sie will, dass ich den Anfang mache. Ich trinke noch einen Schluck Wein, um mir Kraft für diesen Gesprächsanfang zu holen.

»Wir müssen reden und diese Sache klären. Es war nicht so, wie es auf dem Foto ausgesehen hat.«

»Ich verstehe.« Ihre Stimme ist weit entfernt von der forschen Kajsa. »Entschuldige. Das war idiotisch von mir«, fügt sie hinzu.

»Willst du darüber sprechen?«, frage ich hoffnungsvoll.

»Ja, aber nicht jetzt. Håkan ist zu Hause. Ich habe mich übrigens an deine Psychologin gewandt. Ich weiß, dass ich Hilfe brauche. Und ich will, dass die Dinge in meinem Leben wieder ins Lot kommen.«

»Gut. Was hat dich zu diesem Entschluss gebracht?«

»Vieles. Vielleicht der Anstoß von dir. Mir ist inzwischen klar geworden, dass nur ich selbst mein Leben in den Griff bekommen kann. Und dass ich dabei Hilfe brauche.«

»Und Robin?«

»Der bedeutet mir nichts. Und ich bin ihm scheißegal. Dem sind sicher alle scheißegal. Sabina tut mir leid. Und es tut mir leid, dass ich am Dienstag so reagiert habe. Aber … ich kann jetzt nicht reden. Wir sprechen uns morgen.«

Die Dunkelheit senkt sich über das Haus. Ich schalte einige kleine Lampen ein. Alle Sterne und Adventsleuchter strahlen bereits. Draußen schneit es wieder wie besessen, und bald muss jemand Schnee schaufeln. Ich lieber nicht.

Ich bin unruhig. Ich habe so viel zu erledigen, aber ich kann mich nicht aufraffen. Also prokrastiniere ich. Planlos scrolle ich im Netz herum, lese uninteressante Artikel und verliere mich auf Facebook. Trinke mehr Wein und knabbere an den Pizzaresten. Wickele mir die Decke um die Beine und krieche noch weiter in die Sofaecke. Sehne mich nach der Familie, die wir einmal hatten, als Hugo und Katinka noch zu Hause wohnten. Jetzt leben sie ihre Leben, und ich bin dankbar, weil es ihnen gut geht, aber ich möchte so gern ein Teil ihres Lebens bleiben. Ich rufe Hugo an, aber der teilt per SMS mit, dass er beim Training ist. Ich rufe Katinka an, und sie meldet sich.

»Hallo, Mama! Wir backen! Wir backen alle zusammen und kochen und hören schöne Musik und trinken Glögg. Das ist einfach himmlisch gemütlich!«

Meine Schultern ziehen sich unbewusst nach oben, plötzlich fühle ich mich noch viel einsamer.

»Das klingt ja herrlich. Lebt ihr allesamt vegan da im Haus?«

»Natürlich! Du und Papa, ihr solltet wirklich über eure Ernährung nachdenken. Ihr müsst auch euren Teil dazu beitragen, unsere Erde zu retten.«

»Sicher ... da hast du natürlich recht. Aber wir essen jetzt wirklich weniger Fleisch ...« Ich schiele zur Pizza hinüber, die von Salami und Käse nur so überquillt.

»Aber es geht nicht nur um Fleisch! Da ist zum Beispiel noch das Auto, mit dem ihr durch die Gegend fahrt! Am Sonntag habe ich mich vor den anderen richtiggehend geschämt. Wenn ihr unbedingt ein Auto haben müsst, dann wenigstens ein E-Auto.«

»Aber E-Autos gibt es nicht gerade geschenkt«, erkläre ich. »Und du selbst? Ihr wohnt so total abgelegen. Ihr könnt doch auch nicht nur Schlitten und Bus fahren, oder?«

»Wir werden uns Fahrräder kaufen und sie gemeinsam benutzen. Alles, was wir anschaffen, gehört übrigens uns allen, wir teilen alles.«

»Du willst also mit dem Fahrrad zu uns kommen? Auch im Winter?«

»Nein, im Winter nehmen wir den Tretschlitten. Wenn der Schnee weg ist, fahren wir mit dem Rad. Bis zum Bus. Man muss den öffentlichen Nahverkehr unterstützen.«

Ich seufze. Ich kann meiner Tochter bei ihrem gewaltigen Engagement kaum folgen. Seit sie Adam kennengelernt hat, hat sie eine große Verwandlung durchgemacht.

»Ja, wir brauchen jedenfalls gelegentlich ein anderes Auto.«

»Und du musst mit Hugo über seine Fluggewohnheiten reden. Ich habe es versucht, aber er lacht mich nur aus. Er hat keinerlei Umweltbewusstsein, total verantwortungslos.«

»Katinka, Hugo kümmert sich um seine Angelegenheiten und du dich um deine. Er tut sicher auch sein Bestes, zum Beispiel …« Fieberhaft suche ich nach etwas, das man Hugo zugutehalten kann. »Er hat kein Auto«, fällt mir dann ein.

»Kein Auto!« Katinka schnaubt. »Er kann sich kein Auto leisten. Er würde sich sofort eins kaufen, wenn er nur das Geld hätte.«

»Naja, aber wir geben uns alle Mühe.«

»Übrigens. Wie ist das mit dem Foto weitergegangen, das dir solchen Ärger eingebracht hat? Hat Papa sich wieder beruhigt?«

»Ja«, antworte ich, dankbar, weil wir die Klimabedrohung

beiseitelassen können. »Alles hat sich beruhigt. Aber das war echt nicht witzig.«

»Das glaub ich dir gern! Man legt eben niemandem ganz ungestraft die Hand in den Schritt.« Sie lacht, als wäre das alles komisch. Aus dem Augenwinkel sehe ich, dass kein Wein mehr da ist, und ich kann ums Verrecken nicht begreifen, wie das möglich ist. Hört Katinka, dass ich getrunken habe? Plötzlich habe ich ein schlechtes Gewissen.

»Ich muss jetzt aufhören. Muss an meinem Buch weiterschreiben«, lüge ich.

»So spät noch? Na ja, okay, ich geh dann mal zurück in die Küche. Ich hoffe übrigens, dass eure bald fertig wird. Kuss und bis dann.«

Plötzlich ist sie verschwunden und lässt mich mit einer Chaosküche, mit Klimaängsten und der Erinnerung an diese ganze Tarzankiste zurück. Ich seufze und öffne eine weitere Flasche Wein. Was spielt's für eine Rolle? Ich bekomme den Korken kaum heraus, und am Ende drücke ich ihn frustriert in die Flasche.

Ihr müsst auch euren Teil dazu beitragen, unsere Erde zu retten.

Dieses dauernde Umweltgerede. Man kann ja kaum noch atmen, ohne als Umweltsünderin dazustehen. Wenn es nicht Flugscham ist, dann Kleiderscham oder Fleischscham. Welche Schamsorten es wohl noch geben mag, denke ich mit leicht verschwommenem Denkvermögen. Der Wein lässt meine Bewegungen langsamer werden und auch etwas ungeschickter. Ich reiße mich zusammen, gieße mir aber trotzdem noch ein Glas ein, nur eins, dann trinke ich nicht mehr.

Ich denke an Ola, und nichts, was mit ihm oder dem Verlag zu tun hat, kommt mir gut vor. Schmerzlich gelange ich zu der Erkenntnis, dass ich ihm eigentlich scheißegal bin. Er will eine Autorin erschaffen, die seinen Vorstellungen und den Interessen des Verlags entspricht, und ich bin Debütantin, und er weiß, wie verletzlich wir sind. In der Situation ist man doch zu fast allem bereit. Sieht er mich so? Als eine, die er nach Belieben formen kann? Ich schreibe gut, und das nutzt er aus. Er ist offenbar davon ausgegangen, dass ich tue, was er will, und leider hat er recht behalten. Jetzt ist er sicher total zufrieden.

Aber ich will nicht seine Erfüllungsgehilfin sein. Das wird mir mit jedem Tag klarer. Dass ich im Fernsehen gelogen habe, dass ich bei *Expressen* gelogen habe – ich will so nicht weitermachen. Ich verspüre ein plötzliches Bedürfnis zu beichten, allen genau zu erzählen, was wirklich Sache ist.

Ermutigt vom Alkohol klappe ich den Laptop auf. Der Eifer, die Sache in Ordnung zu bringen, lässt meine Hände zittern, als ich mein Passwort eingebe. Ich vertippe mich, und der Rechner verweigert mir den Zugang. Ich mache noch einen Versuch und bin drinnen. Inzwischen denke ich nicht mehr nach, ein Abwägen der Konsequenzen findet nicht statt. Facebooks Möglichkeiten öffnen sich vor mir, und feierlich schreibe ich Wort für Wort, um die Sätze zu bilden, die ich schon längst sagen wollte, zu denen ich aber bisher nicht zu stehen gewagt habe. So, Ola. Jetzt sage ich es. Vor Gott und der gesamten Gemeinde.

Ich habe im Fernsehen gelogen. Ich habe im Interview mit Expressen gelogen. Ola Arnell – ich werde niemals Erotic Crime schreiben. Ich bin niemals sexuell ausgenutzt oder auch nur belästigt worden. Ich bin nur eine normale Autorin mit einem guten Leben. Ich will mich nicht länger als eine Frau ausgeben, die ich nicht bin. Wenn euch meine Bücher gefallen, dann freue ich mich. Aber von jetzt an werde ich nicht mehr lügen.

Und Tarzan, ich weiß, wer du bist. Du kannst dich zur Hölle scheren.

Amen.

Danach stolpere ich zum Sofa und schlafe ein, vollständig angezogen und mit unschön um die Augen verschmierter Schminke.

20. DEZEMBER, FREITAG

Hast du den Verstand verloren?«

Meine Tochter schreit so laut, dass ich das Telefon ein Stück von meinem Ohr weghalten muss. Der Klingelton des Handys hat mich vor weniger als einer Minute aus dem Schlaf gerissen, und verwirrt sehe ich, dass es halb zwölf Uhr mittags ist. Meine Zunge klebt bedrohlich an meinem Gaumen, und meine Stimme ist belegt und brüchig. Hab ich mich etwa wieder erkältet?

»Musst du so schreien?«

»Verdammt, Mama! Was machst du denn bloß? Dein Post gestern Abend war … nicht gut! Hattest du Drogen genommen, oder was?«

In meinem Kopf dreht sich alles. Ich versuche zu erfassen, wovon sie redet. Zugleich geht mir auf, dass ich vollständig angezogen auf dem Sofa liege und die Decke auf den Boden gestrampelt habe. Ich frage mich noch einmal, ob ich mich erkältet habe. Oder eine Grippe im Anmarsch ist. Denn ich friere. Und mir ist furchtbar schlecht.

»Ich weiß nicht, wovon du redest«, krächze ich mühsam und lass den Kopf zwischen die Beine sinken, als ich jetzt auf der Sofakante sitze. Ich bekomme kaum Luft, meine Lunge ist wie zugeschnürt, und die Übelkeit wird immer schlimmer. Außerdem schwankt das Zimmer gefährlich.

»Du führst dich auf wie eine Vierzehnjährige. Wer bist du

eigentlich?« Ich höre Tränen in ihrer Stimme. »Wie du dich auf Facebook ausdrückst! Und du willst meine Mama sein!«

»Wie eine Vierzehnjährige? Katinka, ich weiß nicht so richtig, was gestern passiert ist, du sagst, ich hätte etwas auf Facebook geschrieben? Was habe ich denn geschrieben?«

»Das weißt du also nicht?« Ihre Stimme klingt jetzt ruhiger, sie schreit nicht mehr so, und ich kann mir das Telefon wieder ans Ohr halten. »Mama, was ist passiert?«

»Ich weiß nicht genau.«

Ein überaus heftiger Brechreiz treibt mich in aller Eile zur Toilette, aber zum Glück legt er sich wieder.

»Ich glaube, ich habe eine Magen-Darm-Grippe«, bringe ich heraus. Aber Katinka gibt keine Antwort. Ich höre ihre Atemzüge, sonst nichts. Mir kommt ein seltsamer Gedanke. »Vielleicht wird Tante Agata bei uns Weihnachten feiern.«

»Was?«

»Papas Tante Agata. Du weißt, die, die immer sauer ist?«

»Wovon redest du da? Jetzt sprechen wir doch über das, was du auf Facebook geschrieben hast.«

»Ach, ich *scheiß* auf Facebook!« Das hier muss ich jetzt wirklich nicht haben. Offenbar ist etwas passiert, und ich habe die Lage nicht so ganz im Griff. Ich will auflegen und herausfinden, was ich getan habe. Als ich mich in die Küche schleppe, sehe ich einen großen handgeschriebenen Zettel auf der Kücheninsel, dem einzigen Möbelstück in dieser elenden Küche.

»Katinka … ich rufe dich nachher zurück. Ich muss … einiges erledigen.« Ich warte ihre Antwort nicht ab, sondern drücke das Gespräch weg. Mein Blick wandert zu dem Zettel.

Ich habe im Wohnzimmer ausgetrunkene Rotweinflaschen und daneben ein leeres Glas gefunden. Du warst auf dem Sofa, völlig weggetreten.

Heute Morgen habe ich dich in Ruhe gelassen. Ruf mich an, wenn du aufgewacht bist. Ich will wissen, was du eigentlich treibst. Das hier ist nicht in Ordnung.

Melker

Was habe ich denn bloß getan? Das Unbehagen wächst. Schon die Tatsache, dass ich mich nicht erinnern kann, bereitet mir Angst. Habe ich wirklich so viel Wein getrunken? Allein? Dann ist es allerdings kein Wunder, dass es mir so schlecht geht. Aber das mit Facebook … Ich begreife noch immer nicht, wovon Katinka da redet. Habe ich gestern Abend etwas gepostet, woran ich mich nicht erinnern kann? Wieder dreht sich mein Magen um.

Ich schleiche mich zum Rechner, der neben meinem leeren Weinglas steht. Mit zitternden Händen öffne ich den Deckel und logge mich ein. Und reiße die Augen auf.

Ich werde bombardiert. Mein Post ist geteilt worden – ich schaue noch einmal nach – über achttausend Mal, und ich kann sehen, dass es immer noch weitergeht. Die Kommentare darunter sind eine Kakophonie von Meinungen. Ich knalle den Deckel zu. Jetzt weiß ich, warum Katinka dermaßen außer sich war.

Mit schwerem Herzen lasse ich mich auf das Sofa sinken.

Ich bin total fertig.

Ich traue mich nicht aus dem Haus, ich kann nicht ans Telefon gehen. Alle halten mich für eine Idiotin, eine Lügnerin, die sich *verkauft* hat. Alle hassen mich!«

Melker hat früher Feierabend gemacht. Als ich ihn angerufen habe, verrotzt und verheult, hat er begriffen. Ich brauche ihn mehr, als die Firma ihn braucht. Also ist er nach Hause gekommen. Ich saß wie eine elende Säuferin auf dem Sofa, in denselben Klamotten wie gestern, vor mir drei geleerte Colaflaschen. Mein Magen war noch immer in Aufruhr, deshalb machte Melker Toast mit Butter und kochte Tee. Ich wollte zuerst absolut nichts essen, aber er redete mir gut zu, und schließlich gab ich nach. Jetzt geht es mir ein bisschen besser. Ich sitze noch immer auf dem Sofa, Melker sitzt am anderen Ende und hat sich Kissen in den Rücken gestopft, als ob er wüsste, dass er noch eine ganze Weile hier sitzen wird. Draußen wird es dunkel, ich kann die vielen Weihnachtslichter in der Fichte sehen, aber im Moment kommt mir dieser eigentlich so schöne Anblick vor wie der blanke Hohn.

Denn hier gibt es keinen Weihnachtsfrieden, hier wütet ein Krieg.

»Aber weshalb, Amy? Weshalb hast du dich so sinnlos betrunken? Und ganz allein? Das sieht dir doch überhaupt nicht ähnlich. Wobei dir im Moment tatsächlich sehr vieles nicht ähnlich sieht.«

Ich denke über seine Worte nach. Ist das so?

»Ich weiß nicht. Ich wollte ein Glas Wein trinken, um zu feiern, dass ich Torsten das Manuskript geschickt habe, aber dann wurde es eben mehr. Ich kann das nicht richtig erklären, es ist einfach passiert.«

»Torsten?«

»Ist doch egal.«

»Aber Amy … nichts *passiert einfach*, es gibt immer Ursachen. Ich habe schon gesagt, dass es dir nicht ähnlich sieht. Und offenbar geht es dir nicht gut.«

Ich seufze und ziehe mir die Decke bis ans Kinn. Ich friere so sehr, dass ich zittere. Melker sieht das und holt noch eine Decke. Aber ich friere weiterhin.

»Nichts macht Spaß. Alles kommt mir sinnlos vor. Das, wofür ich gekämpft habe, was ich geliebt habe – es bedeutet nichts. Ich bin unendlich müde, und das Einzige, was ich will, ist – glaube ich – wegfahren. Weit weg. Und am liebsten allein. Ich will nicht mal Weihnachten feiern.«

Die Erkenntnis trifft mich wie eine hochexplosive Bombe. *Ich will nicht mal Weihnachten feiern.*

»Dann feiern wir eben nicht Weihnachten«, sagt Melker.

Mein Blick wandert von einem Fleck im Teppich zu meinem Mann. Er sitzt dicht neben mir, aber er fasst mich nicht an. Er ist todernst. Für einige Sekunden, die mir vorkommen wie eine Ewigkeit, sitzen wir so da. Ich staune darüber, wie dunkel seine Augen sind. Er hat lange Wimpern, fast unnatürlich lang für einen Mann. Sein Blick ist stark und fest, er zuckt nicht einmal mit den Lidern. Im Moment liebe ich ihn sehr, sehr, sehr.

»Aber das können wir doch nicht«, rutscht es mir schließlich heraus. »Was sollen denn die anderen sagen? Katinka, Hugo, unsere Eltern?«

»Vielleicht sollte dir das ein einziges Mal egal sein? Wir können wegfahren, nur du und ich, und uns über Weihnachten totstellen.«

Aber ich schüttele den Kopf. Was er sagt, ist so … absurd. Uns über Weihnachten totstellen?

»Nein, Melker. Das geht nicht. Das will ich nicht. Und es ist ja nicht nur Weihnachten … es geht auch um den neuen Vertrag, den ganzen Stress, dem ich mich nicht gewachsen fühle, weil ich die ganze Zeit herumirre, mein Gehirn läuft auf Hochtouren, meine Albträume – all die Erwartungen, und dass ich keine Lust habe. Ich fühle mich … unbrauchbar.« Ich finde nur schwer Worte, mein Hals ist wie zugeschnürt, wenn ich versuche, meine Empfindungen zu beschreiben.

»Du bist zu viel in den sozialen Medien unterwegs. Du siehst, was die anderen posten, und glaubst das dann. Amy … alle tun, was sie können, um eine erfolgreiche Fassade zu zeigen, aber im Grund weißt du, dass das nicht die Wahrheit ist. Sieh nur dich selbst an. Du zeigst Dinge, die vielleicht nicht direkt gelogen sind, aber sie sind auch nicht die reine Wahrheit – wie du gestern auf Facebook selbst zugegeben hast. Und dann wartest du auf die Likes und die Kommentare. Je mehr Klicks du kriegst, umso glücklicher wirst du. Zumindest glaubst du das. Aber die Wahrheit sieht anders aus. Du steigerst dich nur immer weiter in etwas hinein. Deshalb hatte ich dich gebeten, eine Woche auszusetzen. Und weißt du, ich glaube, es hat dir gefallen. Aber man wird schnell rückfällig.«

»Und alles andere? Alles, was ich falsch mache? Wie konnte ich gestern diesen Post schreiben? Ich schäme mich so!«

»Du musst wissen, ob du dich schämen willst oder nicht, aber warum stehst du nicht zu dem, was du empfindest, und pfeifst auf die empörten Kommentare? Das Kranke an Facebook ist doch, dass Leute, die dich nicht kennen, sich das

Recht herausnehmen, sonst was über dich zu schreiben. Sie nutzen die Gelegenheit, einen total fremden Menschen mit Hass und Abscheu zu überschütten, und die Diskussionen sind fast nie nuanciert oder durchdacht. Man kotzt sich einfach aus – positiv wie negativ. Komm schon, Amy. Das weißt du doch. Ich sag dir schließlich nichts Neues.«

»Ich schäme mich trotzdem«, antworte ich. »Und es war falsch von mir, das zu schreiben. Ich hätte den Mut haben müssen, es Ola ins Gesicht zu sagen.«

»Die, die dich kennen, wissen, wer du bist, reicht das nicht? Und außerdem scheint Ola dir nicht besonders gutzutun. Hat er von sich hören lassen?«

»Ja, mehrmals, aber ich habe es nicht über mich gebracht, zu antworten. Seine SMS sind mir nicht gerade wohlgesonnen.«

Ich blinzele. Sehe vor mir, wie meine gesamte Karriere als Schriftstellerin am Rande des Abgrunds steht. Wird es ein tödlicher Absturz, oder kann ich mich am Rand festhalten? Ich weiß es nicht.

»Melker … ich habe alles so unendlich satt.«

Ich lehne mich an ihn. Es gibt nichts mehr zu sagen. Er umfängt mich mit seiner Umarmung und streichelt behutsam mit der Hand meine Wange. Ich erlaube meinem angespannten Körper eine vorübergehende Lockerung, lasse zu, dass Melker sich um mich kümmert, mit seinem guten Herzen und seinem starken Charakter. Es spielt keine Rolle, was ich mache – er ist da. Immer.

21. DEZEMBER, SAMSTAG

14 Uhr Signieren

Das steht auf der Liste für heute. Mehr nicht.

Ich starre das fast leere Blatt Papier an. Normalerweise schreibe ich Punkte auf, bis die Feder glüht, aber heute steht alles still. Mein Gehirn ist blank. Was soll ich heute machen? Keine Ahnung.

Als das Handy klingelt, fahre ich zusammen und kippe mir Tee aufs Knie. Es gibt Flecken, aber nicht einmal das stört mich jetzt.

»Wie geht es dir eigentlich?«

Kajsas Stimme ist anders. Nicht so forsch wie sonst, und auch nicht so niedergeschlagen und zaghaft wie in letzter Zeit. Jetzt hat diese Stimme eine Wärme, nach der ich mich gesehnt habe.

»Nicht so besonders.«

»Amy, du bringst dich noch um.«

Ich bringe es nicht über mich zu antworten. Ich glaube, ich habe so was schon mal gehört.

»Sabina hat mich gestern angerufen«, sagt Kajsa jetzt. Als ob sie ganz schnell das Thema wechseln wolle.

»Dich? Wieso denn?«

»Sie ist Robins Mitteilungen durchgegangen. Und nicht nur die SMS, sondern auch andere Korrespondenz. Nach dem

Foto von dir und ihm in der Zeitung kam offenbar die Wahrheit ans Licht.«

»Und die Wahrheit ist …?«, flüstere ich. Kann die Wahrheit wirklich siegen?

»Ich weiß nicht genau. Sie hat mich ja nicht gerade zu einem Plausch unter Freundinnen angerufen. Sie war stocksauer und hat mich mehr oder weniger aufgefordert, mich zum Teufel zu scheren.«

»Oh. Ich hoffe, das sagt sie auch zu ihm. Er ist übrigens Tarzan.«

»Was? Bist du sicher?«

»Ja, aber jetzt hat er aufgehört. Tarzan ist tot.«

»Amy …?«

»Ja?«

»Es tut mir so leid, dass ich so auf mich konzentriert war und *deine* Probleme gar nicht gesehen habe.«

»Ist schon gut«, sage ich verbindlich.

»Ich war bei meinem ersten Therapietermin. Das hatte ich dir schon gesagt, oder? Dass ich hingehen würde?«

Ich sehe sie vor mir. Die taffe, beherrschte Kajsa. Wie sie in sich zusammengekrochen in einem Sessel sitzt und weint, während ein Haufen Kleenextücher auf dem Boden liegt, zusammengeknüllt und nass von ihren Tränen. Kajsa ist im Moment nicht so stark, wie sie es der Umwelt zu zeigen versucht.

Aber wer ist denn überhaupt stark? Vielleicht jagen wir alle einem Glück hinterher, das es gar nicht gibt, und versuchen verzweifelt, die Verletzlichkeit, die in uns allen steckt, zu verstecken.

»Und wie war es?«

»Tja, was soll ich sagen … ich hatte Angst. Und ich habe nicht sehr viel von mir erzählt, ich habe vor allem geweint.«

»Und was hat sie dazu gesagt, deine Therapeutin, meine ich?«

»Kristina? Nicht viel, vor allem hat sie meine Gefühle in Bewegung gebracht, glaube ich. Gleich nach Weihnachten gehe ich wieder hin.«

»Gut, Kajsa. Und Håkan? Was sagt der?«

Sie schweigt eine Weile, und ich warte.

»Er ist ganz auf meiner Seite. Aber es gibt so vieles, was er nicht weiß. Ich habe Kristina danach gefragt … wie soll ich mit ihm ins Reine kommen?« Ihre Stimme bricht, und ich sage ganz schnell:

»Geh jetzt einen Schritt nach dem anderen. Kümmere dich erst mal um dich selbst. Wenn du dann stärker geworden bist, kannst du anfangen, an deiner Beziehung zu Håkan zu arbeiten. Denk daran, was das Flugzeugpersonal immer sagt, wenn sie die Sicherheitsmaßnahmen erläutern: Setzen Sie zuerst Ihre eigene Sauerstoffmaske auf und helfen Sie dann Ihrem Kind. Denn wenn du dich selbst vernachlässigst, kannst du dich nicht um dein Kind kümmern.«

Kajsa lacht über meinen Vergleich.

»Nur, dass Håkan ja nicht gerade mein Kind ist.«

»Nein, da hast du recht. Aber es ist trotzdem ein bisschen dasselbe. Wenn du stark bist und weißt, was du willst und wer du bist, dann kannst du euer Leben auf eine ganz andere Weise angehen.«

»Du bist wirklich weise. Weise wie eine Eule.«

»Weise? Tja, in den letzten Tagen haben mich nicht viele für weise gehalten.«

»Ja, verdammt, da hast du wirklich allerlei angerichtet. Aber du bist trotzdem weise. Das finde ich jedenfalls. Du bist eine Freundin. Eine richtige Freundin.«

Ihre Worte treffen mich mitten ins Herz. Es gibt Freundinnen, Kumpels und Bekannte. Und es gibt Hater. Kajsa ist meine Freundin, und Freundinnen sind das Beste, was es gibt. Nach der Familie. Und Hater … die gibt es dort draußen. Aber ich werde alles tun, um sie von mir fernzuhalten.

Absolut alles.

Plötzlich steht Hugo in der Diele. Ich wusste nicht, dass er kommen wollte.

»Wo ist deine Wäsche?«, frage ich. Aber er schüttelt nur den Kopf.

»Damit ist jetzt Schluss.«

»Und was willst du dann hier?« Ich bereue diese Frage sofort.

»Ich dachte, ich wäre auch ohne Wäsche willkommen.«

Ich stürze auf ihn zu und umarme ihn.

»Entschuldige. Ich sage im Moment so viel dummes Zeug.«

Er folgt mir ins Wohnzimmer, und wir setzen uns aufs Sofa. Melker ist nicht zu Hause, er ist Skilaufen, und ich warte darauf, dass Hugo fragt, was ich eigentlich treibe, aber er schweigt.

»Was ist los? Ich kenne dich, du hast etwas auf dem Herzen.«

Er sucht nach Worten, ich sehe es deutlich.

»Ich gehe nach Stockholm. Ich habe eine neue Stelle.«

Sofort brechen meine Gefühle los. Stockholm? Neue Stelle? Freude und Stolz mischen sich mit dem Kummer darüber, dass er in Zukunft fast fünfhundert Kilometer von uns entfernt sein wird. Aber die Augen meines Sohnes strahlen.

»Wie wunderbar, Hugo! Erzähl mehr!«

Er stolpert über seine Worte. Ihm sei eine Stelle in der Hauptniederlassung angeboten worden. Sein Chef sei voll des Lobes für ihn. Und er müsse schon bald – sehr bald – umziehen.

»Aber ich weiß nicht, wie ich das mit dem Wohnen machen soll, Mama.« Plötzlich stellt sich der Ernst ein, das Problem in Schwedens Hauptstadt ist, eine Unterkunft zu finden.

»Du solltest erst mal versuchen, etwas zu mieten.«

»Wie soll das gehen? Mitten in Stockholm gibt es keine Mietwohnungen.«

»Dann musst du es außerhalb des Zentrums versuchen. Oder hast du einen anderen Vorschlag?«

»Tja …« Er zögert mit der Antwort, aber ich weiß schon, was kommen wird. »Ich glaube, das Beste wäre zu kaufen.«

»Bitte, Hugo«, seufze ich und schaue auf die Uhr. Ich muss gleich los zu meiner Signierstunde. Der letzten für dieses Jahr. Das habe ich mir selbst versprochen. »Vielleicht wird es dir in Stockholm nicht einmal gefallen. Man kann nicht einfach so mal eben eine Wohnung kaufen. Und von welchem Geld? Du bekommst bestimmt kein ausreichendes Darlehen.«

»Aber ihr könnt doch sicher …«

»Nein!«, falle ich ihm ins Wort. »Nein, ganz einfach! Du und Katinka denkt offenbar, wir seien aus Geld gemacht. Papa verdient zwar gut, aber ich nehme im Moment keine einzige Krone ein, und wir haben keine versteckte Schatztruhe, bei der wir einfach nur zulangen könnten. Also nein. Wir werden helfen, so gut wir können, wenn Not am Mann ist, aber mein Gott, Hugo, zieh doch erst mal hin und finde heraus, ob du überhaupt in Stockholm leben willst.«

Und dann kommt mir ein Gedanke.

»Papas Tante Agata wohnt doch in einer viel zu großen Wohnung. Allein. Du könntest ja erst mal zu ihr ziehen.«

»Das ist doch wohl nicht dein Ernst?« Hugo starrt mich an, als ob ich in der Kirche geflucht hätte.

»Doch, das ist mein Ernst. Agata wird ziemlich sicher bei uns Weihnachten feiern, also kannst du sie dann gleich lieb fragen. So, jetzt muss ich mich aber beeilen. Um zwei habe ich die letzte Signierstunde in diesem Jahr.«

Hugo fehlen die Worte. Das kommt nicht oft vor. Aber eine übellaunige alte Tante bringt die meisten zum Verstummen. Melker begreift nicht, was er angerichtet hat. *Niemand* will zusammen mit Agata Weihnachten feiern.

Als ich mich gerade schminke, klingelt das Handy, und ich antworte, ohne zu überlegen. Eine unbekannte Nummer kann eine schlechte Nummer sein, aber mit Wimperntusche in der einen und dem Handy in der anderen Hand melde ich mich trotzdem und schalte die Lautsprecherfunktion ein.

»Spreche ich mit Amy Strandberg?«

»Ja, worum geht es?«

»Also, hier ist Angelica …«

Ich überlege. Kenne ich eine Angelica? Aber die Stimme kommt mir irgendwie bekannt vor.

»… Andersson. Äh … vom *Expressen*. Wir haben am Freitag der vorigen Woche miteinander gesprochen.«

Expressen, denke ich und seufze.

»Genau, ja. Jetzt weiß ich es wieder. Haben wir bei dem Interview irgendetwas vergessen?«

»Nein, aber du hattest einen Post auf Facebook, der viral gegangen ist, wie du sicher weißt. Und dazu hätte ich einige Fragen.«

Ich beiße die Zähne zusammen, kneife die Augen zu und zähle bis zehn. Setze mich auf den Klodeckel und atme ein, atme aus, atme ein, atme aus. Dann antworte ich mit der ruhigsten, aber zugleich unnatürlichsten Stimme, die es überhaupt geben kann.

»Was hat *Expressen* damit zu tun?«

»Viel. Du bist eine öffentliche Person. Du hast etwas geschrieben, das viele tausend User gelesen, geteilt und kommentiert haben. In deinem Post behauptest du, du hättest über deinen Background gelogen, und du hättest gar kein authentisches Material für deine kommenden Bücher, die ja angeblich auf deinen eigenen Erfahrungen fußen sollten. Im Genre Erotic Crime. Du hast sogar *Expressen* als Beispiel dafür genannt, wo du gelogen hast. Und da hätte ich gern einen Kommentar von dir. So bliebe noch die Chance, deinen Beitrag für die kommende Serie nicht zu löschen.«

»Meinen Beitrag nicht zu löschen?«

»Genau.«

»Aber …« *Ganz ruhig, Amy. Immer mit der Ruhe!*

»Das vorhandene Material können wir kaum verwenden. Du hast ja erklärt, dass du in Bezug auf dein Genre und deinen Background gelogen hast.« Angelica redet wie ein Wasserfall. Sie wünscht sich mehr Brennstoff für den Skandal um die verlorene Verfasserin. Ich bin in eine Ecke gedrängt worden. Was ich auch tue, es wird falsch sein.

Ich wüsste gern, was Ola mir jetzt raten würde. Seit meinem Post habe ich noch nicht mit ihm gesprochen. Sein letzter Versuch, mich zu erreichen, war eine SMS, in der es hieß, dass wir am Montag reden müssten. Ich habe zwischen den Zeilen gelesen, dass es kein angenehmes Gespräch werden wird. Kein bisschen angenehm. Sein früheres Mantra – *Jede Publicity ist gute Publicity* – stimmt wohl nicht mehr ganz.

Ich sehe Olas selbstzufriedenes Grinsen vor mir. Er würde sicher vorschlagen, dass ich Expressen eine neue Lüge auftische, eine Lüge, die mich weiterhin im Fokus der Medien hält. In diesem Moment verabscheue ich meinen Verleger. In diesem Moment habe ich Angst vor den Medien und davor, wie sie meine Worte deuten werden.

»Ich habe keinen Kommentar.«

»Aber du hast doch selbst auf Facebook geschrieben – ich zitiere:

Ich habe im Interview mit Expressen gelogen. Ola Arnell – ich werde niemals Erotic Crime schreiben. Ich bin niemals sexuell ausgenutzt oder auch nur belästigt worden.

Du hast also bereits zugegeben, dass dein schriftstellerisches Werk auf Lügen aufbaut.«

»Bitte«, flehe ich. »Lass mich in Ruhe. Ich habe das da vielleicht geschrieben, aber es war nicht so gemeint. Ich war nicht nüchtern.«

»Du warst nicht nüchtern?«

»Doch, also … natürlich war ich nüchtern, ich hatte vielleicht ein Glas Wein getrunken …«

»Wenn ich das richtig verstehe, hast du diesen Post also in betrunkenem Zustand verfasst? Kannst du das genauer erklären?«

Ich drücke das Gespräch weg. Das hätte ich schon viel früher tun sollen. Ich schleudere das Handy auf den Boden, und das Glas bekommt einen Sprung. Ich beiße vor Frust die Zähne zusammen und drehe eine Runde durch das Badezimmer, um meine Gefühle irgendwie in den Griff zu bekommen. Das hilft nichts. Ich schnappe mir einen Topf mit einem Farn. Mit aller Kraft knalle ich den gegen die Wand, und Scherben und Blätter stieben in alle Richtungen. Dann schreie ich, trampele auf den Boden und schlage um mich, aber plötzlich schließt jemand so fest die Arme um mich, dass ich mich nicht bewegen kann. Ich will mich losreißen, aber das geht nicht, denn es ist Hugo, der mit festem Griff versucht, mich zu beruhigen. Ich winde mich verzweifelt, aber er ist stärker. Am Ende gebe ich auf und falle in mich zusammen wie eine Stoffpuppe.

»Mama. Bitte, Mama, beruhige dich doch!«

Hugos warme Stimme. Seine Umarmung. Seine Hilfe.

22. DEZEMBER, SONNTAG

Es ist pechschwarz im Zimmer, es ist pechschwarz draußen. Vorsichtig taste ich nach meinem Handy, um zu sehen, wie spät es ist, ich will Melker nicht wecken. Viertel nach fünf. Mein ganzer Körper prickelt, als ob ich Flöhe hätte. Ich drehe und wende mich, wälze mich auf die Seite, den Rücken, den Bauch, die andere Seite, und dann wiederhole ich das Manöver. Warum kann ich nicht schlafen, wo ich so todmüde bin? Aber es geht ganz einfach nicht. Ich schwitze und schlage die Decke zurück, aber bald friere ich und ziehe die Decke wieder über mich. Neben mir schnarcht Melker, vollkommen friedlich. Die Gedanken wirbeln mir durch den Kopf, und ich kann sie nicht sortieren, sie kommen mir vor wie ein Meer aus unzusammenhängenden Sätzen ohne Sinn oder Verstand. *Expressen*. Die Küche. Ola. Facebook. Robin. Kajsa. Weihnachtsgeschenke. Und Hugo, der nach Stockholm ziehen wird. Wir haben gestern Abend, nachdem ich mich beruhigt hatte, noch lange geredet, und wie so oft war es schön, die Dinge einfach zur Sprache zu bringen. Er hat mich lange und herzlich umarmt, ehe er nach Hause fuhr.

So leise ich kann, schlage ich die Decke zur Seite und schleiche barfuß aus dem Schlafzimmer. Ich taste mich die Treppe hinunter und bleibe nur stehen, wenn ein Bodenbrett so laut knarrt, dass mein Herz einen Sprung macht. Unten schalte ich einige Lampen ein, die Sterne im Fenster leuchten ohnehin, die knipse ich niemals aus. In der Küche nehme ich mir ein Glas aus dem Regal und fülle es mit kaltem Wasser. Trinke gierig. Ich habe Durst, und meine Erkältung nimmt offenbar kein Ende. Die kalte Flüssigkeit strömt durch meine Kehle und landet im Magen. Ach, das tut gut!

Ich fülle das Glas erneut und gehe dann ins Wohnzimmer. Dort setze ich mich auf das Sofa, ohne irgendetwas zu tun. Ohne Handy. Ohne Rechner oder Fernseher oder Zeitung. Ich sitze nur da und starre in das dunkle Zimmer. Meine Schultern senken sich. In der Stille ist mein Atem zu hören. Sonst nichts. Nur die Stille.

Mein Gott, wo bist du jetzt? Ich möchte wissen, wo. Sag, wo bist du jetzt?

Sie erklingt in meinem Kopf. Die Strophe aus dem Lied von Ainbusk. Josefin Nilssons Lied. So schön, so fragend und auf der Suche. Auch ich bin auf der Suche. Ich brauche etwas … jemanden. Aber ich weiß nicht, was. Etwas, das mir Halt gibt, das spüre ich deutlich. Einen Neubeginn. Ja, genau das. Meinen ganz eigenen Neubeginn.

Aber ich bin nicht richtig bereit zur Veränderung. Ich habe noch immer Angst und nicht genug Kraft, mir selbst klarzumachen, was diese Veränderung bedeutet.

Mama und Papa haben mir geholfen, ein starker Mensch zu werden. Sie haben mir alle Möglichkeiten gegeben. Sie haben mich zu einer Person erzogen, die sich Ziele setzt und diese Ziele auch erreicht. Zu einer Gewinnerin. Einer, die zulangt, die gesehen und gehört wird und die zur Tat schreitet. Ein Vorbild für viele. Aber ich wurde auch zu einer Person, die Angst davor hat, Fehler zu machen. Die trotz Erfolg und erreichten Zielen Unterstützung braucht, um nicht zusammenzubrechen. Ich begreife nicht, wie ich so widersprüchlich sein kann. Zäh und stark – ängstlich und schwach. Gleichzeitig. Wie passt das zusammen?

In zwei Tagen ist Heiligabend. Ich liebe Weihnachten. Ich habe Weihnachten immer geliebt. Ich habe mich fanatisch dafür eingesetzt, alles perfekt und genau so zu machen, wie es immer schon war. Meine Eltern haben die Traditionen geschaffen, und ich habe sie in meine eigene Familie getragen, zu Melker, Hugo und Katinka. Mama hat hinter mir gestanden und mich angespornt, und niemand hat irgendetwas hinterfragt. Mein Weihnachtsfanatismus wurde stumm akzeptiert. Habe ich jemals gefragt, was die anderen wollen? Nein, ich glaube nicht. Und habe ich jemals gefragt, was *ich* will? Nein, auch das glaube ich nicht. Ich habe nur hemmungslos alles in die Tat umgesetzt. Wenn irgendwer Zweifel hegte, habe ich geschnaubt und die Zweifel abgetan. Ohne auf andere oder meine eigene innere Stimme zu hören.

Aber in anderen Jahren war das alles leichter zu schaffen. In anderen Jahren habe ich wie ein Roboter meine Listen abgearbeitet. Einen Punkt nach dem anderen abgehakt. Unermüdlich. Das Ergebnis wurde immer akzeptiert und gelobt. Bestnoten! In diesem Jahr war das nicht möglich. Ich hatte so vieles andere zur Perfektion zu führen, dass Weihnachten zur Belastung wurde. In diesem Jahr kann ich Weihnachten nicht leiden. Und wenn ich mir das richtig überlege, kann ich mich in diesem Jahr nicht einmal selbst leiden. Diese Erkenntnis bereitet mir Angst. Ich kann nicht länger die Augen davor verschließen, dass mein Leben sich verändert.

Mama wird sicher enttäuscht sein. In ihren Augen müssen Traditionen eingehalten werden. Aber diesmal werde ich es nicht schaffen. Katinka wird es egal sein. Sie ist vollauf damit beschäftigt, ihr eigenes Leben und ihre eigenen Traditionen aufzubauen. Vegane Ernährung und Wohngemeinschaft – ich begreife das alles nicht. Hugo bereitet sich auf den Umzug vor. Vielleicht feiert er in diesem Jahr zum letzten Mal Weihnachten mit uns?

Voller Wehmut verkrieche ich mich in eine Sofaecke und ziehe eine Decke über mich. Merke, wie mir die Zeit davonfliegt, dass ich keine Kontrolle mehr darüber habe.

Mein Blick wandert über die Zeitungen auf dem Couchtisch, die nicht mehr in einem ordentlichen Stapel liegen. Aber das ist mir jetzt egal. Denn ich bin unendlich müde. Habe es satt, alles immer in Ordnung zu halten, Listen aufzustellen und jedes Detail im Kopf zu haben. Ich bin wie ein Wäschetrockner mit falscher Drehzahl. Eine überhitzte Maschine.

Bald wird die Welt erwachen. Bald ist der vierte Advent. Bald werde ich die vierte Kerze anzünden. Nicht, weil ich religiös bin, sondern, weil ich es immer getan habe.

Ich liebe Weihnachten. Geliebtes, verdammtes Weihnachten.

Die Decke ist auf den Boden gerutscht, und mir ist kalt, aber ich habe nicht die geringste Tatkraft. Melker kommt ins Wohnzimmer, und ich rutsche zur Seite, um Platz für ihn zu machen.

Etwas stimmt nicht mit ihm, etwas macht ihn unruhig. Sein Blick irrt umher, und er lächelt nicht. Er lächelt immer, wenn er guten Morgen zu mir sagt.

»Was ist passiert?«

»Ich weiß nicht, wie ich das sagen soll.«

Ich mache mich bereit für die Katastrophe und sehe ihn an.

»Du hattest in letzter Zeit eine ungeheure Anziehungskraft auf die Medien, das muss ich sagen. Aber so wolltest du das wohl auch? Bekannt werden?« Seine Stimme trieft plötzlich vor Sarkasmus.

»Wer schreibt denn jetzt über mich?«

»*Expressen*, Amy. Und die anderen Abendzeitungen werden sicher noch aufspringen.«

Mich durchläuft es eiskalt. Diese Journalistin, Angelica … die hat jedenfalls etwas geschrieben. Obwohl ich ihr nichts Neues erzählt habe. Darf man in einer Zeitung einfach alles schreiben? Ich bin nicht sicher, ob ich wissen will, was sie ihrem Publikum aufgetischt hat.

»Sie haben mich gestern angerufen«, erkläre ich Melker.

»Ich habe ihr nichts gesagt. Fast nichts, jedenfalls. Sie hat nach meinem Post auf Facebook gefragt.«

»Und nun hat sie ihre Schlüsse daraus gezogen. Und du kommst dabei nicht besonders gut weg.«

Melker reicht mir sein Handy. Der Artikel ist schon angeklickt, ich brauche nur noch zu lesen.

Hochaktuelle Schriftstellerin verbreitet Lügen über ihren Background. »Ich bin niemals sexuell ausgenutzt oder auch nur belästigt worden.«

Die Überschrift reicht mir. Ich will keine einzige Zeile mehr lesen. Zeitungen wollen gelesen werden und sich möglichst gut verkaufen. Und jetzt geht es dabei um mich.

»Hast du den Artikel gelesen?«

»Ja. Und sie langt ganz schön zu. Jetzt ist es dir wirklich gelungen, bekannt zu werden.«

»Melker, hör auf. So wollte ich das nicht, und das weißt du.«

»Entschuldige.« Er nimmt meine Hand, aber ich reiße sie zurück. »Amy … um dich herum ist in letzter Zeit viel zu viel passiert. Ich komme da kaum noch mit. Und das Schlimmste ist, dass das meiste nicht gerade positiv wirkt.«

»Ich war feige und habe getan, was Ola wollte. Und dann ist alles aus dem Gleis gelaufen. Ich hätte von Anfang an nein sagen müssen«, flüstere ich. »Und die Medien deuten immer alles so, wie es ihnen gerade passt.«

»Aber du hast doch schon zugegeben, dass alles gelogen war, das ist also keine Deutung. Und dann entschuldigst du deinen Post offenbar damit, dass du betrunken warst, als du ihn geschrieben hast. Wie soll ein Leser das denn verstehen? Um deine sozialen Medien solltest du jetzt lieber einen großen Bogen machen, denke ich. Wenn du keine Sehnsucht danach hast, neue Hasskommentare zu lesen.«

»Und dabei wollte ich doch nur Bücher schreiben …«

Melker antwortet nicht, es gibt nichts mehr zu sagen. Er murmelt etwas über Frühstück, aber ich habe keinen Hunger. Ich habe … nichts. Wie ein Schatten meines sonst so energischen Ichs quäle ich mich vom Sofa hoch. Mein Körper ist bleischwer, der Morgenrock schleift hinter mir her und droht zu Boden zu fallen. Tausend Gedanken jagen mir durch den Kopf. Was soll ich jetzt machen? Die einzige Lösung, die mir einfällt, ist die Flucht. Ich will niemanden sehen, mit niemandem reden oder mich in den Medien rechtfertigen. Ich bin missverstanden worden, und alles ist falsch gelaufen. Mein Fehler.

Als ich im Schlafzimmer das Handy sehe, schiele ich hinüber, als ob es explodieren könnte. Aber am Ende drücke ich darauf, und das Display leuchtet auf. Vierunddreißig neue Mails. Endlos viele Facebook-Kommentare. Ich sehe die kleine rote Ziffer neben jeder App. Aber ich habe nicht vor, etwas zu unternehmen. Das Handy fängt an zu vibrieren, und ich sehe, dass eine unbekannte Nummer Kontakt zu mir sucht, aber ich schließe die Augen und drehe mich um. Soll es klingeln. Sollen die Leute glauben, was sie wollen. Soll mich die ganze verdammte Welt missverstehen!

Der Morgenrock fällt zu Boden. Melker ruft, dass das Frühstück fertig sei. Das Handy vibriert. Schon wieder. In zwei Tagen ist Heiligabend. Der Adventsleuchter im Fenster erinnert mich daran, dass um diese Zeit des Jahres alle einander lieben, sich umeinander kümmern sollten.

Ich hasse Weihnachten.

Melker gibt sich alle Mühe, mich fröhlicher zu stimmen. Draußen ist es vollkommen windstill und einige Grad unter null. Die Sonne scheint, und der Schnee glitzert. Die Bäume und Sträucher sind mit Reif bedeckt. Ein Wetter, das einfach alle glücklich macht. Melker schlägt einen langen Spaziergang vor, einen Restaurantbesuch, einen Besuch bei Katinka, ja sogar, dass wir alles für Weihnachten vorbereiten könnten, aber ich frage mich, wie er sich das eigentlich vorstellt.

»In zwei Tagen ist Heiligabend. Meine und deine Eltern glauben noch immer, dass sie herkommen werden. Und Agata. Und Hugo, nehme ich an. Ob Katinka uns besuchen will, wissen wir nicht. Wir haben keine Küche, Melker. Kein Weihnachtsessen, denn du hast ihnen ein Weihnachtsbuffet versprochen, obwohl wir nichts eingekauft und nichts vorbereitet haben. Und ich habe noch kein einziges Weihnachtsgeschenk. Wir kaufen den Weihnachtsbaum immer eine Woche vorher, damit wir ihn am 23. Dezember schmücken können, also morgen, aber in diesem Jahr haben wir das nicht getan. Ich habe tonnenweise Moos und Blumen und Weihnachtskram und anderes in der Garage für das traute Weihnachten, das wir in unserem Haus immer hatten. In diesem Jahr wird sicher alles vergammeln. *Nichts* ist fertig, ich habe absolut keine Kraft, und du schlägst einen Spaziergang vor. Oder *alles für Weihnachten vorzubereiten.*«

Er starrt mich an. Dann gibt er auf.

Es ist vier Uhr und schon wieder dunkel. Ich starre in die Luft, genau wie heute Nacht. Ich höre, dass sich Melker in der Küche zu schaffen macht, aber es interessiert mich nicht, was er da treibt. All meine Kraft ist verflogen. Das Handy hat endlich aufgehört zu vibrieren. Ich habe es auf lautlos gestellt, nachdem es fast den ganzen Tag gebebt hat. Melker hat mit Katinka, Hugo und meinen Eltern gesprochen, aber ich bin ausgewichen. Ich bringe es nicht über mich, mit ihnen zu reden.

Jetzt leuchtet das Display wieder, und ich kann sehen, dass Ola anruft. In mir wird eine Art düstere Neugier geweckt. Was sagt er zu dem Artikel im *Expressen* über den scheußlichen Post auf Facebook, von dem ich schon weiß, dass er ihn gelinde gesagt daneben fand. Mein Verleger, der die Medien und jede Art Publicity liebt, der mich auffordert, der Wahrheit *einen Dreh* zu geben, solange das nur den Verkauf fördert. Was denkt er jetzt? Jetzt, wo er den optimalen Medienzirkus hat. Denn ich scheine in aller Munde zu sein. Aber natürlich nicht so, wie Ola sich das wünscht.

Also nehme ich den Anruf an – wider besseres Wissen.

»Das war ja nicht so besonders gut durchdacht«, fängt er an. Ich recke mich unbewusst, gehe in Verteidigungsstellung. Jetzt ist Medienaufmerksamkeit also nicht erwünscht?

»Wieso zum Teufel sagst du, dass du *lügst* – zuerst auf Facebook und jetzt im *Expressen?*«, fährt er fort. »Du sollst Bücher schreiben, basta. Mehr nicht.«

»Und was ist mit deinem Motto: *Jede Publicity ist gute Publicity*?«

»Reiß dich zusammen, Amy. Dich als alkoholisierte Lügnerin darzustellen öffnet dir nicht gerade die Herzen, das müsstest du eigentlich wissen.«

»Diese Angelica hat mich gestern angerufen, und ich habe gar nichts gesagt – fast nichts. Aber sie hat das nach Lust und Laune *gedeutet.* Das müsste doch strafbar sein!«

»Du weißt so gut wie ich, dass die Medien machen, was sie wollen. Und deshalb muss man verdammt noch mal seine Zunge hüten. Was dir ja wohl kaum gelungen ist. Jetzt bist du zudem aus der Reportage über die unterschiedlichen Genres geflogen. Und das ist verdammt ärgerlich.«

Unter mir schwankt der Boden. Mein Verleger liest mir die Leviten, als ob ich sein Eigentum wäre. Ich merke, wie mich die Hilflosigkeit überkommt.

»Wir reden nach Weihnachten im Verlag darüber, wenn sich die Lage beruhigt hat. Die PR-Abteilung muss eine Analyse vornehmen. Auf irgendeine Weise musst du natürlich Abbitte leisten, nur weiß ich im Moment nicht, wie wir das anstellen sollen.«

»Können wir die Sache nicht auf sich beruhen und in Vergessenheit geraten lassen?«

»Tja, das wird sicher schwierig. Wenn du wenigstens über bezahlten Sex oder Prostitution geredet hättest, aber nein, du musstest ja unbedingt die *Wahrheit* sagen.«

»Bezahlten Sex?«

»Jetzt stell dich nicht auch noch dumm.«

In meinem Kopf dreht sich alles wilder denn je. Mich dumm stellen? Was erzählt er mir da eigentlich? Hat er mich soeben als dumm bezeichnet? Aber er redet unverdrossen weiter.

»Du hast gut angefangen, aber scheinbar ist dir das zu Kopf gestiegen, was weiß ich, und dann hast du deine Urteilsfähigkeit eingebüßt. Amy, verdammt noch mal, du musst doch begreifen, dass du mit den Medien nicht spielen darfst. Man darf nicht herumspielen und das Falsche sagen.«

»Wieso denn das Falsche?«

»Wir müssen uns jetzt alles gut überlegen, wie gesagt. Aber zum Teufel, geh nicht ans Telefon, wenn die Presse anruft. Im Moment spielt es keine Rolle, egal, was du sagst, es wird garantiert falsch ausgelegt. Halte dich bedeckt, zieh dich aus den sozialen Medien zurück. Gott sei Dank ist jetzt Weihnachten, da haben die Leute anderes im Kopf.«

»Ach …«

»Wir reden nach den Feiertagen. Jetzt muss ich los. Fröhliche Weihnachten.«

Und weg ist er.

»Mit wem hast du telefoniert?« Ich habe nicht gehört, dass Melker hinter mich getreten ist. Er lehnt im Türrahmen und hat die Arme vor der Brust verschränkt.

»Ola.«

»Das hat sich aber nicht nach einem angenehmen Gespräch angehört.«

Die Worte meines Verlegers hallen in mir wider. Er war so schroff und kalt, und er hat nicht den geringsten Versuch gemacht, mich zu verstehen oder zu unterstützen. So, als wäre ich eine … Handelsware. Ich schlage die Hände vors Gesicht, während zugleich meine Wut wächst.

Ich weiß, dass ich mich falsch verhalten habe. Ich habe gelogen. Danach gestanden. Ich habe die Medien gegen mich aufgebracht, weil sie mir all meine Lügen abgekauft haben.

Wie konnte alles so schiefgehen? Und wer wird mir jetzt noch glauben?

23. DEZEMBER, MONTAG

Ich lege einen Zettel auf die Kücheninsel, ehe ich das Haus verlasse. Ich bringe es nicht über mich, die Weihnachtsleuchter in der Küche anzuschalten, und ich spüle meine Teetasse nicht ab. Von Frühstück kann nicht die Rede sein – ich habe keinen Hunger. Melker schläft. Heute ist der Tag vor Heiligabend, und er hat schon heute frei. Die ganze Welt hat heute frei. Alle machen alles schön und treffen die letzten Vorbereitungen vor den Feiertagen. Glücklich all jene, die sich mit Familie, Verwandtschaft und Freunden zusammentun, um gemeinsam Weihnachten zu feiern. Weihnachten – ein phantastisches Fest für die, die jemanden haben. Aber umso furchtbarer für alle, die allein sind, die mit Geldnöten kämpfen, die ausgestoßen und schwach sind. Ich habe mir das früher noch nie so überlegt, ich war vollauf damit beschäftigt, mein eigenes Leben zu perfektionieren. Jetzt – in meiner eigenen Verletzlichkeit – muss ich an diese Menschen denken. Die sich nur danach sehnen, dass Weihnachten ein Ende nimmt, dass wieder Alltag einkehrt und man nicht dauernd an sein Elend oder sein Unglück erinnert wird.

Ich habe eine Familie, Menschen, die mich lieben, also gehöre ich eigentlich zu den Glücklichen. Nicht das treibt mich in die Flucht. Sondern ich verlasse mich selbst. Nur mich selbst.

Ich bin durch das Leben gestürmt und habe gekämpft, um zu bekommen, was ich will, und das zu erreichen, was ich mir vorgenommen habe. Aber auf dem Weg zum Ziel ist mir manchmal ein Bein gestellt worden. Und jetzt habe ich die Grenze dessen erreicht, was ich ertragen kann.

Auf den Zettel für Melker habe ich geschrieben, dass er sich keine Sorgen machen soll, dass ich nur Zeit für mich brauche. Mehr nicht. Keine Auskünfte darüber, wie lang diese Zeit sein wird. Ich habe eine kleine Tasche mit Kleidung für eine eventuelle Übernachtung mitgenommen. Die habe ich in eine Ecke des Straßenbahnwagens gequetscht, als ob ich mich ihrer schämte. Vielleicht bin ich feige, weil ich die Flucht ergreife.

An der Haltestelle Domkyrka steige ich aus. Warum gerade dort, weiß ich nicht. Aber plötzlich stehe ich mit meiner Tasche in der Hand auf dem Bürgersteig, eine Suchende auf dem Weg zum Sinn des Lebens. Wie jämmerlich, klein und unentschlossen. Weit entfernt von der Amy Strandberg, die ich sonst immer bin. Und ich friere. Heute weht ein scharfer Wind und Schneeregen fällt. Er scheint überall einzudringen, und ich ziehe den Reißverschluss meiner Jacke noch ein Stück höher. Fasse den Rand der Mütze und ziehe sie mir über die Ohren. So gehe ich durch die Kungsgata. Die Läden haben noch nicht geöffnet, aber bald wird der letzte Einkaufstag vor Weihnachten beginnen, und die Ladenangestellten zittern sicher schon. Danach dauert es eigentlich nicht lange bis zum nächsten hysterischen Einkaufstag, wenn der Jahresschlussverkauf losbricht. Dann werden all die Weihnachtsgeschenke umgetauscht, die andere für Geld gekauft haben, das sie vielleicht nicht einmal hatten. Geschenke, die man auf Pump erworben hat.

Alles, was mit Weihnachten zu tun hat, kommt mir plötzlich so falsch vor. Diese ganze Einkaufswut! Auch ich habe mich an diesem Stress beteiligt. Bis jetzt. Meine Angst, weil ich noch kein einziges Weihnachtsgeschenk gekauft hatte, war wirklich eine Qual, aber jetzt ist mir das alles egal. Niemand hat sich etwas gewünscht, warum sollte ich mir also Mühe machen?

Ein Pieps meines Handys lässt mich nachsehen. Kajsa.

Ich habe dich eine Million Mal angerufen. Antworte.
Du brauchst eine Freundin!

Ich stecke das Telefon wieder in die Tasche.

Plötzlich ist Gesang von zarten, aber klaren Stimmen zu hören, wie ein Engelschor. Ich drehe mich zu diesem sanften und einladenden Klang um und sehe die Kirche vor mir aufragen. Der Turm im Herzen von Göteborg. Kommt der Gesang von dort? Plötzlich höre ich nichts mehr. Ich bleibe stehen, warte darauf, wieder etwas zu hören. Aber der Gesang kehrt nicht zurück. Unschlüssig gehe ich weiter auf die Kirche zu. Denn die Stimmen kamen doch von dort?

Das Kirchenportal ist geschlossen. Ich schaue auf die Uhr. Viertel vor zehn. Auf dem Informationsschild steht, dass der Dom um zehn geöffnet wird, aber ich greife trotzdem nach dem Türgriff. Und die Tür ist nicht verschlossen. Vorsichtig schiebe ich sie auf, und sofort strömt mir der Gesang entgegen. Der Gesang, den ich draußen auf der Straße gehört habe. Der Wind peitscht mir in den Rücken, und die Sehnsucht nach Wärme wird übermächtig, deshalb drücke ich die Tür noch etwas weiter auf und schlüpfe hinein. Niemand sieht mich, und ich denke, dass das hier das Haus Gottes ist, hier darf ich sicher eine Weile bleiben.

Wann war ich zuletzt in einer Kirche? Ich weiß es nicht mehr. Ich halte den Atem an, werde überwältigt von dem mächtigen Gefühl, jetzt, genau in diesem Augenblick hier zu sein. Weiter vorn steht ein Chor und singt, sie haben offenbar gerade Probe.

Außer ihnen und der Chorleiterin ist niemand hier. Als ich genauer hinschaue, sehe ich, dass es ein Knabenchor ist. Die Jungen können nicht älter als zehn, zwölf sein.

Mit gesenktem Kopf lasse ich mich in eine der Bankreihen gleiten. Lege vorsichtig meine Tasche neben mich, öffne die Jacke, ziehe mir die Mütze vom Kopf und schiebe unbewusst meine plattgedrückte Frisur zurecht. Dann bleibe ich sitzen. Atemlos. Der Gesang wogt mir entgegen, die Frau vor den Knaben weiß, was sie tut, und mit sanften Bewegungen führt sie die Jungen durch die verschiedenen Stimmen. Ein Junge, der wohl noch keine zehn ist, steht vorn, und an manchen Passagen übernimmt seine klare Stimme, hell und schön. Sie trifft mich mit ganzer Wucht. Mitten ins Herz.

Die Zeit bleibt stehen. Ich merke, dass meine Tränen strömen, aber ich mache keinen Versuch, sie aufzuhalten. Denn es ist ein schönes Gefühl. Kein Weinen, die Tränen strömen nur wie eine Frühjahrsflut. Niemand sieht mich, niemand weist mich zurecht, niemand sagt, was ich zu tun habe. Ich bin einfach nur da. Ich lasse den Augenblick sprechen, den Gesang klingen, und vielleicht ist Gott ja doch hier und sieht mich, wacht über mich, und ich wünsche mir, dass Er mir sagt, was ich tun soll.

Nun antworte doch, ob du da bist, Gott. Ja, ich will es
wissen, hörst du mich jetzt?
Wenn du mich suchst, dann findest du mich hier.

Das Telefon vibriert in meiner Jackentasche. Ich will es eigentlich gar nicht hervorziehen, aber es könnte Melker sein, und ich liebe ihn. Er hat meine Aufmerksamkeit verdient. Er hält immer zu mir, dieser Mann, der mir mein ganzes Erwachsenenleben hindurch so viel Liebe geschenkt hat. Schon seit dem Tag vor so vielen Jahren, als ich über Avenyn fuhr, eine Hand am Fahrradlenker, die andere um einen Pizzakarton gelegt. Es war Frühling, und ich weiß noch, dass ich mit Vogelzwitschern und den vielen frühlingsfrohen Menschen, ihren Hoffnungen und ihrer Zuversicht um die Wette lachte. Ich dachte nicht daran, dass die Straßenbahnschienen meinem Rad gefährlich nahe waren, und plötzlich blieb mein Vorderrad stecken, und ich stürzte vom Rad. Der Pizzakarton schlug in der Luft einen Salto, dann fiel der Deckel herunter und eine Pizzakaskade bedeckte mich, als ich jammernd auf dem Asphalt lag. Und da tauchte Melker auf. Als der rettende Engel, der er war und der er dann blieb.

Wenn Melker nach mir sucht, muss ich mich melden. Also werfe ich einen Blick auf das Display. Aber es ist nicht er, zu meiner großen Überraschung ist es Torsten. Aber ich kann nicht antworten. Ich sitze in einer Kirche, hier besteht keine Möglichkeit zu einem Telefongespräch, und außerdem, was kann er am Tag vor Heiligabend von mir wollen?

Aber schon bald leuchtet eine SMS auf, und als ich sie lese, hält die Welt für einen Moment inne.

Amy. Ich habe dein Manuskript durch. Ich weiß nicht, wie du das geschafft hast, aber ich habe lange nichts so Gutes gelesen. Ich wünsche mir (es ist schließlich Weihnachten), dass du dir die Sache mit deinem Verlag noch mal überlegst. Arnells wollen das hier nicht veröffentlichen? Du sollst Erotic Crime schreiben? Komm zurück, und wir werden alle unsere Mittel für dich einsetzen.
Überleg es dir. Und fröhliche Weihnachten. Hab in der Zeitung über dich gelesen, aber halte durch. Der Sturm wird sich wieder legen, und du bist stark.
Torsten

24. DEZEMBER, HEILIGABEND

Überall brennen Lichter. Weihnachtsmusik strömt aus den Lautsprechern auf der Kommode in der Ecke. Es ist nicht die Spotify-Liste, die ich zu Weihnachten immer laufen lasse. Stattdessen hören wir eine Mischung aus Alt und Neu, Bekanntem und Unbekanntem. Aber es klingt weihnachtlich und behaglich, und ich spüre, wie sich ein Lächeln über meinem Gesicht ausbreitet.

»Mama, Tante Agata ist da.« Katinka kommt in den warmen Raum gefegt. Meine Tochter, die plötzlich alles an sich gerissen hat. »Ich bringe sie in ihr Zimmer, das Bett ist schon bezogen. Sie scheint sich so darüber zu freuen, dass sie mit uns feiern kann.«

Ich deute ein Kopfschütteln an. Die alte Tante Agata und sich freuen? Sind solche Dinge in diesem Haus möglich? Wunder gibt es eben immer wieder.

Hugo kommt mit einem bis an den Rand mit heißem Glögg gefüllten Kessel herein. Der Kessel wird auf einem Gestell mit brennenden Teelichten abgesetzt. Vorsichtig platziert Hugo dieses ganze Arrangement auf dem Tisch neben einem weiteren Lautsprecher. Mit einer Suppenkelle füllt er ein Glas und reicht es mir.

»Fröhliche Weihnachten, Mama.«

Erstaunt beobachte ich seine Bewegungen. Ich kann es kaum fassen, dass ich wirklich hier sitze! Ab und zu muss etwas Schlimmes passieren, damit man innehält und überlegt.

»Sie haben hier ja alles so schön gemacht!« Die Frau, die sich neben mich setzt, ist eine neue Bekanntschaft. Erst vor einer Stunde sind wir einander vorgestellt worden. Sie heißt Mona und ist Adams Mutter. Sie hat lange graumelierte Haare, die sie ganz oben auf dem Kopf zu einem Dutt aufgesteckt hat. Ihre Ohrgehänge bestehen aus Federn in schrillen Farben. Ihre fußgesunden Schuhe und ihr langes Hippiekleid passen kaum zu meiner schicken Kleidung. Etwas bringt mich dazu, meine hochhackigen und unbequemen Pumps abzustreifen und unter das Sofa zu schieben.

»Ja, hier ist es schön. Weihnachtlich. Prachtvoll …«, antworte ich mit einer etwas gepressten Stimme. Sie legt mir die Hand auf die Schulter und lächelt, als wolle sie mir ohne Worte etwas vermitteln. »Wie nett, dich kennenzulernen. Ich habe Katinka so gern. Sie und Adam passen richtig gut zusammen.«

Ich nicke. Sie hat recht. Wir schweigen, nippen am Glögg, lauschen der Musik und hören Lachen und Klappern aus der großen Bauernküche mit ihrem riesigen Ausziehtisch. Dort werden wir uns nachher alle zum Weihnachtsessen zusammensetzen.

Weihnachtsbuffet. Ein veganes Weihnachtsbuffet, aber mit einigen besonderen Zutaten, damit alle zufrieden sein können. Viel mehr weiß ich gar nicht. Ich bin schließlich nur ein Gast.

Ich schließe die Augen und gebe mich und meinen Körper dem Rhythmus des Hauses hin. Es ist ein ruhiger, gelassener Rhythmus. Ich habe mich schon lange nicht mehr so friedlich gefühlt. In Gedanken wandere ich zurück zum Vortag.

*

Ich blieb mehrere Stunden im Dom sitzen. Schrieb Melker, wo ich war, und plötzlich saß er neben mir.

»Amy … wir haben uns Sorgen gemacht, das kannst du dir ja wohl denken.«

»Ich habe einen Zettel geschrieben.«

»Komm jetzt nach Hause.« Er nahm meine Hand, und ich spürte Liebe und Wärme.

»Ich weiß nicht, ob ich die Kraft habe.«

»Dann fahren wir eben nicht nach Hause. Aber schick mich nicht weg.«

Melker führte mich aus der Kirche, und kaum waren wir auf der Straße, fing ich an zu frieren. Er nahm mich mit in ein in der Nähe gelegenes Hotel, das nur noch ein einziges freies Zimmer hatte, es war, als ob es auf uns gewartet hätte. Dieses familiäre und gemütliche Hotel war wie geschaffen für eine geschundene Seele. Schwere Samtvorhänge, weiche Polstermöbel, kleine, behagliche Aufenthaltsräume und freundliches Personal ließen mich die Welt da draußen vergessen.

In diesem Hotel kümmerte sich Melker um mich und brachte mich vorsichtig zum Reden. Und wie ich redete! Es war, als sei der Stöpsel aus einer bis an den Rand gefüllten Badewanne gezogen worden. Er sagte fast nichts, hörte mir zu und ermunterte mich zum Weiterreden, und je mehr ich redete, desto klarer wurde mir, dass ich meine vielen Ansprüche an mich selbst niemals erfüllen könnte. Aber die Angst, es allen recht machen zu wollen, hatte mich dazu gezwungen, Jahr um Jahr. Ich redete und weinte, und dann nahm ich einen neuen Anlauf. Und Melker nahm mich zwischendurch in den Arm, ließ ab und zu eine Bemerkung einfließen, antwortete, wenn ich eine Frage stellte, und achtete darauf, dass ich etwas aß – aber vor allem war er für mich da. Er verstand, wie ich dachte und warum ich Angst hatte.

Am Ende war ich alles losgeworden, was mich belastet hatte, und nun verlangte die Müdigkeit ihr Recht.

Ich schlief zwölf Stunden lang.

Als ich aufwachte, wusste ich im ersten Augenblick nicht, wo ich war. Ich war allein im Zimmer, und ich brauchte eine Weile, um mich zu erinnern. Ich war im Hotel Dorsia, zusammen mit Melker.

Als Melker zurückkehrte, sagte er, er habe einen Spaziergang gemacht. Bald darauf brachte der Zimmerservice Frühstück. Melker hatte das bestellt.

»Fröhliche Weihnachten!«

»Aber wie soll dieser Tag nun werden?« Heiligabend. Der Tag, nach dem ich mich immer gesehnt, den ich in diesem Jahr jedoch unterwegs verloren hatte.

»Mach dir keine Sorgen. Alles ist schon geklärt.«

»Aber wie? Die Küche …«

Melker legte mir einen Finger auf den Mund, und ich beruhigte mich. Ich überließ ihm die Regie.

Wir fuhren schweigend los, durch die weiße Winterlandschaft. Aber Melker schlug nicht den Weg nach Hause ein. Ich schaute mich um. Als ich begriff, wohin wir unterwegs waren, sah ich ihn fragend an.

»Katinka?«

Er nickte und lächelte mich an, und ich ließ mich auf dem Autositz zurücksinken.

Hugo war schon dort. Und Mona. Und Katinka und Adam, die mich und Melker umarmten und willkommen hießen.

Als ich ins Wohnzimmer trat, war ich begeistert von der Weihnachtsstimmung. Überall brannten Kerzen und gaben ein warmes, anheimelndes Licht. Dicke Kerzen, schmale Kerzen und Leuchter aller Art. Überall ein bisschen Weihnachtsschmuck, und jede Menge schönes grünes, üppiges Moos, das sie unter der Schneedecke gefunden und ausgegraben haben mussten. Ich stand still und ließ lange alles auf mich einwirken. Melker hielt meine Hand, und Katinka hatte rosige Wangen.

»Wir dachten, du solltest jetzt mal ein bisschen leisertreten und dich von uns verwöhnen lassen. Also haben wir beschlossen, uns alle hier zu versammeln. Wir hoffen, dass es dir gefällt.« Katinkas Blick war unsicher, sie wollte so gern ein beifälliges Wort von mir hören.

»Es ist … wunderbar«, brachte ich schließlich heraus. Und genauso kam es mir vor. Denn es war schlicht und schön und authentisch. Und das Beste von allem … *ich* brauchte keinen Finger zu rühren.

Absolut keinen.

Mama und Papa kamen nach einer Weile, zusammen mit Melkers Eltern. Alle brachten etwas zu essen mit. Die Einzige, die nichts beisteuerte und von der das auch nicht erwartet wurde, war ich. Ein wirklich seltsames Gefühl. Ich ließ mich einfach treiben. Und nach und nach verschwanden die Spannungen und der Stress der letzten Zeit.

*

Und nun sitze ich hier und bin einfach nur da. Ich lächele Melker an, als er sich neben mich setzt.

»Was ist das für ein Gefühl?«

»Gut«, antworte ich zögernd. »Mehr als gut. Aber Melker … ich habe gar keine Weihnachtsgeschenke gekauft.«

»Nein, das hat niemand. In diesem Jahr pfeifen wir auf Geschenke. In diesem Jahr sind wir einfach nur zusammen. Ist das nicht genug?«

Doch, denke ich. Das ist genug.

Ich ziehe mich für eine Weile zurück und sehe mich in dieser jetzt so bezaubernden Bruchbude um. Katinka, Adam und ihre Freunde haben ihr schlichtes Heim in kurzer Zeit gemütlich werden lassen. Ich fühle mich hier wohl. In einem der kleineren Zimmer flackert das Kaminfeuer anheimelnd, und ich stelle mich dicht davor, um es zu genießen. Die Wärme schlägt mir entgegen, meine Wangen werden heiß, und langsam kommt Ordnung in meine Gedanken. Nachdenklich ziehe ich mein Handy hervor, betrachte es und fasse dann einen Entschluss. Schreibe die Antwort, die ich im tiefsten Herzen schon gestern geben wollte. Schreibe, was ich schon seit einiger Zeit empfinde.

Danke, Torsten. Danke für deine lieben Worte. Und ja,
ich möchte sehr gern meinen nächsten Krimi bei Ord i Bok
herausbringen. Mein Abenteuer bei Arnells ist vorüber.
Wir reden nach den Feiertagen weiter.
Ich wünsche dir wunderbare Weihnachten.
Amy

Ich glaube, dass ich jetzt weiß, was ich will. Ich werde alles in meinem eigenen Rhythmus angehen. Von nun an werde ich auf mich selbst hören, darauf, was *ich* will. Ich werde nicht mehr Dingen hinterherjagen, die gar nicht wichtig sind, werde nicht mehr Erfüllungsgehilfin für die Wünsche der anderen sein. Werde hier und jetzt leben. Gleich nach Weihnachten werde ich mich an Ola wenden und auf irgendeine Weise den Vertrag auflösen. Das muss möglich sein. Ich kann nicht das schreiben, was er von mir erwartet, und ich kann nicht die sein, die ich seinen Plänen nach sein soll.

Erleichterung breitet sich in mir aus, als ich sehe, dass meine Mitteilung an Torsten gesendet ist, und befreit lache ich auf. Was war ich doch für eine Idiotin!

Als ich in den Gesellschaftsraum zurückkehre, sind noch weitere Weihnachtsgäste eingetroffen. Freunde von Katinka und Adam, und zu meiner Überraschung auch Kajsa und Håkan.

»Mensch, hallo! Seid ihr auch hier?« Ich lächele und umarme sie herzlich.

»Die Kinder feiern anderswo Weihnachten, und als ich über Katinka versucht habe, dich zu erreichen, hat sie uns eingeladen«, antwortet Kajsa. Sie steht neben Håkan. »Und das konnten wir doch nicht ablehnen«, fügt sie ein wenig verlegen hinzu.

Ich sehe die beiden an und denke, dass die Weihnachtszeit etwas mit den Menschen macht. Kajsa hält Håkans Hand ganz fest, sie sieht weich und verletzlich aus, und das steht ihr. Ich freue mich sehr, dass sie hier sind.

Alle meine Lieben, alle, die mir nahestehen. Wir sind zusammen, sogar Tante Agata, die aller Gewohnheit zum Trotz ein zaghaftes Lächeln aufgesetzt hat. Es ist Weihnachten, wenn schon, denn schon.

Das Weihnachtsbuffet steht bereit – diese Mahlzeit, die ich so unbedingt eliminieren wollte, die mir nun aber selbstverständlich vorkommt. Alles ist schön und appetitlich angerichtet. Ich bin entzückt von der Farbsymphonie, die uns empfängt. Bald wird diese ganze buntgewürfelte Gesellschaft hier laut plaudernd und lachend gemeinsam essen.

Ich beobachte. Ich lausche. Und ich denke:

Welch wunderbares Geschenk.

Aber dann richte ich mich auf. Eine Glut breitet sich in mir aus, eine heiße Glut, die meinen Körper brennen lässt vor Liebe zu allen in meiner Nähe. Und ich denke:

Welch wunderbare Weihnachten.

Maja Lunde
Lisa Aisato

Die Schneeschwester

Eine Weihnachtsgeschichte

176 Seiten, durchgehend illustriert
Aus dem Norwegischen von Paul Berf

Bald ist Heiligabend. Für Julian der schönste Tag des Jahres. Lebkuchen und Klementinen, das Knistern und Knacken im Kamin, das flackernde Licht der Kerzen. Doch dieses Jahr ist alles anders. Juni, Julians große Schwester, ist tot. Ein tiefer Schatten liegt über der Familie. Und Julian hat eigentlich nur ein Gefühl: Weihnachten ist abgesagt.

Bis Julian eines Wintertages Hedvig begegnet. Hedvig hat graue Augen, redet schneller als der Wind und liebt Weihnachten über alles. Ganz langsam glaubt Julian, dass es doch ein Weihnachten für ihn geben könnte. Doch Hedvig hat ein großes Geheimnis …

Eine Weihnachtsgeschichte in 24 Kapiteln für die ganze Familie, erzählt von Maja Lunde und illustriert von Lisa Aisato.

btb